ENTÃO VEIO A FÚRIA

EMILY VARGA

ENTÃO VEIO A FÚRIA

Tradução
Dandara Morena

Rio de Janeiro, 2025

Copyright © 2024 by Emily Varga.
Copyright da tradução © 2024 by Dandara Morena por Casa dos Livros Editora LTDA.

Título original: *For She Is Wrath*.

Todos os direitos desta publicação são reservados à Casa dos Livros Editora LTDA. Nenhuma parte desta obra pode ser apropriada e estocada em sistema de banco de dados ou processo similar, em qualquer forma ou meio, seja eletrônico, de fotocópia, gravação etc., sem a permissão dos detentores do copyright.

COPIDESQUE	Vitória Galindo
REVISÃO	Angélica Andrade e Daniela Georgeto
DESIGN DE CAPA	Kerri Resnick e Sam Hadley
ADAPTAÇÃO DE CAPA	Julio Moreira | Equatorium Deisgn
DIAGRAMAÇÃO	Abreu's System

Dados Internacionais de Catalogação na Publicação (CIP)
(Câmara Brasileira do Livro, SP, Brasil)

Varga, Emily
  Então veio a fúria / Emily Varga ; tradução Dandara Morena. – Rio de Janeiro : Pitaya, 2025.

  Título original: For she is wrath
  ISBN 978-65-83175-16-8

  1. Romance norte-americano I. Título.

24-242290   CDD-813.5

Índices para catálogo sistemático:
  1. Romances : Literatura norte-americana   813.5

Eliane de Freitas Leite – Bibliotecária – CRB 8/8415

Editora Pitaya é uma marca licenciada à Casa dos Livros Editora Ltda.
Todos os direitos reservados à Casa dos Livros Editora LTDA.

Rua da Quitanda, 86, sala 601A – Centro,
Rio de Janeiro/RJ – CEP 20091-005
Tel.: (21) 3175-1030
www.harpercollins.com.br

Para meu pai, que amava livros de fantasia.
Eu só queria que você tivesse lido este aqui.

E para minha mãe, que me fez acreditar que é possível
ir atrás dos meus sonhos. Obrigada por sempre me apoiar.

UM

A LUZ ESTAVA BOA PARA UMA FUGA. Ela se infiltrava pelas barras de ferro como tinta dourada respingada numa tela suja, e, se eu levantasse o braço o suficiente, conseguiria sentir seu calor nos dedos. Eu poderia fechar os olhos e me imaginar do lado de fora, com o rosto no sol, livre.

Só que não estava.

Em vez disso, ruínas de granito cinza e pisos de pedra fria me rodeavam.

Se dependesse da diretora da prisão, eu nunca mais sentiria o sol no rosto.

Se.

Peguei a pedra cuja ponta passei semanas afiando e entalhei uma única linha na rocha acima da minha cabeça. *Trezentos e sessenta e quatro.*

Eu estava ali havia quase um ano.

Um ano desde que eu ouvira vozes diferentes das dos guardas que pegavam meu pinico toda noite, dos soluços dos outros prisioneiros enquanto remoíam seu destino infeliz, das interrogações infinitas da diretora. Um ano desde que sentira o gosto do mutton karahi da minha avó e o calor das especiarias na língua. Um ano desde que tinha abraçado meu pai e dito que ficaria tudo bem, que eu voltaria para casa.

E, quando pensava no garoto que tinha roubado tudo isso de mim, queria arrancar cada rocha ao redor e enterrá-lo sob elas. Deixar que sentisse o peso esmagador. Fazê-lo sentir a vergonha que não deveria recair sobre mim. Trezentos e sessenta e quatro dias de ira fermentando nas minhas veias.

Trezentos e sessenta e quatro dias tramando minha fuga.

Avaliei a posição do sol pelas barras de ferro, calculando o horário — meio-dia. Estava quase na hora. Pressionei a ponta do dedo na extremidade afiada da pedra, um arquejo de alívio se derramando quando ela partiu a pele e uma gota fina de sangue escorreu. Estava pronto.

Eu estava pronta.

Semanas planejando, escutando os sussurros dos guardas, sabendo que a diretora estaria fora — era minha chance.

Meu tacho de comida vazio aguardava ser reabastecido sob a fenda aberta da porta de metal. Agachei ao lado dele, com a pedra na mão.

Naquele dia, eu ficaria livre. Eu me reencontraria com Baba.

E então acabaria com aqueles que haviam me colocado ali.

Passos ressoaram no corredor, ricocheteando nas paredes da prisão. O guincho enferrujado de uma porta balançando ao ser aberta. A batida da concha num prato de metal corroído. Os ruídos ávidos de outros prisioneiros recebendo suas porções.

Tum-tum.

Eu poderia calcular a proximidade do guarda da porta pelo som de seus passos. Fechei os olhos, me imaginando no campo de treinamento, de espada na mão, com o oponente se aproximando.

Tum-tum.

Mordi o lábio com força para me distrair da apreensão correndo pelo corpo. Se eu focasse em sentir medo, nunca sairia daquele lugar, e todos os meus planos e conspirações não dariam em nada.

Ele parou. O estalo nos joelhos ecoou como um trovão quando ele se agachou. E então seu braço se lançou pela abertura e a concha de metal amassada jogou a gosma desprezível de sempre no tacho com um golpe.

Quase gritei de surpresa e apertei a mão contra a boca. Ele foi rápido, mas eu era mais. No último segundo, agarrei sua manga grossa, puxei-a pelo vão e esmaguei seu rosto no outro lado da porta.

A cabeça atingiu o metal com um estalo satisfatório, e ele se debateu contra meu aperto. Lutei para segurá-lo, com os pés na porta servindo de apoio, firmando a pedra afiada em mãos com dificuldade. Consegui arregaçar sua manga e esfaquear a parte carnuda do antebraço com a ponta, arrastando-a dali até a mão. O guarda soltou um grito engasgado e se debateu, tentando se soltar desesperadamente. Apertei os dedos e puxei seu braço com toda a força que eu tinha, batendo seu rosto de novo contra a porta.

De novo.

E de novo.

Os sons que ele emitia se tornaram mais deturpados, um choramingo sufocado. Meus braços tremiam enquanto eu continuava, suor pingando na nuca por causa do esforço. Foquei apenas na violência singular do que estava fazendo, do que precisava fazer para sair dali. Sangue gotejava da aberturazinha quadrada como chuva escarlate.

Logo ele ficou em silêncio e parou completamente. Meus dedos tremiam quando o soltei. Seu corpo caiu mole, sem vida, atingindo o chão com um baque úmido. O cheiro forte de sangue fresco quase me dominou e, por um minuto, pressionei o rosto no chão de pedra frio, deixando o ar seco da cela fluir pelos pulmões.

Só que não demoraria para os outros guardas notarem a ausência do colega.

Sentei e enfiei os braços pela abertura da porta, correndo as mãos por seu dorso, sentindo o uniforme encharcado de sangue até encontrar o aro metálico de chaves preso na cintura. Eu as desprendi, pronta para explodir de euforia. Finalmente, *finalmente*, um dos planos estava dando certo.

Eu ia sair dali. Ia ver meu pai de novo.

Foram necessárias algumas tentativas para destrancar a fechadura enferrujada, a porta se abrindo com um clique. Desviei o olhar deliberadamente do corpo ensanguentado enquanto pegava as pernas e o arrastava para a cela.

Olhá-lo significava talvez sentir remorso.

A quantidade de vezes que os guardas me arrastaram da cela para ser torturada significava que eu não tinha espaço restante em meu coração para isso. Não por eles.

Nem por ninguém.

Daquela vez, eu sairia da cela sob minhas condições, com meus próprios pés, manchada com o sangue do guarda que eu tinha acabado de matar.

Olhei ao redor no corredor, assegurando-me de que estava vazio antes de avançar e seguir em direção à porta no final. Estava um silêncio sinistro. Como se todos os prisioneiros da ala tivessem prendido a respiração diante da minha ousadia em matar um guarda.

Ergui o olhar e encontrei um par de olhos escuros me encarando através das barras da janela de uma das portas.

Era apenas uma questão de tempo até tocarem o alarme.

Eu tinha que me mexer.

Corri às cegas, os pés descalços batendo no chão frio, pontadas afiadas de dor fluindo por minhas coxas com o impacto.

Eu sentia a brisa fresca na língua, o cheiro do odor salgado do oceano no vento. A possibilidade impulsionou meus passos — eu realmente sairia dali viva, veria minha família mais uma vez.

E faria *ele* pagar pelo que havia feito comigo.

Celas me flanqueavam e prisioneiros pressionavam os rostos contra as barras de ferro no topo das portas. Gritavam e batiam com os tachos vazios. Logo pareceu que uma centena deles estava gritando de uma vez só, e eu não conseguiria dizer se estavam zombando ou comemorando que um deles tinha conseguido escapar.

Se a chefona estivesse ali, eu talvez ficasse mais preocupada, só que, com a diretora Thohfsa longe, a segurança ficava mais relaxada, os guardas, mais preguiçosos.

Daquela vez, eu sairia.

Destranquei a porta para o lado de fora, me desdobrando com as chaves na mão, o metal retinindo como uma melodia de vento terrível.

Nada poderia me parar quando pisei no ar aberto do pátio da cadeia, sentindo a liberdade.

Nada, exceto a fileira de guardas do lado de fora, à espera junto da diretora, com as espadas apontadas diretamente para mim.

— Que sorte eu ter voltado mais cedo — disse Thohfsa, de um jeito arrastado e nasal, enquanto andava até mim.

Ela usava seu sherwani cor de ameixa, como de costume, o casaco longo balançando atrás de si, o cabelo grosso trançado em formato de coroa no topo da cabeça. Sua boca era um corte ameaçador na face, e as linhas profundas das maçãs do rosto se destacavam no sol do meio-dia.

Minha barriga se revirou.

Eu não podia dar meia-volta — tudo que me aguardava naquela direção era minha cela. Mas também não podia lutar para sair, não quando tinha uma pedra magricela como arma, e eles, seis espadas afiadas.

Desejei ter uma das minhas antigas adagas de arremesso, para poder, pelo menos, apresentar uma resistência decente, mas tinham sido tiradas de mim quando fui presa. Encarei as cimitarras apontadas na minha direção, meu coração martelando. Em geral, eu ansiava pela emoção da batalha e da esgrima.

Só que o sorriso de Thohfsa era pior do que qualquer espada.

A ardência ácida da bile atingiu minha garganta. Em outra prisão, eu poderia ser executada por causa daquela tentativa de fuga. Ali, rezaria pela morte.

Porque Thohfsa queria os prisioneiros vivos. Queria fazê-los sofrer.

Eu sabia bem disso depois de trezentos e sessenta e quatro dias.

— Parece que vou ter que executar o guarda do primeiro andar por deixar sua tentativa patética de fuga começar.

— Tarde demais — rebati, gritando para o outro lado do pátio. — Já fiz isso por você.

Thohfsa bufou de surpresa e alguns dos guardas arquejaram com a ousadia, mas não desperdicei um olhar sequer para eles. Foquei toda a raiva em Thohfsa, girando a pedra afiada na mão e repassando minhas parcas opções.

A diretora virou para os homens ao redor.

— Deem ração extra aos prisioneiros do primeiro andar. Eles merecem, depois de nos avisarem sobre a fuga de Dania. E preparem a sala de interrogatório para ela.

— Não precisa de interrogatório. Eu odiaria passar mais tempo com você do que o necessário. — Minha voz estava tão rouca pela falta de uso que soava como um chiado triste, mas não impediu minha retórica. — Eu preferiria fazer companhia às pulgas da minha cela.

Thohfsa riu, a gargalhada cruel que dava com frequência antes que uma punição fosse decretada.

Eu podia traçar as marcas que ela tinha causado na minha pele — como se as cicatrizes do meu corpo criassem um mapa da minha própria desobediência. Só de pensar nelas, uma ira renovada me inundava. Eu não ia simplesmente ficar em pé ali e deixar que ela me prendesse de novo, não sem lutar. Segurei a pedra afiada com tanta força que meus dedos ficaram dormentes. Thohfsa ergueu o maxilar, me olhando como se eu fosse uma lesma sob o salto de sua bota.

Que se foda. Se eu ia cair, levaria a vadia comigo.

Corri em direção a ela, com a pedra na mão, um grito rebentando da garganta.

Thohfsa não se mexeu, a não ser para acenar para os guardas que a flanqueavam.

Uma dor aguda explodiu na base do meu crânio, e a escuridão me consumiu.

Minha pele ardia por causa dos vergões que a cobriam. Cada tentativa de me mover trazia ondas renovadas de agonia tão fortes que vomitei o que nem existia na minha barriga. Depois disso, tentei erguer o corpo do chão da cela.

Eu mal conseguia me arrastar, não com o pior da tortura de Thohfsa se concentrando nos meus membros. O cheiro era azedo e afiado — não havia nada melhor do que o odor da própria carne chamuscada para te lembrar da sua posição na vida.

Tinham me jogado ali depois que Thohfsa terminou sua surra, e me deitei de cara na rocha fria, desejando eu mesma poder virar pedra. Assim não teria aquela dor como companhia permanente. Não teria a agonia constante devido à ignorância sobre o destino da minha família depois que parti.

Sem saber o que havia acontecido com minha avó ou até mesmo meu gato.

Eu fui acusada de assassinato. Traição. Isso teria contaminado todos eles. Passei a língua pelos dentes, provando a raiva amarga que vivia comigo todos os dias desde que fui incriminada.

Desde que fui condenada por um crime que nunca foi meu.

No momento, por causa disso, eu tinha uma família sem honra. Meu pai provavelmente não podia mais atuar como ferreiro, e os amigos da minha avó se virariam contra ela por nojo. Eu queria arrancar o cabelo só de pensar neles passando por tudo isso sem mim, e não havia nada que eu pudesse fazer para ajudar.

Por que o imperador não tinha simplesmente me executado? Suspirei lentamente, me impedindo de entrar em espiral. Eu precisava focar em sobreviver. Só me manter viva, mais um dia, apesar da dor, apesar do breu.

Fugir. Ver minha família de novo.

Vingança.

Um arranhão leve me arrancou dos pensamentos.

Virei a cabeça, com a dor se fragmentando pelo meu cérebro com o movimento. Olhei ao redor procurando a fonte do som, o luar se derramando pelas barras da janela acima, criando sombras no chão.

Só que não havia nada ali. A cela estava vazia, tirando alguns pedacinhos soltos de palha e meu pinico.

Será que foi um rato?

Minha barriga reagiu ruidosamente a isso, e encarei o tacho de comida vazio. Um rato como jantar seria, pelo menos, algo diferente, embora eu não tivesse certeza de que conseguiria apanhar um naquele estado.

Ouvi o som mais uma vez e me enrijeci. Era inegável, um arranhão na pedra.

Ele ricocheteou nas paredes de granito e me envolveu como se estivesse ecoando dentro da minha cabeça. Pressionei as mãos nos ouvidos, me perguntando se finalmente tinha enlouquecido.

Só que o som ainda estava ali, insistente.

Mais alto.

Eu me forcei a sentar, mesmo enquanto a escuridão se rastejava para as bordas da minha visão. Uma onda de náusea me atingiu e lutei para ficar de pé, mas as pernas cederam. Em vez disso, me apoiei no chão e prendi a respiração para ouvir.

Tim, tim, tim.

Estava vindo de baixo, uma batucada incansável. Pressionei a bochecha no granito frio e uma vibração leve ondulou por meu rosto, me dando um susto.

Tim, tim.

Parecia estar vindo do canto oposto da cela, perto da janela — ou o buraco na rocha que era tão janela quanto um gato era um leão. Eu me arrastei devagar até ali, a vibração se intensificando a cada centímetro que eu me aproximava.

O barulho saiu de um leve batuque para uma batida completa, um estalo na pedra. Gritei e me afastei atrapalhada, com cada corte e queimadura nas coxas rugindo em tormento.

O chão se abriu de repente, fragmentos de piso para todos os cantos, o som como terra estilhaçada.

Berrei e envolvi a cabeça com os braços enquanto detritos voavam em minha direção e pedregulhos perfuravam minha pele. Um pedaço grande de pedra bateu no meu ombro e o peguei, me armando.

Com certeza não era um rato.

Como uma manga sendo esmagada e expelindo a polpa da casca, uma cabeça humana irrompeu do chão. Sufoquei um grito de surpresa e joguei a pedra, sem pensar em nada, enquanto fitava o rosto de outra pessoa me encarando de volta do chão da cela.

— Ah, merda — disse a garota enquanto olhava ao redor.

DOIS

— O QUE É VOCÊ? — MURMUREI QUANDO UMA GAROTA DA minha idade emergiu do buraco escuro onde o piso estivera. — Você é um carniçal? Finalmente veio me devorar?

— Não sou um carniçal muito esperto, se tive que ser preso para roubar sua alma. — Ela correu os olhos por mim, com um franzido aprofundando seu rosto. — E você está horrível. Era de se esperar que eu procurasse humanos mais saudáveis para me alimentar.

Ela era menor do que eu, com o cabelo escuro e enrolado caindo selvagemente sobre os ombros, sujo e emaranhado como o de um animal. Alisei o meu e me perguntei qual seria minha aparência depois de tantos meses. Nos primeiros dias na prisão, eu o trançava nas costas para mantê-lo sob controle, mas agora tinha desistido de tentar parecer aprazível. Importar-me com a aparência significava ter alguém para quem estar apresentável, em vez de quatro paredes cinzas ocas.

As bochechas da garota eram caídas, como se a carne tivesse sido sugada dos ossos. Só que, se o resto dela aparentava estar morto e horripilante, os olhos eram como fogo crepitante.

Ela passou as mãos sujas pelo rosto.

— Eu achei mesmo que estivesse perto dessa vez.

Olhei para suas unhas, grossas de sujeira.

— Você está cavando um túnel para fora da prisão — afirmei, devagar.

A garota parou de andar de um lado para o outro e se virou para me fitar.

— Você pensa rápido, hein?

Fiz uma careta.

— Nossa, me desculpa se a visão de outro prisioneiro rompendo do chão me assustou. — Fiquei surpresa por ainda ter a habilidade de ser sarcástica. — Faz um ano que não falo com ninguém além de Thohfsa ou os guardas.

Será que eu tinha, por fim, perdido a cabeça e estava sentada ali conversando comigo mesma? Imaginando outra pessoa?

Ela me olhou, avaliadora.

— Experimente três anos.

Três anos. Arfei. Três anos era muito tempo para ficar sozinha, rodeada de paredes de pedra e do cheiro da imundície humana.

Só que, logo, logo, essa seria eu.

Ergui o olhar para ela através do cabelo embaraçado. Aquela garota tinha conseguido passar da porta de sua prisão, algo que eu só tinha feito uma vez e que acabara em um completo fracasso.

— Como você conseguiu? Escapar, digo.

Gesticulei para a bagunça que ela fez no chão.

— Bem, eu meio que não consegui, não é? Acabei aqui e não do lado de fora. Um ano cavando e estou numa cela ainda pior do que aquela em que comecei. — Ela fungou. — Mais fedorenta também.

Ri, o som cacarejando de mim e se mantendo tão atipicamente que eu tive certeza de que soava como uma dobradiça emperrada. Pigarreei e gesticulei para meus ferimentos.

— Eu não estava esperando visitas. Senão, teria arrumado a bagunça.

A garota fez uma careta.

— Thohfsa fez isso com você?

— Eu não fiz sozinha, fiz?

Ela semicerrou os olhos.

— Foi você quem tentou fugir, não foi? Quase me fez ser pega! Os guardas revistaram todos os outros prisioneiros atrás de armas depois que te capturaram. — Ela inclinou a cabeça. — Achou mesmo que podia sair correndo desse lugar em plena luz do dia?

— Assim como você pensou que podia sair cavando, mas acabou aqui? — rebati.

— É justo. — Ela estendeu os braços para cima e olhou ao redor de novo. — Sua cela é muito menor do que a minha. O que você fez? Matou alguém que não deveria?

Fechei a cara.

— Algo assim.

Ele meio que já estava morto aos meus pés.

Passos ecoaram no corredor — um guarda fazendo patrulha. Sentei, ignorando a dor nos ombros.

— Fica quieta, ou vão te encontrar — falei ríspida, a voz baixa.

Ficamos sentadas em silêncio enquanto o eco das botas ressoava entre nós. Quando ele seguiu adiante, a garota ergueu as sobrancelhas.

— Outro prisioneiro me dedurava na hora — sussurrou ela. — Por que você não o chamou? Poderia ganhar as rações extras que fornecem por dedurar fugitivos.

Devolvi seu olhar astuto. Ela estava certa: eu seria recompensada por entregá-la — foi exatamente o que acontecera comigo. Mas nunca que eu sujeitaria outra pessoa às punições de Thohfsa, por mais que meu estômago roncasse.

Porém, mais do que isso, uma ideia começou a se infiltrar na minha cabeça, tornando-se mais concreta a cada momento que aquela garota passava sentada ali.

— Não tenho interesse em trair outro prisioneiro — falei com honestidade. — Não depois da minha última fuga. Você quer tentar fugir daqui? Fique à vontade. — Gesticulei para meus ferimentos frescos. — Vão fazer o mesmo com você.

Ela sorriu, mas foi mais uma sugestão no rosto, como se não soubesse mais como sorrir e estivesse tentando. Compreendi, já que eu também não sabia mais como sorrir.

— Qual seu nome?

Enrijeci. Fazia um ano que ninguém perguntava meu nome.

Nomes tinham significados. Nomes tinham poder. Eu sabia que, se meu nome fosse diferente, se minha família fosse diferente, eu poderia nem estar nesta prisão. Mas, *ali*, éramos todos iguais.

Não éramos nada.

E meu nome não tinha significado atrás daquelas paredes de pedra.

— Dania — respondi. — Meus amigos me chamam de Dani.

Não que eu tivesse mais algum.

— O meu é Noor.

Ela se sentou de pernas cruzadas no chão. Olhei para a pequena abertura na porta. Não haveria outra patrulha por algumas horas, mas eu não sabia se Thohfsa estava me vigiando de perto depois de tudo.

— E não vão me pegar — continuou a garota. — Eu *vou* cavar minha saída daqui. Vou escapar.

Suas palavras tinham tanta certeza, tanta *ousadia* no meio da câmara escura, que uma risada surpresa escapou de mim.

A ideia que havia começado a se formar gritou mais alto quando fitei o buraco que ela tinha feito no chão.

— Seria mais rápido com duas pessoas cavando — pronunciei as palavras lentamente, como se tivessem acabado de surgir na minha mente, como se não as tivesse planejado.

A garota tinha cavado até ali e, se tinha cavado até ali, podia cavar até a saída também.

Nós podíamos cavar *juntas* até a saída.

Ela estreitou os olhos para mim, de forma tão perspicaz que senti como se meus próprios ossos estivessem sendo examinados.

— Sim, seria. — Ela virou a cabeça. — Estou cavando há um ano. Pelos meus cálculos, sua cela fica do outro lado da prisão. Eu devo ter me confundido quando me trouxeram. Fiquei cavando na direção errada.

— Ah. — Eu me inclinei para ela, mantendo o rosto numa máscara de calma, como se eu recebesse visitantes casualmente na cela sombria o tempo todo. — Não notaram você cavando?

Ela balançou a cabeça.

— Sempre volto para colocar o pinico e o tacho de comida para fora. Nunca saio mais do que um dia, nem tenho vela o suficiente para iluminar.

Ela acenou para a bolsa de suplementos que tinha atirado no chão. Um cotoquinho de cera e uma xícara dentada de cobre saíam da abertura.

Arregalei os olhos para os dois objetos estranhos. Nunca recebi nem uma colher para comer as lentilhas.

— Como conseguiu isso?

Jamais pensei que me encantaria com uma xícara de cobre enferrujada, mas é engraçado como sentimos falta de algumas coisas quando são tiradas de nós.

Noor sorriu, mas nenhum humor tocou seus olhos.

— Você quer mesmo todos os meus segredos, hein? Os guardas estão muito interessados no porquê estou aqui e no que posso oferecer a eles. Tem vezes que me dão coisas em troca de informação ou na esperança de um dia eu retribuir o favor.

— Bem, eles com certeza não me oferecem nenhum tipo de favor.

— Você não acabou de matar um deles?

Fiz uma careta e insisti:

— O que você fez que foi tão especial?

Noor se inclinou para trás e se apoiou nas mãos.

— Eu era assistente de um caudilho que cultivava as plantações de zoraat do imperador Vahid.

Arquejei, surpresa por ela ter pronunciado as palavras de forma tão simplista.

Como se não tivesse acabado de admitir que ajudava a crescer toda a fonte de poder do imperador — as cobiçadas sementes pelas quais ele tinha barganhado com um djinn para tomar o império. Djinns eram seres mágicos poderosos que não concediam presentes com facilidade e com quem você não gostaria de barganhar se pudesse evitar. Eles nem existiam no nosso mundo, somente no mundo dos ocultos.

— Meu caudilho roubou uma grande quantidade de zoraat e a escondeu, junto de uma pequena fortuna — continuou Noor.

Dei um assobio baixo. Desde quando Vahid negociou com o djinn por aquelas primeiras sementes mágicas, elas vinham sendo guardadas com muito cuidado — afinal, foi com elas que Vahid anexou à força os cinco reinos e os povos nortenhos ao seu novo governo. Zoraat lhe tinha dado magia de cura, um fornecimento infinito de comida e um exército indestrutível. Só que apenas o imperador Vahid controlava aquele poder, e ele não estava disposto a dividir.

— Não acho que o imperador tenha aceitado *isso* tranquilamente.

— Não. — Ela desviou o rosto, com a expressão sombria. Levou um tempo até falar de novo. — O imperador matou meu caudilho pela traição. — Ela engoliu em seco, um sorriso ríspido retorcendo os lábios. — E não acreditou que eu não soubesse onde as sementes estavam escondidas, então mandou me torturarem e me jogarem aqui.

Fiquei imóvel.

— E então? Sabe onde ele as escondeu?

Outra sombra de sorriso passou por seus lábios. Em vez de me responder, Noor passou a vasculhar o lugar de novo, se demorando nos registros dos dias gravados na parede, uma contagem macabra até minha morte.

— Hospedagem confortável, não acha? Aqui é o fim do mundo, uma ilha estéril onde jogam quem não querem que os outros encontrem.

Eu me sentei mais ereta com a pergunta não respondida. Acesso ao estoque de magia djinn do imperador era um poder considerável.

Se Noor o possuía, poderia controlar qualquer coisa.

O reino. O imperador. O mundo.

Como se pudesse ouvir minhas maquinações, ela focou os olhos afiados mais uma vez em mim.

— Por que está aqui, Dania? O que *você* fez?

Engoli em seco. A verdade parecia difícil de ser dita em voz alta, mesmo que cruzasse minha mente todos os dias. Pronunciar em alto e bom som significava que era real, que eu não tinha só imaginado. O caroço na minha garganta engrossou.

— Fui enganada. Acusada de assassinar um chefe dos povos nortenhos. — Mantive os olhos abaixados, estudando as mãos, tentando não pensar no corpo queimado e descascado aos meus pés no dia em que me prenderam, devorado de dentro para fora.

— Assassinato e traição. — Noor assobiou. — E você fez mesmo isso?

Um eco da minha própria pergunta. Também podia jogar aquele jogo.

— Assim que você começar a me falar a verdade, eu contarei.

Ela cruzou os braços.

— Se vai se juntar a mim, preciso saber quais as chances de você me esfaquear pelas costas.

— Depois de um ano aqui, eu faria qualquer coisa para fugir. Mas, respondendo a sua pergunta, não, não o matei.

Cerrei os punhos. Não fui eu quem o matara, mas sabia exatamente quem havia matado e por quê.

Eu repetia seus nomes todas as noites.

Sobretudo o da pessoa que nunca previ.

— Fui... traída. Incriminada. Achei que podia confiar numa pessoa, mas acabou que ele não estava do meu lado.

Essas palavras doeram mais.

Mais do que admitir que me passaram a perna.

O simples fato de que havia sido traída por meu melhor amigo, meu primeiro amor, e que, por isso, eu definharia sozinha numa cela escura, numa ilha esquecida.

Mazin que me colocou aqui.

Só pensar no seu nome já fazia a raiva tamborilar por meu sangue como água se amontoando atrás de uma barragem que ameaçava estourar. Em breve, ela romperia. Só que, naquele dia, um suspiro lento acalmou a fúria agitada sob minha pele.

— Não posso fazer muito em relação a isso, não se estou aqui, e eles lá fora — falei por fim.

Noor brincou com a borda de sua kurta imunda, a sujeira colorindo a vestimenta em algo incrustrado e cinza.

— E se você não estivesse mais aqui?

Fechei os olhos com aquelas palavras, com o modo como elas se prenderam no meu coração como ganchos afiados e se recusaram a soltar.

— Se eu não estivesse mais presa, eu...

Pensei na minha família. No meu pai, que devia estar preocupado comigo. Nos que me incriminaram.

Mazin, a quem eu confiara todo o meu coração, para ele espetá-lo com sua cimitarra. Darbaran, o chefe dos guardas do palácio que me prendera. Imperador Vahid, que me usara para se livrar de um oponente político poderoso sem considerar minha vida ou família. Fechei as mãos feridas e sangrentas em punhos apertados.

Se eu ficasse livre, faria todos pagarem pelo que fizeram.

Sentiriam cada ferimento, cada momento humilhante e de traição.

Só que, por algum motivo, eu não conseguia dizer aquilo em voz alta. Ainda não. Não se só havia repetido essas palavras para mim mesma no último ano.

— Não sei bem.

Noor me olhou como se não acreditasse em mim, como se visse cada pensamento que tive nos últimos trezentos e sessenta e quatro dias e estivesse ciente de que eu sabia exatamente o que faria assim que fugisse dali.

Ela mordeu o interior da bochecha.

— Quero liberdade — declarou Noor. — Quero tanto que posso senti-la. Mas também quero retaliação. O imperador Vahid roubou minha vida inteira. E eu a quero de volta.

Suas palavras foram fervorosas, e, de repente, não éramos apenas duas garotas sentadas juntas numa cela de prisão, sem esperança. Por um momento, pareceu que poderíamos ter o poder de realmente fazer algo.

— Você tem razão — constatou Noor por fim. — Cavar sozinha toma um longo e terrível tempo.

Paralisei, com medo de me mexer.

— Seria muito mais rápido com uma parceira. — Ela me fitou. — Mas você precisa se recuperar primeiro.

Ela estendeu o braço, como se fosse me tocar, e estremeci, surpresa. Eu não havia sido tocada com gentileza por outro ser humano desde que fui presa.

Noor me ofereceu sua mão. Eu a olhei com cautela, antes de esticar a minha em resposta. Seus dedos se curvaram nos meus e demos as mãos, selando o acordo.

— Juntas, não levaria mais um ano para sair daqui — falei, com a voz tão esperançosa quanto a pressão da possibilidade crescente no meu peito.

Ela assentiu, e aquela faísca de esperança se espalhou por mim.

— Mas você não respondeu minha pergunta. Se ficasse livre, Dania, o que faria?

O rosto de Mazin se infiltrou na minha mente, a pessoa que tinha me jogado naquele inferno e me deixado ali para sofrer. Que tinha me abandonado com a guarda real e servido ao imperador acima de tudo.

Mas havia alguém mais importante que a vingança.

Segurando a mais recente espada do Baba na mão.

Lutando com ele no pátio de treino.

Ouvindo sua risada baixa quando eu vencia todos os outros estudantes. Dividindo uma refeição com ele sob a luz baixa da oficina.

Todas as coisas que eu ansiara fazer voltaram correndo, como se a barragem dentro de mim tivesse se rompido e liberado não raiva, mas pura saudade.

— Se eu ficasse livre, encontraria meu pai.

TRÊS

ANTES

A LUZ ESTAVA BOA PARA UMA BATALHA. Ergui minha espada contra ela, fazendo a lâmina reluzir como se tivesse sido queimada na forja mais uma vez.

— Com licença, vim ao lugar certo? Estou procurando o ferreiro.

Um menino um pouco mais velho do que eu estava no portão, olhando com incerteza para a oficina do meu pai e segurando as rédeas de um elegante alazão preto ao seu lado. O garoto era alto e magro, com cabelo preto, maxilar largo e bochechas gorduchas que não tinham amadurecido ainda. Seu sherwani escuro era grande demais, adornado com ouro e botões de pedras preciosas que denunciavam seu status.

Estreitei os olhos — ele morava no palácio e trabalhava para o imperador Vahid.

O imperador que tinha destruído nosso reino e assassinado metade do povo da minha mãe ao norte.

E eu sabia exatamente por que ele estava ali.

— Se você não consegue ver que está numa oficina de ferreiro pelas várias espadas penduradas do lado de fora, acho que seus problemas vão além de estar perdido.

Sua incerteza se transformou em uma carranca.

Bom. Eu não o ajudaria. Trabalhar para o imperador e exibir suas cores pela nossa vila significava que ele não conseguiria nada de nós além de desprezo. Meu pai tinha fornecido armas ao antigo rei que eram tão bonitas quanto mortais, e, aparentemente, o imperador Vahid queria suas espadas forjadas pelo mesmo ferreiro.

— Prefiro ter certeza antes de fazer uma suposição e não ser um babaca — disse ele com o nariz empinado. — Algo que você, aparentemente, não tem problema em fazer.

Arquejei abruptamente. Esse tolo extravagante tinha acabado de me chamar de babaca?

Ele estufou o peito como um pássaro que cresceu demais e me encarou com superioridade.

— Você claramente não faz ideia de quem eu *sou*.

Deixei uma bufada escapar. Aquele garoto mal tinha pelo no queixo e estava tentando me oprimir?

— Infelizmente, sei exatamente quem você é. E, se veio por causa da espada nova do imperador, *meu pai* é quem vai fazê-la.

O queixo dele caiu e eu lhe dei um sorrisinho satisfeito.

— Fui enviado pelo próprio imperador, e você ainda fala comigo assim?

— Olhe em volta.

Gesticulei para minha vila ao pé das montanhas, as casas de barro na encosta como manchas na neve, na borda do território onde todos os povos do norte foram forçados a se submeter ao imperador. Podíamos estar a um dia de cavalgada da cidade onde foi estabelecida a nova corte, mas ali estávamos longe de qualquer submissão.

Ninguém nessa aldeia se impressionaria com o poder do imperador Vahid.

Essas pessoas se importavam com invasores vindo atrás de suas famílias, com a libertação das leis impostas pela capital e com suas habilidades de negociar e fazer dinheiro comerciando seus bens na cidade. Nenhum habitante da vila viraria a cabeça para o elegante alazão do garoto — a não ser para roubá-lo como retaliação contra o imperador. Estávamos mais preocupados com os saqueadores das montanhas e com o inverno rigoroso que dizimaria a próxima colheita de damascos no vale.

Dei uma olhada de esguelha no cavalo do garoto, enfeitado com o emblema dourado do imperador Vahid: os contornos de uma flor zoraat timbrados na sua cela.

— Essa gente apoiou o rei. Ele os protegia. Não vai encontrar muita paparicagem pra você aqui, se é o que está procurando.

O garoto ergueu o queixo.

— E, ainda assim, seu pai é o ferreiro, então ele já concordou em fazer a espada do imperador.

Raiva se expandiu no meu peito, me deixando sem fôlego por um instante. Pressionei os lábios.

— Ele dá valor à própria cabeça.

— Você com certeza não dá.

Cutuquei as unhas, tentando parecer calma.

— Eu dou, mas também sei quem tem o poder de arrancá-la. E não é você.

Ele levou a mão até a bainha na cintura, como se fosse provar que eu estava errada e puxar a cimitarra pendurada ali. Eu soube pelo cabo liso que obviamente *não* havia sido feita pelo meu pai.

As nossas eram sólidas, seguras e intrincadamente entalhadas. Meu pai se vangloriava das alças prateadas decoradas com koftgari e dos punhos de osso de camelo que ele mesmo moldava.

Só que eu lidava com lâminas desde que era um bebê e, geralmente, quem já estava segurando uma tinha a vantagem. A minha brilhou sob a luz do sol antes mesmo que o garoto pudesse sequer sacar a sua, e ele ergueu as mãos quando apontei minha talwar de dois gumes para ele, com o lado mais afiado próximo de sua garganta.

— Eu não faria isso se fosse você — afirmei, calma, sem perder tempo escondendo o sorriso na voz.

— Isso é traição! — exclamou ele com raiva, e não perdi o lampejo de fogo nos olhos dourado escuros.

Ao que parecia, o garoto bonito tinha um pouco de coragem, no final das contas.

— Dania! — gritou uma voz do outro lado do pátio.

Grunhi internamente quando meu pai apareceu no caminho.

Ele se curvou para o garoto que era, no mínimo, vinte anos mais novo, e eu quis berrar. Queria erguer sua cabeça com a ponta da minha espada e lhe dizer para não se curvar aos lacaios do imperador nunca mais.

— Perdoe minha filha. Ela às vezes é muito fervorosa. — Baba me lançou uma careta de advertência, os olhos ocres semicerrados.

Então eu ri, embora não conseguisse esconder o tom amargo em minha voz.

— Eu só estava brincando com o garoto. Sinceramente, o palácio não ensina os guardas a lutar?

Baba franziu o rosto, sem acreditar na minha encenação nem por um segundo.

— Ele não é um guarda, Dani, como você bem sabe.

Estremeci.

— Nanu não gostaria que nós conversássemos com ele — murmurei, apenas para Baba.

— Nanu não paga nossas contas — rebateu.

Cruzei os braços e preferi encarar o garoto. Ele me lançou um olhar de desprezo antes de voltar sua atenção para meu pai. Cerrei os dentes para me impedir de desembainhar a espada de novo.

— Eu me chamo Mazin, e estou sob a proteção do novo imperador. Vim a pedido dele para fornecer as especificações para a espada nova e providenciar o pagamento. — Ele parou, o rosto indiferente, mas não deixei de ver seus olhos deslizando para os meus. — Se suas habilidades se provarem satisfatórias — falou por fim.

Avancei, com a raiva martelando no peito. Apenas o fato de ele ousar insinuar que as habilidades de Baba não seriam boas o bastante para o imperador ferveu meu sangue.

— Você não sabe nada sobre o meu pai se acha que as espadas que ele faz seriam outra coisa além de satisfatórias. É o ferreiro mais procurado em todos os reinos.

Meu pai pôs uma mão no meu ombro, me acalmando.

— Está tudo bem, Dani. O imperador Vahid tem todo o direito de inspecionar meu trabalho para determinar se está à altura de seus padrões.

— Então por que mandou esse garoto bobo? Ainda mais depois de tirar as proteções da vila? Por que não veio ele mesmo?

— Porque talvez ele confie *nesse garoto bobo* — zombou Mazin, alongando-se o máximo possível, e sua altura, eu admitia de má vontade, era considerável.

Ergui a cabeça, sem deixar que ele me intimidasse.

— Acho que a gente sempre soube que Vahid era um tolo.

Mazin deu um arquejo áspero. Surpresa e alguma coisa parecida com espanto cruzaram seu rosto. Chuto que ninguém nunca ousou insultar o imperador Vahid na sua presença antes.

Bom, o garoto merecia colocar os pés no chão. Só que, pela expressão ferida do meu pai, soube que eu tinha ido longe demais.

— Dania! — Meu pai me puxou para trás de si. — Fique aqui enquanto conversamos. — Ele me lançou um olhar que me desafiava a desobedecê-lo.

Calor inundou meu rosto enquanto eu encarava Baba, incrédula.

— O quê? Você *sempre* me deixou ficar na loja enquanto negociava...

— Não desta vez. Talvez quando você aprender a segurar a língua para *não* sermos denunciados por traição — disse ele, baixinho, para que apenas eu ouvisse, com a voz afiada de frustração.

Mantive a boca fechada. Baba *nunca* falou comigo assim. Semicerrei os olhos para o garoto ao nosso lado.

Baba e eu éramos uma equipe. Desde quando minha mãe morreu, estávamos juntos contra tudo.

Mazin seguiu meu pai para a loja, e um rubor de vergonha aqueceu minhas bochechas. No caminho, o garoto me lançou um sorriso por cima do ombro.

Cerrei os punhos.

Aquele garoto tinha feito um inimigo naquele dia.

QUATRO

Cavei até as mãos sangrarem. Depois de alguns dias, eu já havia me curado o suficiente dos ferimentos para que cada hora fosse dedicada a construir o túnel sob o chão da minha cela. Avançávamos centímetros, e, embora fosse o menor dos avanços, sentia que estava me movendo com um propósito.

Liberdade.

Família.

Afastei a vozinha que desejava um objetivo diferente, uma motivação mais sombria e raivosa.

Vingança.

Só que eu não podia perder tempo pensando naquilo. Minha única prioridade precisava ser voltar para meu pai e garantir que ele estava bem.

Nos primeiros dias de escavação, Noor e eu trabalhamos silenciosamente, afastando a terra preta milímetro por milímetro. Mas, depois de um ano confinada sozinha, eu não estava disposta a continuar calada. Trabalhar ao seu lado me fez perceber que eu não estava imune à necessidade de companhia humana, por mais que desejasse fingir o contrário.

Estávamos sentadas no túnel escuro, iluminado apenas pelo sol se infiltrando através do pedacinho de janela, enquanto eu tirava terra com a xícara e passava de volta para ela.

— Você trabalhou para o imperador Vahid? Mexendo com magia djinn? — perguntei, cautelosa.

Havia dias eu vinha me coçando para conversar com ela sobre isso, remoendo as primeiras palavras que me disse. Se Noor tinha acesso ao zoraat — a substância mais poderosa do nosso mundo —, não tinha como saber o que faria quando fugisse dali.

Ela parou, com a xícara de cobre na mão. Ergueu os olhos para a janelinha da minha cela, encarando a luz que esvanecia.

— Tecnicamente, para um de seus caudilhos — respondeu enfim. — Seu nome era Souma e ele era responsável por administrar as fazendas de zoraat de Vahid e misturar as doses certas para os soldados e curandeiros. Trabalhei como fitoterapeuta no boticário real do imperador, sob a supervisão de Souma.

— Todo esse poder djinn. Como teve permissão para trabalhar com ele? — Minhas palavras saíram apressadas. — Achei que era necessário ser extremamente especial para chegar a tocar em zoraat.

— Está dizendo que não sou especial? — Noor arqueou uma sobrancelha, mas o sorriso desapareceu. — Na verdade, não sou mesmo. Apenas uma órfã que conseguiu estar no lugar certo na hora certa. Eu precisava de um lugar para ir, e Souma precisava de uma assistente. Trabalhar com zoraat era bem perigoso, e ele continuava... os perdendo.

Noor estremeceu.

— Então você não foi escolhida porque era especial, mas porque todos os outros morreram.

Eu lhe entreguei outra xícara de terra. Ela a esvaziou no pinico e voltou para o túnel.

— Acho que pode-se dizer que sim. Mas eu também tinha um dom especial para misturar zoraat. É preciso consumir as sementes djinn exatamente nas proporções certas ou os resultados podem ser catastróficos. O imperador Vahid faz as próprias misturas, claro. Dizem que o djinn com quem ele barganhou pelo poder o ensinou a usá-lo. Só que, para os soldados, curandeiros e todos os outros que usam zoraat, é Souma e sua equipe quem faz as misturas.

— Você as experimentou?

Não consegui esconder o encanto na voz. Nunca tinha conhecido alguém que tivesse consumido zoraat. Já havia avistado o imperador Vahid de passagem algumas vezes quando estive no palácio com Maz, mas não falei com ele diretamente.

Ter acesso a magia djinn pura, ter o poder de regenerar o próprio corpo, manejar uma chama sem fumaça ou sacudir a terra sobre a qual caminhamos... esse tipo de habilidade poderia ser uma mão na roda. Flexionei os dedos, pensando menos na magia djinn e mais nas minhas próprias habilidades — nas espadas que ansiava segurar, nas adagas que sonhava lançar novamente.

Eu não desejava magia, mas sim o peso do aço no meu punho.

— Não, nunca pude usá-las. Eram só para os generais ou os curandeiros pessoais do imperador, e ele controla o consumo com muito rigor. Nunca dá a ninguém mais do que o necessário. Mas Souma disse que eu era uma das pessoas que melhor misturava a magia djinn que ele já conheceu. Foi um dos motivos para... — Noor se calou, o rosto sombreado pela escuridão do túnel, a luz fraca captando o cintilar nos seus olhos. Depois de um instante, ela pigarreou. — Foi um dos motivos para ele confiar tanto em mim. — Sua voz falhou.

Souma parecia ser alguém importante para ela. Talvez até uma espécie de pai. Engoli em seco, com a garganta apertada. Eu sabia como era sentir saudade de um pai.

Uma afinidade desconhecida mexeu com meu coração ao reconhecer a emoção compartilhada. Éramos mais do que duas fugitivas, éramos duas filhas, duas pessoas que tinham sido injustiçadas, duas pessoas tentando retornar ao que eram, embora provavelmente nunca conseguíssemos. Aquele lugar tinha roubado anos de nossas vidas, e não teríamos a chance de vivê-los de novo. Curvei os dedos na terra, saboreando a sensação de empurrar a sujeira sob as unhas. Havia um responsável por tirar aquela vida de mim, e eu queria ser quem o faria pagar.

A fungada de Noor me trouxe de volta. Ela raspou mais terra com a xícara de cobre.

— Sinto muito — falei, baixinho.

Ela me olhou, tirando o cabelo embaraçado dos olhos com uma mão suja.

— É, eu também.

Mas havia mais naquela história. Souma havia traído Vahid, e eu sabia, tão bem quanto qualquer um, o que acontecia quando você era acusado de trair o imperador.

— Você disse que Souma escondeu zoraat do imperador? Que roubou dele? — Analisei as implicações daquilo. Eu havia sido jogada numa cela para definhar, mas não tinha roubado poder djinn do imperador.

— Fico surpresa por Vahid não ter destruído toda a família de Souma.

Por um instante, Noor ficou em silêncio, e não esperei que respondesse.

— Ah, ele destruiu. Vahid ficou furioso. Todos os filhos de Souma foram executados, e qualquer um ligado a ele foi mandado para cá ou torturado por informações de onde o zoraat estava escondido. Como pode imaginar, Thohfsa adorou isso.

Sua voz soava amarga, e pensei em como aquilo devia ter sido para ela. Pelo menos, eu sabia que meu pai ainda estava vivo e me esperava. Todo mundo que Noor conhecia havia partido. Raspei uma parte da terra dura e fiquei grata por ser eu definhando na prisão, e não meu pai.

Só que, se Souma havia escondido zoraat, Noor sabia algo sobre isso? E, se sabia, voltaria para reivindicar?

Ter acesso a uma magia assim valia mais do que apenas fugir dali. Era liberdade completa. Era o poder de ir a qualquer lugar, ser quem você quisesse. Eu poderia fugir com meu pai para longe do imperador, para longe de Maz.

Mas algo sombrio e podre surgiu no meu interior.

Será que eu realmente queria fugir de Mazin?

Eu queria fugir?

Ou queria fazê-lo queimar?

Dei uma olhada de esguelha para Noor. Ela não tinha dito se Vahid havia recuperado a magia djinn perdida. O que significava que talvez soubesse onde ela estava.

— Todo mundo que você conhece se foi — falei, soltando uma pedra particularmente grande da terra e a entregando para ela. — E Vahid matou Souma. Então o que *você* vai fazer quando escapar daqui?

Ela me fez essa pergunta, mas não tinha compartilhado a própria resposta. Era o suficiente apenas querer ficar livre daquele lugar, mas Noor escavava as pedras com fogo nas veias, assim como eu. Aquilo não tinha a ver só com liberdade, assim como minha motivação não era apenas chegar até meu pai. Nós duas tínhamos algo que não desejávamos confessar, porque confessar significaria reconhecer.

Noor segurou a pedra, as sombras nublando sua expressão, fazendo com que parecesse mais sinistra do que o normal. Ela era uma garota pequena, com maxilar pontudo e um punhado de cachos escuros, mas no momento parecia ainda mais com um carniçal vingativo do que quando irrompeu pela primeira vez na minha cela.

— Acho que podemos dizer que sou uma pessoa leal — declarou ela, baixo. — E acredito que Souma merece justiça.

— E é você quem vai garantir essa justiça? — perguntei, imaginado se a mesma necessidade corria por minhas veias.

Só que justiça aparentava ser mais nobre do que o que eu desejava. Algo louvável. O que eu queria das pessoas que me traíram não era tão admirável.

Não quando eu conseguia visualizar a adaga que perfuraria o coração de Mazin.

Mas até eu tinha um motivo maior para querer justiça do que ela. Noor era órfã, não tinha dívida com ninguém. Não era ela que tinha sido acusada de traição, não era seu nome que precisava limpar. Parecia estranho que ela focasse tanto na injustiça cometida contra o homem que apenas a tinha acolhido.

— Sim. — Sua voz era como cascalho duro. — Se não for eu, mais ninguém vai fazer.

— Como? — perguntei, a palavra se curvando entre nós como um feitiço. — Como vai fazer justiça?

Nós duas sabíamos que eu estava perguntando algo muito maior do que os mecanismos de uma estratégia.

Como alguém derruba um império?

Vahid tinha conseguido isso com o poder djinn ao seu lado. Será que podia ser feito de novo?

Noor hesitou, a resposta presa na garganta.

— Tenho um plano.

Eu não tinha dúvidas de que o plano envolvia magia djinn e um tesouro roubado que Thohfsa vinha tentando obter por meio de tortura havia três anos. E, se Noor tinha acesso àquele tesouro, talvez eu pudesse ter também.

Junto à possibilidade de fuga, senti esperança borbulhando no peito.

Só que esse grãozinho de esperança era algo perigoso, pois, se eu o perdesse, então o desespero talvez finalmente me dominasse.

O último ano me ensinara isso muito bem.

— Acho que tenho tanta terra nas unhas que já faz parte da minha pele.

Deitei na cela de Noor, examinando os dedos. Ela tinha razão, a minha era *pior* do que a dela. Sua câmara era um palácio comparado ao lugar em que eu tinha sido alojada: era pelo menos três vezes maior, e tinha até uma cama bamba com um colchão de palha corroído pelos vermes que parecia tão bom quanto um enchimento de penas de pavão.

Quando o vi pela primeira vez, chorei.

Depois deitei, com os ossos suspirando, as costas rígidas depois de um ano dormindo no chão de pedra fria.

— Você falou que foi enganada quando foi presa. — A voz de Noor cortou minha alegria de estar deitada em uma cama de novo. Ela estava me observando, sentada com as costas apoiadas na parede, de pernas cruzadas. — Me conte o que aconteceu para você acabar aqui.

Sentei, dando de ombros e ignorando o ronco da barriga. Meus músculos doíam de tanto escavar, e eu estava sentindo ainda mais falta de comida.

Quando não respondi de imediato, Noor deu uma risada áspera.

— Você faz uma cara quando está pensando na sua casa que não tem como eu não perguntar sobre ela. E, às vezes, quando fala em fugir, eu só conseguiria descrever sua expressão como uma que eu faria se Thohfsa estivesse sendo desmembrada na minha frente.

Ergui os lábios involuntariamente.

— Eu sei bem como meu rosto ficaria se isso estivesse acontecendo.

— Então conte. O que aconteceu?

O que aconteceu?

Eu não pensava em outra coisa. Havia solucionado tudo, cada passo em falso que dera, cada pista que sinalizava o que tinham feito comigo.

O que *ele* tinha feito.

Como pude ter sido tão tola, sem perceber quem ele era? Como não vi que ele escolheria o imperador no meu lugar quando chegasse a hora?

Flexionei as mãos na colcha áspera.

— Fui traída por alguém que eu achava que amava. Alguém que pensei que me apoiava. Mas não apoiou.

— Babaca — esbravejou Noor, e agradeci a raiva em meu nome. — Qual era o nome dele?

Suspirei, preenchendo o espaço entre nós com minha fúria.

— Mazin. Nos conhecíamos desde criança. Achei que sabia tudo sobre ele.

— O que ele fez?

— Pediu para que eu o encontrasse no palácio. Em vez disso, encontrei o corpo de um chefe de guerra nortenho aos meus pés, envenenado com magia djinn. Darbaran, o chefe dos guardas do palácio, me prendeu. Achei que Maz me ajudaria a fugir, mas ele só ficou lá parado, olhando. Não me defendeu. — As palavras doíam tanto que eu tremia. — Ele me fez acreditar que eu era amada, que confiava em mim. Depois, ele e os outros do palácio me incriminaram por assassinato. O imperador Vahid me jogou aqui, condenando também minha família pelo pecado do meu crime.

Engoli em seco com força, tristeza surgindo além da raiva no peito. Maz não havia acabado só com a minha liberdade ou com a reputação do meu pai. Havia acabado com um dos poucos relacionamentos que eu acreditava ser seguro, verdadeiro.

E ateou fogo nele, sorrindo enquanto eu queimava junto.

— Quem te incriminou?

Senti a curva involuntária dos lábios, mas soube, pela expressão de Noor — uma mistura de alerta e cautela —, que meu sorriso não parecia bem isso.

Aquela mesma fúria cintilante se escondia em meus ossos, à espreita para ser libertada, para receber uma espada e, assim, poder traçar um caminho vingativo e sangrento. Então, recitei a lista que pronunciava toda noite antes de dormir. A lista de pessoas responsáveis por eu estar ali.

— Darbaran, o chefe dos guardas que me acusou, me prendeu e garantiu que eu não tivesse escapatória. O imperador Vahid, que claramente queria se livrar de um dos seus rivais políticos sem desencadear uma guerra civil e me usou de bode expiatório. E Maz. — Parei, sem confiar em mim para continuar falando.

— Quem era Maz para você? — A voz de Noor foi gentil.

Fechei os olhos, pensando em como responder àquilo. Meu melhor amigo? Meu amor, a quem entreguei meu coração? A pessoa com quem compartilhei meus segredos mais profundos, abracei nos primeiros raios da manhã e lutei ao lado contra qualquer um que ficasse no nosso caminho?

Desviei o olhar de Noor para a parede atrás dela. Os riscos e marcas dela decoravam a pedra, contabilizando os dias, o triplo dos meus, uma lembrança sombria de como os próximos seriam se eu ficasse ali. Dias aos quais Mazin me condenou sem pensar duas vezes.

— Mazin era alguém em quem eu confiei quando deveria ter sido mais esperta. Alguém que claramente me trairia, no fim das contas.

Noor fez um som de desaprovação.

— Um amante, então.

Algo espremeu meu coração, o que me deixou inexplicavelmente furiosa.

Sim. Quis responder.

Sim, ele era um amante.

Só que eu ainda não estava pronta para dizer isso. Eu ainda não tinha me dado conta da profundidade daquela traição nem de que, nos momentos mais obscuros, minha mente traiçoeira ainda voltava àquelas lembranças quando eu precisava de conforto.

Como se eu ainda conseguisse desejar alguém que nunca esteve ali, para começo de conversa.

Mas eu não tinha motivos para mentir, não apagaria o que aconteceu.

Diante do meu silêncio, Noor pigarreou.

— Como sabe que eles foram os responsáveis? Essas pessoas que você citou.

— Como sabe que seu caudilho confiava em você? — devolvi. — Como sabe que ele se importava com você?

Noor respondeu imediatamente, sem hesitar.

— Eu senti na alma.

— Isso — falei, a palavra um sussurro silencioso. — Exatamente. Quando fui presa, eu repassei tudo, cada passo, cada conversa, cada olhar estranho ou coincidência absurda. Maz pedindo para me encontrar naquele quarto, naquela hora em particular. Darbaran chegando no lugar dele, me apanhando bem na hora em que descobri o corpo. Nenhum deles teria feito isso sem que o imperador Vahid ordenasse. O corpo aos meus pés era de um rival de Vahid, um caudilho nortenho que diziam estar começando uma rebelião. Se o imperador o tivesse executado, teria causado uma guerra civil. — Minha voz estava amarga. — Maz é leal ao imperador Vahid acima de tudo, independentemente de seus pecados.

E Vahid tinha muitos, visto o massacre durante sua ascensão ao poder.

Os olhos de Noor escureceram com a menção do nome de Vahid.

— Por que eles não executaram *você*? Para te silenciar.

Ela fez a pergunta que eu já havia feito a mim mesma. Por que eu ainda estava viva? Por que estava ali?

— Não consigo decifrar essa parte. Imagino que queriam me causar o maior sofrimento possível, só pode ser isso.

E era o que mais me feria. Saber que Maz não só me traíra, como também desejara minha tortura. Minha dor. Quis que eu sofresse.

O mais patético era que eu me importava. Me preocupava o fato de ele ter tornado aquilo tão pessoal, de me colocar aqui para apodrecer e ficado do lado do imperador.

O que eu tinha feito para merecer aquilo?

Ou talvez eu não tenha feito nada. Talvez ele sempre tivesse a capacidade de fazer aquilo comigo, e eu estava apaixonada demais para enxergar.

Houve um silêncio pesado.

Noor coçou a nuca.

— Se Maz te colocou num lugar assim, não devia ser um amante muito bom — comentou ela, o riso se agarrando nas palavras e dispersando a tensão na cela.

Soltei uma risada deplorável em resposta, agradecendo a tentativa de tirar a escuridão do meu coração.

— Não — respondi por fim, o sorriso se esvaindo dos lábios, os olhos traçando as rachaduras do teto. — Esse nunca foi o nosso problema.

— Mas não é sempre assim? Bom em uma coisa e horrível no resto. — Ela se recostou na parede.

Me lembrei da primeira vez que beijei Mazin.

A primeira vez que ele envolveu os braços na minha cintura, pressionou os lábios no meu pescoço. Mesmo que as memórias estivessem retorcidas e amargas com a traição, eu ainda conseguia lembrar da sensação do pulso acelerando intensamente enquanto seu polegar passava pelo meu lábio inferior, a adrenalina de antecipação na barriga quando ele sorria contra a minha pele. Engoli em seco, tentando afastar as lembranças.

— Nós nos conhecíamos há muito tempo. Achei que o conhecia tão bem quanto ele a mim, mas claramente não era verdade.

— Aqueles mais próximos de você são os que têm mais chances de te trair — afirmou Noor tão baixo que quase não entendi as palavras. Me surpreendi com elas, porque pareceu que ela compreendia por experiência própria.

Pigarreei, contente em mudar de assunto.

— Foi o que aconteceu com você e Souma? O imperador Vahid descobriu que ele estava roubando através de alguém próximo?

Noor assentiu.

— O filho dele o traiu. Queria salvar a honra da família, mas acabou massacrando a todos. Até os empregados foram capturados e presos.

— Como você.

Noor pareceu ficar desconfortável com a sugestão de que era uma empregada, mas por fim assentiu.

— Sim, como eu. Mas não vou ficar aqui e definhar como todo mundo, esse não é o meu destino.

— Nem o meu — repliquei, limpando a terra do rosto e olhando para o túnel escuro do qual tínhamos rastejado.

Ficar naquela prisão não seria meu destino. Não mais.

CINCO

Nossos dias foram dedicados a cavar, conversar, correr de volta para as celas antes de nos descobrirem e dormir.

Dormi como nunca antes, com toda a energia focada em fugir. Eu tinha uma motivação renovada, uma esperança que eu não esperava sentir viva no peito. A cada novo centímetro de terra escavado, eu me aproximava mais da possiblidade.

A luz da vela estava baixa, a terra se aglomerando na nossa pele como se fôssemos roedores, raspando a sujeira.

Pensamentos de liberdade impulsionavam minhas mãos.

A esperança de ver meu pai me ajudava a ignorar a fome dilacerando meu estômago. Pensei no que faria com Maz se tivesse uma espada na mão, e isso manteve meu corpo em movimento. Eu era um rato, cavando um buraco para fugir, saindo para lacerar a garganta dos meus captores.

— Acho que batemos numa rocha ou algo do tipo. Não consigo passar. — A voz de Noor estava tensa, abafada pelo túnel. Ela bateu com a xícara de cobre na terra dura, tentando rachá-la.

Meu coração afundou. Dependendo da largura, poderia levar semanas para tirá-la.

— É rochosa ou de barro? — Tentei ver atrás dela. — Raspa ao redor para ver o tamanho.

— Está se movendo! — gritou Noor de volta, e eu soltei o ar. Isso significava que poderíamos removê-la.

— Talvez, se eu bater nela um pouquinho, ficará mais frouxa. — Noor martelou a xícara na rocha com uma pancada. — Está desgarrando!

— Ufa.

Voltei a recolher a terra, retirando o excesso do túnel e despejando nos pinicos. Voltei para a cela de Noor e derramei punhados de entulho no chão.

Um grito estrangulado saiu do túnel. Uma nuvem de poeira fresca irrompeu na cela de Noor. Meu coração parou quando corri de volta para o buraco.

— Noor? — chamei, esquecendo de baixar a voz, ignorando, no pânico, que os guardas poderiam me ouvir.

Mergulhei de volta no buraco, me arrastando o mais rápido que conseguia pelo breu, os olhos lutando para encontrá-la no escuro.

A vela tinha se apagado, e, independentemente de quantas vezes chamasse, Noor não respondia. Cheguei ao fim, sentindo a parede de terra, sem sinal de Noor. Deitei de barriga no chão, processando o que poderia ter acontecido.

Cave.

Avancei, enfiando as garras na terra. Minha unha quebrou quando arranhei uma pedra grande e gritei. Minha garganta estava apertada, e minhas mãos tremiam enquanto eu cavava.

Não.

Não, não, não, não.

Não podia acabar assim. Não com ela soterrada num túnel e eu presa em sua cela, sem ter como sair.

Não quando estávamos tão perto de fugir.

Meus dedos tocaram uma pele quente e áspera, e meu coração saltou pela garganta. O pé descalço de Noor saía da terra. Eu o puxei, sem me incomodar em ser gentil ou cuidadosa, só me importava quantos segundos seu rosto havia passado enterrado no solo. Sacudi a terra do seu corpo e a arrastei de volta pelo túnel.

Depois que cheguei até a abertura, a ergui até o chão da cela.

— Noor, não morra agora, ainda temos mais um ano de escavação pela frente.

Minhas mãos tremiam enquanto eu removia as pedras e os detritos de sua boca. Seus olhos estavam fechados, e os membros, moles e sem vida. Afastei o cabelo do seu rosto e tentei limpar a terra das vias respiratórias.

— E se eu tiver que fazer isso sozinha, vão ser dois anos. — Soltei o ar com força, o sangue martelando sob a pele como um pássaro em pânico. — E a gente sabe muito bem como sou ruim escavando, então, na verdade, vai levar quatro anos.

Pressionei a orelha em seu peito. Havia um subir e descer superficial, uma pequena inspiração. Ela ainda estava viva. Por enquanto. Dei uma risada desesperada que mais pareceu um soluço.

Mas então o martelar aliviado do meu coração cessou. Um fluxo lento de líquido escuro se acumulou no chão, escorrendo da parte de trás da cabeça de Noor por causa de algum ferimento desconhecido.

Fiquei de pé e nem pensei duas vezes no que ia fazer.

Era possível que eles não fizessem nada, que não se importassem se Noor estava viva ou morta. Só que, se os guardas estivessem minimamente interessados no fato de que ela poderia ter acesso a um poder djinn inimaginável, era possível que fizessem algo para salvá-la.

Bati na porta da cela, gritando a plenos pulmões, berrando por socorro. Eles podiam levá-la para a enfermaria, podiam estancar o sangramento, podiam impedir que ela morresse.

E eu não poderia estar ali quando isso acontecesse.

Passos soaram no corredor, e gritos distantes ricochetearam nas paredes. Dei um pulo para longe da porta e me arrastei de volta para o túnel, pegando o pedaço solto do chão que usávamos para esconder a rota de fuga e fechando-o sobre minha cabeça.

Depois, esperei.

Meu peito estava apertado e um suor frio se derramava sobre mim. Eles tinham que vir. Tinham que salvá-la.

Depois de um tempo, a porta se abriu, e os sons de batidas e gritos chegaram até mim. Pressionei a mão com força contra a boca, tentando não emitir um único som enquanto os guardas ocupavam a cela de Noor e a erguiam do chão.

— Droga. Temos que levá-la até Thohfsa.

— Thohfsa vai *nos matar* se ela estiver morta. Leve-a para a enfermaria primeiro.

Houve alguns grunhidos quando a levantaram, e um deles praguejou.

E então tudo ficou silencioso.

Soltei um suspiro superficial, o coração batendo tão rápido que eu mal conseguia me concentrar. Mas não havia mais barulhos.

Nada de passos, nenhuma conversa.

Esperei um bom tempo antes de erguer o bloco de novo e espiar o quarto.

A cela estava vazia. Noor havia desaparecido.

Porém havia algo mais que eu não estava esperando.

Os guardas tinham deixado a porta aberta.

SEIS

Claro que haviam deixado a porta aberta. Para eles, não havia mais ninguém ali.

Tentei conter a adrenalina crescente que me inundava. Eu poderia sair sem ninguém notar. Poderia deslizar para a noite sozinha.

Minha respiração ficou escassa no peito quando passei pela porta. Daquela vez, quando me movi pelos corredores escuros, não emiti nenhum som, e os outros prisioneiros já estavam dormindo. A cela de Noor ficava na ala oposta, próxima ao oceano. Eu quase conseguia sentir o cheiro de sal no ar, quase podia tocar a água fria com os dedos.

Se eu me escondesse dos guardas, saísse da prisão principal e escalasse a muralha, poderia chegar à praia sem que o alarme soasse.

Eu estava perto, muito perto de sair dali. Meu coração martelava no peito, meu corpo vibrando enquanto me esgueirava pelo corredor.

Desta vez, eu estava sob a cobertura da escuridão. Desta vez, não deixei rastros.

A pedra estava fria sob meus pés. Eu me arrastei colada na parede, tentando lembrar da planta da minha ala. Aquela ali parecia ser igual, e, se eu me mantivesse no corredor externo, deveria conseguir chegar à saída.

Ao virar a esquina, me deparei com dois guardas na porta principal, as vozes sussurradas sendo carregadas pela brisa fria. Eu grudei na parede de granito enquanto observava as duas figuras iluminadas pelo luar.

Por fim, eles começaram o rodízio do próximo turno da patrulha, afastando-se da saída e indo em direção ao outro lado da prisão.

Aproveitei a chance e me arrastei em silêncio até a porta. O ar do mar me golpeou com uma força espirituosa, como se me recepcionasse ao ar livre.

Saí e deslizei pela lateral do prédio, as costas pressionadas no tijolo. O ruído áspero de passos ecoou, e prendi a respiração quando um guarda virou a esquina do prédio antes de se voltar para o outro lado e retomar os passos em um ciclo. Pisei com cuidado, ganhando terreno, com apenas um foco.

Fugir, fugir, fugir.

Consegui chegar à muralha exterior. Não havia mais ninguém ali.

Eu poderia escalar e sair em minutos.

Mas, quando olhei por cima do ombro, uma luz piscando ao longe atraiu minha atenção. Um longo edifício de alvenaria ficava separado da prisão principal e da torre da diretora, como um cavaleiro solitário no horizonte. Eu o reconheci da única vez que estive lá, depois de algumas punições bem brutais de Thohfsa.

A enfermaria.

Noor.

Parei em frente à muralha de tijolos de barro, a respiração presa no peito.

Será que eu poderia fazer aquilo? Fugir e deixá-la para trás, a pessoa responsável por eu ter chegado tão longe? Algo sombrio se enraizou dentro de mim, uma sensação nauseante que não consegui afastar.

Se eu voltasse por ela, seríamos capturadas novamente. Fugir quando eles não tinham noção de que eu havia saído era uma coisa, porém resgatar Noor e lutar contra os guardas sozinha era outra bem diferente. Eu nem sabia se ela sequer estava consciente. Ou viva.

Só que o sorriso sarcástico de Noor preencheu minha mente, suas mãos ávidas sujas de terra, seu rosto cheio de admiração enquanto falava de Souma. Noor havia compreendido o quanto eu sentia saudade do meu pai. Ela compartilhava desse sentimento.

Eu não podia pular aquele muro.

Não podia fugir. Não se isso significava deixar Noor para trás.

— Dania, você é tão tola — murmurei ao refazer os passos e desviar para a direita, em direção à enfermaria.

Algo se contorceu dentro de mim ao lembrar do corpo mole de Noor quando a arrastei para fora do túnel, aquela poça de sangue espalhada pelo chão imundo de terra.

Ela ainda está viva.
Tem que estar.

Meus passos eram como um sussurro na grama rala, a vela oscilante na janela da enfermaria servindo de farol. Eu me recostei na parede externa, me aninhando nas sombras para evitar um grupo de guardas em rodízio que passava. O pátio da prisão era pontilhado de arbustos baixos e nada mais, porém eu estava grata por não haver tochas alinhadas à muralha desse lado.

O aroma pungente de cardamomo flutuando pelo ar chamou minha atenção e virei a cabeça. Eu não bebia chai havia um bom tempo, mas reconheceria o cheiro em qualquer lugar. Dois guardas o bebiam na enfermaria, com xícaras grandes nas mãos, o líquido fumegante lançando vapores na noite fria. Eu poderia facilmente matar os dois só para provar um pouco.

Estavam parados na única entrada. Se era para eu ser pega, que fosse com o gosto de chai nos lábios.

Agachei perto de um arbusto espesso, passando as mãos pelo chão à procura de algo que pudesse usar como arma.

Meus dedos tremiam com a necessidade de segurar qualquer tipo de lâmina.

Uma cimitarra.

Uma katar nos nós dos dedos.

Até uma espada ornamental eu aceitaria.

Pressionei uma mão contra o peito ao lembrar do pingente que Maz havia me dado, uma adaga real em miniatura que eu poderia ter usado em momentos como esse.

Em vez disso, meu polegar encostou na casca áspera de um galho de árvore que devia ter caído por cima da muralha. Eu o peguei com alívio e me ajoelhei, quase rastejando até os guardas.

Se eu atacasse os dois agora, soariam o alarme, e qualquer vantagem que eu tivesse desapareceria. A última vez que tentei sair da prisão sem uma arma não terminou muito bem, e, dessa vez, eu não estava muito mais equipada. Testei o peso do pedaço espesso de madeira nas mãos.

Mordi o lábio. Noor nunca faria algo tão arriscado como lutar contra os guardas em campo aberto. E eu precisava pensar um pouquinho mais como Noor para que nós duas saíssemos vivas.

Eu me aproximei alguns centímetros do prédio, arrastando a barriga pela grama macia, grata pela cobertura da escuridão que me tornava quase invisível no matagal. Eu vinha me arrastando de barriga para baixo na terra havia semanas, não me incomodava de fazer isso no momento. Parei a alguns metros de distância dos guardas e escutei suas vozes abafadas enquanto bebiam. Minha respiração ficou presa nos pulmões com a menção do nome de Thohfsa.

— Hashim disse que Thohfsa vai vir pessoalmente ver a prisioneira. Ela deu ordens para ser informada se alguma coisa acontecesse.

— Você acha que a garota sabe onde está o tesouro roubado de Souma?

O outro guarda bufou.

— Uma garota mole assim não conseguiria sobreviver às torturas de Thohfsa sem revelar o que sabe. Mas a diretora ainda acha que ela tem informações, senão, por que lhe daria todos esses privilégios? Ou convocaria um curandeiro dos ocultos para curá-la?

— Bem, Thohfsa não vai saber nada se a prisioneira estiver morta.

Meu coração vacilou com as palavras.

Por favor, não esteja morta, Noor.

— Tomara que o curandeiro tenha feito o trabalho dele direito.

Mordi o lábio inferior com tanta força que senti gosto de ferro. Se Thohfsa em pessoa estava indo ver Noor, significava que eu tinha pouco tempo para libertá-la. E, se um curandeiro dos ocultos tinha sido convocado, significava que o próprio imperador havia sancionado o uso de zoraat para curá-la. A aprovação do imperador Vahid para o uso de um dos seus estimados curandeiros de magia djinn indicava que ele, de fato, suspeitava que Noor soubesse algo sobre o tesouro de Souma. Só que, naquele momento, eu estava mais aliviada do que qualquer coisa: Noor estava curada, estava viva. E, se estivesse recuperada, eu não teria que carregá-la, e nós talvez tivéssemos realmente uma chance de fugir.

Fechei os olhos e inspirei o perfume suave de chai uma última vez antes de avançar. Depois, peguei uma pedra grande que estava por perto e a joguei nos arbustos do outro lado da enfermaria. Eu não tinha mais tempo para ser discreta, não se Thohfsa estava a caminho.

Envolvi os dedos no graveto, a espada improvisada cortando a carne da palma.

— Ei, ouviu isso? — Um dos soldados se virou para o som. — Não há ninguém fazendo patrulha por ali.

O outro bufou.

— Você está viajando de novo. Ninguém vai tentar escapar outra vez depois do que Thohfsa fez com a última garota. E é improvável que *ela* tente de novo. — Ele deu uma risada baixa, e quase o acompanhei.

Deixe que pensem que desisti. Logo menos irão saber o quanto estavam errados.

Apertei o galho com mais força, pronta para atacar os dois. Mas, quando eu estava prestes a sair das sombras, o primeiro guarda balançou a cabeça e foi até o outro lado do prédio para investigar o barulho, deixando-me sozinha com seu amigo.

Rolei para fora dos arbustos, pisei sob a luz da tocha e ergui o graveto bem no alto.

O guarda arregalou os olhos, a boca aberta para soltar um grito surpreso, porém, felizmente, ele não teve a chance de emitir nenhum barulho. Eu o golpeei com a ponta grossa, e ele desabou no chão.

— Tentei de novo, sim — murmurei enquanto chutava seu corpo imóvel.

Mas não podia deixá-lo ali, não com o outro guarda prestes a voltar. Um molho de chaves estava pendurado em sua cintura, e o peguei o mais silenciosamente possível, destrancando a porta da frente e arrastando seu corpo pesado pela abertura, junto ao galho de árvore com o qual eu o havia atingido.

Fechei a porta atrás de mim e ficamos enclausurados no silêncio, a não ser pela minha respiração áspera.

O mesmo piso de pedra do resto da prisão revestia a enfermaria, mas com muito menos sujeira. Na verdade, o prédio todo era mais limpo, como se mal tivesse sido usado, e com o leve cheiro de cúrcuma da pomada que aplicavam em nossos ferimentos depois dos interrogatórios de Thohfsa. Não era grande — apenas um corredor comprido com diferentes quartos onde abrigavam os pacientes. A entrada estava escura, exceto pelo brilho fraco do luar entrando pela janela acima e a luz baixa de uma porta aberta no final do corredor. Várias tochas apagadas pontilhavam as paredes e uma fraca corrente de ar se espalhava pelo caminho. Estremeci e envolvi os braços ao redor do meu corpo, desejando que tivesse um pouco daquele chai para me aquecer.

Ergui os braços do guarda mais uma vez e grunhi com o esforço de puxá-lo até o quarto mais próximo — uma câmara vazia com suplementos médicos. Depois de me livrar do corpo, alonguei as mãos, fazendo com que o sangue retornasse para os dedos, desejando que eu ainda tivesse um pouco da resistência física com a qual cheguei na prisão.

Todos os músculos que eu havia aperfeiçoado lutando com Mazin no pátio de treinamento tinham se esvaído quando me deparei com as rações miseráveis desse lugar.

Cutuquei a perna do guarda com o pé, e ele não reagiu. Tateei seu corpo, procurando por qualquer espécie de arma, só que ele não tinha nada que eu pudesse usar. Uma pena. Não havia nada para amarrá-lo, então apoiei uma das cadeiras cinzas de metal abaixo da maçaneta. Depois saí à procura de Noor.

SETE

MEUS PÉS TOCARAM DE LEVE A PEDRA FRIA ENQUANTO eu caminhava pelo corredor, me mantendo nas sombras. Cada quarto que passava era uma casca vazia, e não vi sinal de qualquer outro guarda.

Andei até a luz fraca que emanava no fim do corredor. Era a única indicação de que havia alguém no prédio além de mim, o que significava que devia ser onde Noor estava.

Uma vozinha na minha cabeça repetia que eu era uma tola por voltar para buscá-la e não ter fugido quando pude.

Só que minha outra parte, o lado que me mantinha em movimento e acelerava meu coração, sabia que, se eu não voltasse por Noor, se não tentasse resgatá-la também, seria como se nunca tivesse saído da prisão. Aquela sensação nauseante me corroía por dentro, espalhando suas raízes escuras, e eu sabia exatamente o que era.

Culpa.

Eu não estaria livre se a deixasse ali para morrer. E de que valeria a liberdade se continuasse me sentindo aprisionada?

Avancei, os ouvidos atentos a qualquer sinal de vida além da tênue luz oscilante. Somente quando cheguei à porta foi que ouvi um murmúrio baixo, e a esperança cresceu no peito.

Noor.

Noor estava viva. Noor estava *falando*.

Mas me detive, porque ela claramente não estava falando sozinha.

— Já falei pra você, não sei de nada disso.

— Você está mentindo — respondeu uma voz, tão baixa quanto, mas completamente mortal.

Meu coração parou ao ouvi-la.

Thohfsa.

— Não chamei o curandeiro djinn só para você poder continuar mentindo para mim. Vai me contar onde está o tesouro de Souma, e vai fazer isso hoje.

Toda a euforia que senti se foi. Se Thohfsa estava ali, os guardas também estariam. Eu me inclinei para a frente, ousando espiar o interior.

Noor estava deitada numa cama estreita, usando um kurta claro de algodão com um lençol jogado sobre ela. Sua pele estava pálida, mas os olhos brilhavam em alerta.

Thohfsa estava aos pés da cama, com os braços cruzados e uma careta familiar no rosto.

— Você me ouviu? Não vou te dar outra chance, garota. Já teve o bastante. Eu lhe dei privilégios, lhe dei tempo. E agora vou dar a você mais dor do que jamais imaginou ser possível, a não ser que comece a me contar a verdade.

Cravei as unhas na palma com as ameaças de Thohfsa. Já as ouvira muitas vezes antes, mas nunca com tanta veemência.

O quarto não era maior do que a cela de Noor, mas tinha mais janelas, e as duas estavam completamente sozinhas. Eu me arrastei para mais perto, ainda encoberta pela escuridão da porta. Se não havia guardas, então Thohfsa cometera um erro fatal, um do qual eu não hesitaria em tirar vantagem.

Mas por que ela iria até ali sem proteção? Mesmo que Noor estivesse incapacitada, Thohfsa nunca ia a qualquer lugar sem seus guardas.

Vai me contar onde está o tesouro de Souma, e vai fazer isso hoje.

Arquejei baixinho. Claro. Thohfsa não queria ninguém por perto se iria obter respostas. Ela queria ser a única pessoa a encontrar o tesouro. E não o dividiria.

Mas, sozinha, mesmo sem armas, eu poderia lutar contra ela.

Apertei os dedos em volta do galho em minhas mãos, preparada para mostrar o quão pronta estava para vencê-la.

— Onde está? — rosnou Thohfsa, aproximando-se de Noor.

Ela agarrou a espada pequena na cintura, e eu soube, pelo modo como segurou o cabo, que não tinha crescido com uma arma na mão, como eu. Ela teve treinamento, sim, mas a memória da lâmina estava gravada em meus dedos. Espadas eram uma extensão de quem eu era.

E minhas mãos coçavam para ter uma outra vez.

Avancei, abandonando todo o sigilo e o disfarce. Um rugido fraco soou nos meus ouvidos.

— Ela já disse — falei, minha voz atravessando o quarto. — Ela não sabe onde está. Então por que você não a deixa em paz e briga com alguém que pode se defender?

Noor soltou um arquejo surpreso e se sentou. Thohfsa arregalou os olhos, e um choque satisfatório cruzou seu semblante. Depois de meses de abuso, minha pele zumbia de antecipação para retribuir o favor. Suor revestia minhas palmas enquanto eu segurava o galho da árvore com mais força. Dei outro passo para dentro do quarto.

Eu tinha segundos para fazer aquilo direito antes de Thohfsa soar o alarme.

Corri até ela, puxando os braços para trás e enterrando o galho no seu abdômen. Thohfsa estremeceu por causa do impacto e soltou um gemido trêmulo.

Desembainhe a espada, desembainhe a espada.

Como se pudesse ouvir meus pensamentos, ela sacou a pequena espada da bainha de couro. Uma calma fria tomou conta de mim enquanto eu endireitava os ombros e me preparava para lutar.

Thohfsa deu um sorriso cruel, esticando a pele fina do rosto, parecendo um esqueleto macabro sob a luz oscilante da tocha.

— Eu já te torturei mais vezes do que consigo contar e você continua pedindo mais. Estou começando a achar que gosta de ser punida.

Mantive a concentração enquanto me movia para mais perto da cama de Noor.

— Você está bem, Noor? — perguntei, olhando de relance para ela, tentando manter a voz equilibrada.

— Já estive melhor — respondeu, numa fala arrastada, enquanto Thohfsa avançava sobre mim de novo.

— Não tenho certeza — falei, meio sem fôlego enquanto desviava do ataque. — Você está aí, numa cama quentinha, enquanto eu luto contra Thohfsa com um graveto.

Thohfsa desviou a atenção de mim para Noor e voltou, semicerrando os olhos redondos.

— Como vocês se conhecem?

Arqueei uma sobrancelha.

— Achei que você soubesse de tudo que acontecia dentro das paredes da sua prisão, diretora?

Thohfsa soltou um rosnado do fundo da garganta, depois correu, com a arma erguida no ar. Levantei meu galho de árvore para encontrá-la, rezando para que a madeira fosse espessa o suficiente, ou que a lâmina de Thohfsa não estivesse afiada o bastante para parti-la ao meio. Quando Thohfsa desceu a espada, Noor gritou meu nome, mas eu não podia me dar ao luxo de me desconcentrar. Thohfsa golpeou minha arma improvisada, parando exatamente no meio da madeira.

E ficou presa.

Senti vontade de gritar em triunfo. Em vez disso, deslizei a mão pela lâmina, agarrei o punho e golpeei sua bochecha com ele.

Thohfsa tropeçou até a cama de Noor, perdendo o equilíbrio, e eu puxei a espada para mim, girando-a com a ponta da lâmina apontada diretamente para a diretora.

Ela soltou um grito frustrado ao encarar a extremidade afiada da própria arma. Um brilho de pânico se agitou atrás dos sulcos ásperos de seu rosto, e eu senti o gosto do sucesso na língua.

— Você não fez o dever de casa, Thohfsa — falei enquanto abria o mesmo sorriso lento que ela sempre me dava. — Você decidiu entrar numa luta de espadas com a filha do ferreiro do imperador. Posso ganhar de você até sem uma lâmina.

— Você não quer me matar — gaguejou ela. — Posso te libertar. Me deixe ir e vou garantir sua soltura.

— Está tentando negociar comigo? Depois de tudo o que fez? — Eu a olhei de cima a baixo com uma expressão sombria. — Não estou no clima.

Avancei sobre ela, com a lembrança de cada surra que já me deu fresca na pele, o som de cada estalo do chicote quando atingia a parte de trás das minhas coxas ecoando na cabeça.

— Dania. — A voz baixa de Noor atravessou minha névoa de ira.

Ela tinha se arrastado até a beirada da cama e tentava colocar o pé no chão, hesitante. Ela se apoiou no colchão enquanto ficava de pé, e soltei o ar lentamente quando andou até mim.

— Só apaga ela, não precisa matá-la.

— Está de brincadeira? — Fiz uma careta, quase mostrando os dentes. — Não preciso matá-la? Ela torturou nós duas por *anos*.

— Escute a garota! — A voz ávida de Thohfsa passou afiada entre nós como um machado áspero. — Você terá uma chance melhor de liberdade se eu estiver viva, vou te ajudar!

Eu lhe dei um sorriso vazio.

— Noor não te conhece como eu, diretora. Não viveremos enquanto você respirar.

Thohfsa lambeu a frente dos dentes, com aquele brilho calculista retornando ao rosto. Inclinei a cabeça, só que, antes que eu pudesse reagir, ela abriu a boca e soltou um berro.

Não pensei duas vezes, nem quando Noor agarrou meu braço, nem quando chamou meu nome novamente.

Avancei e cravei a espada no estômago de Thohfsa com um tranco doentio.

Um arquejo escapou de mim — eu havia esquecido de como era perfurar um corpo com uma lâmina, sentir a resistência da pele contra o aço e o ataque de náusea na garganta quando ela finalmente cedia.

Cortei-a no meio do grito, e nos encaramos por um instante, boquiabertas.

Jatos vermelhos espessos escorreram pela espada. Fechei os olhos brevemente, e toda a raiva e o ódio silenciaram.

Por um momento, houve uma calmaria.

Thohfsa tinha encontrado seu fim, fora tudo o que eu prometera a mim mesma todas as vezes que ela colocou a mão em mim. Arranquei a espada, o sangue se acumulando enquanto o corpo de Thohfsa desabava no chão.

Olhei para Noor por cima do ombro.

— Não é você quem decide como eu me vingo.

Ela assentiu, tensa, com os olhos arregalados.

Limpando a lâmina no lençol da cama em que Noor estava deitada, tentei estabilizar minha respiração ofegante.

Fazia um bom tempo desde que tinha matado alguém com uma espada, mas remoer isso agora poderia nos custar a vida. Uma máscara de serenidade e foco recaiu sobre mim, e eu, por instinto, rolei a pequena espada na mão, testando seu peso, apresentando-me à nova arma. Dei um suspiro pesado.

— Temos que ir. Thohfsa fez barulho suficiente para os guardas correrem até aqui. Se não sairmos agora, nunca sairemos.

O olhar ilegível de Noor deslizou pelo corpo de Thohfsa, que ainda se contorcia. Ela mordiscou o lábio inferior, aparentemente na intenção de me repreender, mas pensou melhor.

Em vez disso, falou:

— Você tem um plano?

Sorri para ela, um eco do sorriso de Thohfsa mais cedo.

— Não, mas tenho uma espada.

OITO

Até aquele momento, faltava a única coisa que eu precisava para sair dali. Pela memória, ajustei a forma como eu andava para acomodar a espada; o peso extra era diferente do que estava acostumada com minha talwar, mas serviria.

Gritos e passos distantes soaram do outro lado da enfermaria, sinalizando que o berro de Thohfsa havia sido bem-sucedido.

Noor correu para a porta e inspecionou o corredor, os olhos arregalados de medo.

— Em nome dos djinn, como vamos sair dessa?

Expirei, o coração batendo tão alto quanto uma tabla. Contei lentamente na cabeça, acalmando os nervos, enquanto me balançava para a frente e para trás. Com uma lâmina nas mãos, me sentia segura. Poderosa. Eu a ergui diante de mim.

— Faremos as coisas do meu jeito desta vez.

Passos retumbaram na pedra, as mesmas botas insistentes que eu tinha ouvido ao longo do último ano. Noor se sobressaltou quando dois guardas entraram no quarto, apontando armas. Reconheci um deles como o guarda que foi atrás da pedra que eu tinha jogado, seu cabelo curto e a barba bem aparada. O outro estava com o uniforme abotoado de forma irregular e o cabelo era um ninho de cachos despenteados. Seus olhos foram de Thohfsa no chão para mim segurando a espada ensanguentada.

Ri de suas expressões chocadas e lembrei de como Thohfsa os repreendia.

— Não me digam que vocês não queriam fazer o mesmo?

Noor deu um passo à frente, as mãos estendidas de maneira apaziguadora.

— A diretora está morta. Vocês podem deixar a gente escapar na escuridão e ter uma chance de sobreviver ou lutar e morrer.

Ela gesticulou para a arma na minha mão.

— Eu não sabia que daríamos a eles uma opção. — Apertei mais o cabo, e dei um passo à frente.

— Sei que falou que era boa com uma dessas, mas prefiro sair daqui com o mínimo possível de derramamento de sangue — respondeu Noor entre dentes cerrados.

— Não prometo nada — rebati, semicerrando os olhos.

Eu duvidava muito de que sairíamos dali sem que mais sangue fosse derramado.

Os guardas concordaram comigo, porque avançaram contra nós, as próprias espadas brilhando sob a luz das tochas.

O rugido dentro da minha cabeça silenciou.

Eu me movi de um lado para o outro e saboreei a agitação familiar da luta crescendo nas veias. Meus músculos acordaram, recordando cada exercício com Baba no campo de treinamento, cada combate enquanto eu aprimorava minhas habilidades.

O primeiro guarda, o de barba aparada, atacou. Eu desviei para trás e golpeei sua cimitarra com a espada curta de Thohfsa. Ele não esperava o golpe certeiro, e a lâmina balançou no seu aperto. Ficou boquiaberto, e não perdi tempo ao afundar a lâmina em sua barriga também. Noor arfou atrás de mim, e meus braços gritaram sob o esforço de outro golpe mortal. O guarda grunhiu, o miado fraco de um gato se afogando.

O guarda desgrenhado avançou com um rugido, e não consegui desprender a espada de Thohfsa rápido o suficiente. Eu a abandonei e rolei para longe quando ele fatiou o ar com sua cimitarra de dois gumes, não me acertando por centímetros.

Fiquei de pé, as mãos vazias coçando para pegar sua espada. O guarda me seguiu, atacando enquanto meus pés dançavam ao seu redor.

Estendi a mão até o punho da espada da diretora e consegui puxá-la para fora daquela vez.

Quando o guarda ergueu a própria arma para o alto, eu mergulhei sob ela e atingi o cabo da minha espada no seu maxilar, deixando o metal pesado da empunhadura fazer todo o esforço.

Ele caiu feito uma pedra no chão.

Noor correu até o homem, colocando os dedos em seu pescoço.

— Bem, pelo menos este aqui não está morto.

— Outros vão estar — falei, curvando a boca em uma linha sombria. — Se não forem eles, seremos nós.

Peguei a cimitarra do guarda incapacitado pelo punho central e fatiei o ar.

— Só posso usar as espadas que consigo segurar. Vou me contentar com duas por enquanto. — Olhei para a outra arma, uma lâmina única curva caída numa poça de sangue no chão. — Você fica com essa.

Noor olhou como se tivesse acabado de engolir um copo cheio de espinhos.

— Não, obrigada. Com certeza seria um perigo maior para mim mesma do que para os outros.

— Você precisa de uma arma, pegue. — Andei até a porta e observei o corredor. — Sem mais passos. Nenhum outro guarda.

Noor pegou, cuidadosamente, o punho com dois dedos. Ele oscilou, bambeando em seu aperto, e suas mãos tremeram.

Lancei um olhar incrédulo. Ela tinha razão, não parecia conseguir usar a arma. Não era de se espantar que tivesse concentrado os esforços em cavar para fora dali em vez de lutar pela saída.

— Você está bem? — perguntei, examinando seu rosto pálido.

Noor expirou lentamente.

— A mistura de zoraat que me deram não estava perfeita, eu poderia ter feito melhor. Ainda estou sentindo os efeitos da recuperação, mas, pelo menos, ele sarou meu ferimento e me deixou consciente para que Thohfsa pudesse me interrogar. — Ela deu de ombros e estremeceu, massageando a nuca. — Minha cabeça está latejando.

— Onde está o curandeiro agora?

Encarei o corpo da diretora. Ela não se mexia, mas ainda havia um leve subir e descer em seu peito enquanto sangrava. Só que eu não estava inclinada a lhe dar uma morte rápida, considerando o que ela havia me feito passar.

— Ele recebeu ordens para sair assim que terminasse. Tenho que admitir, eu não esperava que Thohfsa tivesse os recursos necessários para conseguir trazer um curandeiro do imperador tão rápido.

Mordi a parte interna da bochecha.

— Você disse que o imperador queria o zoraat de volta, não é? Faz sentido que ele esteja interessado em você.

— Não gosto dessa ideia.

— Eu também não gostaria.

Eu sabia como era ter a atenção do imperador Vahid, e ele era impiedoso.

Passamos por cima dos corpos e nos arrastamos pelo corredor da enfermaria, abrindo a porta. O lado de fora estava escuro e assustadoramente silencioso, mas o mais importante era que não havia guardas à vista.

Contornamos o prédio em direção à muralha oposta, a que não ficava ao longo do penhasco. Minha respiração ficou presa no peito, a pressão quase insuportável.

Os outros guardas podiam não ter sido alertados ainda, só que em breve notariam o sumiço de Thohfsa e dos outros.

Tínhamos que ser o mais rápidas possível.

Rastejamos pela grama, evitando a luz das tochas das torres de vigia. A guarita de vigilância da diretora ficava próxima da entrada principal, e fomos até lá para escalar a muralha exterior até o outro lado. Minha respiração era um sopro branco no ar frio.

Mais alguns minutos e estaríamos livres. Mais alguns passos e deixaríamos essa prisão para trás.

Mas, quando estávamos agachadas na grama, congelei com um grito distante.

Noor esbarrou nas minhas costas.

— Que foi?

— Ouvi um grito.

Depois de um instante, o barulho se tornou impossível de ignorar. Múltiplos guardas gritavam, suas vozes vinham da direção da enfermaria. O barulho de pés batendo na grama.

Estavam perto.

Então, o pior som — o toque afiado dos sinos ecoou por toda a prisão.

Meu sangue congelou. Agora estavam procurando por nós.

Segurei as espadas com força, como se fossem uma âncora.

A última vez que eu havia enfrentado os guardas diretamente não tinha acabado muito bem.

Só que, dessa vez, era diferente. Agora eu tinha armas.

Com espadas nas mãos, eu era invencível.

A lâmina de Noor quase voou de sua mão quando o sino soou, e ela se voltou para mim.

— Toda vez que você se vira, acho que vai espetar meu olho — murmurei enquanto me afastava da ponta oscilante de sua espada.

— Eu falei que não queria carregar uma! — rebateu, com rispidez.

— Não se *carrega* uma espada, você a empunha. E é útil ter uma para o caso de nós...

O sibilo inconfundível de uma lâmina sendo desembainhada atravessou o caos ao nosso redor.

Eu conseguiria identificar aquele som mesmo em meio a uma tempestade.

Parei rapidamente, na extremidade da enfermaria, e ousei espiar a esquina.

Havia meia dúzia de guardas, com suas cimitarras erguidas, procurando por nós.

— Você vai precisar dessa espada, no fim das contas.

NOVE

—Jamais sairemos dessa. — A voz trêmula de Noor cortou o rugido da batalha em meus ouvidos.

— Eu já passei por coisa pior — sussurrei de volta.

Noor me lançou um olhar incrédulo.

— *Ah, é?*

Não, mas não queria admitir isso. Pelo menos agora eu tinha uma espada para apontar contra o inimigo.

Correção, eu tinha *três*.

— Só precisamos desfazer a formação deles — falei, mordiscando o lábio inferior.

Não podíamos voltar por onde viemos, porque só nos depararíamos com os guardas em um ângulo diferente. E não podíamos escalar a muralha atrás da enfermaria, porque não havia nada do outro lado além de rochas pontiagudas e mar agitado.

Teríamos que enfrentá-los.

— Eu consigo lidar com dois de cada vez, desde que não venham todos pra cima de mim ao mesmo tempo.

Lembranças do pátio de treinamento passaram pela minha mente, fazendo minhas mãos cerrarem ainda mais no punho.

Porque não eram lembranças do treinamento com Baba, mas com Mazin.

Passávamos horas lutando, fosse com os outros alunos de Baba ou apenas um com o outro. Embora a esgrima de Mazin precisasse ser aprimorada, no fim das contas, ele era o único que conseguia se igualar a mim.

Até me superar na nossa batalha final, a que travamos sem espadas.

Aquela em que eu acabei na prisão, e ele saiu livre.

— Dania — chamou Noor, o medo palpável em suas palavras —, você acha que consigo derrubar seis guardas, sendo que mal sei segurar essa coisa?

Virei para ela, as lembranças dando origem ao que parecia ser uma raiva antiga, impulsionando meus movimentos e solidificando minha determinação.

— Você não precisa lutar — admiti, ponderando sobre nossa estratégia —, mas pode servir como uma distração.

— Ah, ótimo. Então eu sou a isca?

— Eles não sabem que somos duas. Só sabem que você fugiu da enfermaria e que a diretora está morta. Vamos usar isso a nosso favor.

— Certo. — Ela assentiu, a boca esbranquiçada. — Só não me deixe ser espetada enquanto você foge sozinha.

Ela ficou de pé, com a espada na mão, parecendo que estava caminhando para sua execução.

— Se eu quisesse fazer isso, não teria voltado.

Noor deu um sorrisinho, que não chegou aos seus olhos assustados.

Queria tranquilizá-la, mas não sabia o que estava prestes a acontecer. Eu conhecia minhas habilidades, sabia o que havia sido treinada para fazer, só que nunca tinha realmente entrado numa luta tendo que me preocupar com outra pessoa — muito menos com alguém que não tinha nenhuma habilidade de combate. A melhor coisa que eu poderia fazer era garantir que as possibilidades fossem um pouquinho mais equilibradas.

— Preciso que eles se separem. Atraia-os para cá, isso vai me dar uma chance de reduzir seu número aos poucos.

Se não sabiam que eu estava ali, eu tiraria vantagem disso.

Noor assentiu e segurou a espada à sua frente como se fosse um talismã, e não uma arma.

Respirei fundo, coloquei a palma da mão nas costas rígidas dela e a empurrei para os guardas à sua espera.

Gritos se seguiram, e o arrastar de pés ficou mais alto.

— Nós a pegamos! — Uma voz estava perigosamente perto, separada do resto. Bem o que eu queria. — Você achou que poderia escapar? — indagou o guarda, com um grunhido baixo. — Sozinha?

Noor correu de volta para trás da muralha, empunhando a espada de forma estranha. Um guarda veio correndo atrás dela, mas eu estava pronta. Movi rapidamente uma ponta da cimitarra de dois gumes, cortando sua garganta com um movimento limpo.

— Ela não está sozinha — falei para o corpo se contorcendo no chão.

Por um breve momento, fiquei de luto por ele. Outra morte por minhas mãos, uma que não precisava acontecer. Só que eu não podia perder tempo.

Já estava cansada. Vinha cavando diariamente com pouca comida e ainda menos sono. Canalizei tudo que sabia de luta — tudo que tinha aprendido com Baba e no treinamento com Maz.

Mas, no fim, a última voz que escutei ditando meus passos foi a da minha avó.

Nunca mostre seu medo. Os fracos se alimentam do medo.

Outro guarda virou a quina, e eu o abati sem olhar. O próximo chegou e se deparou com minha espada. Eu desembainhei a talwar e enfrentei três guardas de uma só vez, nunca na defensiva. Cada colisão era um golpe mortal, todo movimento um ataque. Um guarda de cabelo comprido e escuro, usando tapa-olho, correu até mim, se chocando contra as minhas duas armas com um estrondo.

Porém ele protegeu o rosto com a própria espada e me empurrou. Ele era grande — muito maior do que eu. Não duraria muito lutando com ele assim; precisava despistá-lo. Eu me esquivei, mas o guarda me seguiu, e dois outros se juntaram a nós. Mergulhei contra o soldado à sua direita, cortando seu calcanhar com a cimitarra e rolando para longe quando ele caiu no chão com um suspiro ofegante. O homem agarrou o pé e gemeu como um cão bravo. Minhas espadas cruzadas encontraram o aço curvado do guarda mais alto, e eu consegui desviar de seus ataques pesados antes de girar para fora de seu alcance. Um guarda baixo, com uma barba longa e ombros tensionados como cordas grossas, balançou a cimitarra com uma velocidade que me pegou desprevenida, me cortando superficialmente no antebraço.

Abafei meu grito com um sibilo baixo quando ele me deu um sorriso presunçoso. A dor percorreu minhas veias como fogo gelado. Meu rosto estava firme em uma máscara feroz. Para eles, eu seria indestrutível. Para eles, não demonstraria medo.

Os fracos se alimentam do medo.

O guarda maior saltou em minha direção, me jogando no chão e subindo em cima de mim. Meus pulmões se comprimiram quando todo o ar foi sugado pelo peso de seu corpo musculoso contra o meu.

Um sorriso estreito se espalhou por seu rosto. Ele estava tão perto que pude ver cada poro escurecido em suas bochechas, o odor forte de suor subindo até meu nariz. Eu não conseguia me mexer, não conseguia lutar e não conseguia tirá-lo de cima de mim.

Pânico martelou em meu peito.

Eu não tinha saída.

— Seu plano é me matar com seu fedor? — perguntei, torcendo para que ele perdesse a paciência e eu pudesse me aproveitar disso.

Tentei chutar, mas não consegui me firmar. Sua mão larga prendeu meus braços acima da minha cabeça, minhas lâminas pressionadas contra a grama, inúteis.

Ele ergueu sua espada, a ponta direcionada para meu peito, como se fosse me empalar no chão.

Perdi o ar e não consegui recuperá-lo. Parece que o tempo congelou quando ele desceu a lâmina. Só que, quando fez isso, seus braços vacilaram. Seus olhos redondos reviraram na cabeça e ele desabou sobre mim com um baque pesado.

Fiquei deitada ali, momentaneamente chocada. Empurrei com força seus ombros e tirei seu corpo fedorento de cima de mim. Noor pairava sobre ele, o cabo da cimitarra à sua frente, como se estivesse prestes a se apunhalar. Pisquei, as palavras presas na garganta.

— Achei que você tinha dito que não sabia usar uma espada — falei, por fim, engolindo em seco com dificuldade.

Ela inclinou a cabeça e suspirou.

— Tenho quase certeza de que usei a parte errada.

Passos soaram atrás de nós, e Noor girou quando outro guarda avançou. Me coloquei de pé, balançando a cimitarra por cima da cabeça dela e fincando-a no pescoço do guarda. Quando puxei de volta, sangue espirrou em nós duas.

Um instante de silêncio pesado nos envolveu. Demos a volta na esquina da enfermaria e examinamos os danos.

Todos os guardas do pátio estavam mortos.

Noor assobiou.

— Você conseguiu, Dania.

Não comemorei. Sufoquei a vontade de lamentar os mortos e engoli a bile no fundo da garganta. Puxei o braço de Noor e a arrastei até a muralha exterior.

— Todos os guardas da prisão virão atrás de nós em minutos se não sairmos daqui agora.

— Você não acabou de matar todos eles?

Balancei a cabeça, contando o número de corpos e repassando quantos guardas da patrulha noturna eu havia contabilizado para as minhas tentativas de fuga anteriores.

— Acho que a gente lutou apenas com os guardas da patrulha noturna, mas eles soaram o alarme, então logo todos os guardas da prisão virão até nós. Por enquanto, acreditam que um prisioneiro fugiu. Mas, assim que virem o massacre, vão vir atrás da gente.

Noor assentiu e então puxou a mão da minha.

— Mas por que está nos arrastando para a muralha?

Olhei boquiaberta para ela.

— Para escalar.

Noor riu, e então ergueu um grande molho dourado de chaves que cintilava sob o luar.

— Para que pular a muralha se eu roubei as chaves de Thohfsa do portão da frente?

DEZ

Gritos soaram ao longe enquanto o restante dos guardas da prisão corria para a enfermaria. As mãos de Noor tremiam quando ela destrancou a entrada, e nós duas deslizamos pela porta principal sob a escuridão enquanto as patrulhas estavam distraídas.

Meu coração martelava no peito mais alto do que nossos passos ávidos, mas, quando pisei na areia perto da água, senti como se estivesse voando.

Tínhamos chegado à praia.

A fuga estava à vista.

Achamos um barco meio acabado e o arrastamos até a água o mais silenciosamente que conseguimos. Por fim, larguei as espadas ensanguentadas e peguei um remo.

Navegamos noite adentro, com a adrenalina impulsionando nossos braços. Eu deveria estar exausta demais para me mover, mas minha pele parecia viva, como se a liberdade me inundasse com um novo fogo. Não tínhamos ideia de para onde estávamos indo, sabíamos apenas que estávamos deixando a prisão para trás.

— Não acredito que acabamos de fazer isso. Não acredito que *você* acabou de fazer isso. — A voz de Noor estremeceu, e eu não sabia se ela ia rir ou chorar.

Senti minha própria risada tonta borbulhando no peito.

— Aqueles guardas mal tinham um treinamento básico de esgrima — declarei, incapaz de afastar o sorriso do rosto. — Aquilo não teria sido possível com soldados experientes.

Noor bufou.

— Não deveria ter sido possível de jeito nenhum. Você tem consumido magia djinn? Como fez isso?

Parei de remar e esfreguei a nuca. Não fora magia que fizera minha espada cortar o ar como um raio nem meus reflexos serem tão rápidos quanto os de um gato.

Fora o treinamento.

Cada ataque, combate e golpe de defesa eram reflexos da memória muscular.

Pupilas escuras e mãos firmes lampejaram pela minha mente enquanto eu pensava na pessoa com quem havia praticado todas aquelas horas.

Se eu fechasse os olhos, ainda conseguia ouvir o sussurro de seus passos cuidadosos atrás de mim. Até que não estivesse relembrando apenas as lutas, mas as outras coisas também. As partes dele que eu queria desesperadamente esquecer — o sorrisinho no canto da boca quando me observava, a falha na voz quando dizia meu nome. Fechei os dedos na palma da mão, as unhas perfurando a pele, tentando escapar de seu ataque, cada lembrança como se estivesse enraizada na minha pele.

Eu os enterrei, os momentos de suavidade nos quais não queria pensar — porque eram falsos.

A única verdade entre nós havia sido no campo de batalha.

E eu não queria pronunciar seu nome, não no momento.

— Cresci com todo tipo de espada a minha volta. Meu pai as fazia, mas também garantiu que eu soubesse como usá-las — respondi, por fim, sufocando as outras palavras que ameaçavam sair.

— E garantiu mesmo. — Noor olhou para o oceano escuro e, por um instante, deixamos o barco balançar na água, as duas consumidas por pensamentos. — Dani, eu não te contei tudo. — A voz baixa de Noor cortou a correnteza estável do oceano e paralisou o remo em minhas mãos.

Ergui o rosto. Os olhos vibrantes de Noor se encontraram com os meus no mar iluminado pela lua.

— Sei exatamente onde está o tesouro de Souma.

Arfei, o ar marítimo soprando em meus pulmões, as possibilidades de sua confissão correndo pela minha mente melhor do que qualquer estratégia de fuga da prisão. Isso substituiu as lembranças calorosas de Maz por outra coisa.

Algo que parecia vingança.

Eu tinha desconfiado daquilo. Mas, agora que era certo, o potencial era infinito. Todo aquele poder. Toda aquela magia.

O que eu faria se tivesse o poder de fazer qualquer coisa acontecer?

Daquela vez, as lembranças que me atacaram não foram reconfortantes, mas sim amargas. O rosto imóvel de Mazin enquanto ele me observava ser arrastada para longe pelos guardas do palácio. Os dedos imundos do capitão Darbaran enquanto perfuravam a carne do meu braço e prendiam correntes grossas nos meus pulsos.

Eu poderia fazê-los pagar. Mas o que aquilo me traria agora?

Por mais que eu quisesse ceder ao ódio, era a voz baixa de Baba que me atraía para casa. Vingança não ajudaria meu pai — só pioraria a situação. Eu poderia ter todo o poder do mundo, só que, naquele momento, desejava apenas uma coisa.

— Me ajude, ache o tesouro de Souma comigo. — A voz de Noor estava tão baixa que foi quase levada pelo vento, mas eu a ouvi com bastante clareza. — A gente divide. Poderíamos ir para qualquer lugar do mundo com o que Souma enterrou. — Ela engoliu em seco, os olhos como fogos no luar. — Podemos conseguir justiça para o que fizeram conosco.

Um sopro baixo me varreu.

— Justiça? — Arqueei uma sobrancelha. — É isso que você quer? Porque não é disso que preciso.

Ela desviou o olhar para o mar escuro e imensurável.

— Vingança — respondeu depois de um instante. — É o que eu deveria ter dito.

Uma palavra que eu conhecia bem.

— Quero me vingar do imperador Vahid. — Ela lambeu os lábios, nervosa, como se admitir em voz alta lhe desse medo.

Mas uma coisa no fundo da minha mente me incomodou. Aquilo era mais do que retaliação por um caudilho de quem ela tinha se tornado próxima. Era algo mais.

— Por quê? — perguntei, inclinando a cabeça, avaliando-a.

Tínhamos compartilhado muita coisa uma com a outra, mas talvez não tivesse sido o bastante.

— Quero destruir o homem que ordenou tantas mortes. O homem que matou meu...

Noor parou, parecia estar tendo dificuldade com as palavras. Eu não tinha certeza de qual ela escolheria. Amigo? Chefe?

Souma não era apenas seu caudilho, não era só o homem que lhe ensinara como usar zoraat, aquilo estava bem claro.

— Seu...? — instiguei.

Ela ergueu o rosto, os olhos escuros brilhando.

— Souma era meu pai. Meu pai de verdade. Teve um caso com a minha mãe, mas escondeu minha identidade da família quando ela morreu e me acolheu. É por isso que não posso simplesmente me esconder enquanto o imperador Vahid está sentado no palácio sem se preocupar com nada. — Ela cerrou os punhos.

Sorri, mas sem humor.

— Você e eu sofremos perdas por causa de Vahid. Mas, se ele matou seu pai, você merece vingá-lo, Noor. Eu iria querer isso se o mesmo acontecesse comigo.

Noor abaixou a cabeça, como se encarar meus olhos fosse demais.

Vingança.

Meus dedos coçavam para tê-la. Só que vingança não me levaria ao meu pai. Não apagaria o que acontecera.

Noor estava me dando as chaves para o poder ilimitado, a chance de ter magia djinn nas mãos.

Curiosamente, eu não me sentia triunfante.

Queria retaliação pelo que havia sido feito? Sem dúvida. Só que, na maior parte do tempo, eu só queria segurar a mão do meu pai, sentir as cicatrizes em sua palma, de tantos anos na forja, e relembrar como era ser amada. Vahid matara o pai dela, mas o meu ainda tinha ar nos pulmões, e aquela conversa me fez perceber como eu era sortuda.

— Não posso. — Avaliei as palavras. — Não posso ir atrás do tesouro de Souma com você.

Ela fez uma careta de decepção.

— Preciso voltar para o meu pai.

Noor assentiu, embora segurasse o remo com tanta força que os nós dos dedos estavam brancos. Pela primeira vez, me perguntei se ela sequer tinha para onde ir.

Sua família estava morta.

Engoli o nó na garganta, sabendo que meu pai a receberia de braços abertos depois de ela ter me ajudado.

Estendi a mão por impulso, pousando-a de leve em seu ombro.

— Vem comigo. Você tem um lugar para ficar lá em casa. — Minha voz saiu baixa e sincera. Não nos conhecíamos havia muito tempo, mas nossa relação tinha sido forjada na sujeira de uma prisão que desejara nos matar, e de onde saímos com as mãos ensanguentadas. — Vamos descobrir os próximos passos quando estivermos seguras com meu pai.

Noor mordiscou o lábio e olhou de volta para a prisão, que agora era um ponto escuro no horizonte iluminado.

— Dania, você já fez bastante por mim. Voltou para me salvar e não precisava. — Seu sorriso estava triste. — Está tudo bem. Se eu tivesse família, iria querer ficar com eles também.

Meu coração se estilhaçou ao saber que ela não tinha mais ninguém, que estava sozinha de agora em diante, enquanto eu ainda tinha pessoas que me amavam.

Alcancei suas mãos, e o barco balançou com a força do meu movimento.

— Agora você também é minha família.

ONZE

MINHA VILA FICAVA NO PÉ DAS MONTANHAS, ANINHADA a um penhasco como se fizesse parte da formação rochosa. Dezenas de casas de tijolos maciços protegiam seus residentes dos ataques de vento glacial, e um afloramento na pedra nos blindava da pior parte das tempestades do vale.

A oficina do meu pai ficava na orla daquelas casas, imponente na lateral da montanha, e suas paredes brancas e o portão de pedra me chamavam. Em geral, um ferreiro ficaria na cidade, perto do imperador, equipando seus exércitos e assassinos com artilharia mortal. Só que meu pai não era um ferreiro comum. Ele se recusava a se mudar do lugar onde tinha se casado com minha mãe e a abandonar a comunidade na vila em busca de maior prosperidade na cidade. E, mesmo assim, encontrou o sucesso.

Ele tinha o dom de forjar espadas lindas e fatais, que voavam na sua mão com uma precisão e um equilíbrio surpreendentes. O imperador Vahid até perguntou ao meu pai se tinha colocado as mãos em magia djinn de algum jeito, ou se sua forja era aquecida pelo fogo sem fumaça dos reinos djinns.

Claro que não era o caso. Meu pai era um homem simples, e eu o amava por isso.

Noor e eu conseguimos roubar uma mula de carga quando chegamos à primeira cidade litorânea.

Cavalgamos durante a noite. Se alguém estava vindo atrás de nós, precisávamos abrir vantagem.

— Acho bom sua vila ter um poço bem fundo, eu poderia beber água para sempre. — Noor se deixou cair de forma dramática na frente da mula enquanto eu desmontava e pegava as rédeas, guiando-a pelas ruas iluminadas pelo amanhecer no vilarejo.

— Tem um poço, senão as pessoas não morariam aqui.

— Me leve até ele imediatamente.

Soltei uma gargalhada, mesmo que a sede também martelasse minha cabeça. A água de nossos cantis tinha acabado havia horas e conseguimos sobreviver tirando neve das dunas de areia enquanto cruzávamos o deserto congelado. Minha barriga roncou; o restante das cerejas selvagens e das tâmaras roubadas tinha acabado pela manhã.

— Primeiro vamos até a casa do meu pai. Lá vamos poder comer e beber tudo o que quisermos, prometo.

— Ótimo, porque não posso me sustentar só com tâmaras. A comida era melhor na prisão.

— Não pode estar *falando sério*. — Estremeci com a lembrança da lavagem de lentilha descendo pela garganta.

Noor ergueu a cabeça.

— Tem razão. Tâmaras pelo menos têm gosto.

Eu não tinha me importado com a dieta estável de damascos e pão roti quase empoeirado que saqueamos das cidades pelas quais passamos. Noor e eu tínhamos levado o que podíamos dos acampamentos minúsculos ao longo do caminho e conseguimos furtar dois kurtas lisos para substituir os nossos ensanguentados da prisão, assim como sapatos básicos, mas úteis. Se eu sentia uma pontada de remorso pelas pessoas que tinha roubado, relembrava a mim mesma que em breve veria meu pai e poderia pagar de volta quando chegasse em casa.

Tudo o que importava era encontrá-lo mais uma vez.

Então poderíamos ir a qualquer lugar que quiséssemos.

— Pensa só, podíamos estar comendo guisado de carneiro e arroz. Picles apimentado. Pão macio coberto de alho e sementes de cebola preta. — Noor lambeu os lábios.

— Vamos ter um banquete como esse na casa do meu pai. — Não consegui disfarçar a urgência em minha voz. Minha pele vibrava de ansiedade. Estávamos tão perto que eu sentia a ardência das lágrimas nos olhos. — Vem.

Guiei Noor pelas pedras desiguais da vila, garantindo que o dupatta discreto enrolado ao redor do meu rosto escondesse minhas feições. Não queria ninguém alertando o imperador Vahid — ou Mazin — de que eu havia retornado. Não sabia se ele tinha espiões no vilarejo, mas não arriscaria.

Nos aproximamos da casa do meu pai, o tijolo enlameado pintado de branco, projetando-se da rocha da montanha. Na lateral da casa, estava sua loja, a placa gravada com adagas cruzadas ainda pendurada acima da porta.

Só que a oficina estava escura, sem o brilho caloroso de ferro fundido à espreita pelas rachaduras das janelas.

Franzi o cenho, enrolando a mão nas rédeas da mula com tanta força que o couro enrugou. Baba sempre começava cedinho na loja.

Apreensão se instalou em mim, crescendo como um abismo.

— A porta está aberta — falou Noor baixinho, puxando a capa para cima.

Olhei para a casa para confirmar suas palavras sussurradas. Eu estivera ocupada demais analisando a oficina para notar que a porta estava arreganhada.

Meus passos mal deixaram marcas na calçada empoeirada enquanto eu me apressava para entrar. A casa estava escura, sem o brilho das velas para sinalizar vida lá dentro.

Onde ele está?

— Baba? — chamei, com o coração na boca, os olhos vagando violentamente pelo cômodo vazio. O banco de madeira de mangueira na sala estava virado, e o tapete persa, rasgado. Uma gota de suor desceu por minha têmpora mesmo que a casa estivesse gélida.

Era o tipo de frio inabitado, mofado. Corri para os fundos, para o quarto do meu pai.

Estava tudo destruído.

A cama, despedaçada, os travesseiros, rasgados, e o colchão de tamareira, partido ao meio. Todas as adagas que meu pai geralmente exibia nas paredes do quarto haviam sido removidas, somente o contorno escurecido gravado nas paredes indicava que um dia estiveram ali. Eu me aproximei e toquei o contorno da adaga que tinha um cabo dourado no formato da cabeça de um chacal, como se quisesse me convencer de que minhas lembranças eram reais, de que meu pai tinha *morado* ali.

Que aquela casa tinha estado quente e viva na última vez que a vi.

Gritei de novo e de novo, chamando seu nome, gritando pela minha gata, Jalebi, deixando as palavras ecoarem pela casa, procurando por qualquer sinal de vida.

— Cadê vocês? — murmurei no quarto quebrado.

— Quem sabe ele fugiu?

A voz baixa de Noor saiu de trás de mim, hesitante, como se ela não quisesse assustar um animal selvagem. Ela rompeu o vazio do cômodo e, apesar das palavras cuidadosas, raiva cresceu dentro de mim.

— Não assim — respondi, ríspida, vasculhando o espaço vazio por pistas de onde ele poderia ter ido.

Não havia nada, nem mesmo um sinal da gata. Era como se ninguém vivesse ali havia bastante tempo.

Virei para olhar Noor.

— Ele teria tentado me deixar uma mensagem.

Não teria partido assim, não com a casa destruída e sem uma palavra sobre para onde tinha ido.

— Talvez não tenha tido tempo. — Ouvi a dúvida na sua voz. Era a mesma que me fez afundar.

— Acha que o imperador Vahid o pegou também? — perguntei, aflita.

Ela comprimiu a boca.

— É possível. Mesmo que não explique por que os pertences dele sumiram e tudo está destruído. Talvez a casa tenha sido saqueada?

Saqueada.

Com as palavras de Noor, corri para o lado oposto da casa, para meu quarto.

As mesmas paredes de tijolos maciços brancos com as quais eu crescera me receberam, a mesma cama firme e a janela larga, permitindo que feixes da luz do sol iluminassem a poeira no ar. Exceto que meu quarto estava no mesmo estado de desordem em que estava o quarto do meu pai — havia alguns kurtas lisos espalhados no chão, mas todas as minhas outras roupas tinham sumido. O quarto estava virado de cabeça para baixo, como se múltiplas mãos tivessem vasculhado tudo e pegado o que quisessem.

Senti uma sensação horrível e nauseante — eu estava sendo presa de novo, tudo que eu amava sendo arrancado de mim, em troca de uma cela vazia. E aquele medo sempre presente me puxando para baixo desde que cheguei quase me fez cair de joelhos.

Afastei a cama da parede e explorei um tijolo solto perto da cabeceira. Estava preso, e senti uma vibração de alívio. Puxei e torci até que ele soltou, se esfarelando nas minhas mãos e revelando o pequeno compartimento, um espaço secreto que só eu conhecia.

Ali. Uma sacolinha escura estava imaculada no buraco.

Fiquei sem ar e meus ombros despencaram quando a puxei para fora.

Afrouxei o saco azul-anil escondendo meus poucos itens: uma bolsa de dinheiro, uma trança do cabelo escuro da minha mãe, junto a suas argolas de ouro, um canivete de bolso feito por meu pai e a última peça — um colar com um pingente de uma adaga em miniatura, que Mazin me dera. Eu o ergui na luz, observando o brilho da lâmina sob o sol do amanhecer. Era uma adaga de verdade, embora pequena, mas a lâmina era tão afiada quanto qualquer punhal do meu pai. Seu cabo era a cabeça de um halmasti, a grande criatura semelhante a um lobo que fazia parte dos contos folclóricos do norte. Era a recriação de uma adaga maior que meu pai havia feito, minha favorita. Peguei o pingente, a ponta da lâmina perfurando minha palma, a lembrança de quando Mazin me deu fresca na memória.

Você vai usá-lo, não vai?

Nunca vou tirar.

Mas esqueci de pôr naquele dia, o que o manteve seguro quando me prenderam. Só para Maz me apunhalar pelas costas com uma lâmina diferente.

— Seja lá pelo que veio, não restou nada. Já pegaram tudo. Você devia ter vergonha.

Aquela voz grave e perfurante me dilacerou e me tirou das lembranças.

Eu a reconheceria em qualquer lugar.

Virei.

— Nanu?

Minha avó estava na porta, com um dupatta empoeirado sobre os ombros. Ela parecia menor do que antes, encolhida, como se o lenço ao qual se agarrava a tivesse engolido. Fiquei em choque com a mudança nela.

Onde antes ela parecia tanto com minha mãe — cabelo escuro lustroso, pele de um marrom quente vibrante como se o sol sempre brilhasse sobre ela —, agora tinha envelhecido de forma significativa. Mais do que alguém deveria envelhecer em um ano. Eu mal a teria reconhecido se não fosse pela voz, como um estalo enferrujado de uma chama da forja. Seu cabelo estava desbotado e com mechas grisalhas, a pele com sulcos profundos que pareciam cicatrizes.

Ela piscou para mim, os olhos pálidos cintilando no quarto inundado pelo amanhecer.

— Dania?

Foi um sussurro fraco, mas ouvi a descrença ali.

Corri até ela, os olhos ardendo, e joguei os braços ao seu redor, com cuidado para não esmagar o corpo agora frágil.

— Nanu, sou eu, Dania. Voltei.

Abraçá-la pareceu estranho, e não consegui lembrar de termos nos abraçado alguma vez. Minha avó e eu nunca fomos próximas, e meu pai culpava a morte da minha mãe por isso. Desde que minha mãe se fora, algo mudou na minha avó, como se o luto de perder a única filha tivesse se contorcido dentro dela e ela não conseguisse suportar o resto do mundo.

Eu, principalmente.

Ela se mantinha distante, e nós só víamos uma à outra em datas festivas e nas celebrações da vila. Mas essa distância se derreteu agora que ela estava na minha frente, e meu pai, não.

Seus ombros estavam rígidos, e ela não me abraçou de volta.

— Achei que você tivesse morrido, garota. — Ela sacudiu a cabeça, de olhos arregalados. — Achei...

Sua voz estava incerta, como se ela não acreditasse que eu era real.

— Nanu. — Eu a segurei pelos braços e a sacudi. Minha voz estava baixa e urgente. — Cadê o Baba? O que aconteceu?

Ela ficou boquiaberta, e um som zuniu, embora não fossem palavras discerníveis. Sua pele, já pálida, pareceu ainda mais clara. Inquietação se instalou em mim como uma névoa pela qual eu não conseguia enxergar direito.

Só que Nanu não respondeu à pergunta. Em vez disso, olhou para trás de mim e se empertigou.

— Quem é você?

Olhei para Noor, que estava parada, constrangida, na porta do meu quarto, incerteza lampejando em seu rosto.

— Nanu, ela está comigo. É minha amiga.

Nanu piscou e olhou de volta para mim, mordendo o lábio.

— Não acredito que você está aqui, Dania. De pé na minha frente.

Suspirei, apertando suas mãos nas minhas.

— Sou de verdade, Nanu.

— Eles te soltaram? — Ela franziu a testa, as linhas carregadas em seu rosto se aprofundando.

Balancei a cabeça, um "não" firme.

A compreensão surgiu no seu rosto, e sua voz se tornou um sussurro, quase incapaz de pronunciar as palavras seguintes.

— Você escapou?

Escapei.

Pensei em todos os guardas que eu havia matado para sair de lá, nas torturas que havia sofrido nas mãos de Thohfsa. Em Noor inconsciente, deitada numa poça do próprio sangue no chão da cela suja.

Escapar era uma palavra muito pequena para o que tínhamos feito. Abrimos um caminho para a liberdade, apesar do que tinha sido roubado de nós.

— Escapei. E vim buscar Baba, e a senhora, se quiser se juntar a nós. Quero sair da vila e fugir para um lugar onde Vahid não vai mais ter poder sobre nós. Onde possamos viver em paz. Quem sabe a gente vá para o norte, para junto do seu povo.

Eu não sabia se Nanu se juntaria a nós, mas fiz a oferta ainda assim. Lembranças dela passaram depressa pela minha mente, o modo como se manteve tão cuidadosamente afastada. A sombra de si mesma que se tornou depois que minha mãe morreu.

Nanu retorceu a boca, como uma serpente venenosa.

— Dania, tenho que te contar sobre o seu pai.

Aquele buraco escuro dentro de mim reabriu, mas algo no meu interior se recusou a reconhecê-lo.

— Onde ele está? — Olhei ao redor como se pudesse conjurá-lo, minha voz inundada por desespero. — Temos que partir o mais breve possível, Vahid pode estar nos procurando — falei apressada, ignorando os olhos opacos de minha avó.

Havia algo ali que eu não queria ver.

— Dania. — A voz fria de Noor cortou minhas palavras frenéticas, e ela pôs a mão no meu ombro. Paralisei, o sangue martelando nos ouvidos. — Acho melhor deixar sua avó falar.

Uma dor se formou em meu peito, uma ferida profunda e aberta que parecia que ia me engolir inteira. Eu sabia as palavras antes que ela as pronunciasse, antes de sequer virar os olhos pálidos para os meus, antes de Noor me pegar quando caí. Eu sabia o que minha avó vinha tentando me contar, mas não queria ouvir.

Porque, se fosse verdade, então não me restava mais nada.

— Dania, seu Baba está morto.

DOZE

— Me conte o que aconteceu.

Nanu nos levou para sua casinha a alguns minutos de distância, e nos sentamos na sala dela, segurando xícaras de chai que ela serviu de uma chaleira pendurada sobre a lareira.

— A casa foi saqueada depois que seu pai foi morto.

Depois que meu pai foi morto.

No fundo, eu sabia que aquilo era verdade, da mesma forma que uma pessoa sente que uma tempestade está para acontecer. Meu pai não estava mais ali.

E eu precisava saber o motivo. Só que minha avó tinha evitado minhas perguntas até o momento enquanto arrumava uma cama para nós no quarto principal.

— Me conte o que aconteceu — repeti, com a voz baixa, aproximando-me dela enquanto atiçava as chamas.

Minha avó serviu mais chai, e uma vagem de cardamomo verde flutuou até o topo do chá leitoso. Agarrei a xícara quente, mas não conseguia levá-la até os lábios, sentindo a língua áspera.

— Beba seu chá — ordenou, com firmeza.

Engoli em seco, tentando esconder a frustração. Ela respondeu meu olhar com outro petrificante, então levei a bebida até os lábios e tomei de uma vez o líquido quente, sem saborear uma única gota, mal notando o calor enquanto inundava minha garganta.

— Pronto. — Bati a xícara na mesa à nossa frente. — Agora, *me conte o que aconteceu!*

Noor pousou uma mão suave em meu ombro e lancei a ela um agradecimento silencioso. Fechei os olhos e deixei um longo fôlego fluir por mim, tentando acalmar o turbilhão de emoções querendo sair. Eu sabia que não era culpa da minha avó, mas precisava de informações dela.

Nanu respirou fundo.

— Quando te levaram, a raiva consumiu seu pai. Ele reuniu as melhores armas com a intenção de libertá-la. Ninguém conseguiu fazê-lo voltar à razão. O amigo dele, Casildo, prometeu ajudar, então eles saíram juntos para te procurar, ao anoitecer.

Casildo.

Meu pai o visitava quando viajávamos para Basral, e Casildo quase sempre comprava espadas com ele. Havia sido um bom amigo para meu pai, e eu considerara parar em sua casa quando passamos por lá. O fato de Casildo ajudar meu pai a tentar me resgatar invocou algo em meu peito.

Eu não sabia que meu pai tinha organizado um *resgaste*.

Inconscientemente, estendi a mão para segurar os dedos frios de Nanu. Ela parou e olhou nossas mãos entrelaçadas, com a boca franzida. Nós não nos tocávamos com frequência, e agora eu a tinha abraçado e segurado sua mão no espaço de poucas horas. Quando minha mãe morreu, não fora minha avó quem procurei no luto. Mas agora ela era a única pessoa que restou que conhecia meu pai como eu e sabia o que ele significava para mim.

— Não fiquei sabendo da tentativa de Baba de me libertar — falei, relembrando os dias presa na masmorra do palácio, antes de me transportarem para a ilha e me largarem para apodrecer.

Eu esperava ser executada, mas me mandaram para um lugar bem pior do que a morte. E, durante todo esse tempo, meu pai tinha morrido tentando me salvar. Fui envolvida por uma sensação sombria e nauseante que só crescia.

— Baba está morto por minha causa? — Desviei o olhar do de minha avó, não querendo ver a confirmação em seus olhos.

— Não — respondeu, a voz cortando o rugido nos meus ouvidos.

— Ele foi traído por Casildo, que falou que podia colocá-los para dentro da prisão do palácio. Em vez disso, levou seu pai direto para os guardas da cidade. Só que o seu Baba não se entregou. Lutou contra eles até ser dominado pelos soldados. Tolice.

As palavras de Nanu saíram baixas, mas eu as ouvi tão alto na cabeça que não conseguia enxergar direito. Visualizei tudo — o jeito como ele teria desembainhado a talwar filigranada favorita ao ver os guardas, sua boca retorcida quando se virou para o amigo e percebeu a traição. Parecia com o modo como eu havia olhado para Mazin antes de os guardas me pegarem.

Ele devia ter sentido o mesmo frio na barriga que senti, a mesma onda de descrença ao perceber que seu aliado mais próximo o havia traído.

A compreensão de que estava sozinho.

— Onde ele está agora? — perguntei com uma calma mortal.

Noor me encarou, os pés enfiados embaixo de si enquanto se sentava no tapete de tamareira.

Ela assentiu diante da minha expressão.

Isso.

Sabia o que eu queria. Porque queria a mesma coisa, pelo mesmo crime. Meus próximos passos estavam tão claros quanto o dia.

Nanu observou a conversa com a cabeça inclinada, como se estivesse vendo nosso vínculo pela primeira vez.

Só que ainda não tinha respondido à minha pergunta.

— Casildo? Onde ele está?

Minhas palavras não passaram de um grunhido, mas o ar mudou com a força delas. Raiva e expectativa pairaram pesadas no quarto, e curvei os dedos ao redor do pequeno canivete de bolso do meu pai.

Nanu semicerrou os olhos.

— Casildo voltou para a cidade, ainda é um mercador respeitado. Na verdade, a traição fez com que ele melhorasse sua posição junto ao imperador. Mas, antes de voltar, ele saqueou a loja do seu pai. Pegou todas as espadas. Se serviu de tudo que conseguiu.

Por que a senhora não o impediu?, quis gritar para ela.

Mas eu sabia a resposta. Minha avó não era nenhuma guerreira e, comigo presa e meu pai morto, não teria restado ninguém para defender.

— Foi por isso que Casildo traiu meu pai? Pelas espadas? — perguntei alto, as palavras barulhentas demais no silêncio entre nós.

Minha avó deu um sorriso fraco.

— Casildo alegou que estava com medo do imperador e por isso entregou seu pai, mas sei que tem exibido as lâminas dele no seu arsenal desde então.

Balancei a cabeça.

— A vida do meu pai por uma coleção de espadas.

— Dania, eu não tinha ideia de que seu pai estava caminhando para a morte. — Havia uma sombra nos olhos de minha avó.

— Não culpo a senhora, Nanu — disse, com um tom mais gentil, mesmo que a antiga raiva estivesse inundando minhas veias, a barragem rompendo por completo. — Culpo as pessoas que me colocaram na prisão.

O rosto frio de Mazin cruzou minha mente. A lembrança do sorriso presunçoso de Darbaran quase me fez cuspir. O imperador Vahid e seu plano orquestrado para abater um oponente sem incitar uma guerra civil.

Mas agora eu poderia acrescentar Casildo àquela lista.

Casildo, que pensei que era nosso aliado e se mostrou ser só mais um traidor.

— E culpo o homem que enganou meu pai enquanto fingia ser seu amigo.

— Não faça nenhuma besteira, Dania — alertou minha avó, mas sem qualquer fervor.

Talvez estivesse cansada de brigar com meu pai durante todos aqueles anos e não quisesse gastar energia comigo. Sabia que seria em vão.

Ergui os lábios, um sorriso infeliz.

— Qualquer coisa que eu fizer, não vai ser tolice.

Vingança era o que eu queria, e Noor tinha os meios para fazê-la acontecer.

Eu podia ver em seus lábios franzidos que ela aguardava minhas próximas palavras. Noor queria corrigir o que fizeram com ela da mesma forma que eu.

— Vamos ficar alguns dias para descansar, e depois Noor e eu continuaremos nossa jornada.

Não expliquei a Nanu para onde estávamos indo ou o que buscávamos. Se eu mencionasse o zoraat, ela poderia contar sob tortura. Era melhor mantê-la no escuro.

— Mas você não pode partir agora. — Nanu deu um passo em minha direção, os olhos mais escuros. Pisquei, confusa, me perguntando se fora preocupação que ouvi na sua voz ou outra coisa. Nanu nunca havia sido do tipo de demostrar emoções. — Achei que estivesse morta — continuou, com a voz suplicante.

Algo mexeu com meu coração, mas eu já tomara minha decisão. Meu sangue tinha se tornado aço, como se eu fosse uma das armas de Baba e, com sua morte, meu propósito havia sido forjado.

Não se tratava mais de mim ou de Nanu. Não tinha a ver com justiça.

Tratava-se de vingança.

— Vamos ficar por um tempinho, mas não posso arriscar muito. Não com a notícia da minha fuga provavelmente chegando a Vahid.

Ela assentiu, e pude ver sua decepção. Queria que eu ficasse, mas eu não podia. Não agora. Nunca conseguiria viver comigo mesma se não fizesse algo em relação à morte do meu pai. Não podia deixar que isso ficasse sem resposta, não podia deixar que seu traidor ficasse livre, nem aqueles que haviam participado da traição. Eu estava liberta, e todas as minhas partes mais sombrias gritavam para sair também.

Casildo. Darbaran.

Mazin.

Olhei para Noor. Um nome no meu quebra-cabeça se cruzava com o dela.

Vahid.

Pronunciei esses nomes várias vezes na mente, até um plano se formar, até eu poder visualizar cada passo que precisava dar.

E o primeiro deles seria colocar as mãos no tesouro djinn.

Naquela noite, nós nos banqueteamos com ensopado de cabrito que minha Nanu abateu para a ocasião. Peguei o resto do molho da tigela com um pedaço de pão folhado borrachudo e saboreei o cardamomo preto e a pimenta, me perguntando como conseguira passar um ano sem comer aquilo. Estava sentada à mesa baixa da sala principal de Nanu, furando os picles apimentados que sobraram no prato, o sabor picante e ácido me mantendo presente.

Nanu havia convidado algumas das mulheres da vila para auxiliar com a comida, e mantive a cabeça baixa quando lançaram olhares curiosos para mim e Noor. Nanu me assegurou de que elas não nos denunciariam para Vahid, mas fiquei inquieta com tanta gente ciente da nossa fuga. Não queria que nada entrasse no caminho do que eu estava prestes a fazer.

A morte do meu pai tinha solidificado minha determinação.

Só que não chorei. Não fiquei de luto.

Todo meu pesar tinha sido canalizado em raiva. A necessidade feroz de retaliação envolveu meu pescoço, as garras perfurando minha pele. Agarrei as bordas da tigela com tanta força que fiquei surpresa pela pedra não se partir ao meio.

— Estamos mesmo indo para onde acho que vamos? — Noor se aproximou de mim e se sentou em uma almofada, o prato tão vazio quanto o meu. — Está finalmente concordando em ir atrás do tesouro de Souma comigo?

Eu me inclinei para trás, soltando um suspiro pesado. Tanto Noor quanto eu queríamos vingança. E, com o tesouro de Souma, poderíamos fazer muito mais do que sonhar.

— Sim.

Noor pegou mais arroz das tigelas servidas diante de nós, colocou no prato e baixou a voz.

— Achei que não se importasse.

— Isso foi antes de eu saber que meu pai tinha sido assassinado. Agora, compreendo você. E concordo. Nós duas merecemos vingança.

Os dedos sufocantes da raiva apertaram meu pescoço e quase não consegui respirar.

Noor abaixou a tigela e esfregou a nuca.

— Dani, sei que está brava...

— Estou mais do que brava — rosnei baixinho.

— Certo. Mas não tome grandes decisões logo depois de descobrir o que aconteceu com seu pai. Pense bem sobre isso.

— E foi o que você disse para si mesma quando Vahid matou Souma? Quando ele matou seu pai? — Ela arfou, mas continuei: — *Estou* refletindo. Mais do que nunca. Estou pensando em cada corte, em cada hematoma e em cada golpe que vou dar em retribuição pelo que fizeram com meu pai. Pelo que fizeram comigo.

Pressionei os lábios em uma linha sombria e encarei as senhoras da aldeia rindo juntas. Algumas tinham entrado depois de alimentarem as galinhas, e outra mulher esfregava óleo de mostarda aquecido no cabelo de Nanu. Afra, a anciã da vila, queimava uma pimenta na porta da casa, repelindo o mau-olhado que poderia ter me seguido desde a prisão. Era uma atmosfera festiva — a filha do ferreiro, retornando para a família de tias que estivera ali toda a sua vida.

Só que essa filha tinha mudado.

E, embora fosse o lugar onde eu crescera, não havia me tornado quem eu era ali. Não de verdade. Só quando me deitei no chão de pedra da prisão que o ferro fundido realmente entrou nas minhas veias.

— Quero que tenha certeza. Depois que a gente tomar esse caminho, não poderemos voltar atrás.

Cruzei os braços.

— *Você* tem certeza? Consegue seguir em frente sabendo que o assassino de Souma ainda está lá fora?

Noor desviou o olhar de mim, a dor transparecendo em seu semblante antes de encarar a tigela.

Assenti.

— Foi o que eu pensei. Isso também não é mais possível para mim. Não enquanto estiverem vivos.

O rosto de Mazin flutuou até o topo da minha mente, como a primeira nuvem de uma tempestade se formando.

Sempre voltava para ele.

Havia outros que mereciam minha fúria tanto quanto ele, mas a traição de Maz era uma ferida de mágoa em carne viva apodrecendo que se espalhou para todo o resto.

A traição dele fora a maior de todas.

Se não fosse por ele, Baba ainda estaria vivo. Engoli em seco e fechei os olhos brevemente antes de focá-los de volta em Noor.

— Não enquanto *Mazin* estiver vivo. Ele é o responsável por tudo. E vou fazer o que for preciso para garantir que sinta minha raiva.

Noor me observou, a expressão enigmática, a luz da tocha bruxuleando em seus olhos brilhantes.

— Se é isso que você realmente quer, então estou pronta. Vamos acabar com ele.

Eu sabia que seu *alvo* era diferente, mas estávamos lutando contra dois lados da mesma moeda.

Noor ergueu o maxilar.

— Quero que Souma tenha justiça também.

— Vamos cuidar de Vahid, confie em mim. *Você* tem certeza de que quer dividir todo aquele poder comigo?

Ela assentiu, e, antes que eu perdesse a coragem, tive que perguntar.

— Por quê?

Noor suspirou e observou as chamas dançando no fogo.

— Porque, quando poderia ter me largado naquela prisão com Thohfsa, você voltou. E porque acho que nenhuma de nós duas deveria fazer isso sozinha. Formamos uma bela equipe. E porque... — Ela hesitou. — Porque nós duas sabemos como é perder um pai e se sentir impotente. Quero que a gente recupere um pouco desse poder.

Soltei o ar, um pouco da raiva se esvaindo. Ela estava certa, nós realmente trabalhávamos bem juntas — nossa fuga fora prova disso, assim como a jornada até ali. E tínhamos um inimigo em comum. Por mais que eu desejasse entrar na cidade de cabeça e espadas erguidas, eu sabia que precisava ser mais esperta, mais sutil.

Aquilo não tinha a ver só com punição, mas com fazê-los pagar, com toda a força que eu conseguisse reunir.

— Não vai ser fácil — afirmei, observando as mulheres da vila, percebendo que provavelmente eu nunca mais voltaria ali. Não com o que viria a seguir.

Um sorriso lento se espalhou pelo rosto de Noor.

— Acredite, assim que te conheci, soube que você não seria um caminho fácil.

Estendi o braço e apertei sua mão, desacostumada com o sentimento de gratidão.

— Obrigada, minha amiga.

Noor não precisava dividir seu poder. Só que eu também não iria recusá-lo.

— Me agradeça quando estiver segurando a magia dos djinns nas mãos. Quando tiver poder para fazer quase qualquer coisa.

Assenti, mas meus dedos se curvaram na mesa de madeira, sabendo que a única coisa que eu desejava era ter meu pai de volta.

E nenhum poder djinn poderia me dar isso.

Nada poderia.

Baba se fora, e minha paz no momento teria que vir da destruição dos meus inimigos. Eles pagariam.

— Acho que não devíamos ficar aqui muito tempo — comentou Noor, a voz baixa enquanto sorria e assentia para uma mulher andando perto da lareira de Nanu. — As aldeãs estão nos observando.

Eu me assustei com as palavras dela.

— Você acha que contariam para o imperador?

Nossa vila era leal aos nossos, e eu ficaria surpresa se alguém nos entregasse. Mas eu também nunca tinha pensado que Mazin faria aquilo comigo.

— Uma vila assim? Alguém mataria por algumas moedas extras no bolso para sobreviver ao inverno.

Observei as mulheres cantando perto da lareira.

— A gente deveria partir assim que amanhecer, então.

— Vou começar a empacotar a mala com os molhos rotis da sua avó. É uma jornada longa para onde vamos, e cansei de tâmaras.

Abri um sorriso genuíno, a primeira vez que realmente senti vontade de sorrir desde que soubera da morte de Baba.

— Empacota os pakoras também. Vi um prato extra perto da lareira.

— Ah, bem pensado.

Noor vagou até a comida e joguei algumas sementes de erva-doce na boca, mastigando enquanto encarava a lareira.

Parecia que a morte de Baba tinha libertado algo dentro de mim, algo que eu mantive preso quando ainda havia esperança.

Mas agora não existia nenhuma...

Eu não ia mais me controlar.

Cerrei os punhos com força, pensando em Casildo. Ele e meu pai eram amigos desde a infância, ele era como um tio para mim. O fato de ter entregado meu pai com tanta facilidade gelava minha pele. Só que eu encontrei poder nessa frieza, como se bloqueasse toda a emoção, o que destilava meus objetivos até sobrar os únicos que importavam. Talvez fosse essa a resposta para tudo. Talvez, se eu congelasse o corpo, me tornaria a arma de que precisava para vingar meu pai.

Para me vingar.

Treze

— Noor, acorda.

Noor esfregou os olhos, grogue, e piscou para mim.

— Ainda está escuro. O sol nem começou a nascer. — Ela se sentou no colchãozinho de palha no chão da casa da minha avó. As poucas roupas que tínhamos estavam espalhadas pelo piso, o lugar estava uma bagunça por causa da noite anterior, quando quase metade da vila estivera ali. — Dania, você está bem?

— Ouvi alguma coisa, talvez um grito? — Mordi o interior do lábio. — Acho que temos que ir agora.

Noor levantou atrapalhada.

— Vou selar a mula.

— Depressa. Vou juntar nossas sacolas.

Havia uma tensão no ar que não parecia certa, e minha voz saía em sopros urgentes. Noor olhou pela janela.

— Não vejo nada, mas pode ser uma emboscada. Alguém pode ter falado com os soldados do imperador.

Dobrei bem as roupas na bolsa.

— Os soldados do imperador levariam metade de um dia pra chegar aqui. A gente precisa estar bem longe quando isso acontecer. — Pausei. — A não ser que alguém tenha mandado o recado para a cidade ontem à noite.

— E sua avó? Não quer se despedir?

A tinta descascada da porta de Nanu se sobressaía na luz fraca da casa de barro. Eu a encarei por um longo momento e pensei no que tinha dito a mim mesma na noite anterior.

O único jeito de continuar aquilo era contendo qualquer emoção, trancando tudo.

Eu não tinha espaço para minha avó, não tinha espaço para gentileza. Petrifiquei o sangue e continuei fazendo as malas.

— Não temos tempo de falar com ela. Despedidas não são necessárias.

Noor enrugou a testa.

— Mas você não quer...

— Não. Quando tudo isso acabar, talvez.

Eu não sabia se sobraria algo de mim quando terminasse tudo o que eu havia planejado fazer e não queria contemplar esse futuro. Mas eu veria Nanu depois. Talvez voltasse para aquela vila e vivesse uma espécie de existência vazia.

Noor parecia querer dizer mais alguma coisa, mas, em vez disso, balançou a cabeça.

— Vamos, então.

Partimos antes dos primeiros raios da manhã. Olhei para Basral, a cidade do imperador, enquanto subíamos as montanhas. Uma nuvem de poeira se erguia no ar do vale, tornando-se cada vez mais próxima.

— Cavalos.

Noor olhou por cima do ombro. Pontos pretos no horizonte indicavam os cavaleiros do imperador.

— Alguém *realmente* os alertou.

Meu coração bateu no peito, adrenalina e expectativa cortando a fúria.

Se eu me deparasse com os soldados de Vahid agora, mancharia o chão de vermelho com o sangue deles.

Fechei os olhos trêmulos, respirando pelo nariz. Lutar contra soldados de baixo nível não me ajudaria e não daria a minha vingança. Tínhamos que nos concentrar em uma fuga rápida, antes que pudessem confirmar que estávamos ali.

— Eles vão nos rastrear.

— Eu não me preocuparia muito com isso.

Noor apontou com a cabeça para outra direção, do outro lado do deserto, para onde o céu descia até a terra em uma névoa cinza.

— Uma tempestade — notei.

— Que vai cobrir nossas pegadas por enquanto. Só que precisamos ser rápidas, antes que eles nos alcancem.

Viajamos por dias, dividindo as refeições que havíamos pegado de Nanu e colhendo o resto de que precisávamos na floresta nas montanhas. Noor provou ser especialista em distinguir quais plantas comer e quais haviam sido feitas por djinns e "nos queimariam de dentro para fora", segundo ela. Comemos ameixas vermelhas, raízes fervidas em leite de cabra para remover a acidez e escorpiões montanheses que foram parar na sacola de Noor, os quais assamos sobre a fogueira. E, todos os dias, enquanto nos deslocávamos pelo terreno e seguíamos a rota de Souma, eu repetia os mesmos nomes como um mantra.

Casildo.
Darbaran.
Vahid.
Mazin.

Isso mantinha meus pés em movimento, me impedia de cair de joelhos e chorar na terra toda vez que pensava na morte do meu pai.

Porque, se eu parasse de me mover, se parasse de elaborar planos, teria que enfrentar a realidade da vida sem ele.

Noor e eu viajávamos em silêncio na maior parte do tempo. Ela estava me dando espaço. De noite, ajustava nosso curso mapeando as estrelas, murmurando sozinha e nos levando por um caminho em ziguezague pelas montanhas.

Eu passava as noites afiando a lâmina da minha espada.

O pingente de Mazin pendia frio no meu peito e, cada vez que deslizava por debaixo do meu kurta, eu expirava devagar.

Uma lembrança.

Acampávamos sob as estrelas por pequenos períodos de tempo, só para o caso de os soldados ainda estarem nos rastreando. Por isso, nunca cavalgávamos por uma rota direta e recuávamos várias vezes para confundir o rastro.

Por fim, alcançamos o outro lado das montanhas, onde rochas enormes cobriam o chão, tornando quase impossível viajar por ali.

— Chegamos — declarou Noor, olhando as pedras como se pudesse identificar cada uma.

— Como sabe?

— Souma me deu a localização exata e descreveu bem este lugar. Ele o chamou de *cemitério de pedra*.

Olhei ao redor do espaço vasto; as formações realmente se empilhavam no alto, como túmulos.

— E como vamos achar qualquer coisa aqui?

— Tem pistas. Souma me deu um mapa.

Olhei para ela.

— Como você escondeu um mapa na prisão de Thohfsa?

— Não escondi. — Ela bateu na própria têmpora. — Está tudo aqui. Souma me fez memorizar.

Agora que tínhamos chegado ao destino, seu rosto brilhava sob a luz matinal e os olhos estavam ainda mais reluzentes.

— Você está feliz por estarmos aqui — comentei, devagar, reconhecendo a leveza de seus passos enquanto Noor se movia pelas rochas.

— Finalmente vou poder ver as economias de Souma. — Ela me deu um sorriso. — O tesouro que escondeu do mundo.

— E confirmar que ele confiou em você, acima de todo mundo?

O sorriso de Noor desapareceu.

— Isso também.

O tesouro poderia estar em qualquer lugar, e navegar por aquele tipo de terreno seria impossível. Poderíamos revirar rochas procurando o tesouro místico djinn pelo resto da vida.

Mastiguei o lábio inferior, protegendo os olhos do sol.

— O que mais Souma falou?

— Que havia um lugar onde quatro tumbas de pedra faziam uma fileira. Perto disso, tem uma caverna invisível aos olhos.

Amarrei a mula nas ruínas de uma tamareira e fui até Noor. Parei quando uma cobra preta serpenteou pelo caminho na direção dos arbustos dispersos. Soltei um grito distorcido, perdi o equilíbrio e caí na terra.

— Por que ele escolheu um lugar tão incomum como esconderijo? — perguntei, estremecendo e tirando as pedrinhas dos joelhos.

Meu novo kurta, que tinha pegado da minha avó, estava rasgado. Examinei o tecido leve enquanto me sentava apoiada numa rocha larga.

— Pelo mesmo motivo da sua frustração agora: está bem escondido. Ninguém vai encontrar esse lugar sem querer; na verdade, a pessoa provavelmente daria a volta para evitá-lo. Olhe em volta, não tem muita vida aqui. Não tem nada.

Ela tinha razão. A coleção de rochas se estendia pelo horizonte como um exército de pedras sinistro. Seria preciso saber exatamente o que estava procurando para achar alguma coisa ali.

Levantei e continuei andando, vasculhando as rochas, os olhos focados em qualquer coisa que parecesse um túmulo. Noor seguia atrás de mim, chutando as pedras. Algo chamou minha atenção no canto dos olhos ao longe, e parei tão rápido que Noor deu de cara com minhas costas.

— Que...

No afloramento da colina, havia quatro tumbas de rochas imponentes, tão bem posicionadas que uma pessoa não notaria até chegar no lugar exato. Dei um passo até elas, a respiração presa na garganta. Noor seguiu, silenciosa também. Quanto mais nos aproximávamos, mais óbvio ficava que tinham sido colocadas de forma intencional — rochas maiores no fundo, com outras menores empilhadas até uma pedra escurecida descansar no topo.

— Deve ser aqui perto — declarou ela baixinho.

Analisei o afloramento de pedras. Não havia como uma caverna estar escondida por ali. Estávamos rodeadas de rochas de todos os formatos e tamanhos, que se abriam numa expansão larga e desolada.

— Tem certeza de que ele disse "caverna"?

— Tenho — rebateu Noor, mas parecia ter chegado à mesma conclusão que eu.

As instruções de Souma não faziam sentido.

Noor soltou um suspiro exasperado.

— Desculpe, mas não acredito que ele mentiria pra mim. Tem que ter mais disso.

Eu me aproximei das pilhas de quatro rochas, examinando-as. Um pensamento passou pela minha mente.

— Noor, ele disse "tumbas"?

— Disse. Por quê?

Algo se iluminou dentro de mim. Olhei para ela.

— A caverna é subterrânea. *Como uma tumba.*

Noor esperou um instante antes de correr para mim, uma risada entusiasmada irrompendo de sua boca.

— Deve ter uma caverna subterrânea perto daqui.

Fiquei de joelhos, varrendo as mãos pelo chão em volta das pilhas de rochas, a adrenalina da expectativa fazendo meus dedos tremerem. Prendi a ponta dos dedos em algo — uma fenda na rocha abaixo.

Rochas não têm fendas.

Soltei um suspiro sibilante.

— Aqui! — gritei para ela.

Noor correu até mim.

— O que é?

Estudei a rachadura na pedra, precisa e simétrica demais para não ser intencional.

— Acho que é um tipo de entrada.

Trabalhamos juntas, afastando a terra e as pedrinhas, as mãos cobertas de poeira.

Enfim, liberamos um espaço do tamanho de um homem grande. A superfície de uma pedra lisa se revelou sob todo o pó e as rochas, com um buraco circular com o diâmetro um pouco maior que o de uma mão.

— É uma porta.

Noor enfiou a mão no buraco e puxou, mas a pedra não se moveu.

— Vamos tentar nós duas.

Ambas agarramos a tranca da porta de pedra e coordenamos os esforços. A entrada abriu com um tranco, e uma nuvem de poeira nos envolveu.

Tossi, engatinhando para longe da entrada, tentando recuperar o fôlego.

— Dania, você está bem?

— Estou, só preciso de um minuto.

Inspirei uma lufada de ar fresco antes de esfregar a terra dos olhos e voltar para a cavidade no chão.

Como um sumidouro prestes a nos engolir, o chão se abriu em uma caverna escura abaixo da terra. Fitei a borda da escuridão à espreita.

— Por favor, não diga que você quer que a gente entre aí.

— Não seja boba — respondeu ela. — Não chego nem perto de ser tão atlética quanto você. Quero que *você* entre aí.

Fiz uma careta, afastei a sensação nauseante de medo dentro de mim e me aproximei da abertura. Se a magia djinn estava ali, teria que ser eu a retirá-la.

— Souma não teria colocado nenhuma armadilha — sussurrou Noor atrás de mim. — Se tivesse, teria me dito.

— Então por que você não vai entrar? — rebati.

— Porque, se tiver que lutar contra alguma coisa, você é a melhor pessoa para o serviço.

— Porque teria que lutar contra alguma coisa? — perguntei, erguendo assustada as sobrancelhas.

— Algo oculto.

Pela primeira vez, percebi o que estávamos fazendo e quais eram as consequências. Estávamos indo atrás de um tesouro djinn, um poder tão raro que o próprio imperador teve que fazer um acordo com uma criatura de outro mundo só para usá-lo.

E íamos tomá-lo para nós.

Toquei o punho da adaga dobrável de Baba através do kurta.

— Quando isso acabar, vou te ensinar a lutar — gritei para Noor.

— Por que fazer isso se tenho você?

Bufei uma risada, dissipando um pouco do pânico crescente no peito. Balancei as pernas no limite da entrada, tentando enxergar o fundo. Eu não podia pular se não sabia até aonde ia.

— Temos uma corda?

— Não. Mas sua avó me deu um dos dupattas dela. Posso amarrar na sua cintura e te descer, que tal?

— Talvez sirva.

Noor puxou um dupatta vermelho-escuro da sacola, o xale bordado com um fio amarelo suave em um padrão floral nortenho que minha avó usava com frequência. Eu o amarrei com cuidado na cintura, e Noor segurou a outra ponta.

— Não solte.

— Não prometo nada.

Ela lançou um sorrisinho para mim quando rosnei.

E depois desci para a escuridão.

Catorze

LUZ SE INFILTRAVA PELA ABERTURA ACIMA E ME DAVA VISIBILIdade o suficiente para enxergar na escuridão da tumba. O ar estava frio e seco, a caverna era protegida pelas rochas que a cobriam. Não foi uma queda tão grande. Eu provavelmente poderia ter pulado sozinha, mas o dupatta na minha cintura me dava um pouco de segurança, apesar de não saber o que me esperava.

Encostei os pés na areia macia e passei os olhos pelas paredes da caverna.

Não era espaçoso e estava vazio, exceto pelas três sacolas largas no canto. Suspirei com a visão delas, e o ouro cintilou sob a escassa luz do sol que vinha de cima.

O tesouro de Souma.

— Tudo bem aí? — perguntou Noor.

— Tem umas sacolas aqui, acho que são moedas.

Me aproximei para inspecioná-las: duas delas cheias de ouro, esmeraldas brilhantes e diamantes tão grandes quanto meus olhos.

A terceira continha uma substância que nunca achei que veria na vida.

Zoraat.

Magia djinn.

As sementes multicoloridas reluziam como óleo perolado no fio de luz que vinha de cima, e me deram vontade de enfiar as mãos na sacola e sentir seu poder.

Só que eu não tinha ideia de como o zoraat funcionava — Noor era a especialista nisso. Tocá-las deixaria a pessoa impregnada com um pouco do seu poder? Ou era preciso comê-las para usar a magia djinn?

Toquei as sementes, a textura como o fundo de uma poça de água do mar cheia de pedrinhas.

Com elas, eu poderia fazer qualquer coisa.

O rosto do meu pai surgiu na minha mente, seu sorriso um pouco torto, as olheiras escuras, como se tivesse ficado acordado a noite inteira na forja.

Com isso, eu poderia vingar sua morte.

Mergulhei a mão na sacola, maravilhada com a textura de ovas de peixe. Todo aquele poder. Todas aquelas possibilidades.

Uma sensação de quietude me invadiu, e uma brisa leve fez cócegas na minha bochecha.

Franzi o cenho, olhando para cima. Não deveria haver uma brisa ali.

Vingança.

Um sussurro profundo atravessou a caverna e saltei, puxando a mão de volta. Com o canto dos olhos, notei algo se movendo e girei, desembainhando a adaga com o coração na boca.

Mas não tinha mais ninguém ali.

Franzi a testa para a câmara vazia e caminhei pelo perímetro, o fundo arenoso se afundando sob meus pés. A voz parecera real — áspera, perene e cheia de veneno —, eu poderia jurar que vira a barra de uma capa no canto sombreado da caverna. Só que, quando percorri cada centímetro, não havia nada espreitando no escuro.

Voltei para as três sacolas de tesouro, refazendo os passos, até parar abruptamente e olhar de volta para o ponto onde eu tinha acabado de estar. Ali, iluminadas pela luz que vinha de cima, estavam duas pegadas perfeitas, muito maiores do que as minhas, gravadas na areia.

Expirei e me abracei, o ar muito mais frio do que antes. Mas eu não podia simplesmente ficar ali perseguindo fantasmas. Sacudi a cabeça e peguei a ponta do dupatta, amarrando-o no primeiro saco de lona. Minha pele ainda formigava por causa da voz e das pegadas, e eu não queria permanecer na caverna por nem mais um minuto.

— Noor, estou amarrando as sacolas no dupatta, consegue levantá-las? — gritei para ela, os olhos focados nas sementes djinns à minha frente.

— Consigo, vou amarrar na mula.

Ela espreitou pela abertura da caverna, e senti uma onda de alívio ao ver seu pequeno queixo pontudo.

Noor puxou o primeiro saco de ouro, depois repetimos o processo com os outros dois sacos, até que ela me ajudou a passar pela abertura e chegar à luz do sol.

— Parece que Souma confiava mesmo em você.

— É — respondeu ela, baixinho, a voz pesada. — Acho que confiava.

Noor observou as montanhas, perdida em pensamentos, os lábios pressionados com tanta intensidade que ficaram esbranquiçados.

Andei até o saco de zoraat, vendo as diferentes cores vibrantes pela primeira vez na luz plena.

— Então, como elas funcionam?

— Você tem que consumir nas doses certas. Quando o imperador Vahid fez a barganha com o djinn que lhe deu as primeiras sementes, foi para que pudesse ter o poder do djinn na ponta dos dedos. Passei anos aperfeiçoando a dosagem com base no aproveitamento dele. Pode ser... desastroso usar a quantidade errada.

Noor fechou os olhos, e não quis perguntar que tortura djinn horrível ela tinha testemunhado como resultado do consumo de uma quantidade incorreta de zoraat.

Ainda mais porque eu sabia que estava prestes a consumi-las.

— Você mesma já experimentou?

Ela ergueu a cabeça na hora.

— Não. Nem pensar. Não era permitido.

— Então como sabe as quantidades certas?

Ela engoliu em seco.

— Como aprendiz, treinávamos todos os tipos de misturas para os curandeiros dos ocultos. Como minhas misturas eram muito eficazes, Souma me subiu de nível para... um uso mais intenso de magia.

— Por exemplo?

— Tortura. Possessão. Transfiguração. Os mesmos poderes que os djinns podem ter.

Eu me aproximei das sementes, ousando deixar os dedos afundarem de novo no exterior lustroso e frio delas. Assim que minha pele tocou a superfície lisa, senti um calafrio crescente de pressão. Aqueles mesmos sussurros que eu tinha ouvido na caverna vieram das rochas ao redor, e me assustei.

— Você ouviu isso?

Os sussurros ficaram mais altos, como se as pedras estivessem falando comigo, como se a terra tivesse sido dividida em duas e começado a falar.

E aquela única palavra surgiu de novo, acima das demais, um encantamento e um aviso, tudo de uma vez.

Vingança.

— Sim — sussurrei de volta para as pedras.

Um rosto apareceu na minha frente, olhos pretos, feições magras. Recuei com um grito angustiante. Eu o conhecia. Tinha pensado nele todos os dias por um ano.

Mas não estava como eu me lembrava. No lugar do caloroso sorriso torto, ele era um corpo putrefato, um carniçal em decomposição, vindo para me levar embora.

Meu pai.

O aperto quente das mãos de Noor me puxou de volta para o presente quando ela me arrastou para longe das sementes.

— Dani!

Pisquei duas vezes, e depois a olhei, o peito parecendo que ia explodir. Eu não conseguia apagar a imagem do rosto debilitado de Baba me encarando, uma aparição vinda para me assombrar.

— O que foi isso?

Noor me encarou.

— Você não vai mais tocá-las. Não sem eu te dar a dose certa.

— Você disse que precisava consumir para funcionar. — Sacudi a cabeça. — Tudo que fiz foi tocar.

Pensei no que havia acontecido na caverna, mas pareceu inacreditável demais para explicar.

— O que você viu? — perguntou Noor, inclinando a cabeça. — Você pareceu... vazia por um momento. Nunca as vi fazer isso antes, influenciar alguém só pelo toque.

— Vi...

Lambi os lábios secos, tentando dar sentido ao que acontecera exatamente.

Só que eu não conseguia formular as palavras para lhe contar do cadáver apodrecido do meu pai.

Senti um arrepio.

— Isso não importa. Acha que vai acontecer de novo?

— Não tenho ideia, normalmente os curandeiros dos ocultos consomem a mistura de zoraat antes de colar ossos e coisas do tipo. Eles transfiguram o corpo humano com o poder que ingerem. — Ela me observou por mais um instante. — Tem certeza de que quer fazer isso?

Eu não sabia exatamente sobre o que ela estava perguntando: sobre executar minha vingança? Consumir zoraat e tomar posse de magia djinn? Afastei a imagem desolada e angustiante do meu pai da mente e pensei nas mãos ásperas do meu Baba trabalhando na oficina dele, sua risada profunda quando eu contava uma piada que tinha ouvido dos guardas do palácio, ou o jeito que sempre soluçava depois de tomar um longo gole de chai. O calor da ira preencheu meu peito mais uma vez, substituindo o medo do seu rosto macabro, substituindo a voz desconcertante que sussurrava de todas as direções.

Meu pai ainda estaria aqui se não fosse por aqueles que o haviam tirado de mim.

— Sim. Tenho certeza. Quero fazer isso.

Noor assentiu.

— Vamos ao trabalho, então.

QUINZE

Viajamos até a cidade do imperador por uma rota sinuosa que não passava pela minha vila. Estávamos cheias de ouro, então, na primeira aldeia montanhosa, trocamos a mula por um cavalo e os colchões de dormir no chão por um quarto num caravançarai.

Era um prédio grande de tijolo branco no formato de um quadrado, com portas pintadas de azul e um estábulo relativamente grande para uma vilazinha obscura. Não era exatamente populosa, felizmente, pois assim não precisávamos nos preocupar com a possibilidade de alguém nos roubar. Apesar disso, aluguei o maior quarto para o que estávamos prestes a fazer.

— Você já fez isso antes, não é? Transfigurar alguém completamente em outra pessoa?

As paredes de barro do caravançarai eram brancas do lado de dentro também, e nosso quarto tinha um espelho grande. Olhei meu reflexo, memorizando meu rosto, traçando as linhas da boca teimosa e dos olhos escuros grandes.

Em breve, olhos diferentes me encarariam de volta.

— Algumas vezes — respondeu Noor, pegando algumas sementes de zoraat do saco. — É só ajustar a mistura e saber o que deseja. Você teve uma reação estranha quando tocou as sementes, então vamos começar devagar por enquanto.

Ela havia separado as cores do zoraat em algumas pequenas pilhas: turquesa-escuro, vermelho-sangue, amarelo-açafrão. Depois colocou as cores separadas em tigelas de pedra que furtou da cozinha, com um pilão pesado para amassá-las. Noor começou a moer cada pilha até virar um pó fino. Ela pegou uma pitada de cada cor e preparou uma substância meio amarronzada num prato de cobre. Olhou para mim com apreensão sobre a pequena montanha de zoraat em pó.

Eu a encarei de volta.

— O que eu devo fazer, exatamente?

Ela expirou e levou uma colher de chá até a mistura de pó.

— Você não precisa fazer nada. Ainda não.

Mordi o lábio inferior.

— Se nunca ingeriu isso, como sabe qual é a combinação certa para ser efetivo?

Ela hesitou um instante antes de levar a colher até minha boca. Perfurei a palma da mão com as unhas enquanto tomava o pó marrom-avermelhado.

Embora Noor tivesse salvado minha vida, confiar em *qualquer um* era difícil depois de uma das pessoas mais próximas de mim ter me condenado à morte.

Mordi o interior da bochecha, contendo a vontade de jogar o zoraat na cara dela e sair correndo do caravançarai.

Só que, se eu não confiasse nela, se não confiássemos uma na outra, nunca teríamos justiça pelo que foi feito com nossos pais.

Pelo que foi feito conosco.

Inalei e deixei o ar fluir através de mim, acalmando todas as vozes na cabeça que me diziam para parar.

Era tarde demais para isso.

— No boticário, Souma me fazia testar misturas diferentes, experimentando nos curandeiros e espiões que o imperador considerava privilegiados o suficiente para consumir o zoraat. Os outros assistentes do boticário causavam sofrimentos inimagináveis. Seus voluntários agonizavam, suas entranhas ficavam pretas, os olhos derretiam, a pele descascava.

— Nossa, isso está ajudando muito — declarei e indiquei o pó na colher. — Estou muito animada pra ver de que cor minhas entranhas vão ficar.

Ela balançou a cabeça.

— Estou tentando dizer que eu tinha medo de infligir esse tipo de dor em alguém, e muitos dos voluntários morriam nos experimentos.

Mas, quando eu misturava, era como se alguma coisa me guiasse na escolha da quantidade certa. Eu me sentia conectada ao zoraat de uma forma que os outros não se sentiam.

— Alguma coisa? — questionei.

Pensei de novo na voz na caverna, naquele grunhido sussurrado que pareceu ter saído da própria terra.

— Uma... sensação? Um guia? Não sei bem.

— E você não matou ninguém com suas misturas?

— Melhor do que isso: qualquer coisa que Vahid quisesse que elas fizessem, eu conseguia fazer acontecer. Os boticários levavam anos para dominar as técnicas e quantidades de forma adequada, mas eu parecia ter facilidade. — Ela deu de ombros. — Enfim, já fiz isso antes, e, se sua pele cair, eu realmente sinto muito.

Ergui uma sobrancelha e olhei para a colher de novo.

Palavras chegaram aos meus lábios, e senti a gravidade delas antes mesmo de falar.

— Confio em você.

Não tínhamos chegado tão longe para eu perder a fé nela naquele momento.

O pó de zoraat revestiu minha língua e engrossou como óleo na boca.

— Que...

Meus dentes ficaram pegajosos, e era difícil falar. Tentei engolir e senti ânsia de vômito na hora.

— Leva um tempo pra se acostumar.

— Ah, é? — Arfei e me curvei, com os joelhos batendo no chão. Contorci os dedos do pé e me preparei. — Você não me contou que pareceria um purgatório.

— Só por um instante. Tente não entrar em pânico. — A voz calma de Noor flutuou até mim e, de forma surpreendente, tranquilizou meu coração acelerado.

Meus membros pareciam leves e pesados ao mesmo tempo. As pernas ficaram bambas, e não tive força o suficiente para levantar. Ainda havia uma sensação de formigamento enquanto o líquido parecido com óleo se espalhava pelo restante do meu corpo.

— O que eu devo fazer agora? — perguntei, olhando para o assoalho, a palma das mãos no chão, enquanto tentava não gritar com a sensação tortuosa rastejando por mim. Eu não queria atrair atenção, e gritar não era exatamente sutil.

— Tenta visualizar o que você quer — sugeriu Noor, a voz mais alta dessa vez, e percebi que ela estava abaixada no chão comigo, os joelhos perto da minha cabeça. — Lembre-se, eu misturo as sementes, mas o poder está nas suas mãos depois que você as consome. Eu te dou a dose específica de que precisa e depois o mundo é seu.

O mundo é seu.

A vingança é minha.

Curvei os dedos no chão e me forcei a levantar, olhando para o espelho diante de mim. Meus olhos vermelhos pareciam selvagens, e minha pele estava suja pela poeira da estrada. Mas, assim que me concentrei no poder fluindo pelo meu corpo, eu o senti responder.

— Quero mudar minha aparência — falei para Noor, que assentiu.

— Transfiguração. Um dos poderes mais difíceis do zoraat, mas possível com a mistura certa. Pense no que você quer mudar. Foque em uma característica. A magia vai manipular seu corpo como se um fogo djinn derretesse sua pele como água amolecendo barro.

Fechei os olhos e escutei Noor, concentrando-me no nariz, alongando-o e tornando-o um pouco mais largo. Depois, abri os olhos.

Parei de respirar.

Noor sorriu.

— Você já está diferente. — Depois ela assumiu uma expressão séria. — Mude o quanto quiser, mas existe um limite se quiser manter quem você é. Precisa ter algo que fique exatamente do mesmo jeito, um aspecto físico seu que não pode ser alterado.

— Minhas mãos — disse sem pensar duas vezes.

Minhas mãos conheciam o peso de uma lâmina, sabiam como manusear o punho de uma adaga para fazê-la voar pelo ar antes mesmo de eu pensar em atingir um alvo. Se tinha uma coisa que eu manteria, seriam elas.

— Então foque numa parte diferente sua e trabalhe nisso. Não mexa muito; retorcer só um pedacinho funciona para te deixar diferente o bastante.

Trabalhei nos olhos, desenhando-os, tornando-os mais estreitos e afiados. Mantive a pele no mesmo tom, mas deixei o subtom mais quente, dando às bochechas um brilho rosado. Depois estiquei as maçãs do rosto, os ossos estalando enquanto se moviam, dor se espalhando pelo meu corpo enquanto o rosto assumia a vida de outra pessoa.

Até finalmente terminar.

A garota que me encarava não era a que tinha acabado de lutar contra guardas da prisão ou descoberto que o pai havia sido assassinado.

Aquela garota era delicada, bonita, mimada. Alguém que não conhecia o sofrimento.

Noor assobiou.

— Mazin não vai saber mesmo quem você é.

— Bom — murmurei, pensando em tudo que faria com ele com aquele rosto. — É o que eu quero.

— Quem você vai ser em vez de Dania?

Ergui os dedos e tracei meus lábios, a borda dos olhos.

— Sanaya — respondi, por fim. — Sanaya Khara. Filha de um rico chefe do norte.

Eu conhecia bem os povos nortenhos graças à minha mãe e minha avó. Era uma mentira enraizada na verdade, e algo que eu conseguiria incorporar de forma convincente. Só que eu não parava de encarar o rosto novo me fitando de volta com olhos diferentes.

— Que extraordinário — comentei.

— Sim, mas não dura muito tempo, então temos que ter cuidado.

Eu a olhei, os novos olhos arregalados.

— Como assim?

— Essa aparência é temporária. Quando o zoraat sair do seu organismo, você vai se transformar de volta. Tem que continuar consumindo a mistura para manter a fachada. Mas não se deve consumir muito disso por tanto tempo, mesmo que a gente tivesse um estoque ilimitado de sementes. Já vi alguns assassinos ficarem... sombrios por consumir demais.

— Quanto tempo? — Eu ainda me encarava, mal ouvindo suas palavras. — Por quanto tempo posso usar este rosto?

Noor balançou a cabeça.

— Não tenho certeza. Talvez três semanas. Um mês?

— Um mês está bom.

Eu aproveitaria qualquer tempo que tivesse, mas precisaria de mais do que um rosto novo.

Precisava do poder para derrubar um imperador.

Um exército.

Um amante.

— A gente pode usar as sementes para outras coisas?

— Sim, posso te dar outras combinações de zoraat para outros poderes djinn.

— Bom. — Desviei do espelho e a encarei. — Você vai se disfarçar? Noor fez que não.

— Souma me fez jurar que nunca usaria. Não depois do que ele viu. Mas não corro riscos aqui. Ninguém sabe quem eu sou porque nunca apareci do lado de fora do depósito de Souma. Não vou precisar usar o zoraat, sobra mais pra você. Contanto que nosso plano final seja derrubar Vahid, não preciso de mais nada.

Ela me fitou, os olhos absorvendo meu rosto como se *não soubesse* mais de verdade quem eu era, apesar de estar ciente de que não passava de uma máscara.

— Tem certeza de que quer fazer isso? — Noor repetiu a pergunta, e, daquela vez, com uma ênfase diferente.

Não estava mais confirmando se eu tinha certeza de que queria comer as sementes, e, sim, se eu queria mesmo seguir por esse caminho.

Porque, depois que começássemos, não teria volta.

Uma calma fria me inundou. Os soldados do imperador mataram meu Baba. Seu melhor amigo roubou todas as lâminas preciosas de sua oficina. Eu havia perdido tudo no último ano e ganhado apenas dor. Só que Mazin ainda estava por aí, apesar do mal que causara. Pensei em seu rosto, naquela fachada polida e inacessível, bem antes dos guardas me levarem.

— Tenho — respondi, a voz em um grunhido profundo. — É a única coisa que eu quero.

DEZESSEIS

CHEGAMOS RÁPIDO À CIDADE, DEPOIS DE COMPRAR MAIS UM cavalo e usar a rota direta através das montanhas. Não perdi tempo cobrindo o rosto, já que estava usando um completamente novo. O dupatta de Noor cobria o rosto dela, mas ninguém a teria reconhecido. Erámos estranhas naquela cidade, exatamente como queríamos.

A cidade se erguia das dunas como se fosse uma extensão da terra, um apêndice natural no chão em vez de uma cidade murada feita pelo homem, da cor de areia ensolarada se esticando até o horizonte.

Basral.

A cidade de poder djinn e sangue. O lugar onde eu encontraria minha retaliação.

Repeti os nomes que eram meu mantra.

Casildo. Darbaran. Vahid. Mazin.

Eles tinham me traído em troca de benefícios e receberiam muito mais do que jamais desejaram. Zoraat corria por minhas veias, e a mesma palavra sussurrada pelo vento chegou aos meus ouvidos de novo.

Vingança.

Senti seu gosto na língua, relembrando a figura escura que pensei ter visto na caverna e as duas pegadas ao lado das minhas na areia. Relembrando o rosto macabro do meu pai. Era perturbador que o toque do zoraat tivesse causado aquelas ilusões, porque me lembrava de que eu realmente não conhecia a extensão daquele poder.

Talvez tivéssemos zoraat o bastante para derrubar a cidade inteira.

Talvez eu pudesse incendiar a terra sob os pés de Mazin, fazendo-o implorar pela própria vida.

Um sentimento obscuro tomou conta de mim, mais profundo do que minha raiva já fora um dia, a magia djinn ganhando vida em minhas veias. Por um momento, minha visão escureceu, e minhas palmas queimaram como se estivessem pegando fogo.

— O que a gente devia fazer primeiro? — A voz de Noor atravessou a chama que tinha passado por mim.

O primeiro passo do plano.

Eu poderia matar todos eles naquele exato momento se quisesse, mas não foi para isso que havíamos retornado. Queríamos algo maior do que a morte, algo mais sombrio que retaliação.

Casildo tinha traído meu pai por causa das espadas, usando o amor pela filha contra ele. Será que faria o mesmo pelo que valoriza? Lutaria pelo que ama, como meu pai fez? Darbaran era o chefe da guarda do palácio e, quando o conheci, quis arrancar seus dedos diante da mão boba e dos olhares lascivos. Ganhar dinheiro e explorar os mais fracos eram seus vícios — e Noor e eu planejávamos explorar aquilo.

O imperador Vahid perseguia apenas uma coisa: poder. Se conseguíssemos minar isso, nos penetrar nas rachaduras de seu império, poderíamos desintegrar o chão em que ele pisava. Noor desejava isso mais do que tudo.

E Mazin.

Ele me traíra quando se aproveitou do nosso relacionamento e tirou vantagem do meu amor e da minha confiança para me usar como bode expiatório.

Agora eu faria o mesmo.

Planejaria cada passo da minha vingança.

— Primeiro, construímos nossa imagem — falei para Noor, repassando a lista de nomes.

Nós tínhamos que ser vistas pelas pessoas certas a fim de nos aproximarmos o suficiente do imperador e sermos notadas por Mazin.

— Temos ouro o bastante pra chamar um pouco de atenção, então vamos usar isso. Depois precisamos nos apresentar. Temos que chegar perto de Vahid e ganhar acesso ao palácio.

Mazin estaria no palácio.
Noor abriu um grande sorriso.
— Sempre quis esbanjar.

Compramos uma casa no limite da cidade, uma das mais luxuosas. Noor a escolheu, olhando ao redor com um suspiro contente quando espiou o jardim, dada sua afinidade com ervas e plantas. Caminhei pelos corredores, verificando os lugares pelos quais intrusos poderiam entrar, testando as portas para checar a segurança. Ostentar era necessário para atrair a atenção de Casildo, Darbaran e Vahid. Só que, depois que Mazin nos encontrasse, eu não deixaria de ser cautelosa. Tínhamos que estar preparadas para qualquer ameaça.

Após fecharmos o negócio, fomos direto para o bazar, comprar sedas, roupas e joias o suficiente para parecermos rainhas. Escolhemos todas as cores de shalwar kameez, lehengas e túnicas com ornamentos de contas intricadas, espelhos e padrões têxtis. Eu me assegurei de pegar algumas peças-chave de tecido e panos do norte — com flores grandes e volumosas bordadas em rosa, linhas geométricas, blocos de tinta padronizados na barra das mangas —, tudo que já vi minha mãe e minha avó usando quando eu era criança. Se interpretaria o papel de uma mulher nortenha, queria fazer jus à cultura. Cada peça foi escolhida com um propósito, como se estivéssemos vestindo uma armadura.

Visualizei Baba forjando suas espadas, gravando feras elaboradas nos punhos, acrescentando cada pedraria com precisão, e percebi que estava fazendo a mesma coisa.

Estava me armando com beleza, para distrair da verdadeira arma que eu realmente era. E, enquanto estivessem ocupados me admirando, eu deceparia seus dedos com minha lâmina.

— Já sabe como vai ser convidada para a corte do imperador? Além de chamar atenção gastando tanto dinheiro que eles não poderão nos ignorar?

Noor estava deitada sobre uma pilha de almofadas, comendo fatias de manga fresca enquanto eu examinava a última coleção de adagas que um dos ferreiros da cidade havia me trazido. Nada se comparava às espadas do meu pai, só que eu precisava me equipar.

E, se o plano com Casildo seguisse de acordo, logo eu recuperaria as espadas de Baba.

— Isso vai ser mais tarde. — Eu tinha planos para Vahid, mas precisava preparar o terreno. — Por enquanto, precisamos da atenção de Casildo.

Noor assentiu.

Girei a ponta da adaga no dedo, a única parte física de mim que eu ainda reconhecia.

Primeiro, eu queria as espadas do meu pai de volta.

— Ele traiu meu Baba, fez ele ser morto pelos soldados do imperador e saqueou sua loja. Está na hora de testarmos esse disfarce no mundo real.

No bazar, o sol derramava calor em chamas, que pousava na pele como uma rede pesada. Fui com meu melhor shalwar kameez, a parte de cima anil e bordada com um padrão ousado do norte, a calça azul-seda combinando. Meu cabelo grosso — que agora se apresentava como cachos selvagens volumosos, e não liso como de costume — estava trançado e empilhado no topo da minha cabeça, decorado com miçangas douradas. Meus novos olhos estavam delineados de preto com kajal, e eu os encarei com toda a confiança que teria evocado estando na minha própria pele. Nos embrenhamos pelo mercado, em busca da barraca de Casildo.

Ela ficava na ponta, com o estoque de espadas que Casildo importava de todos os cantos do império.

Eu me aproximei da barraca com um desinteresse falso. Minha pele ficou vermelha de raiva, mesmo que o homenzinho vendendo a coleção de adagas na mesa não fosse meu alvo. Ele semicerrou os olhos escuros para mim, fitando os adereços e os empregados ao meu lado — um deles sendo Noor, posando como minha criada pessoal.

— Bom dia, sahiba. Posso ajudá-la a encontrar algo para o marido, talvez?

Cobiça cintilou em seus olhos quando ele começou a empurrar para a frente as espadas cheias de pedras preciosas. Varri o olhar por elas, rapidamente identificando que nenhuma daquelas lâminas tinha sido feita pelo meu pai. Eu as reconheceria na hora.

— Não tenho marido — falei enquanto pegava uma adaga particularmente espalhafatosa, sem a borda mortal, para combinar com seus adereços. — Estou procurando uma espada. Sou uma espécie de colecionadora.

— Então você veio ao lugar certo, sahiba. Não existem espadas melhores do que as de Casildo.

Passei os olhos pela barraca do homem, desdenhosa. Peguei uma katar, com o cabo feito de prata, e deslizei as costas da mão pela abertura para que a lâmina ficasse sobre meus dedos. Noor queria que eu parecesse delicada e insegura com as lâminas, mas não conseguiria fingir. Deixei que ele visse que eu sabia exatamente como manuseá-las.

— Estou procurando uma coisa em particular, que vi uma vez. — Pensei na singularidade das espadas do meu pai, em cada animal que ele havia gravado no punho, nos entalhes que tinha feito na lâmina. Dei tapinhas nos lábios com a ponta da katar e emiti um zumbido baixo. — Uma cabeça de halmasti, entalhada em osso de camelo, ornada com esmeraldas e filigrana de ouro.

O homem alisou o queixo, os olhos desviando para o lado.

— Sahiba, já vi algo similar. Só que não aqui. Meu mestre, Casildo, tem uma coleção maior de espadas em casa, que às vezes mostra para colecionadores especiais. A maior que você já viu. Mas, aviso a senhorita, as espadas serão bem caras.

— Parece que não posso pagar?

Um sorriso fraco tocou seus lábios, os olhos abaixando em reverência.

— Não, sahiba, mas não gosto de pegar meus clientes desprevenidos. Vou falar com meu mestre sobre o que você procura. Como posso entrar em contato?

— Estou no sul da cidade, uma residência chamada Jasmine Koti, conhece?

— Ah, sim, sahiba, conheço. De fato, uma bela casa. Belos jardins.

Se fosse possível, seus olhos se iluminaram ainda mais famintos. Ele estava contando com uma grande comissão de Casildo, e eu não o decepcionaria.

— Vou mandar um recado para seu empregado pela manhã arranjando o encontro com Casildo. Espere minha mensagem em breve.

— Vou esperar.

Naquela tarde, um empregado nervoso chegou à nossa porta para nos dizer que Casildo estava interessado em nos encontrar.

— Isso foi rápido — disse Noor, quando pegou o bilhete do jovem suado e o atirou na mesa no meio do cômodo.

Eu estava sentada no largo divã anil, a luz do sol se infiltrando pelas cortinas finas das janelas ao redor. Para alguém de fora, eu aparentaria ser uma garota rica e mimada, comendo punhados de pistache e bebericando chai de água de rosas.

Exceto pelas adagas que eu lançava pelo cômodo e cravava na parede de madeira do outro lado.

— Diz que ele quer se encontrar para conversar sobre a espada que você está procurando — informou Noor.

— O vendedor deve ter gritado para ele o quanto éramos ricas. Ainda mais com as joias no meu cabelo. — Dei uma risadinha e parei, prestes a lançar outra adaga.

Pressionei a ponta da lâmina contra a palma e deixei a borda perfurar a pele. Eu estava muito perto de ver Casildo. Muito perto de encontrar os olhos da pessoa que havia orquestrado a morte do meu pai. Fúria floresceu no meu peito enquanto eu fitava o bilhete.

— Sem falar dos diamantes adornando seus dedos. — Noor indicou minhas mãos com a cabeça. — A gente parecia um tesouro ambulante. Ainda bem que você contratou todos esses guardas para a casa, ou estaríamos sendo roubadas agora mesmo.

— Ganância e covardia são a língua de Casildo. Ele sempre foi fascinado pelo status do meu pai, pela experiência dele e pela coleção de espadas. Mas esperou ele estar de joelhos antes de tirar vantagem. Casildo precisa saber exatamente o que temos para ostentar, e que pode pegar um pouco.

Noor alcançou um damasco seco do prato na minha frente e jogou na boca.

— Vai tentar enganar você?

— Talvez. Se tiver a oportunidade, com certeza. Mas ele pode até fazer pior. — Joguei a adaga na parede, deixando a lâmina voar. Liberando a raiva junto.

Eu precisava manter a cabeça fria para o que viria a seguir.

Noor sorriu.

— Você acha que ele vai tentar te roubar com aquele exército de guardas do lado de fora? Casildo traiu seu pai porque foi fácil e tinha o poder ao seu lado. É um covarde. Não vai fazer nada que arrisque sua vida.

— É por isso que ele vai pensar que é simples. Até não ser. É aí que vamos atacar.

— Você está sedenta por sangue — comentou Noor.

— Você não me conhece? — Curvei a boca num sorriso, depois recuperei a expressão séria. — Você não estaria? — Levantei e afastei a adaga da parede.

Noor olhou para a janela que tinha vista para o palácio.

— Ele tirou seu pai de você. Eu também ia querer vingança. Só tome cuidado para não se tornar aquilo que mais despreza. Não quero que a gente vire aquilo que mais odiamos.

— E o que seria?

— Pessoas gananciosas. Com fome de poder.

Considerei suas palavras. O poder fluindo por mim era intoxicante; não podia negar. Mas não havia perigo de eu sucumbir a isso, não se tinha ambições ainda maiores.

— Não vou me esquecer do motivo pelo qual estamos aqui.

Sua risada ecoou pelos corredores da casa cavernosa.

— Esquecer é uma coisa que eu *sei* que você não faz com facilidade.

Dezessete

Chegamos ao endereço de Casildo com todos os acessórios que tínhamos, exibindo a riqueza extravagante de Souma para nossa própria vantagem. Tochas estavam acesas por toda a casa, com as treliças vigiadas por guardas. O vendedor do bazar nos encontrou na porta, com um sorriso largo.

— O homem deve ter fofocado mesmo sobre nossas posses — cochichou Noor enquanto nos aproximávamos.

— Então teremos que fazer jus a elas. — Fechei mais meu dupatta, o ornamento de miçangas chacoalhando, como se a vestimenta concordasse.

— Bem-vindas à minha casa — cumprimentou Casildo, na entrada. Usei todas as minhas forças para não arrancar o alfinete prendendo o dupatta no cabelo e cortar sua garganta com ele. — Tarfaan me contou da busca de vocês e que chegaram recentemente à cidade. É um prazer tê-las aqui.

Ele estava exatamente como eu me lembrava, exceto pelo cabelo escuro, que agora era grisalho nas laterais, e, o que antes fora um sorriso caloroso, parecia calculista e oleoso. Forcei um sorriso, a mão fluindo involuntariamente para a adaga amarrada na minha coxa. Soltei um suspiro lento, me acalmando.

Matá-lo de cara seria misericordioso demais para ele.

Apesar da raiva fervente nas veias, um tremor de medo desceu pela minha espinha quando Casildo observou meu rosto.

Será que eu tinha mudado a aparência o suficiente?

Casildo podia discernir quem eu era apesar da magia djinn correndo por mim?

Ele era a primeira pessoa que eu encontrava que havia me conhecido antes de ser presa, e agora testava o experimento em primeira mão.

Porém sua expressão não mudou.

Ainda exibia o mesmo sorriso, como se registrasse o valor do meu kameez. Que bom que eu tinha escolhido o mais caro.

Noor usava um kurta verde-escuro com ouro puro bordado na bainha. Ela ainda posava de empregada, porque poderia chegar a lugares que eu não entraria e obter informações às quais eu não teria acesso. Precisaríamos disso para chegar bem perto de Casildo.

Se eu queria que ele sofresse, tinha que saber exatamente o que odiaria perder. Brinquei com a gola do kameez e lhe dei um sorriso bonito com os dentes cerrados enquanto tentava de tudo para suavizar a ira no fundo da minha garganta.

— Muito obrigada pela recepção, sahib. Fico feliz em ver sua coleção. Seu funcionário foi muito útil ao me recomendar suas espadas.

— Aquelas facas não são nada comparadas com meu estoque privado.

Ele gesticulou para nós entrarmos e fomos guiadas através de um pátio a céu aberto no centro de sua casa, repleto de vegetação, flores de lótus gigantes e dálias brancas estrelares infundindo o cômodo com um perfume nauseante.

Era comum casas luxuosas da cidade terem aquele tipo de jardim interno, para suavizar um pouco o calor do lado de fora. Uma fonte enorme no centro ocupava a maior parte do jardim. Conforme nos aproximávamos, percebi que era uma representação em pedra do mito do guerreiro Naveed aniquilando um azi feroz. As asas enormes do dragão eram esmagadas pelas botas de Naveed, e seu pescoço era perfurado pela lâmina da cimitarra. Era uma imagem repulsiva, mas ditava o tom da casa.

Ali, poder e artilharia eram valorizados.

Observei os olhos cheios de dor do azi. A lenda dizia que ele estava atacando uma vila até Naveed lhe dar uma cabra envenenada para comer e abater seu corpo drogado.

Outra lição: traição salva o dia.

Analisei o restante do jardim. Empregados nos rodeavam, segurando várias bandejas com taças de cristal, pratos dourados e todo tipo de comidas e bebidas.

Virei para Casildo.

— Está esperando mais visitas?

— Alguns amigos para receber a senhorita na cidade. Sua chegada causou um baita alvoroço, ainda mais quando comprou metade do bazar. Há boatos sobre você por toda Basral. Agradeço por ter parado na minha barraca.

— Agradeço também, sahib. Pelo menos conheci outro colecionador de espadas.

— Por favor, me chame de Casildo.

Inclinei a cabeça com um sorriso, e seus olhos brilharam.

— Sua hospitalidade é muito generosa.

Fomos levadas até bandejas de cordeiro assado, picles apimentados e roti fresco que meus dentes imploravam para morder. Desde a prisão, não tinha nenhum tipo de comida que eu recusaria se tivesse a oportunidade de comer. Estendi a mão até um roti, mas Noor pigarreou, chamando minha atenção. Nossos olhares se encontraram, o dela com censura. Ela se aproximou então e começou a encher um prato para mim.

— Por favor, aproveite. — Casildo apontou para a comida. — Depois que estivermos satisfeitos, posso mostrar as espadas em que está tão interessada.

— Eu adoraria. — Mordi um pedaço de carne assada macia e a mastiguei devagar, saboreando o gosto. — Me conte, onde o senhor as adquiriu? Tem um fornecedor?

Minha barriga se contraiu, antecipando a resposta. Talvez Casildo contasse a verdade, a história de como traiu meu pai. Estava ávida para ouvi-lo falar sobre aquilo, ávida para atiçar as chamas da fúria quando ele se vangloriasse de como conseguiu todas as suas lâminas.

Você vai ousar falar do meu pai, seu covarde nojento?

— Eu tinha. Mas agora aproveito minhas viagens para colecionar. Você requisitou uma espada bem específica, um punho com uma cabeça de halmasti entalhada, certo? — Ele estalou a língua. — São poucos os que viram uma.

— Minha Nanu me contava histórias sobre elas quando eu era menina. Lembro de ver a espada e me arrepender de não comprar.

— Seu pai não comprou para você?

— Ele tinha coisas mais importantes para fazer do que comprar espadas cerimoniais para menininhas — menti com uma risada.

O som chegou sem impacto nos meus ouvidos, a mentira como cinzas na língua. Claro que meu pai havia me presenteado com adagas lindas que criara desde que eu aprendi a andar. Mas, no momento, eu tinha que encarnar Sanaya Khara.

— O nome da sua família é importante no norte, não é? A aldeia de um caudilho bastante poderoso. — Ele se recostou na cadeira e me avaliou. — O que faz tão longe de casa, na cidade do imperador?

— Meu pai queria fazer acordos e conexões, mas sem deixar seu povo. Ele me mandou para Basral em seu lugar. — Peguei um bocado de carneiro cozido, o sabor picante do gengibre e do cardamomo verde pousando na língua. Dei mordidinhas delicadas, em vez de enfiar tudo na boca como queria. — Sua comida está deliciosa. Me fale, quem é sua cozinheira?

Casildo riu.

— Não vou deixar você roubá-la de mim. Pelo menos, não antes de ver as espadas. Venha. — Ele sinalizou para um empregado servir xícaras fumegantes de chai. — Vamos tomar nosso chá na galeria.

— Galeria? — perguntei, com mais aspereza do que pretendia. — Não vim ver pinturas e esculturas.

Noor ergueu uma sobrancelha atrás de Casildo, e quase lhe fiz um gesto rude. Juntei as mãos, forcei um sorriso modesto no rosto e suavizei a voz.

— Eu preferiria ver a coleção de espadas.

Ele abriu um sorriso arrogante enquanto dava tapinhas no meu ombro.

Eu queria quebrar cada um de seus dedos.

— Acho que vai gostar dessa galeria.

Casildo guiou o caminho, e seguimos, passando pelos corredores ornados de sua grande propriedade. Quando o conheci, ele era um simples comerciante, com uma casa de três quartos na cidade e posses modestas. Havia apenas uma coisa que poderia ter mudado sua riqueza e status, e era o lucro que obteve ao trair meu pai. Ergui o maxilar, a culpa vazando pelos poros e ameaçando me dominar.

Eu não estava lá para ajudá-lo. Ele estava sozinho quando seu amigo mais próximo o traiu.

Passei a mão por uma tapeçaria pendurada no fim do corredor, retratando a batalha entre o antigo rei e o imperador Vahid. Nela, Vahid era alto e imponente, com uma pilha de sementes djinns nas mãos, enquanto o antigo rei remanescia no topo de uma montanha de corpos humanos.

Pensei nos sacos de zoraat escondidos na nossa casa, nas cores vibrantes que Noor sabia exatamente como misturar. Se tudo seguisse de acordo com o plano, o império sairia das mãos de Vahid, e seria por causa do zoraat que ele controlava com tanta vigilância.

— Ah, a batalha de Chidkruh. Minha favorita — falou Casildo, parando ao meu lado, tão perto que quase lancei a cabeça para trás e mandei seus dentes para o fundo da garganta. Sorri sozinha, imaginando a cena. — O próprio imperador me presenteou com isso — continuou ele, devolvendo o sorriso, como se ríssemos da mesma piada, embora ele não fosse gostar da minha.

— Você é um homem impressionante se ganhou um presente assim do imperador Vahid — adicionei, com um tom de reverência.

Ele riu.

— Tome cuidado, sahiba, ou vou levar seu elogio para o coração.

Franzi os lábios involuntariamente com repulsa. Ele estava flertando comigo?

Noor pigarreou. Eu a fitei, e ela me lançou um olhar que dizia que eu não estava escondendo do rosto meus verdadeiros sentimentos.

Só que o homem tinha idade para ser meu avô.

Forcei o semblante em algo que parecesse um olhar tímido. Que ele pensasse que seu flerte podia levá-lo a algum lugar. Se me ajudasse a ganhar sua confiança, eu bateria os cílios o suficiente para causar um vendaval.

Casildo sorriu de volta, claramente encantado. Asco cresceu no meu peito.

Nossa, aquilo era mais difícil do que eu pensava.

— O imperador só recompensou um grande favor que fiz a ele.

Me aprumei com aquilo.

— Um grande favor? — Tentei manter a voz curiosa.

— Eu lhe contei sobre uma conspiração contra sua vida e o ajudei a executar um traidor. Mas, hoje em dia, não lido com tantas aventuras.

Fiz um som divertido, torcendo para que expressasse como eu tinha gostado da piada e não como eu não confiava em mim mesma para falar. Minhas mãos vagaram de novo para a adaga amarrada na coxa, escondida em sua bainha, esperando ser liberada. A necessidade obscura de cortar seu pescoço e ver seu sangue espalhado por todo o chão de mármore quase me dominou.

Senti a magia djinn reagir à minha raiva, borbulhando nas veias como um fogo baixo.

Um breu escureceu as bordas da minha visão, e um formigamento quente escorreu pelas minhas mãos. Baixei o olhar para meus dedos trêmulos e encontrei uma única veia preta espiralando da ponta do dedo até o nó da mão. Eu a encarei, mais confusa do que tudo. Depois, uma pontada de pânico se alojou na minha garganta. Será que era efeito colateral do zoraat? Pressionei a mão na lateral do corpo, escondendo a marca escura.

Aprumei minha postura, plantando os pés no chão — uma posição de luta.

Noor me cutucou com o ombro, a boca pressionada numa linha firme enquanto balançava a cabeça. Estava evidente para ela que eu estava prestes a jogar todos os planos pela janela e cometer um assassinato bem ali no meio do corredor. Eu lancei a ela um olhar venenoso, mas afastei a mão da adaga.

Ela estava certa. Eu não queria perder a cabeça, não quando tínhamos chegado tão longe. Curvei os dedos, fazendo uma anotação mental para perguntar sobre a estranha veia preta se espiralando pela minha mão. Mas isso não me distrairia do motivo pelo qual estava ali.

Vingança.

A mesma voz sussurrada disparou por mim. Só que eu não conseguia mais discernir se era minha.

Meu pai merecia mais do que a garganta cortada de Casildo. Suspirei bem fundo e senti a raiva se esvair de mim, sendo substituída por determinação.

Chegamos a um cômodo grande, iluminado por várias tochas fixadas na parede de pedra. Caixas de vidro nos rodeavam, filigranas de ouro delineando cada uma, os objetos dentro delas reluzindo sob a luz tremulante. As caixas não guardavam arte, e sim armas.

Espadas. Adagas. Lâminas de todas as espécies.

Era o paraíso de um espadachim.

Olhei avidamente, quase esquecendo o que estava fazendo ali diante de uma coleção tão magnífica de lâminas.

Parei na frente de uma caixa enorme contendo saifs de ponta reta, os cabos entalhados complexamente cintilando sob a luz das tochas. Depois meus olhos foram atraídos para uma vitrine de sabres, suas lâminas de aço levemente curvadas chamando meus dedos para pegá-las. Ao meu redor, havia adagas com pedras preciosas, khopeshs entalhados, talwars totalmente curvadas, kirpans cobertos por renda de ouro — lâminas, espadas e adagas o suficiente para eu poder derrubar uma centena dos meus inimigos, se quisesse.

Suspirei vendo a extensão delas.

E então parei de respirar quando virei a cabeça para a parede no fim do cômodo. Espadas extremamente familiares me encaravam, armas que eu conhecia melhor que minhas próprias mãos. Do piso ao teto, lâminas de todo tipo e design decoravam o espaço, e tinham uma coisa em comum: haviam sido feitas pelo mesmo ferreiro.

Casildo usara uma parede inteira para expor as armas que roubara do meu pai.

Dei um passo à frente, sem pensar, como se estivesse me aproximando de Baba e ele ainda estivesse vivo, respirando, sorrindo, bem ali. Aquele era o trabalho da sua vida. E estava acomodado na casa do homem que o fizera ser assassinado.

Meu coração martelava furiosamente, e pressionei a mão com força no peito como se pudesse arrancá-lo e impedir a raiva e a tristeza de me dominar.

— Vejo que a surpreendi, sahiba. Achei que poderia gostar da coleção que tenho aqui, sendo você alguém com um ávido interesse em artilharia.

— Estou sem palavras — disse, rangendo os dentes.

Ergui os lábios numa tentativa de sorriso, mas eu tinha certeza de que parecia uma careta retorcida.

Casildo gesticulou para que completassem meu chai, e mais líquido fumegante foi servido na taça alta na minha mão. Pétalas de rosa secas flutuaram até o topo, mas nem o aroma familiar de cardamomo quente e pistache moído me confortou. Segurei a taça com força, e eu poderia tê-la estilhaçado se soltasse a ira que crepitava em mim. A veia preta na minha mão ficou mais encorpada e espiralou até o pulso. Ergui a taça até os lábios, aliviada pelo líquido ter permanecido estável, e consegui engolir o chá escaldante.

A porta da galeria foi aberta com um rangido, mas não me dei o trabalho de virar a cabeça. Ainda encarava a fileira de lâminas impecavelmente polidas cintilando na luz, desejando que, em vez delas, eu tivesse meu pai de volta.

No punho de cada lâmina, eu via as mãos calejadas focadas nos detalhes de sua arte, no brilho de cada espada. Eu o visualizava curvado sobre a forja, elaborando o metal com precisão. Aquilo era ele, e não era. Era tudo que Baba valorizava e pelo que trabalhava, mas ele não estava mais ali para isso ter importância. A única pessoa que restava para defendê-lo era eu, e eu precisava corrigir o mal que lhe fora feito.

— Ah, você finalmente se juntou a nós — cumprimentou Casildo.

Passos se aproximaram. Ainda assim, não me virei. Se eu tentasse falar, não conseguiria mascarar a fúria fervendo dentro de mim.

— Conheça Sanaya Khara, filha do chefe Khara. Ela é nova em Basral. Sahiba Khara, por favor, me deixe apresentá-la ao *Falcão*.

Alguém deu uma breve risada, e foi como se tivessem jogado um balde de água sobre mim.

Eu conhecia aquela risada.

Me lembrava daquela risada.

Eu costumava sentir prazer ao ser a pessoa que a causava.

— Por favor, estou me esforçando muito para enterrar esse apelido — respondeu uma voz grave, como o estrondo de uma rocha caindo de uma montanha.

Era distinta, a voz de um orador, ou político, suave e confiante, mas algo nela te atraía, fazia você se sentir confiável, especial.

Fechei os olhos.

Ele não.

Eu não estava preparada para o som de sua voz. Não tão cedo. Achei que teria tempo para me proteger, para me endurecer como aço igual a uma das talwars do meu pai — impenetrável, inquebrável. Mas as palavras trouxeram tudo de volta, até eu não ter mais certeza de que minhas pernas ainda podiam me sustentar. Eu sentia tudo: seu toque na minha pele, seu sorriso quando chamava meu nome.

Sua expressão quando me traíra.

Foi a que mais machucou, e, em vez de eu ser uma lâmina inquebrável, ele que era uma — cortando minhas defesas, minha confiança, perfurando meu coração. A máscara calma que usou quando os guardas me levaram era o rosto que me assombrou todos os dias na prisão.

— Acho que combina com você — continuou Casildo, inconsciente da tempestade de emoções revirando meu interior. — Mas faça como quiser. Me deixe apresentá-la a Mazin Sial, sahiba, o vice-imperador. O mais jovem que já existiu, na verdade.

Eu senti, em vez de ouvir, Noor arfar quando o nome dele foi anunciado.

Sufoquei cada emoção que tentava escalar para sair.

Eu não podia desmoronar. Não agora.

Não até que tudo estivesse acabado.

E nunca que eu deixaria *ele* me desestabilizar, não depois do que tinha feito. Daquela vez, eu assumiria o controle e veria sua vida inteira ruir. Tirei um instante para me fortalecer antes de saltar da beira do penhasco, soltando um suspiro lento. Depois, fiz da minha expressão uma máscara simpática.

Essa era quem eu me tornaria na sua frente. Um confeito doce e belo.

E, quando ele mordesse em busca do açúcar, veneno preencheria sua boca.

Dezoito

Ele estava exatamente do mesmo jeito. O cabelo só um pouquinho mais comprido. A mesma pintinha abaixo de um dos olhos, como uma estrela ousada. Ombros largos envoltos pelo mesmo uniforme do palácio — um sherwani escuro com detalhes dourados e botas de couro de cano alto. Até mesmo o trejeito das sobrancelhas era algo que eu tinha memorizado um milhão de vezes.

E, ainda assim, olheiras escuras sombreavam seus olhos. O rosto estava magro, mais afiado e marcado, como se ele precisasse de algumas boas refeições. A postura estava rígida, parecendo que os ombros guiavam o restante do corpo e eram feitos do mesmo aço da longa cimitarra pendurada ao seu lado — outra obra do meu pai. Seus olhos, sempre escuros, sempre cheios de desejo, expressavam uma emoção diferente. Se eu fosse ingênua, diria que era tristeza.

Bom. Ele deveria estar triste pra cacete.

Deveria se arrepender de cada um dos dias desde que me traíra. Mas eu sabia que não, principalmente se estava a serviço do seu precioso imperador. Se ele estava triste no momento, não era por causa do que havia feito comigo. Mas eu tinha certeza de uma coisa: Mazin não estava feliz. Ainda era uma força incandescente de autoridade e contradição, mas eu o conhecia bem demais para não ver a inquietação ali.

E, daquela vez, o sorriso no meu rosto não foi forçado.

Não tem ideia do que estou prestes a despejar sobre você.

— Prazer em conhecê-la, sahiba Khara.

Abri mais o sorriso e inclinei a cabeça para ele. Noor e eu tínhamos praticado isso, pelo menos. Não nasci nenhuma sedutora, mas também nunca tive tamanha motivação. Eu usaria a mesma obstinação que explorei para aprender esgrima para fazer Mazin se apaixonar por mim. Porque, quando eu revelasse a verdade, ela doeria bem mais do que a ponta afiada do aço.

Movi os olhos para a garota ao seu lado, alguém que eu também conhecia muito bem. Seu cabelo escuro estava preso em uma trança sobre os ombros com um dupatta azul-escuro, seus brincos delicados emitiam um tinido suave quando movia a cabeça.

Ela também não mudara: inocente, confiável e amável. E não senti nem um pingo de culpa por estar prestes a manipular aquela confiança para meu benefício.

— E quem é essa?

— Essa é minha irmã, Anam.

Era impossível odiar Anam, mas tentei mesmo assim. Um sorriso contagioso e permanente tocava seus lábios, uma predisposição em acreditar em tudo e em todos — ela era uma oportunidade ambulante para cada vigarista e impostor da cidade.

Noor se moveu para a lateral do cômodo.

Ela deveria deixar Casildo e eu conversarmos enquanto tentava reunir informações da casa. Porém eu podia ver, pela expressão em seu rosto, que não queria ir, não com Mazin aqui.

Apesar do imprevisto, tentei focar na parte positiva: Casildo tinha acelerado dez vezes os planos ao me apresentar a eles.

— O que a traz à nossa cidade, sahiba Khara? — perguntou Maz, e um pequeno tremor passou por mim novamente devido ao som de sua voz.

Não parei para analisar o que aquilo significava.

— Por favor, me chame de Sanaya. E só estou visitando. Meu pai quer vir para a cidade em algum momento e me pediu para preparar um lugar para sua chegada.

Minha voz saiu um pouquinho mais alta do que eu gostaria, e mordisquei o lábio.

— Ela comprou a propriedade de Jasmine Koti — declarou Casildo, quase de forma conspiratória.

Mazin ergueu as sobrancelhas bem alto.

Virei para a garota ao seu lado.

— Você vai ter que me mostrar a cidade, Anam. Já fui ao bazar, mas não tenho ideia de quem vale a pena comprar, de quem vai me enganar e de quem vai mentir para mim.

Mazin riu como se eu tivesse feito uma piada e quis esmagar seu rosto em uma das caixas de vidro. Em vez disso, me aproximei. Ele só veria o que eu queria que visse: Sanaya Khara, a bela, doce e descomplicada filha de um chefe. Virei para ele, com uma pergunta em meu semblante.

Nossos olhares se encontraram, e perdi o fôlego com o contato.

— Anam não vai poder ajudá-la com nenhuma dessas coisas — explicou. — Aposto que minha irmã é enganada sempre que vai gastar o dinheiro do imperador.

Anam pareceu envergonhada com as palavras de Mazin, mas sorriu para mim.

— Eu adoraria mostrar a cidade para você, Sanaya, e o bazar, apesar do que meu irmão diz.

— Claro. Eu não acreditei nas palavras dele nem por um minuto. Na verdade, você deve ser quem faz as barganhas, com esses olhos.

Seu rosto se iluminou, e ela virou para o irmão.

Fiz o mesmo, me forçando a lembrar que, naquele corpo, com aquele rosto, eu não o odiava. Naquela pele, eu queria sua adoração, mesmo que me desse ânsia de vômito. E então eu arrancaria seu coração enquanto ainda estivesse batendo.

— E o que a traz à casa de Casildo esta noite, Sanaya? — Ele rolou meu nome falso na língua como uma carícia, e senti meus batimentos acelerarem.

Ele era charmoso, eu me lembrava. Constantemente, outras garotas davam sorrisinhos para mim por causa de Mazin, torcendo para que eu as apresentasse a ele.

— Tenho interesse em espadas e adagas de todas as espécies. Vi um pouco da coleção de Casildo no bazar e soube que ele poderia estar interessado em vender algumas lâminas da sua coleção privada para mim.

Mazin inclinou a cabeça.

— E ele concordou?

A voz de Casildo entrou na conversa dos fundos do cômodo.

— Ela está procurando por uma espada em particular, uma que diz ter visto num mercado uma vez, apesar de eu não ter ideia de onde. Uma adaga com um punho de osso entalhado na forma da cabeça de um halmasti.

Mazin se empertigou, a boca fixa numa linha fina. Eu era incapaz de desviar os olhos. Ele estava se comportando de forma diferente do que imaginei. Não agia de maneira pretensiosa ou arrogante, e, por causa de todos os treinamentos que fizéramos juntos, reconheci um pequeno músculo contraído no seu maxilar.

Ele estava tentando manter as emoções sob controle.

Por quê?

— Mazin está sendo discreto.

Casildo pareceu achar graça enquanto parava ao nosso lado. Ele deu um longo gole no chai e depois estendeu a mão para a taça ser enchida. Um empregado correu até ele.

Curvei os lábios. Casildo costumava dizer que era um homem do povo e bebia com meu pai perto de uma fogueira do lado de fora da oficina com os habitantes da vila em camaradagem. Agora bebia chá com pétalas de rosa em taças com bordas de ouro e não era capaz nem de encher o próprio copo.

— Ele sabe exatamente qual lâmina você busca. Infelizmente, não está na minha coleção. Mas tenho algo parecido. — Casildo apontou para a parede dos fundos, a caixa de vidro contendo as espadas do meu pai.

Eu me forcei a desviar a atenção de Maz e retornar para as espadas em exibição. Noor estava ao lado delas, e fitei seu olhar por um breve instante antes de mover em direção à caixa de vidro.

Eu estava grata por ela ainda estar ali. Era uma presença silenciosa na extremidade do cômodo, observando a todos nós sem ser notada, mas só de saber que havia alguém ali para me apoiar me deixava um pouco mais confiante.

Mesmo que ela fosse horrível com uma espada.

— A adaga que busca é bem única. — A voz de Mazin foi um estrondo ao meu lado.

Ele tinha se aproximado, tão perto que eu podia sentir seu cheiro, e quase fechei os olhos com as lembranças que me atacaram.

O problema de ser traído por alguém que você ama é que carrega uma vida inteira de boas lembranças com a pessoa, que precisam ser examinadas sob uma nova perspectiva. O que um dia representara um lugar seguro — estar ao seu lado, envolvida por seus braços, inalando seu perfume de tempestades e pinheiros — era, na verdade, o local mais perigoso de todos.

Suspirei lentamente para acalmar o coração acelerado.

— Só conheço um ferreiro que criou uma espada com uma cabeça de halmasti, embora duvide de que a tenha visto em algum mercado. O homem que a fez só vendia suas mercadorias diretamente.

Virei para Maz, nossos rostos a centímetros de distância.

— É mesmo?

Eu me movi com rapidez, e o aço frio da adaga na coxa me lembrou de que eu tinha uma arma. Só que eu não queria uma solução rápida. Queria que ele sofresse como eu tinha sofrido. Queria que todos eles percebessem o que haviam feito e se arrependessem de quem destruíram.

Então, sorri para ele, satisfeita com o modo que seus olhos se focaram em meus lábios.

— Sério? Você tem que me apresentar a esse ferreiro. Eu gostaria muito de conhecê-lo e comprar diretamente dele.

Aquilo extinguiu o sorriso no rosto de Maz. Ele olhou para Casildo, uma emoção pura em seu semblante, a boca se contorcendo em uma careta antes de retornar para a máscara suave.

— Ele não está mais entre nós, infelizmente. — Maz desviou o olhar de Casildo. — Morreu.

Cerrei os punhos.

— Que pena. Como ele morreu?

— Ele era um traidor — interferiu Casildo, sua voz ressoando pelo cômodo antes que Mazin pudesse responder.

— Ele e sua família tentaram trair o imperador. Foram presos e executados.

Rangi os dentes. *Nem todos eles.*

— Verdade? Isso faz as espadas dele valerem ainda mais — comentei e forcei um sorriso.

Casildo sorriu de volta.

— Exatamente o que penso. — Ele se virou para a exposição mais uma vez. — Acho que aqui talvez você encontre uma espada parecida com a que viu.

— Me mostre, por favor.

Eu já havia localizado a lâmina que ele queria me mostrar assim que avistei a coleção do meu pai. Tinha um pomo entalhado na cabeça de um lobo montanhês nortenho, não tão grande quanto o halmasti, mas, como meu pai havia dito uma vez, tão feroz quanto.

Eu retomaria a posse de todas as espadas muito em breve. Aquilo era para enrolar Casildo.

Estava contando uma história para boi dormir de que eu era rica, influente e podia pagar por bugigangas caras sem nem pensar duas vezes. Porque isso também conquistaria acesso à corte do imperador.

Mazin estar ali era uma conveniência maravilhosa para mim.

Fitei a adaga em questão e inspirei de modo empolgado como se não soubesse exatamente onde ela estava aquele tempo todo.

— Nossa, parece muito com a que eu vi! Preciso dela!

— Temo que vá ter um custo elevado, vinda de uma coleção privada.

Mazin se moveu atrás de mim, e disparei um olhar por cima do ombro. Ele estava notavelmente imóvel, observando Casildo com um olhar velado. Mas então seus olhos encontraram os meus.

Por um segundo, esqueci que estava fingindo ser outra pessoa. Esqueci que o fitava através de olhos desconhecidos. O que devia ter ficado nítido quando ele me encarou, pois Mazin arregalou os olhos e inclinou o rosto como se estivesse examinando um quebra-cabeça que não conseguia entender.

Eu me recompus — queria Mazin intrigado, não desconfiado. Queria que ele desejasse me encontrar de novo, e não que mandasse os soldados atrás de mim.

Virei de volta para Casildo e balancei o braço de forma distraída, como se qualquer quantia fosse irrelevante para mim. O que era verdade, eu pagaria qualquer coisa para colocar as mãos no legado do meu pai de novo, mas aquilo ajudava a criar a personagem de que precisávamos para tomar Basral.

— Minha empregada vai fornecer a quantia.

Acenei com a cabeça para Noor. Casildo reprimiu um sorriso tão grande que mal conseguiu conter sua alegria. Uma sensação repentina de calor se espalhou pelo meu corpo, a satisfação de um plano dando certo como um desenho intricado em uma espada.

Casildo precisava saber a quantidade de *possibilidades* que eu tinha. Assim, quando decidisse tentar tomá-las, eu destruiria todas as dele.

Partimos logo depois, com Casildo contando as moedas frescas e uma das adagas do meu pai repousando gentilmente sobre uma caixa ornada no meu colo.

A satisfação que eu sentia se esvaiu, deixando uma amargura oca composta pela expressão final de Mazin. Ele não encontrou meu olhar para se despedir, nem tentou pegar minha mão para beijá-la, de forma que eu pudesse começar a construir a base da minha sedução. Em vez disso, durante todo o tempo que levamos para sair da mansão de Casildo, Mazin não tirou os olhos da caixa nem uma vez.

Dezenove

ANTES

O Falcão

BABA me fez começar a treinar com Mazin, apesar de seu talento ser muito inferior ao meu. Maz praticava com os outros soldados, mas o imperador decidiu que ele precisava de mais.

— O menino é incompetente — resmunguei para meu pai enquanto ele nos levava para o campo de treinamento nos fundos da oficina.

Campo talvez não fosse a palavra certa — o solo estava tão desgastado que era mais um pátio de terra com alguns arbustos espalhados.

Mas era meu lugar favorito no mundo.

— Ganhar uma batalha não tem a ver com habilidade, Dani. Tem a ver com coração. E Mazin tem bastante disso.

Pisei na terra com a talwar na mão, observando Maz segurar uma cimitarra grande demais quando meu pai nos deixou sozinhos para lutar.

— Isso é igual caridade, tentar melhorar suas habilidades na luta — zombei.

Avancei e o desarmei antes que ele pudesse piscar.

Ainda assim, ele continuou tentando. Fiz aquilo mais três vezes antes de plantar a talwar no pátio e me apoiar nela com um bocejo. A última foi mais difícil do que pensei que seria, mas eu não queria que ele visse minha surpresa.

Mazin tinha melhorado.

Não que eu fosse lhe contar.

Maz pegou sua espada da terra, de maxilar cerrado, com um músculo tensionado em um canto. Achei que atacaria de novo, que faria o mesmo movimento impensado. Em vez disso, ele baixou a espada e me fitou.

— Estou com fome, vamos fazer uma pausa.

Bufei.

— Você quer parar porque cansou de apanhar.

Ele soltou um suspiro exasperado e plantou a própria lâmina no chão, imitando minha posição.

— Alguém já te falou que é impossível fazer amizade com você?

Deixei escapar uma risada surpresa.

— É *isso* que está tentando fazer? Amizade comigo? Tenho bastante amigos, não preciso de mais.

Ele me deu um olhar cético e se inclinou em minha direção. Algo se revirou na minha barriga diante daquele foco intenso. Notei, pela primeira vez, que não era desagradável olhá-lo — embora seus membros não tivessem encorpado ainda e o cabelo fosse um amontoado rebelde. Ele esfregou a nuca, e observei seu braço flexionado antes de retornar ao seu rosto.

Qual era o meu *problema*?

— Dania, você não tem nenhum amigo. Não que eu tenha visto. Só tem uns parceiros de treinamento. Você precisa é se divertir.

Eu o encarei.

— Eu *preciso* é treinar. Ou corro o risco de ser tão terrível com a espada quanto você — rebati, cruzando os braços e torcendo para meu rosto não estar corado como eu me sentia.

Ele sorriu, e a luta saiu de mim.

Eu podia parar por alguns minutos. Uma pausa para o almoço não significava que seríamos amigos.

— Tá bom, uma refeição. — Eu me apoiei na talwar. — Mas depois a gente retoma o treinamento. Meu pai me pediu para te ajudar, então, se você não quiser, vou treinar sozinha.

Peguei os parathas recém-preparados por uma tia da vila que tinham entregado mais cedo. Sentamos ao longo do banco de madeira no pátio, comendo em um silêncio agradável. Os parathas tinham sido enrolados e recheados com picles apimentados e queijo duro. Eu devia ter esquecido o quanto estava faminta, porque praticamente os devorei.

— Essa talvez seja a melhor coisa que já comi — declarou Mazin entre bocadas e se recostou no pilar.

Mastiguei sem olhá-lo, me forçando a não engajar a conversa. Só que o sol da tarde lançou um brilho atrás dele, fazendo o dia parecer mais suave, mais sonhador de alguma forma. Mazin virou a cabeça para trás e fitou as montanhas emoldurando nossa vila, e havia algo em seus olhos cheios de determinação um pouco parecido com saudade. Não consegui evitar e segui seu olhar, para ver o que ele encarava com tanta atenção.

Por um instante absurdo, desejei que ele estivesse olhando para mim daquele jeito. Engoli em seco com dificuldade e virei a cabeça, minha pele desconfortavelmente quente.

— Não te alimentam no palácio? — provoquei. Minha voz saiu rouca, e enfiei mais paratha na boca para mascarar meu constrangimento. Queria me jogar sobre minha talwar e morrer para me poupar de mais humilhação.

— Não assim. Tudo é cheio de curry, e as sobremesas são extremamente doces. O imperador quer o melhor, o mais extravagante. Mas isso aqui é simples, afetuoso e foi feito para pequenas pausas sob o sol. Me lembra de quando eu era menino.

— Você ainda é um menino — lembrei-o, lambendo um pouco do picles azedo dos dedos.

— Quis dizer de antes de eu me juntar ao imperador.

Ele ainda tinha aquele indício de saudade no olhar que me fez querer saber mais.

Fiquei incomodada por sequer desejar saber do seu passado, considerando que ele trabalhava para Vahid. Mas eu desejava.

Ele não era da realeza, não que eu soubesse, e falava como se um dia tivesse morado em uma vila como a nossa. Mordi o interior da bochecha até sentir o incômodo da dor, o que ainda assim não impediu minha pergunta.

— Como assim, *antes*?

Ele ergueu o olhar do paratha, parando antes de dar uma mordida. O sol fez com que seus olhos parecessem dourados. Fiz uma careta por causa do rumo dos meus pensamentos, e seus lábios se ergueram com minha expressão.

— Você quer mesmo saber sobre a minha infância, hein.

Ele deu outra mordida no pão.

— Não, mas você não cala a boca, então é melhor desembuchar logo.

— Aham, claro. — Ele inclinou a cabeça. — Minha irmã e eu viemos de uma vila do sul, onde o imperador Vahid travou uma guerra, com zoraat, contra o rei. — Seu tom estava leve, mas notei que os nós de seus dedos estavam brancos.

Ele ficava assim com frequência, percebi. *Contido* — como um pote de barro matka, até o calor do fogo se tornar insuportável e ele explodir. Lutava assim também, e eu era o oposto, indo para cima, sempre no ataque. Mazin permanecia na defensiva até o último momento possível.

— Eu não sabia que você tinha uma irmã — comentei, baixinho.

Ele me encarou.

— Tenho. Anam era uma bebê quando o imperador chegou. Minha mãe pendurou o cesto dela no galho de uma figueira-de-bengala e me mandou cuidar dela enquanto ia buscar meu pai. Eles morreram na luta, assassinados pelos soldados do rei. — Ele engoliu em seco e deu outra mordida. Minha própria garganta estava seca, e o paratha na mão agora parecia impossível de comer. — Um falcão desceu voando e tentou apanhar minha irmã da árvore. Lutei contra ele, jogando pedras e arbustos do deserto enquanto ele mergulhava contra nós. Só que o pássaro era enorme, quase tão grande quanto eu, suas garras afiadas. Teria levado Anam. Só que o imperador Vahid se deparou conosco enquanto eu tentava protegê-la. Ele encaixou uma flecha na corda e golpeou o falcão no coração.

Maz pousou um dedo perto da gola da camisa onde um colar ficava. Havia uma única garra preta pendurada nele.

Acenei com a cabeça para a garra.

— Você pegou um pedaço.

— O imperador pegou. Cortou fora e me deu. Disse que eu lutei com bravura e que seria bom ter alguém assim ao seu lado, alguém que o defenderia daqueles que cometessem crimes contra sua pessoa. Foi quando decidiu nos acolher. Ele nos salvou.

Mazin parecia quase reverente.

Bufei, e ele me olhou feio.

— O imperador Vahid começou essa guerra — declarei com veemência. — Que matou seus pais. — Cruzei os braços. — Ele não é seu salvador.

— Ele impediu minha irmã e eu de sermos massacrados. O rei tinha a intenção de acabar com as vilas do sul para dar uma lição em Vahid. O imperador nos resgatou.

Apertei os lábios e olhei na direção das colinas baixas que pontilhavam o horizonte, longe das montanhas. A paisagem árida tinha árvores e arbustos espalhados. Um chacal dourado correu pela clareira, com um filhote na boca, e chegou até uma nogueira próxima que pendia torta, como se estivesse presa pela última raiz. Um pássaro circulava acima, observando uma oportunidade para pegar o filhote, a mesma ameaça que tentou apanhar a irmã de Mazin.

Baba sempre dizia que falcões eram astutos e pacientes. Esperavam o momento perfeito para atacar.

Mazin e eu ficamos em silêncio até ele falar de novo.

— É difícil de entender, eu sei. Quando meus pais foram massacrados pelos soldados, o ódio poderia ter putrificado meu coração. Mas o imperador Vahid salvou a gente, ele nos acolheu e garantiu que não sofrêssemos. O que mais eu poderia ser além de grato? Meus pais tinham partido, mas ainda tínhamos um ao outro. Devo minha vida e lealdade ao imperador.

Eu o observei, tentando compreender a perspectiva de um garotinho que estava desesperado para continuar vivo e ficar junto da irmã que era apenas um bebê. Desesperado o suficiente para ser grato a qualquer coisa, até ao homem que criara a guerra que matara sua família.

Mazin fitou meus olhos, o paratha esquecido nas mãos. Eu não sabia como responder ao pedido silencioso de compreensão, à necessidade de confirmação de que o amor que ele buscava do imperador não era um veneno.

— O que está pensando? — perguntou ele depois de um longo momento de silêncio.

Eu não poderia dar a ele o que queria, mas, de qualquer forma, não funcionávamos desse jeito. No campo de batalha, ser gentil não levaria à vitória.

Só carregaria a matança para outro lugar.

— Acho — comecei, empertigando-me no banco e tirando a poeira das minhas roupas — que você não salvou sua irmã de um falcão naquele dia.

VINTE

—**B**OM, ISSO FOI SURPREENDENTE. — Noor se jogou na minha cama quando comecei a remover as joias.

— Foi.

Eu me mantive o mais imóvel possível, como se me mexer fosse capaz de fazer com que eu desmoronasse completamente.

Depois fechei os olhos e permiti que tudo o que eu havia mantido contido me inundasse.

O choque ao ver Maz.

O conflito que senti quando meus olhos encontraram os dele.

A raiva pelas espadas do meu pai, exibidas como um troféu na casa de Casildo.

— Eu não esperava Mazin lá. Foi negligência minha. Eu deveria ter imaginado essa possibilidade.

— Nós deveríamos ter imaginado — concordou Noor. — Mas isso não muda nada.

— Não, a gente pode simplesmente avançar mais rápido para a próxima fase do plano.

Noor assentiu.

— Vou levar um dinheiro ao bazar amanhã e coordenar os próximos passos.

Ela fez menção de sair do quarto, mas então parou, parecendo hesitante.

— Que foi? — Toda a exaustão de usar o rosto e a personalidade de outra pessoa estava me derrubando, e minha voz saiu cansada.

Os efeitos do zoraat correndo por minhas veias me deixavam no limite, como se algo sombrio estivesse me corroendo por dentro.

Relembrei, com um sobressalto, da marca preta que havia aparecido em meu dedo, como uma aranha rastejando pela minha mão. Mas, quando olhei de novo, não estava mais ali. A pele marrom polida de Sanaya era tudo que eu avistava. Nada de marcas, nem sequer um hematoma.

— Você está bem?

Soltei um suspiro, olhando para Noor. Ela me observava com o rosto franzido. Abri os dedos de novo, mas não havia nada. Será que eu tinha imaginado aquilo?

— Já estive melhor.

— Eu sei. Quando Casildo disse o nome de Mazin... — Ela parou, dando de ombros. — Mas você parecia estar lidando bem.

Dei de ombros também, um gesto de indiferença que eu não sentia.

— Sabia que veria Maz em algum momento. Não esperava que fosse tão cedo, mas posso me adaptar.

— E tem certeza de que quer continuar? A irmã dele parece ser um amor.

Fiz cara feia para ela.

— Sim, tenho certeza. Não estou nem aí para moral quando se trata dele.

Ela mordiscou o lábio.

— Mesmo se a irmã se machucar também?

— É por causa dele que meu pai está morto, então, sim. Mesmo que a irmã dele se machuque também.

Noor assentiu e cerrou os punhos.

— Desde que o plano ainda seja ir atrás de Vahid. Preciso saber que ele não vai se safar de tudo que fez. Que, no fim de tudo isso, ele ficará apenas com as cinzas.

— Assim como a gente ficou — concordei baixinho, e o quarto pareceu escurecer quando eu disse isso.

Olhei para a janela, o luar lançando uma sombra sobre o palácio de Vahid.

Ela caminhou até lá, colocando as mãos no batente e se virando para mim. A lua também a iluminava, e avistei a tristeza em seus olhos castanhos.

— É. Assim como a gente ficou.

Eu sabia que ela estava pensando em Souma, do mesmo modo que eu estava pensando no meu pai.

Continuei removendo as joias, o peso saindo a cada peça que eu tirava. Braceletes de ouro nos pulsos, uma gargantilha dourada grossa com pingentes de rubis no pescoço, um tikka de rubi e filigranas preso no cabelo, um piercing dourado no nariz, todos caíram com um baque na tigela sobre a mesa.

Quando acabei, esfreguei os pulsos e senti que podia respirar de novo.

— Falando nisso, tem mesmo uma coisa que você não me contou — comentou Noor, apoiada na janela.

Estiquei os braços, entrelaçando os dedos e empurrando as palmas para cima. Fazia tempo desde a última vez que tinha treinado, e eu precisava recuperar um pouco dos músculos que perdi na prisão.

— O quê?

Ela sorriu, com divertimento surgindo nos olhos.

— Você nunca falou como Maz era bonito.

Eu a encarei. Depois, em silêncio, tirei o sapato de ponta curvada e o arremessei em sua cabeça.

Ela desviou, inabalável.

— Aquelas maçãs do rosto? Os olhos escuros? Está explicado por que você está um caco.

— Cala a boca — murmurei, dando as costas.

— Você nunca falou que ele tinha ombros tão largos!

Pedi chá enquanto o quarto se enchia com a risada de Noor.

— Você pode ser séria pelo menos uma vez?

— Pra quê? Você já é séria o bastante por nós duas.

Eu sabia que ela estava fazendo aquilo apenas para aliviar o clima, mas havia uma pontada de verdade no que estava dizendo. Eu não tinha lidado bem com a aparência de Mazin. Ele ainda me atraía, e o encanto parecia mais forte do que antes.

Só que eu não podia cair em minha própria armadilha. Esfreguei as mãos no rosto e tentei deixar isso de lado.

A porta se abriu, e uma criada entrou com chá. Ela o colocou na mesa, fez uma reverência e saiu.

Dei um longo gole, o chai quente aquecendo a garganta e me recompondo.

— Quero que o mundo veja como Casildo é covarde — declarei quando Noor olhou para mim. — Quero que seus amigos e família virem as costas para ele. Quero que ele perca tudo que já teve um dia. — Segurei a beira da mesa. — Não tenho muito tempo com este rosto. Se não conseguirmos o que viemos fazer aqui, sair daquela prisão não terá servido para nada.

Noor me observava, os olhos dourados incompreensíveis me avaliando com a mesma atenção que ela tinha usado quando entrou na minha cela pela primeira vez.

— Como falei, você é séria por nós duas.

Bufei e me recostei no divã. Uma lufada de vento passou rapidamente pelo quarto, balançando as cortinas.

Se eu escutasse com bastante atenção, quase pareceria com os mesmos sussurros que eu tinha ouvido na caverna de Souma quando toquei o zoraat.

Vingança.

— Tenho uma tarefa pra você — falei de repente, me arrancando da lembrança do cadáver do meu pai em decomposição.

Noor se aproximou, pegou o chai da minha mão e deu um belo gole na minha xícara.

— Temos mais ouro do que já vimos na vida e você não pode pedir seu próprio copo de chai?

— Roubar o seu é mais gostoso.

Revirei os olhos.

— Quero que siga Casildo. Quero saber cada passo que ele dá e quero saber tudo o que é importante para ele. Se existe alguma brecha na história dele, vamos descobrir.

— Para você poder inundá-la com água?

Sorri.

— Para que eu possa devastar a terra em que ele pisa.

— Fazer uma lista de coisas que vão destruir Casildo. Entendido. O que você vai fazer?

Peguei o copo de chai da mão dela e me recostei no divã.

— Eu vou fazer compras.

Vinte e um

O BAZAR ESTAVA CHEIO NAQUELE DIA, COM COMERCIANTES clamando aos gritos pela minha atenção e compradores me empurrando em todas as direções. Eu não tinha me acostumado ainda com a nova aparência, e cada passada por um espelho empoeirado me pegava de surpresa.

Não era de se admirar que os mercadores de tecido quisessem fazer negócio comigo quando avistavam as cores vibrantes que eu usava, tão ricas que a tintura devia valer um ano de impostos. Eu até peguei um batedor de carteiras atrevido tentando abrir meu bracelete de pedras preciosas.

Naquele dia eu estava vestida com um kameez de bordado floral e miçangas azuis que adornavam as mangas como se fossem um milhão de grãos de areia anil. O cabelo — no momento um tom mais claro de marrom-avermelhado — estava torcido em um nó e decorado com uma tiara dourada de fileiras de pérolas, e miçangas de ouro cobriam minha testa. Só que as curvas mais suaves das bochechas, os olhos redondos e gentis e o rosto simpático me deixavam tão perplexa quanto as roupas.

Sanaya era meiga e pequena, enquanto Dania era áspera e feroz.

Bem, nós duas éramos ferozes, só que meu disfarce escondia isso atrás de um shalwar kameez complexo, e um dupatta pendurado sobre os braços, tão elegante que poderia ter sido criado por djinns.

Era esse o tipo de mulher que Mazin desejava? Uma que seria uma presença gentil para suas ambições cruéis?

Eu me recompus antes de seguir por essa trilha de pensamentos.

Não importava que tipo de amor Mazin desejava. Era meu trabalho garantir que Sanaya fosse a pessoa que ele escolhesse. E, depois que eu o destruísse, talvez finalmente me libertasse dele. Ficasse livre de sua presença constante me assombrando como um bhuta, aonde quer que eu fosse — seu fantasma insistente perseguindo cada pensamento meu.

Passei rapidamente pelas barracas de especiarias com montes de açafrão, sal negro, hortelã seca e pó de manga inebriante. Ignorei as barracas de joias em que Noor teria insistido para que parássemos — os brincos espalhados e os tikkas elaborados eram algumas de suas compras favoritas. Nem perdi tempo olhando para as pilhas dos comerciantes de tecidos, montanhas de panos estampados, algodão, seda e organza. Eu não estava ali para isso.

Uma coisa chamou minha atenção, movendo-se pela multidão densa com tanta habilidade que quase não o vi. Só que, quando olhei mais de perto, triunfo impulsionou meus passos.

Enfim, encontrei o que procurava.

Ou *quem*.

O menino estava sujo, com lama úmida incrustrada ao redor da boca como se a tivesse comido. Terra cobria seu rosto e braços como tinta — e percebi que provavelmente era. Ele tinha a aparência de um órfão faminto que não tomava banho havia dias. Mas, quando passei os olhos por seu corpo e espiei os membros saudáveis despontando do kurta desgastado, soube que ele comia o suficiente. Aquilo também era encenação, uma ação elaborada para descartá-lo como um menino pedinte sofrido para que ninguém percebesse que tinha muita prática no seu ofício. Na última vez que estive no bazar com Noor, eu o havia soltado com uma risada quando tentou roubar minha bolsa.

Só que naquele dia eu queria fazer negócio.

Ele não tinha me notado ainda. Ziguezagueava pela multidão com facilidade. O bazar estava movimentado, pois, com o fim do expediente, muitos passavam ali para fazer compras ou comer alguma coisa nas várias barracas de kebab e paratha que delineavam os arredores do mercado. Nenhum cliente notava o gatuno imundo enquanto ele se enriquecia ao furtar todos os seus pertences caros e bolsas repletas de dinheiro.

Era uma bela visão. Braceletes de pedras preciosas, relógios de bolso cintilantes e sacos gordos de moedas — ele surrupiava todos de forma simples, enfiando-os numa bolsinha surrada pendurada em sua cintura. Quando chegou ao outro lado da rua, avistei a quem eu esperava que ele me levasse — um menino mais velho à espera na entrada do beco.

Ele se reportava àquele garoto.

Eu precisava ser rápida se quisesse apanhá-los.

Eles deslizaram para dentro da travessa, um espaço estreito entre prédios de tijolos de barro amarelado, tão desagradável na aparência que não havia ninguém mais por perto. Eu os segui, serpenteando pela multidão espessa e desviando de uma barraca desgastada de jalebi.

Virei a esquina e entrei na ruela atrás deles sem ser vista, sendo engolida pela escuridão.

A adaga estava escondida sob as dobras do meu kameez, e levei a mão até ela. O que eu não esperava era a pressão fria do aço sob meu queixo antes de sequer conseguir desembainhar minha própria arma.

— Acha que não vimos você seguindo Yashem? Sahiba, você se destaca como o alazão do imperador numa manada de camelos de carga.

O menino parecia estar achando graça, e era muito mais velho do que tinha aparentado no bazar.

Ergui os lábios involuntariamente, apesar da surpresa pelo moleque ter conseguido levar vantagem. Eu achei que estava preparada para lidar com ele, mas fiquei mais contente do que temerosa, mesmo com uma lâmina pressionada contra o meu pescoço. Se podia lidar comigo, talvez se saísse bem o suficiente com Mazin. Empurrei o pescoço de leve para testar a lâmina. A borda mal perfurou minha pele, causando o corte que só uma lâmina afiada em pedra faria.

Cega. Eu podia lidar com uma faca cega.

— Poucos me pegaram de surpresa com uma adaga. Você é habilidoso.

Ele girou a ponta para meu queixo, então tive que erguer a cabeça.

— Eu sei.

Antes que pudesse fazer outro movimento, disparei a mão, torcendo e tirando a adaga de seus dedos e virando-a para ele. Ajustei minha postura, avançando com a lâmina firme nas mãos. Era mais pesada do que pensei que seria, uma arma bem decente. Ele devia tê-la roubado de alguém rico.

O garoto ergueu as mãos, medo substituindo a coragem dissimulada que eu havia avistado momentos antes. Ele arregalou os olhos castanhos quando virei o punho para ele.

— Vá em frente, pegue. Não vim lutar contra você, tenho outra coisa em mente.

Sua expressão se escureceu de desconfiança enquanto a pegava de mim.

— O quê?

— Uma proposta.

O garoto fez uma careta para mim.

— Não matamos por dinheiro, sahiba. Agora vá embora antes que a gente roube todas as suas sedas elegantes.

Levantei as mãos.

— Não quero matar ninguém. Com sorte, ninguém vai se machucar. E, se você fizer um bom trabalho e estiver interessado em dinheiro fácil, tenho muitas missões pra você.

— Qual é o serviço? — Sua voz estava áspera, até desdenhosa, mas ouvi o interesse ávido por trás, sobretudo quando ergui a bolsa cheia de moedas para lhe mostrar minha sinceridade.

Joguei a sacola para ele, que a pegou facilmente com uma mão.

— Anam Sial, protegida do imperador, vai fazer compras mais tarde no bazar. — Engoli em seco com dificuldade, empurrando a sensação estranha de culpa que se formava no peito. Porém Maz tinha feito sua escolha e, com isso, selado o destino dela. Culpa não era uma emoção que eu me permitia sentir. — Quero que a sequestre.

O moleque soltou uma gargalhada antes de jogar a sacola de moedas de volta para mim.

— Agora sei que você não bate bem da cabeça, sahiba. Acha que não sei quem é o irmão dela? Mazin Sial governa esta cidade. Levar a irmã dele seria uma sentença de morte. Ele queimaria toda Basral.

Sorri para o medo que ouvi nas palavras do ladrão. Mazin havia construído uma reputação para si durante o tempo que eu ficara fora. Uma que eu destruiria com prazer.

O garoto abriu a boca, mas puxei outra bolsa de moedas do cinto e todas as palavras morreram na sua língua.

— Você não vai ficar com ela por muito tempo. E Mazin não vai saber quem fez isso. Vai ficar apenas entre vocês e eu. Posso te prometer isso.

— Como irá manter o homem mais poderoso da cidade longe de nós, sahiba? É impossível — disse o garoto. Suas palavras foram firmes, mas os olhos nem desviaram das moedas.

— Porque estou prestes a queimar Basral antes que ele sequer tenha chance de reagir. — Ergui a bolsa. — Quer o dinheiro ou não?

Fitei o garoto menor, quem tinha chamado de Yashem. Ele alternava o olhar entre mim e o batedor de carteiras mais velho. Talvez fosse hora de mudar de tática.

— Yashem, não é? Vocês claramente trabalham juntos, tem outros de vocês?

— Sim, sahiba. — Sua voz saiu como um guincho, mas depois ele ergueu os ombros e empinou o queixo. — Somos muitos.

Yashem deu um passo à frente, estendendo as mãos para as sacolas.

— E a gente gostaria de saber mais da sua proposta, sahiba.

Cruzei os braços e sorri.

Algumas horas depois, eu estava de volta ao bazar, tendo sido alertada por Noor que Anam e seus guardas estavam finalmente indo para lá.

Sentei em uma das mesas ao longo do caminho, perto das barracas de comida, absorvendo os aromas de pakora quente, curry fumegante e o calor das pimentas no ar. Depois de um ano de marasmo na prisão, era como se meus sentidos ainda não estivessem sintonizados com o retorno ao mundo, e agora fossem bombardeados. Antes, eu não dava valor para toda aquela vibração. Mas, sentada ali, fechei os olhos e saboreei o cheiro de açúcar quente e manteiga ghee enquanto cada jalebi fresco era preparado.

Eu me convenci de que a aflição no estômago era por causa do cheiro de carne assada e não pela pontada em minha consciência tentando me impedir.

Baixei o olhar para as mãos — ainda as minhas.

Eu soube na hora que as mãos eram as únicas coisas que eu não poderia mudar. Elas me levaram à liberdade, eram o motivo de eu conseguir usar tão bem uma espada. Mas, sobretudo, eu sabia que não conseguiria baixar o olhar e ver os dedos de outra pessoa, as cicatrizes de outra pessoa. Essas mãos nunca mais ficariam presas atrás das grades, jamais seriam impedidas de segurar o peso do punho de uma espada. Eram as minhas mãos que me fariam terminar aquilo.

Um movimento no fim do bazar capturou meu olhar, e ergui a cabeça quando Anam entrou nas ruas sinuosas.

Ela usava um shalwar kameez simples, de um azul suave, com bordados florais delicados. A capa preta desinteressante que eu vestia sobre as roupas fez com que eu me misturasse à multidão com muito mais facilidade para o próximo passo, só que, por baixo, eu não usava nada tão sutil quanto Anam. Minha roupa de miçangas pratas brilharia de forma espalhafatosa sob o sol da tarde — eu estava projetando riqueza, não bom gosto. Os braceletes cravejados de diamantes delineando meus braços atrairiam os olhares de cada cliente a quilômetros de distância. Eu me aproximei da figueira-de-bengala no centro da praça, longe da vista.

Anam estava flanqueada por dois guardas, e reconheci ambos.

Durab e Tishk. Eu treinava com eles no palácio sempre que ia visitar Maz. Eram bastante espertos, mas eu apostaria que os trombadinhas eram mais.

O sol já estava quente o suficiente para que eu estivesse assando debaixo da capa, e limpei o suor da sobrancelha. Anam parou numa barraca de joias a fim de admirar alguns brincos.

Um grito soou próximo, e sorri sozinha.

Era isso.

A barraca ao lado de Anam explodiu em chamas.

A multidão entrou em pânico. Gritos preencheram o bazar, e o povo corria para se afastar do fogo. Anam foi empurrada para o outro lado do mercado por mãozinhas imundas. Corri rua abaixo, mantendo os olhos nela enquanto Anam era engolida pela onda de corpos. Durab e Tishk empurravam e gritavam tentando chegar até ela, mas era tarde demais. Não havia nenhum sinal de Anam enquanto eu me movia pelo pandemônio do mercado, passando por mulheres trêmulas e lojistas furiosos tentando desesperadamente proteger suas mercadorias das chamas.

Até esbarrei em Durab enquanto ele berrava o nome de Anam.

O capuz cobria meu rosto, e eu rapidamente deslizei para a multidão, mas ele não prestou atenção em mim. Entrei no beco escuro, dando uma olhada por cima do ombro para garantir que ninguém havia me seguido antes de desaparecer nas sombras.

———+———

— Socorro! Tishk! — A voz de Anam atravessou o beco.

— Pode calar a boca dela?

Um grito de dor soou, seguido de uma resposta ofegante que não consegui identificar.

— Estou meio ocupado segurando ela.

— Pelo menos conseguimos enrolar a corda nela... Ai, ela me mordeu!

— Sai de cima de mim! Eu te dou minha bolsa. Se meu irmão descobrir que vocês me pegaram, vocês vão ser executados!

Ergui uma sobrancelha para aquelas palavras, e o sentimento por trás delas. Não era superioridade, e sim medo por aqueles que a haviam sequestrado.

Medo do que o irmão faria com aqueles moleques de rua.

Mazin realmente mandaria executar crianças? O garoto tinha falado que ele incendiaria toda a cidade se pegassem Anam, mas eu não o tinha levado a sério.

O que Mazin tinha se tornado? Ou esse era seu verdadeiro eu? Um tirano com fome de poder que controlava a cidade por meio do medo?

Cruzei os braços, inquieta com uma expectativa estranha. Que ele viesse. Eu estaria ali, incendiando Basral antes de Mazin sequer pensar em acender um fósforo.

Os batedores mantinham Anam no fundo do beco escuro, em um pequeno prédio abandonado. Ela estava sentada em uma cadeira, amarrada, com um feixe de luz entrando por uma telha quebrada acima iluminando o que acontecia. Eu me usei do breu enquanto a examinava de longe. As mãos e os pés estavam amarrados, e ainda assim ela tinha ferido dois dos ladrões, que se recuperavam dos ferimentos caídos no chão.

Impressionante. Mazin a ensinara bem.

Com minhas lições.

— Não vamos te soltar até receber o resgaste! — gritou o garoto mais velho e assentiu para Yashem.

— Maz pagará o que estão pedindo e depois arrancará cada perna e braço de vocês. Então o imperador vai exibir suas cabeças numa estaca na frente da cidade — respondeu ela, suplicante, nunca cruel.

Sincera.

Saí das sombras, finalmente agindo.

— Acho que o mais sensato seria soltar a garota, não acham?

Os garotos se viraram para mim. Yashem estava prestes a dizer algo, mas balancei a cabeça. O mais velho lhe lançou um olhar afiado.

— Quem é você? — perguntou ele, em seguida dando uma piscadela grande que, por sorte, Anam não conseguia ver. Revirei os olhos e me aproximei mais.

— Quem é?! — exclamou ela, confusão e medo claros na voz. Ergueu a cabeça como se fosse me ver, apesar de estar usando uma venda.

— Não se preocupe, srta. Sial, vim resgatar você. — Virei para os ladrões. — Vou fazer valer a pena deixarem a garota ir embora.

Fiz uma careta severa para Yashem quando ele abriu um sorriso enorme. O outro garoto bateu uma mão sobre a boca.

Eu devia mesmo ter contratado atores melhores.

— Quem sabe a gente não consiga pedir um resgaste por você também! — falou o outro garoto e me atacou, assim como tínhamos praticado.

Fingi ir para a esquerda, pousando um golpe suave no seu torso e girando ao redor dele. Ele soltou um uivo exagerado que soou como se um gato tivesse sido morto. Bufei de exasperação e balancei a mão para Yashem, que estava de queixo caído. Ele assentiu, e juntos correram com os outros ladrões, deixando a mim e Anam sozinhas.

Para ela, pareceria que uma briga tinha acontecido, e seus raptores estavam fugindo do conflito. Para mim, eu tinha Anam exatamente onde a queria.

— Olá? — A palavra ecoou pelo prédio agora vazio.

— Anam? — Minha voz pingava de preocupação falsa.

Tirei a capa escura e me apressei até ela, removendo a venda e colocando uma expressão dissimulada de apavoro no rosto falso.

— Sanaya?

Ela estava desorientada. Piscou várias vezes, apesar da falta de luz, e me encarou com os grandes olhos escuros.

Os mesmos que o irmão tinha.

Eu me sobressaltei, o coração martelando no peito.

Maldito seja. Eu não pensaria nele, especialmente enquanto sentia pena de sua irmã. Ela era apenas um peão. Alguém para manipular, exatamente como ele me manipulou.

Transformei meu coração em aço, embrulhando-o com metal fundido, impenetrável para qualquer culpa ou tristeza. O fato de ela ter seus olhos deveria me lembrar ainda mais que Mazin era o alvo principal.

Me inclinei para a frente outra vez.

— Você está bem? Vi você ser arrastada para o beco, mas estava um caos por causa do fogo. Sabia que precisava fazer alguma coisa. Ainda mais quando falaram sobre te manter como refém!

Ao menos eu poderia brincar com o toque dramático daqueles pequenos infelizes.

Alívio tomou o rosto de Anam.

— Sanaya, muito obrigada. Me tira daqui, por favor. Mazin vai ficar com *tanta* raiva por eu ter sido pega na cidade dele.

Cidade dele.

Não seria por muito mais tempo.

— Contanto que você esteja segura e bem, é isso que importa. — Desamarrei o restante das cordas e a ajudei a se levantar da cadeira. — Vem, vamos te levar de volta para o bazar. Seus guardas devem estar procurando por você.

Saímos do prédio abandonado e voltamos para as ruas movimentadas. O ar fedia a fumaça e tecido queimado, mas o fogo havia sido apagado, e os vendedores se ocupavam salvando suas barracas. Um grito soou na rua abaixo, e ambos os guardas de Anam correram até nós.

— Anam? Onde você estava? Tivemos que contar ao seu irmão que você sumiu! — falou Durab.

A espada dele estava desembainhada, como se estivesse prestes a atravessar metade das pessoas no mercado. Lojistas lançaram olhares inquietos e se mantiveram bem distantes de nós.

Perfeito. Nada como seguranças em pânico caindo direto em sua armadilha.

— Foram bandidos de rua, Durab. Eles me arrastaram para o beco para pedir um resgaste.

Contive um sorriso. *Bandidos* era uma palavra bem forte, considerando a idade e o tamanho deles, mas Anam provavelmente não conseguiu ver muito, levando em consideração como a vendaram rápido, o que era bom.

O olhar suave de Anam repousou sobre mim.

— Mas Sanaya os impediu.

Tanto Durab quanto Tishk me fitaram, como se percebessem pela primeira vez que eu estava ali. Mais uma vez, senti aquele comichão desconfortável, preocupada que pudessem enxergar por trás do disfarce.

Pensei na vez que ganhei de Durab em um combate, e ele caiu de costas no chão com a boca cheia de terra, a espada fora de seu alcance.

Se soubesse quem eu era, ele não hesitaria em usar a cimitarra para me atacar. Olhei de relance para Tishk, que estava ao lado de Anam, examinando-a em busca de ferimentos. Era dele que eu tinha receio, aquele que conseguia resolver as coisas com rapidez no ringue de treino e usar a fraqueza de um oponente contra ele.

Ele devolveu o olhar, me avaliando de cima a baixo como se eu fosse o bandido que tinha arrastado Anam. Tishk desconfiava de tudo, sempre.

Em resposta à careta incerta, eu o presenteei com um sorriso ensolarado.

— Fiz o que qualquer um faria, de verdade. Vi dois trombadinhas arrastarem Anam e tive que ajudá-la. — Acenei com a cabeça para a garota. — Nos conhecemos há pouco tempo, mas lembrei de você na hora. Fico muito feliz por ter ajudado.

Anam sorriu e pegou minhas mãos. Ela as apertou e depois me puxou para um abraço. Levei um segundo a mais para reagir, e ela me segurou com força enquanto meus braços pendiam frouxos ao meu lado. Fazia muito tempo desde que tinha sido envolvida por alguém, exceto a última vez que abraçara minha avó, e mesmo assim aquilo pareceu desajeitado e forçado. Lágrimas espontâneas pinicaram meus olhos, e engoli em seco com força. Qual era meu problema?

A gentileza era sedutora. Como Sanaya, eu podia fingir que era amável, que fazia as coisas por causa da bondade em meu coração, e não porque desejava destruir alguém.

Só que a vingança era muito mais satisfatória.
Com certeza Mazin não fora gentil quando me trancara na pior prisão do império. E a gentileza não me ajudaria agora.
Eu me afastei do abraço com um sorriso agradável no rosto.
— Senti uma afinidade com você quando nos conhecemos. — Uma faísca de calor refletiu em seus olhos. Eu a conhecia, sabia da solidão que sentia morando no palácio, e me aproveitei disso. — Eu não podia simplesmente deixar você ser raptada. Tinha que fazer alguma coisa.
— Mas você se arriscou por mim, isso é louvável. — Ela olhou para o guarda. — Não é, Tishk?
Ele abriu a boca para responder, um pouco da inquietação em relação a mim diminuindo em seus ombros, mas a voz que respondeu não foi a sua.
— É de fato louvável.
Fechei os olhos.
Aquele estrondo baixo sempre teve o poder de me deixar de joelhos. Só que, daquela vez, eu tinha me preparado, contava com sua presença.
Virei para encará-lo, tirando as miçangas do kameez e erguendo os olhos para encontrar os dele.
Maz estava impecável. Todo de preto como sempre, o dourado no seu casaco sherwani reluzindo sob a luz da tarde. O cabelo, beijado pelo sol, estava puxado para trás, as ondas grossas perfeitamente arrumadas. Lembrei de como era passar os dedos por aquele cabelo enquanto Maz estava deitado em minha cama, falando dos sonhos que tínhamos. Lembrei de como era superá-lo no ringue de treinamento, as únicas vezes em que eu realmente avistava uma mecha fora do lugar. Sorri para seu olhar sombrio. Ele tensionou um músculo no maxilar e pareceu estar se contendo, como um chacal inspecionando o vale antes de localizar sua próxima refeição. Mas não havia nenhuma presa ali.
Então por que eu me sentia caçada?
— Parece que devemos um obrigado à senhorita Sanaya — declarou Mazin, rondando. A voz estava tensa.
Ah, você me deve bem mais do que isso.
Ele estava diferente de como estivera na casa de Casildo. Daquela vez, em vez de um indício de tristeza em seus olhos, havia pura morte. Raiva escurecia suas feições agora. Da última vez que o vi assim, tinha sido no meu quarto, falando sobre o imperador.

Agora alguém tentara roubar sua irmã, e ele estava ali para fazer com que pagassem.

— Durab, Tishk. Reúnam os guardas da cidade. Quero o bazar revirado. Os criminosos não devem estar longe. Alguém em Basral deve saber de algo.

— Sim, senhor — respondeu Durab, curvando o punho no cabo da cimitarra.

— E não se esqueçam — falou Maz, tranquilamente, encarando os dois guardas —, minha irmã foi levada sob a vigilância de vocês. — Ele torceu a boca numa expressão de escárnio. O mesmo músculo tensionou no maxilar, os olhos em chamas. — Não me decepcionem de novo. Encontrem quem a pegou.

Durab e Tishk empinaram os queixos, a vergonha estampada em seus semblantes. Assentiram e nos deixaram, os passos criando buracos no chão de terra vermelha.

Anam, Mazin e eu permanecemos juntos no bazar.

— Obrigada por salvar Anam — declarou Mazin, baixo. — Meus próprios guardas falharam e você foi bem-sucedida. Temos uma grande dívida com você.

— Não foi nada — respondi, incerta de quem ele era agora.

Estava tão *sério*. Tão estoico. Como se uma sombra tivesse passado por ele e nunca realmente ido embora.

— Foi algo para mim — insistiu ele.

Inclinou a cabeça, os olhos nunca deixando os meus. Senti uma sensação inquietante me atravessar, sua expressão assassina demais enquanto me observava.

— Meu irmão está certo. Você foi incrível. Devia ter visto, Maz. Bem, não que eu tenha. — Anam fez uma careta. — Mas a ouvi. Ela lutou contra os ladrões e me resgatou.

— Conseguiu dar uma olhada neles? — Seu tom era examinador, e eu me empertiguei um pouco sob sua atenção.

— Temo que não — respondi, balançando a cabeça com falsa decepção. — Estava escuro, e eu estava mais focada em ajudar Anam.

— A idade deles? Alguma cicatriz identificável, algum traço? Eles eram baixos ou altos? Como estavam vestidos?

— Irmão! Pare de amolar a moça que acabou de salvar minha vida. Deveríamos estar agradecendo, não a interrogando. Venha, Sanaya.

Anam entrelaçou o braço no meu, caminhando em direção ao tanga que a esperava com outras carruagens na beira do bazar.

— Me perdoe — pediu Mazin, a voz baixa, andando até o meu lado e se igualando ao meu ritmo.

Fechei os olhos e saboreei o jeito como o estrondo daquela voz vibrava por mim.

— Não há nada para perdoar — falei alegre, vibrante, falsa. Mas tudo nele também era.

— Almoce no palácio conosco.

Girei para fitá-lo, sem fôlego por causa das palavras dominadoras. Soaram quase apressadas, um convite de última hora, mas seu rosto estava sério, a boca firme.

— Anam tem razão — continuou ele, inclinando a cabeça. — Precisamos agradecer à senhorita do jeito certo. Deixe-nos honrá-la pelo que fez hoje.

Anam soltou meu braço e juntou as mãos.

— Perfeito. Vamos nos encontrar amanhã no palácio.

— Eu adoraria.

— Então está combinado — declarou Mazin, pousando uma mão na minha cintura.

Apesar das camadas de tecido e dos acessórios, senti o calor de sua palma como se estivesse tocando minha pele nua. Estremeci.

Se ele notou, não reagiu. Ainda me observava com o mesmo olhar incrustável.

O que aconteceu com você?, quis perguntar. Para onde tinha ido o menino que eu conhecera?

Ele nunca existiu. Nunca foi real.

Mazin retirou a mão e ajudou Anam a subir na carruagem.

— Podemos oferecer carona para algum lugar?

Pisquei, percebendo que ele estava com a mão estendida e oferecendo-me ajuda para entrar no tanga. Recuei. Por mais que eu precisasse passar mais tempo com Mazin, espalhar as sementes da minha vingança, tinha que me recompor. Se eu estremecia com seu toque, não sabia o que faria sentada ao seu lado numa carruagem.

E, com os soldados de Basral vasculhando a cidade atrás dos meus trombadinhas, eu tinha outras coisas para cuidar.

— Meu motorista está esperando por mim. Só queria garantir que Anam estava bem.

Ele assentiu, depois passou uma mão no queixo.

— Até amanhã, então.

— Até amanhã.

Esperei até ficarem fora de vista, até que o tanga não passasse de uma manchinha na estrada de pedras, para me jogar no banco perto da figueira-de-bengala e apoiar a cabeça nas mãos.

Estava correndo tudo bem. Eles tinham me convidado para o palácio, Anam gostava de mim. As coisas estavam se desdobrando exatamente como eu havia planejado.

Então, por que sentia que ainda estava sentada naquela prisão, contando os dias até a liberdade?

Vinte e dois

ANTES

Sua espada se chocou contra a minha com um eco afiado que tomou o campo de treinamento.

— Você está melhorando — falei entre dentes, enquanto o empurrava e rolava para longe na terra.

Maz ficou de pé ao mesmo tempo que eu e avançou com a espada, enfrentando minha defesa.

— Admita, sou tão bom quanto você agora.

Nossas lâminas colidiram de novo enquanto dançávamos ao redor um do outro, o aço se chocando com a ferocidade de nosso orgulho.

Nenhum de nós estava disposto a recuar.

Era sempre assim quando lutávamos. Intensidade fervente, a sensação de adrenalina quando eu acertava um golpe e a exaustão dominante quando o combate terminava. Eu não podia deixar que ele soubesse o quanto tinha se tornado melhor.

— Seu *sonho* é ser tão bom quanto eu.

— É muito fácil detectar suas mentiras, Dani.

— Não me chame assim.

Ele sorriu, sabendo que tinha me tirado do sério. Senti uma onda de calor surgir no peito com seu sorriso. Girei a espada, afastando-a da dele e depois deslizando a lâmina pela minha mão até o punho se erguer e o golpear na cabeça.

Ele tropeçou, o sorriso desaparecendo de seu rosto com o cabo da minha espada.

— Isso foi desnecessário.

— Me chame de Dani de novo e vou te atingir com a ponta da lâmina, e não com o punho.

— Chatinha.

Ele ergueu a espada de novo para atacar, a luz refletindo na lâmina. Levantei uma mão para bloquear o sol e seus pés apressados retumbaram no chão até mim.

Ri.

— Você não pode usar esse truque se pisa tão forte que consigo te escutar a um quilômetro de distância.

Ergui a espada para encontrar a dele, só que o impacto nunca chegou. Tirei as mãos dos olhos e o encontrei imóvel, o rosto franzido, fitando algo distante atrás de mim.

— O que...

Um grito soou, me atravessando, ecoando pela vila. Depois mais gritos, berros e choros. Meu estômago afundou. Virei para encarar a vila, as casas espalhadas pela encosta da montanha.

E então o retumbar inconfundível de cascos e cavaleiros.

Maz se moveu atrás de mim.

Se eu não o conhecesse tão bem, se não tivesse treinado ao seu lado, observando cada nuance, diria que seus olhos escuros estavam inexpressivos, o rosto uma máscara de tranquilidade enquanto escutávamos.

Mas a verdade era que eu o conhecia.

Percebi o pequeno tique repuxando o canto de sua boca. As gotas de suor pontilhando sua testa. Os olhos castanhos profundos escurecendo.

Maz estava com medo.

— O que foi? — sussurrei. Minha boca estava tão seca que mal consegui pronunciar as palavras.

Sua voz saiu baixa, e ele manteve o olhar fixo na encosta da montanha.

— Saqueadores.

Segurei mais firme o punho da talwar. Meu pai estava na cidade levando espadas novas para o imperador. Eu estava sozinha ali.

Olhei para Maz ao meu lado. *Não completamente sozinha.*

— Tão perto assim do imperador? Eles devem ter muita coragem.

— Lambi os lábios, rachados do calor.

Terror se disseminou lentamente por mim, meu pulso martelando. Eu havia treinado todos os dias, sob a tutela de um mestre espadachim. Não devia haver nada para o qual eu não estava preparada.

E, ainda assim, nunca estive numa batalha aberta. Nunca lutei fora da segurança do campo de treinamento.

Sangue correu para as minhas mãos e as despertaram. Ergui a talwar. Outro grito surgiu no ar, partindo meu coração em dois.

Aquela era minha vila, e aquele era meu povo.

Não importava se eu e Maz estávamos sozinhos. Não importava se eu estava com medo. Poderíamos salvar a vila. Poderíamos tentar.

— Temos que impedir. — Maz virou para me fitar, os lábios embranquecidos. Apreensão se retorceu com força dentro de mim, como uma cobra se enrolando. Sua expressão dizia que estávamos prestes a morrer, mas, se dependesse de mim, não. — Eu já estava enjoando de te bater mesmo.

Ele ergueu o canto dos lábios e dispersou um pouco do olhar vazio que eu havia visto ali.

Maz me deu um aceno de cabeça sucinto, e soltei um longo suspiro de alívio. Meu coração retumbava nos ouvidos, a batida irregular tão alta quanto uma tabla.

Corremos para o vilarejo, nos mantendo abaixados até chegarmos ao conjunto de casas e pequenas cabanas. Fumaça ondulava de uma delas, as lufadas espessas subindo para o céu.

O grito de uma criança irrompeu, e avancei, mas fui puxada por Maz.

— Calma.

— Tem uma criança — rebati, mas paralisei quando avistei dois homens grandes saírem da cabana.

Um estava com um saco de estopa sobre os ombros cheio de, provavelmente, bens roubados, o outro tinha algo que revirou ainda mais minha barriga: uma espada ensanguentada.

— Eles mataram pessoas.

Maz assentiu.

— Provavelmente. Mas deve ter mais homens que isso.

— Quantos?

Ele inclinou a cabeça, com os olhos voltados não aos invasores na aldeia, mas para algum lugar distante, numa lembrança que preferia que permanecesse escondida.

— Geralmente não passa de uma dúzia. Saqueadores não gostam de trabalhar em grupos grandes, é difícil se esconder.

— Como sabe disso?

— Porque saqueadores atacaram minha vila. Mataram muitos.

Não pude fazer nada além de segurar a espada e encará-lo desamparada.

— Eu não sabia.

Ele sacudiu a cabeça, como se estivesse afastando a lembrança.

— Aconteceu anos atrás.

O grito da criança ecoou de novo da cabana em chamas.

— Mas podemos parar eles agora — motivei.

Maz agarrou meus ombros, os dedos compridos mergulhando na carne do meu braço.

— Me escute, Dania, saqueadores são selvagens. Não ligam para quem matam ou machucam. Só se importam com eles mesmos. Se te vencerem, você não vai mais ficar de pé.

— Então não vou deixar que me vençam, não é?

Levantei, girando a espada na mão. Eu sabia quais seriam as consequências se não tentasse, e não estava preparada para viver com isso.

Fui até a cabana, os gritos da criança cada vez mais altos. Os dois homens estavam do lado de fora rindo, e um cutucava os dentes.

Não hesitei. Se o fizesse, poderiam chamar ajuda. E eu não precisava ter experiência em campo de batalha para saber que queria enfrentar a menor quantidade deles possível.

Ergui a espada e a brandi, cortando a panturrilha do primeiro saqueador que carregava a sacola.

Ele gritou e soltou tudo, agarrando a perna. Seu amigo girou para mim. Era jovem, foi a primeira coisa que notei.

Um pouquinho mais velho do que Maz e eu. Novo demais para estar saqueando vilas e matando crianças. Ele usava um chapéu quadrado acinzentado e desgastado, e as roupas pendiam nele como sacos vazios. Sua espada estava surrada, como se não cuidasse dela, embora o sangue espalhado pela lâmina parecesse bem mais ameaçador do que minha talwar reluzente e limpa até demais.

Ele sorriu, como se o colega saqueador não estivesse uivando no chão, agarrando os tendões cortados da perna ensanguentada.

— Veio lutar contra a gente, garotinha? Vai ser divertido.

Ele avançou para mim, só que eu estava pronta. Desviei e arqueei a espada para trás de mim, cortando seu braço estendido.

Ele soltou um grito surpreso.

— Cadela.

Apontei com a cabeça para o sangue escorrendo por seu braço.

— Achei que pensaria em xingamentos melhores depois que eu te fizesse sangrar.

— Garotinha, não vai sobrar nada de você depois que terminarmos.

O outro saqueador estava de pé agora, a espada ensanguentada apontada na minha direção.

— Você não pode enfrentar nós dois sozinha.

— Ela não precisa.

A voz de Maz saiu profunda atrás de mim, e odiei admitir que foi como uma rajada de vento no deserto, me impulsionando. Tínhamos treinado, batalhado e cortado um ao outro várias vezes. Só que, no momento, eu sabia que ele não me deixaria lutar sozinha.

— Que comovente. Duas crianças da vila para matar hoje.

Como se já tivéssemos feito aquilo antes, como se já tivéssemos praticado mil vezes, Maz e eu rodeamos os saqueadores, contornando-os como em uma dança.

Caí em cima do invasor mais jovem, encontrando sua lâmina com golpes ágeis. A adrenalina estava presa na minha garganta e, a cada defesa bem-sucedida, eu me sentia mais ousada, mais segura. Aquilo não era diferente do campo de treinamento que eu dominava. O saqueador já havia estado numa batalha, mas eu tinha uma prática melhor, e era visível. Consegui acertar outro golpe nele, cortando seu ombro com a espada, e depois de novo acertando-o na lateral. Ele uivou e ficou errático, e minha confiança cresceu. Eu o tinha, e garantiria que nunca mais saqueasse outra vila.

Mas, quando a fumaça da casa em chamas engrossou ao nosso redor, o grito da criança rasgou o ar.

O menino ainda estava lá dentro.

Tropecei e perdi o golpe seguinte. A espada do saqueador pegou a borda da minha mão, e gritei quando a lâmina tocou minha pele, o sangue brotando.

— Dani! — gritou Maz enquanto lutava com o saqueador machucado.

Só que o momento passou. O invasor mais jovem avançou de novo, a confiança impulsionada. O grito me rodeou. Se eu não pegasse a criança, ela morreria.

Porém, se eu não enfrentasse a lâmina do homem diante de mim, *eu* morreria.

Engoli a frustração, um nó se formando no peito diante da decisão impossível. No campo de treinamento, havia apenas eu e a espada.

Foi isso que Baba quis dizer quando falou que a batalha era diferente.

Ele tinha razão — não tinha a ver com habilidade, mas sim com o que acontecia quando o instinto tomava conta, com a direção que os pés seguiam.

Tem a ver com o coração.

Corri para o saqueador, torcendo para pegá-lo de surpresa. Nossas espadas se cruzaram, e eu o empurrei, tirando seu equilíbrio. Ele ergueu a espada de novo, mas desci a minha com tanta força que a arranquei de suas mãos. Ele me olhou boquiaberto.

— Você é apenas uma garotinha — falou, os olhos tão velhos quanto os meus. — Não tem o que é necessário para matar.

Fitei sua lâmina ensanguentada no chão, depois a casa que ele tinha incendiado.

— Ser garota nunca me impediu de esfaquear alguém que merecia. Você escolheu a vila errada para invadir hoje.

Ele tentou rolar para longe, mas eu já estava mergulhando a espada, perfurando suas entranhas, enfiando a espada na sua pele com o estômago revirando quando senti suas vísceras cederem sob minha lâmina. Ele caiu no chão, a vida se esvaindo de seu corpo.

A ânsia de vômito foi tão forte que quase me curvei sobre seu cadáver contorcido.

Mas eu não tinha tempo para remoer o que tinha feito.

— Maz! — gritei, apontando para a casa.

— Vai! — gritou ele de volta. — Vou achar os outros saqueadores.

O invasor com quem ele lutava estava no chão, sangrando. Maz olhou para o restante da aldeia, enquanto eu corria para a casa em chamas.

O telhado estava pegando fogo, fazendo-o desabar, as chamas apanhando os móveis e as paredes. Tossi por causa da fumaça esmagadora jorrando em minha direção, seguindo os sons de gritos até os fundos da pequena casa.

Uma criança estava no chão, agarrado à mãe, cujo corpo era a fonte da espada ensanguentada que eu tinha avistado.

— Amma! — O menininho me fitou, desesperado para acordar a mãe.

— Sua mãe está morta — declarei, tentando pegá-lo, mas ele se agarrou ainda mais ao corpo dela. — Você não tem tempo para isso — murmurei, e o puxei com mais força.

— Não sem minha Amma.

Daquela vez, não argumentei com o menino, eu o arranquei do corpo sem vida e o arrastei aos berros para fora da casa.

— Outras pessoas precisam de ajuda. Você vai morrer se ficar lá. Ela já se foi.

Eu sabia que estava sendo fria. A criança precisava de mais conforto do que eu era capaz de lhe dar. Só que era eu quem o estava carregando daquela casa, não outra pessoa, não alguém mais caloroso ou gentil. E, mesmo assim, por causa de mim, ele sobreviveria. Se me odiasse por arrancá-lo da mãe, pelo menos o faria estando vivo.

A criança recuou e chutou minha canela, depois correu da casa em chamas em direção à encosta da montanha. Eu o observei, seu choro preenchendo o ar da tarde.

Mas um grito de dor me atravessou violentamente e olhei para a vila com pânico no coração.

Eu conhecia aquele grito.

Corri, levando a espada ensanguentada ao meu lado. Parei abruptamente quando cheguei à praça do vilarejo. Maz estava de joelhos e dois homens o cercavam. Sua cimitarra não estava à vista em lugar algum. Sangue escorria por seus braços e rosto, e o corpo imóvel de um saqueador jazia no chão ao seu lado. Pelo menos, ele conseguira derrubar mais um antes de chegarem até ele.

Eles o pegaram.

Mas não por muito tempo.

Armas confiscadas estavam empilhadas perto do poço, e, ao lado, havia um grupo de mulheres da vila juntas, amparando umas às outras. Eu as conhecia durante toda minha vida, tias que haviam me alimentado, cuidado de mim, apertado minhas bochechas e exclamado para meu pai o quanto eu parecia com minha mãe. A angústia em seus rostos me fez cerrar ainda mais o punho, a raiva surgindo no peito como uma nuvem preta, como a fumaça das paredes de barro em chamas.

Eu me agachei atrás do poço, me forçando a ficar escondida. Não tinha muito tempo, não com Maz desarmado e dois saqueadores avançando até ele. Só que, se eu queria nós dois vivos, precisava de um plano.

Maz parecia pequeno ao lado dos invasores que pairavam sobre ele, e me lembrei da sua juventude perto dos dois homens.

Um dos saqueadores ergueu a espada, pronto para descê-la em seu pescoço.

Era tarde demais. Meu tempo acabara.

Peguei uma pedra grande do chão e a joguei no saqueador.

Pude ouvir a voz de Mazin na minha cabeça enquanto fazia aquilo: *Esse é seu grande plano? Uma rocha?*

Ela acertou a bochecha do saqueador, e ele girou, semicerrando os olhos. Abaixou a espada e começou a andar até o poço onde eu estava escondida. Ele parou antes de virar a esquina, a atenção focada completamente nas mulheres. Eu estava perto o suficiente para ter certeza de que o homem podia ouvir o martelar do meu coração.

— Qual de vocês fez isso? — A voz dele foi gentil, e as mulheres se encolheram.

O homem balançou a espada ensanguentada na direção delas, depois apontou para Afra, uma tia anciã de nossa vila, que sempre preparava os parathas mais leves, que me envolvia com braços calorosos sempre que eu voltava da cidade para o vilarejo. Rosnei, mesmo que ninguém pudesse me ver.

— Vou matar cada uma de vocês até me contarem quem jogou aquela pedra. E vou começar por ela.

Afra empinou o queixo, a voz profunda ecoando pela praça.

— Você vai matar todas nós de qualquer jeito. Ainda bem que uma conseguiu te machucar de volta.

O saqueador rugiu e balançou a espada. Afra protegeu a cabeça com os braços se preparando para o golpe.

Mas minha adaga afundou na coxa do saqueador antes que ele pudesse finalizar o golpe. Quando caiu de joelhos, pairei sobre ele, agarrando um punhado do seu cabelo, puxando a cabeça para trás a fim de expor sua garganta. Depois deslizei a borda afiada da lâmina por ela e o joguei no chão enquanto engasgava. Virei para o outro saqueador.

Dessa vez, havia seis deles ali, e todos tinham me visto matando seu colega. O mais alto envolvia o pescoço de Maz.

— Você não vai conseguir enfrentar todos nós. Não pensou direito nisso, pensou? — provocou ele e sorriu, exibindo uma boca cheia de dentes escurecidos.

— Pensei, sim. Mas presumi que vocês todos fossem igualmente imprestáveis com uma espada.

— Não somos nós os incompetentes, garota.

— Não? Como chamaria deixar todos os seus prisioneiros perto de uma pilha de espadas e clavas?

Gesticulei para as mulheres atrás de mim. Todas olharam para as armas.

— Todas nós podemos lutar contra eles — falei para as mulheres da vila, as que me observaram treinar com meu pai desde que eu era criança. — Não podem deter todas.

Sem hesitação, as mulheres correram para a pilha e se armaram. Sorri quando até a garota mais nova pegou uma katar e a encaixou sobre os nós dos dedos.

Pertencíamos a um vilarejo onde morava um dos maiores ferreiros do mundo. Conhecíamos armas.

Os saqueadores pareceram inquietos, mas ainda assim avançaram em nossa direção.

Minhas mãos tremiam, as palmas tão escorregadias que quase deixei a espada cair. Mas as mulheres eram mais corajosas do que eu — correram para os saqueadores, batendo neles com clavas e espadas, me dando a oportunidade que eu precisava.

Corri ao redor deles, esfaqueando o braço do invasor que ainda segurava Maz e depois cortando seu pescoço. Ele gorgolejou, pressionando as mãos na ferida, e soltou Maz, que rolou para o lado e ficou de pé. Eu lhe joguei uma espada.

— Temos que ajudá-las.

Ele sorriu, sangue escorrendo pelos lábios, os olhos escuros focados apenas em mim.

— Você sabe que eu te seguiria para qualquer lugar, Dani.

Algo se contorceu no meu coração, e de repente fiquei sem ar de um jeito que não tinha nada a ver com a batalha.

Ele havia dito aquilo com tanta simplicidade, quase com desinteresse, mas perfurou meu âmago como uma faca quente na manteiga ghee.

Eu não tinha tempo de repassar as palavras na mente, não quando a luta tinha começado de verdade.

Corri para a batalha, e Maz me seguiu. Brigamos lado a lado até as mãos sangrarem e os ombros doerem. E, só depois, no silêncio após a briga, de luto pelos que perdemos e triunfo por termos conseguido ganhar o dia, eu ponderei sobre a sensação espiralada que tinha me acertado quando Mazin me olhou como se eu fosse uma deusa, e ele, um fanático.

Eu te seguiria para qualquer lugar.

Vinte e três

O CONVITE DE MAZIN ERA O QUE ESTÁVAMOS ESPERANDO. Ele nos deu entrada ao palácio e acesso ao imperador. E, se eu sentia algum receio sobre minha reação ao passar mais tempo com Maz, enterrei bem fundo na minha mente. Estar perto dele só me aproximaria do meu objetivo, só me ajudaria a destruí-lo ainda mais. Algo se acumulou no meu peito, alguma coisa sombria e espessa.

Noor e eu estávamos sentadas na parte de trás do tanga enquanto ele era puxado pelas ruas da cidade, a silhueta do palácio se aproximando.

Uma brisa ondulou pela lona da carruagem, e Noor suspirou de alívio.

— Está mais quente do que a bunda de Thohfsa aqui. Por que estamos usando tanta roupa?

Recostei no assento.

— Porque gente rica sempre usa muita roupa para exibir a quantidade de dinheiro que tem — murmurei, com os olhos no palácio.

Em breve, eu estaria dentro dele, de volta ao lugar onde fui presa. Retornando aos corredores pelos quais fui arrastada, onde meus gritos ricochetearam no teto cavernoso e ninguém escutou. De volta ao lugar onde fitei os olhos de Mazin e percebi pela primeira vez quem ele era de verdade: um garoto que destruiria tudo simplesmente para conseguir o que queria.

O prédio se erguia diante de nós. Colunas brancas e reluzentes de mármore como uma montanha coberta por neve pairando sobre a cidade.

Era tão imponente que uma pessoa podia avistá-lo a quilômetros de distância — um lembrete de que, aonde quer que você estivesse, o poder de Vahid estava sempre presente. E, com Mazin como seu vice, consequentemente o dele também.

Quando subimos a colina, me senti misteriosamente calma, como se tudo se solidificasse na minha mente. Virei e vi Noor encarando o palácio também, um franzido enrugando sua testa e preocupação obscurecendo seus olhos. Ela me pegou olhando e deu um sorriso triste.

— Está preocupada?

Mantive o tom leve. Embora Noor falasse de seus sentimentos mais do que eu, ela era reservada quando se tratava do que havia acontecido com Souma e Vahid. Parecia que, quando falava disso, voltava direto para o momento em que Souma foi assassinado.

— Não estou preocupada, não com o plano. Tenho medo de não me controlar se o vir.

— Vahid?

Ela acenou em concordância.

— Saber que posso ficar cara a cara com ele em alguns minutos me dá vontade de arrancar o cabelo. Não sei como vou me impedir de despejar um frasco de veneno no chai dele.

— Agora você sabe como me sinto ao ver Maz.

Ela se jogou no banco e colocou as mãos no rosto.

— Não tenho ideia de como você se impediu de lançar uma adaga diretamente no coração de Mazin na primeira vez que o viu.

— Acredite, eu quis.

— Mas ficou tão calma. Até depois. Mal consigo parar de tremer, e nem vi o imperador ainda.

— Não estou calma — falei e me virei para olhá-la. — Estou furiosa. Consigo esconder bem porque estou usando um rosto que não é meu, porque sei que, quando olho para Mazin, ele não tem ideia de quem sou. Porque, se eu não controlar a tempestade esbravejando dentro de mim, então tudo isso vai ser em vão. E não posso deixar que ele, ou qualquer um deles, se safe do que fez. Não estou calma, só focada.

— Você com certeza interpreta bem seu papel. Não sei se conseguiria me controlar do mesmo jeito.

— Você vai. Quando encontrar Vahid, vai se lembrar do motivo pelo qual estamos aqui.

Ela fez uma careta cética.

— Parece que nada te afeta. Você não está nem suando! Seu corpo simplesmente não produz umidade? Você não chora ou transpira? Você produz saliva?

Desviei o olhar.

— Eu choro.

— Desde quando? Você não chorou nem quando descobriu que seu pai tinha morrido.

Abri a boca para responder, mas as palavras tinham sumido. O rosto de Baba surgiu na minha mente — uma lembrança sua rindo de algo que falei no café da manhã, enquanto pegava seu haleem com pão grosso, a carne picada com lentilhas era sua refeição matinal preferida. Eu não conseguia me lembrar da conversa, só da gargalhada que sacudia todo o seu corpo. Meu pai foi tudo para mim. Uma mãe quando a minha morreu, um provedor ao vender as espadas para o imperador que ele odiava quando precisávamos do dinheiro, um professor quando mostrei aptidão para a luta. Mas Baba foi, acima de tudo, um amigo. Alguém que se sentava comigo nos momentos silenciosos, que ria comigo no café da manhã, que me aconselhava, mas nunca julgava. Chorar sua perda parecia muito pouco.

Um silêncio tenso caiu sobre a carruagem. Noor parecia arrasada.

— Dani, eu sinto muito...

— Não se desculpe. — Eu me empertiguei. — É verdade. Não chorei. Tinha muito no que pensar, muito o que fazer. Seria um desperdício de lágrimas. — Pressionei as mãos na coxa, segurando o tecido da calça com miçangas com tanta força que algumas se soltaram. — Quando ele for vingado, aí vou chorar. É quando vou ficar de luto. Só torço para ter esse momento.

Ela assentiu e voltou o olhar para o palácio.

— Nós vamos. Souma dizia que "os pássaros veem o grão, mas não a arapuca". Vamos fazer com que vejam o que querem ver. E vão estar presos antes mesmo de perceberem.

— E o plano?

Noor me deu um sorriso familiar e rolou os ombros. Ergueu uma mão, dobrando um dedo a cada item que assinalava.

— Enquanto você joga charme para o sr. Só Uso Preto, eu aprendo o que posso sobre o palácio, o chefe da guarda e a rotina de Vahid. E junto o máximo de informações que conseguir.

— Exato.

Tirei um grão de terra do meu kameez anil. As mangas da roupa eram detalhadas com bordados de lótus florescendo e desabrochando, exibindo minha pele escura como se fosse a cravação dourada de um rubi.

— Esse é bonito. — Noor apontou com a cabeça para minha roupa.

Sorri.

— É a cor favorita de Mazin.

Noor recuou em choque dissimulado.

— Você está brincando. Quer dizer que não é preto?

Bufei uma risada.

— Ele usa preto a serviço do imperador. Mas o conheço melhor do que ninguém. Sei suas cores favoritas, comidas, no que pensa quando acorda. Conheço ele.

Suspirei, sentindo as palavras na língua, lembrando de como era a sensação delas antes, quando achava que o amava.

Quando tinha tanta certeza de que ele me amava.

— Você conhecia. Não sabe como uma pessoa pode ter mudado. — A expressão de Noor se tornou dura. — Ele te traiu. Então deve ter te surpreendido.

Recostei no assento e mordisquei a beira do lábio.

— Ele me traiu, sim. Mas cresci com ele. Lutei com ele.

— E ainda assim ele te entregou para os guardas sem pensar duas vezes.

A voz de Noor era franca e, mesmo que as palavras fossem verdadeiras, ainda pareciam com sal áspero sendo esfregado em uma ferida recente feita à faca.

Tensionei o maxilar.

— Você está certa. Obrigada por me lembrar de coisas que não consigo ver.

— Ainda mais quando se trata de Maz — completou ela, erguendo uma sobrancelha.

Perfurei as palmas da mão com as unhas.

— É difícil ter perspectiva quando ele está envolvido — admiti, embora fosse difícil pronunciar as palavras.

— Você pareceu um gato estrangulado dizendo isso.

— Não é fácil admitir minhas fraquezas.

— E ele é uma?

— Uma fraqueza?

Noor revirou os olhos.

— Não, uma manga carnuda. É, uma fraqueza.

Ponderei suas palavras. Era tolice minha tentar negar a verdade. Eu havia amado Maz durante metade da vida. O ódio dentro de mim chegava perto da obsessão. Mas eu não podia perder de vista o panorama geral, os objetivos que tanto eu quanto Noor queríamos alcançar.

— Sim.

Noor soltou um suspiro entre os dentes.

— Bem, pelo menos você é honesta sobre isso. É mais perigoso quando todo mundo está em negação.

— Não corro risco de me apaixonar por ele de novo, Noor — declarei, seca. — Só que... sei que fico um pouco cega quando se trata dele. Foi a traição que nunca previ. Ele era a única constante que sempre tive, independentemente de qualquer coisa. — Retornei o foco para o palácio surgindo cada vez mais perto, onde todos os meus inimigos aguardavam. — E agora devo destruí-lo.

A carruagem parou do nada, e Noor foi jogada para a frente.

— O que...

Algo atingiu a lateral do tanga, e minha mão foi para a talwar ao meu lado.

— Abaixe-se — avisei a ela.

Me agachei também, espiando pelo flanco da carruagem, para observar a rua ao lado. Uma multidão estava reunida, cantando e gritando. Não estavam olhando para nós, e sim para o palácio. Uma linha de soldados bloqueava seu caminho, as mãos nas espadas.

Olhei para a lateral da carruagem e vi um tomate podre e machucado nas pedras abaixo.

— Desculpe, sahiba — disse o condutor no banco da frente. — A rua está bloqueada. Tem uma manifestação acontecendo.

Ele estalou a língua como comando, e os cavalos começaram a recuar. A carruagem virou, retornando pelo caminho de onde viemos.

A multidão se tornou mais irada, içando pedras e lixo nos soldados.

— O que foi? — sussurrou Noor.

— Manifestantes — respondi. — Contra o imperador.

Ela bufou.

— Parece que ele já é odiado pelo povo da cidade.

— É perfeito para nós, então.

Uma pedra voou na nossa direção, e a multidão espiou nossa carruagem. Pude ver o momento em que a sede de sangue deles encontrou um alvo. Éramos ricas — de carruagem dourada e alazões pretos — e estávamos indo em direção ao palácio. Se não podiam ter Vahid, teriam a nós.

— Talvez não seja tão perfeito, no fim das contas.

De olhos arregalados, Noor observou a multidão se aproximar. Os gritos ficaram mais altos, e tacaram pedras na carruagem.

Nosso condutor berrou obscenidades para eles, e segurei o punho da espada.

— Noor, consigo fazer alguma coisa para impedi-los? Com o zoraat, quero dizer.

Ela fez que não.

— Não, você está usando para se transfigurar, cada dose tem um propósito específico. — Ela agarrou a bolsinha ao seu lado, desamparada. — Não trouxe nenhum zoraat comigo. Não quis arriscar no caso de o imperador nos revistar.

O condutor gritou para os cavalos, e o tanga se moveu mais rápido, para longe da multidão. Mas não rápido o bastante. Eles se aproximaram de nós, focados em sangue, desde que não fosse o de Vahid.

Estavam tão perto que eu conseguia ver a sujeira e o desespero em seus rostos. Podia sentir o gosto do medo e da raiva deles.

Tinha um gosto bem parecido com os meus.

Eles sacudiram o tanga, e o condutor ergueu o sabre para golpeá-los.

— Não! — gritei para ele. Eu não ia atacar civis inocentes pelo crime de estarem com raiva de Vahid. Ainda mais quando eu me sentia do mesmo jeito. — Não os machuque.

Mas minhas palavras mal tinham saído quando chamas brilhantes envolveram a carruagem, rodearam a multidão e a fez sair correndo e gritando.

Os cavalos dispararam, o tanga avançando pela rua tão rápido que voei para trás e caí com uma pancada dura no assento. Os soldados de Vahid circundavam os manifestantes, fogo djinn saindo de suas mãos enquanto queimavam os cidadãos de Basral vivos.

O cheiro de carne queimada e roupa chamuscada preencheu o ar, e eu, inconscientemente, pressionei o pingente de adaga no peito.

Meus próprios gritos estavam presos na garganta, reféns dos berros agudos dos manifestantes morrendo.

— Pare — sussurrei, mas ninguém ouviu nada.

Nossa carruagem acelerou, com a fogueira de corpos incandescentes sendo deixada para trás enquanto abríamos caminho para o palácio de marfim do imperador.

Alcançamos uma legião de guardas do palácio alinhados em frente aos degraus da entrada.

Noor e eu estávamos sentadas na carruagem, ainda em choque. Quando eu fechava os olhos, avistava as pessoas queimando. Mortas, tudo porque protestaram contra um governante que extorquia a cidade com sua barganha djinn.

Mas, quando chegamos ao palácio, uma pressão estranha preencheu meu peito ao ver a linha de guardas vestidos com o sherwani preto e dourado familiar de Mazin, e as cimitarras douradas presas na cintura, delineadas com um design complexo entalhado na bainha de couro que eu conhecia muito bem. Uma flor de zoraat, similar à lótus, mas com mais pétalas redondas, e uma espada cruzando seu centro. A marca da guarda superior do imperador, e Mazin era o chefe deles.

Depois que varri o olhar pelos guardas, percebi que Mazin não estava ali para nos receber.

Fomos levadas para dentro do palácio, o piso como um lago imóvel ecoando o clique dos saltos elegantes que usávamos enquanto caminhávamos pelos corredores cavernosos.

Pouca coisa tinha mudado. E, ainda assim, tudo tinha mudado.

A última vez que eu estivera ali, tinha acabado de ser presa. Na minha última vez naquele lugar, meu mundo inteiro desmoronara.

E, depois de examinar os cacos da minha vida, eu havia encontrado apenas o olhar sombrio e frio de Mazin me encarando.

Mordi o lábio com tanta força que um gosto metálico atingiu minha língua.

Bom. Pelo menos a dor física seria uma distração para as emoções que corriam por mim enquanto eu caminhava por aqueles corredores de novo.

Ainda apresentava uma decoração ostensiva, extravagante: estátuas douradas, pilares revestidos de joias e entalhes detalhados mais requintados do que a renda na barra de nossos dupattas. Aquele palácio fora desenhado pelo antigo rei, mas, quando Vahid o tomara com a magia djinn, tinha acrescentado mais adereços ao espetáculo. Qualquer um que entrasse saberia de seu poder. O palácio era uma arma própria — do tipo que invocava medo e encanto. Olhei para Noor, calada ao meu lado, analisando o teto alto e o pátio enorme ao ar livre no centro.

— Esse lugar é tão grande quanto a cidade — cochichou ela enquanto passávamos pelo jardim muito bem cuidado sob o sol brilhante da tarde. Ela roçou em um cacho de rosas escuras. — Eu não tinha ideia de que Vahid vivia assim. A casa de Souma era bem elegante, mas não se comparava a essa.

— Não deixe que isso te engane — cochichei de volta. — É tudo um show. Souma tinha o verdadeiro poder de Vahid, o que você e eu temos agora. Vahid não seria nada sem a magia djinn. Acabamos de ter a prova disso. Sem zoraat, ele seria um fazendeiro ralando pra sobreviver.

Anam nos recebeu em uma sala de estar na qual eu já havia sentado antes.

Era um cômodo simples para tomar chá, se simples significasse tetos detalhados com ouro e azulejos frios com um tema floral elaborado em laranja, azul-anil e rosa-fúcsia.

— Sanaya, soube do que aconteceu. Vocês estão bem? — Anam alternou o olhar entre mim e Noor. — Os manifestantes estão ficando mais ousados.

— Sim, os soldados do imperador conseguiram... dominá-los com zoraat. — Engoli as palavras como se fossem veneno, mas consegui forçar um sorriso. — Felizmente.

Eu ainda sentia o cheiro de cabelo queimado na roupa.

— Que sala linda — comentei com falso deleite, tentando mudar de assunto enquanto respirava pela boca.

— Fico feliz que tenha gostado. Não é minha, claro, mas amo me sentar aqui. É raro eu ter visitas. — Ela deu uma risadinha, embora o som fosse triste, como se tivesse acabado de perceber a verdade das palavras.

Mazin ainda não tinha se juntado a nós, e fiquei lançando olhares para a porta. Dobrei as mãos no colo para impedir que se mexessem e foquei em Anam.

Não se envolva muito, lembrei a mim mesma pela centésima vez. Se eu me perdesse, seria o fim de tudo.

— Você é uma protegida do imperador — falei. Não foi uma pergunta, mas ela entendeu como uma.

— Sou, ele nos acolheu quando éramos crianças. Não tínhamos mais nenhum lugar para ir. Devo tudo a ele. — Anam cruzou os braços no colo, a voz ainda leve, apesar do assunto pesado.

— O que aconteceu com seus pais? — Minha voz soou áspera no calor da tarde.

Noor ergueu uma sobrancelha atrás de Anam. Revirei os olhos e moldei o tom, deixando a expressão mais gentil.

— Me desculpe se passei dos limites, é que é uma situação bem única, o imperador criar você.

O olhar de Anam escureceu.

— Eles morreram quando eu era bebê. Nunca os conheci de verdade. E nem o imperador. Ele estava cavalgando pela nossa vila durante a luta com o rei e viu meu irmão com um bebê. Decidiu nos acolher. Temos sorte pelo imperador ter nos encontrado.

Sorte.

Maz não tinha contado para a irmã como os pais morreram. Não *de verdade*. Ela só conhecia a versão que Vahid lhe contara. Suavizei meu choque e guardei essa informação para depois.

— O imperador deve ser um homem generoso — elogiei.

Meu sorriso parecia uma careta horrenda. Estava cada vez mais difícil esconder meus verdadeiros sentimentos por Vahid, por Mazin, por qualquer um.

Anam deu uma gargalhada tão abrupta que me sobressaltei.

— Ah. Perdão. Não quis rir dessa forma. É que você é a primeira e única pessoa que já o descreveu como generoso.

— E como você o descreveria?

Aquilo estava começando a parecer um interrogatório, mas eu queria saber como Anam realmente via o imperador. Estava atuando? Ela se ressentia da gaiola dourada em que vivia?

— Ele é como um pai para Mazin e para mim. Não tinha filhos, mas nos criou no palácio com cada luxo que poderíamos desejar. Deu a meu irmão um cargo importante ao seu lado. Não tinha que fazer nada disso.

Ele queria comprar a lealdade de vocês.

Quase pronunciei as palavras em voz alta, mas me impedi. Havia algo que ela não estava dizendo. Algo um pouquinho além no limiar das suas frases que parecia mais sombrio, mais verdadeiro. Anam sabia mais do que deixava transparecer.

— Só que outros podem dizer que ele é... um governante impiedoso.

Noor bufou, e eu forcei o sorriso no meu rosto a ficar parado, enquanto meus olhos se fixavam no rosto de Anam.

Sim, acabamos de testemunhar a extensão de sua impiedade.

Anam se ocupou com o chá, e lancei uma expressão assassina para Noor. Ela deu de ombros e saiu da sala, sendo engolida pelas sombras da porta. Ou ela não conseguia aguentar mais as falas de Anam sobre o imperador, ou estava finalmente seguindo o plano.

Suspirei assim que ela saiu e retornei minha atenção para Anam. Chegara a hora de conseguir mais algumas respostas sobre quem seu irmão realmente era — se é que ela sabia.

— Seu irmão pareceu bem chateado no bazar ontem.

Anam baixou o olhar.

— Sim.

— Suponho que seja compreensível, ele deve ter ficado muito preocupado quando soube que você tinha desaparecido.

— Isso, ou está com raiva por não ter o controle da cidade como pensa que tem — respondeu ela, virando a cabeça e dando um sorriso moderado.

Ergui uma sobrancelha.

— E ele tem? Controle de Basral, quero dizer. Sei que está no comando da guarda real e das patrulhas da cidade, mas parece haver muitos problemas.

— Ah, Maz tem se concentrado em conquistar presença em cada canto da cidade. Em cada canto do império, na verdade. Trabalha demais, é muito ambicioso.

Ela falou aquilo com orgulho, como se admirasse as coisas que ele tinha feito para chegar até ali. Será que chegou a pensar em mim? E o que será que Mazin lhe contou sobre o que tinha acontecido?

Sempre vi Anam como meiga, modesta, uma aliada. Só que agora eu estava questionando tudo. Ela sabia o que Maz havia feito comigo, devia saber. E, ainda assim, estava ali, orgulhosa das ações do irmão — orgulhosa de ele ter traído a melhor amiga por um pouco mais de poder.

Curvei os dedos na faca de bronze em cima da mesa ao lado do potinho de mel.

Passos soaram como baques na porta e, quando ergui o olhar, vi uma figura grande preenchendo a entrada do terraço. Perdi o fôlego e deixei a faca cair das mãos com um baque.

Quando Maz adentrou na luz, o sol vermelho brilhou da varanda, e seu cabelo escuro cintilou como noite líquida. Os fios dourados em seus olhos reluziram quando pousaram em Anam, antes me encontrarem. Ele ergueu os lábios em um cumprimento, e senti mais do que vi o sorriso. Soltei um suspiro lento que com certeza Anam e Mazin ouviram.

Queria me jogar da varanda ao perceber como meu corpo ainda estava preso sob suas garras. Só que eu deveria agir desse jeito, como uma tola apaixonada que não sabia das coisas.

Porém, não podia me deixar levar por isso.

— Perdão. — Sua voz preencheu o terraço, fazendo tudo parecer mais quente. Puxei a gola do kameez. — Teve uma briga na zona oeste da cidade. E recebi uma pista daqueles bandidos que te sequestraram, Anam.

Fiquei ereta na cadeira, o coração martelando no peito. Se Mazin me olhasse naquele instante, veria a verdade escrita na minha expressão. Mas ele estava observando Anam, o que me deu uma chance de mascarar o pânico. Se ele tinha alguma informação sobre os batedores de carteira, eu precisava alertá-los. Só que, enquanto eu forçava meu coração a desacelerar, a lógica adentrou meus pensamentos. Eram crianças, sim, mas me lembrava de como eram escorregadios. Podiam fugir de Mazin, pelo menos por ora.

— Sanaya também teve problemas perto do palácio. Os soldados de Basral intervieram — informou Anam.

O olhar preocupado de Mazin me encontrou. Mordi o lábio, aparentando estar aflita.

— Os manifestantes foram horríveis. Ficamos agradecidas pelos soldados do imperador. A multidão se dispersou rapidamente após o fogo — falei.

— Os soldados usaram zoraat? — A voz de Mazin estava afiada.

— Devem ter usado. Foi impressionante. Conseguimos sair sem ferimentos.

O mesmo não poderia ser dito dos manifestantes.

Mordi o lábio inferior num esforço de parecer preocupada e arregalei os olhos para ele.

— Espero que sua briga não tenha sido tão horrível, sahib.

— Me chame de Maz. — A voz suave deslizou por mim.

Fiquei atordoada com o modo como ela se infiltrou, como um gancho, na minha pele. Seus olhos eram os mesmos e mesmo assim não eram. Estavam moldados por outra coisa, uma expressão calculista, como um leopardo-das-neves, esperando para se atirar sobre a presa.

— Maz — validei. — Espero que ninguém tenha se machucado.

— Um protesto brando que reprimimos na hora, nada para se preocupar. — Ele engoliu em seco, e observei a linha de sua garganta. — Mas não usamos zoraat com eles — falou, como se soubesse exatamente o que as palavras significavam, o que eu tinha visto.

Seus olhos se encontraram com os meus, sombrios e avaliadores.

— Outro protesto? — perguntei, inclinando a cabeça.

Seria uma notícia reconfortante para Noor. Se havia tanta inquietação civil assim em Basral, precisávamos explorar isso para nosso benefício.

Mazin pigarreou.

— O imperador acabou de aumentar os impostos e tem tido algumas... rebeliões em resposta. Mas temos conseguido silenciá-las com bastante rapidez.

— Espero que não seja como da última vez — acrescentou Anam. — Foi horrível.

— O que aconteceu?

Não precisei fingir interesse. Quanto maior o fogo que pudéssemos incitar contra Vahid e Mazin, melhor. Eu só precisava saber onde atiçar as chamas.

— Um protesto que saiu do controle — explicou Mazin. Ele baixou o olhar para as mãos, esticando os dedos compridos. — O imperador deu ordens para executar todos os responsáveis pela insurreição.

— Foi um banho de sangue. — Anam estremeceu. — Fico tão feliz por você não ter se ferido, Maz.

Inclinei a cabeça.

— Você estava lá?

Seu olhar encontrou o meu, imóvel.

— Estava.

E nós dois sabíamos as palavras que não pronunciei: *Você foi responsável pelo banho de sangue?*

E nós dois sabíamos a resposta.

Seus olhos de fios dourados eram os mesmos, mas não eram.

E eu sabia o porquê.

Ele finalmente tinha se tornado o vilão que estivera tão ávido para destruir. O homem que esmagava pessoas desesperadas, que traía a garota que o amava em troca de poder; um monstro frio, incapaz de ter compaixão.

— Obrigada por se juntar a nós, Sanaya. — Mazin se sentou ao meu lado, a perna quase esbarrando na minha.

Rangi os dentes sob o sorriso. Agora eu tinha que seduzir o monstro.

— Espero que saiba o tamanho da nossa dívida com você — continuou ele enquanto gesticulava para um dos empregados, e bebidas eram servidas.

Tentei me concentrar na incandescência rubi do chá de romã e rosas no meu copo para não precisar fitar a nova aspereza nos olhos de Mazin.

— Qualquer um teria feito o mesmo para ajudar Anam.

Eu me inclinei para a frente, deixando a mão cair da base da xícara de chá e roçar na pele de seu pulso. Ele olhou para a mão, depois para mim.

— E, ainda assim, ninguém ajudou. Acho que você está sendo muito humilde, sahiba.

Ele se aproximou, um sorriso curvando seus lábios, um dos primeiros que vi nele. Meu coração acelerou, e desejei poder dizer que era de raiva ou até medo. Só que eu sabia o que era de fato esse sentimento, era a mesma alegria que eu sentia quando segurava o punho de uma espada nova na mão, quando atingia o golpe vitorioso contra um oponente.

Euforia.

Dei uma risada gentil e delicada que teria deixado Noor orgulhosa.

— Nunca me acusaram de ser humilde, então vou aceitar o elogio.

Peguei a xícara, me assegurando de roçar os dedos em sua pele mais uma vez. Depois dei um gole longo no chá gelado, provavelmente longo demais, e repousei a xícara na mesa com delicadeza. Flertar não era meu forte, mas não achei que estivesse me saindo muito mal.

Os empregados serviram um prato de arroz perfumado, com manga em conserva apimentada e ensopado de cordeiro com pimentas verdes. Me concentrei em comer, mal sentindo o calor das pimentas, apesar de a comida estar impressionante. Era o tipo de refeição com a qual eu havia sonhado enquanto ficava deitada no chão da cela da prisão.

— Tem uma coisa que quero saber — disse Mazin, levemente.

A vantagem de conhecê-lo havia tanto tempo era poder dizer quando algo o estava incomodando. Uma familiaridade dolorosa me levou ao passado. Lembrei de quando conhecia as expressões dele, de quando conseguíamos travar uma conversa inteira com um olhar.

— Anam mencionou no bazar que ouviu uma briga quando estava vendada — continuou ele, recostando-se na cadeira. — Que parecia que alguém estava lutando com os criminosos que a pegaram. Você lutou contra os bandidos?

Um sorriso estampava seus lábios, e ele estava com ombros um pouco caídos, como se estivesse relaxado e calmo. Mas eu conhecia a verdade.

Sorri de volta.

— Na verdade, sim — confessei, observando-o arregalar os olhos. Ele não esperava por isso. Bom. Sanaya ia ser tudo que ele não esperava. — Consegui acertar alguns golpes antes de fugirem.

Dei um gole na bebida, o sabor floral azedo limpando o sabor da comida e afiando minha mente. Não mencionei que os "bandidos" em questão eram crianças e que um deles estava tremendo de rir enquanto fingíamos entrar em um combate.

Mazin deu um sorriso largo e afiado. Ele se inclinou na cadeira, tão próximo que eu sentia seu cheiro fresco de floresta. Ele juntou as pontas dos dedos.

— Me perdoe, não quero ofender, mas não imagino você sendo do tipo que luta contra bandidos.

Ele analisou meu corpo como se estivesse me forçando a ver o que ele via. E eu vi. Vestida de joias e com um shalwar kameez extremamente bordado de uma cor tão profunda que a tinta devia ter custado mais do que aquela ala do palácio. Eu era um confeito frívolo e belo.

Não uma guerreira. Só que ele não sabia que guerreiros também podiam usar joias.

— Minha mãe me ensinou. Ela queria garantir que eu pudesse me defender. — Era uma mentira bem próxima da verdade.

Mazin inclinou a cabeça, ainda me examinando, mas com uma expressão mais suave. Não sei se comprou minha mentira, mas minhas palavras causaram um outro efeito: o intrigaram.

— Ela parece ser uma mulher inteligente.

— Sim. Todas as mulheres do nosso povo aprenderam a lutar. — Umedeci os lábios. — Acho que é uma habilidade importante. Uma garota precisa saber como se defender.

Ele apoiou o queixo na palma, os olhos escuros como o céu da montanha à meia-noite.

— Como você me ensinou, Maz — interrompeu Anam com um pouco de afeição, me lembrando de que ainda estava na sala. Desviei do olhar intenso de Mazin e fitei sua irmã.

— Anam lutou bem. — Sorri, a voz calorosa e aprovadora. — Quando cheguei, ela já tinha machucado um dos bandidos. Se não tivesse sido pega de surpresa, não tenho dúvidas de que teria ganhado deles.

Mazin olhou entre nós duas.

— Infelizmente, surpresa é muitas vezes a estratégia usada por oponentes para obter vantagem. — Ele se virou para mim. — É a melhor tática para se usar num ataque. — Sua voz estava lisa, falando sem nenhuma condescendência.

Pisquei.

— Sim, por isso que eles não estava me esperando. — Pigarreei. — *Eu* fui a surpresa.

Ergui o queixo. Aquela mesma empolgação zumbia sob minha pele, sabendo que seu oponente tinha uma arma igualmente afiada.

— O imperador queria lhe agradecer pessoalmente, mas não conseguiu se afastar dos próprios deveres — disse Mazin com a voz fria de novo, como quando o encontrei no bazar.

Tenho certeza de que o imperador nem sabe que estou aqui ou quem sou.

— Mas ele quer, sim, lhe agradecer pessoalmente — reforçou ele, esfregando o queixo.

Tive a inexplicável vontade de colocar a minha mão ali, pôr a palma no seu maxilar e segurar seu rosto. Curvei os dedos para me impedir de fazer algo tão insano.

— Vai haver um banquete na corte ao qual ele gostaria que você comparecesse — continuou Maz.

— Ah, mas você é bem-vinda aqui bem antes disso — disse Anam, com uma voz fina. — Depois de tudo que fez, eu adoraria se pudéssemos ser amigas.

Sorri, quase uma expressão genuína. Quanto mais acesso ao palácio tivéssemos, mais oportunidades teríamos de plantar as sementes da nossa vingança.

E eu sabia que Anam era uma das poucas fraquezas de Mazin.

— Claro que somos amigas. E você deve ir até minha casa também. — Fitei Maz. — Eu adoraria comparecer à reunião do imperador, ainda mais sendo nova na cidade. É generoso da parte dele.

Mazin assentiu, a expressão confusa, como se ainda não tivesse conseguido me desvendar.

No fim da refeição, Anam me abraçou, e prometemos nos ver em breve. Comecei a caminhar de volta para a entrada do palácio, mas Mazin me alcançou.

— Você não precisa me acompanhar. — Ri, olhando ao redor em busca de Noor. Só que Mazin empacou ao meu lado, e forcei meus pés a continuarem em frente.

Era estranho andar ao seu lado de novo, e, mesmo que dessa vez eu tivesse pernas mais compridas, ele ainda era mais alto que eu.

— Fui sincero — declarou, tão baixo que precisei me aproximar dele para ouvir. — Eu tenho uma dívida de gratidão com você. E sempre pago minhas dívidas. — Ele pronunciou isso como um juramento, e, quando tentei dispensá-lo, descobri que as palavras estavam presas em minha garganta.

Em vez disso, assenti. Ele soltou um grande suspiro, como se precisasse da minha aceitação. Como se precisasse da dívida.

Sorri para ele, balançando a cabeça.

— Sabe, você não precisa retribuir alguém se a pessoa te ajudou por livre e espontânea vontade. Nem tudo é uma transação.

Ele parou do nada, e quase tropecei em meus próprios pés com o movimento repentino.

— Mas é, sim. Nada é de graça.

— Talvez para você, mas não para mim. Quando ajudo as pessoas, não tenho nenhum objetivo por trás.

Se Noor estivesse ali, não conseguiria conter a risada com as minhas palavras, só que, no fundo, eu falava sério. Não estava sendo Sanaya no momento, era Dania. Meu amor nunca teve um preço, mesmo que o dele tivesse.

— Acho que não compreende de onde vim, Sanaya. Do jeito que cresci, você deve presumir que todo mundo tem um preço.

— Que jeito horrível de viver. — Franzi a testa com suas palavras. — Como você pode ser realmente livre se mede cada interação em termos de quanto vai lhe custar?

— Ah, não sou livre em nenhum sentido da palavra.

— Claro que é.

Tínhamos acabado de chegar ao pátio aberto, as espalhafatosas orquídeas e as bem cuidadas flores de jasmim nos rodeavam com um perfume quase sufocante. Por instinto, me aproximei dele, como se, até naquele corpo, não conseguisse ter o suficiente de Mazin. Paramos perto do lago grande, lótus-tigres brotando da água lamacenta como um alerta. Acenei as mãos para a magnificência ao redor, e não tive que fingir as próximas palavras. Não quando tinha vivido em confinamento de verdade durante o último ano.

— Você mora num palácio, não numa prisão. Tem o mundo na ponta dos dedos. — Sorri, torcendo para que não soasse insensível. — É culpa sua escolher se sentir confinado.

Ele ergueu as sobrancelhas.

— É? Então, terei que aprender minhas lições sobre liberdade com você.

— Eu vim do norte até aqui. Não tem nenhum lugar que possa me enjaular.

— Gosto disso — declarou Maz, em voz baixa, virando-se para mim. — Acho que iria gostar de me sentir... — Ele lambeu os lábios, e meus olhos seguiram o caminho da língua. — *Livre*.

— Quem sabe eu possa te ensinar. — Também mantive a voz suave, embora o coração estivesse martelando no peito.

Ele me fitou de olhos semicerrados.

— Quem sabe possa.

Chegamos aos degraus da frente do palácio e caminhamos até o tanga à espera no fim da passarela.

Noor estava ao lado da carruagem com a aparência decididamente serena, e não como se tivesse vasculhado o palácio atrás de segredos.

Com a visão inesperada dela, tropecei nos degraus. Mazin me estabilizou, uma mão agarrando meu antebraço, seu braço em minha cintura. O toque foi quente e reverberou por mim como uma espada.

Ele me encarou, com a boca levemente aberta.

— Você está bem?

— Espero que sim.

Cerrei os dentes, tentando ignorar que não odiei o que senti quando ele se aproximou de mim. Não odiei o jeito que me fitou quando nossos olhos se encontraram. Como se pudesse me consumir.

Como se estivesse para ser executado, e eu fosse sua última refeição.

Mas ele não está olhando para você. Ele está olhando para Sanaya.

Esse pensamento me arrancou da minha confusão, e me aproximei meio passo, o bastante para ver as fendas de marrom mais claro passando por seus olhos escuros. Ele ergueu as sobrancelhas com minha proximidade repentina, mas não se afastou; ou seja, eu não tinha abusado da sorte, ainda não.

Sob a raiva e o desejo de querer esfaqueá-lo até a morte, me peguei com *saudade* daquilo. Com saudade dele. De conversar com ele. De compartilhar coisas.

Não caia em sua própria armadilha.

Olhei para Noor à espera, e seu olhos brilhantes encontraram os meus. Pigarrei.

— Foi um prazer passar a noite com você e sua irmã hoje. Espero que, com o tempo, veja que não peço nada de nenhum de vocês, além de amizade. Não tenho propósitos, não há dívida a ser paga.

Ele assentiu para mim, e senti meu coração preso na garganta, como se o único jeito de poder respirar fosse arrancá-lo completamente.

— Não tenho muitos amigos, Sanaya. Mas aceito sua amizade.

Ele pegou minhas mãos, depois pressionou os lábios nelas. Estavam quentes e secos, e seria uma mentira dizer que senti repulsa, que a única coisa em que estava pensando era vingança.

Em vez de lutar contra isso, me debrucei no sentimento, o crepitar do fogo sob minha pele era algo que não sentia desde a última vez que tínhamos ficado juntos.

Torci para que ele sentisse aquilo também. Torci para que seu corpo se lembrasse do meu, como cada centímetro da minha pele traiçoeira conhecia a dele.

Ergui o olhar para ele, com os olhos modificados.

Ele apertou minhas mãos e sua respiração ficou presa no peito. Suas pupilas dilataram, os lábios se abriram de leve.

Ele era meu.

Andei até o tanga, meus dedos deslizando para longe, embora ele parecesse relutante em soltá-los. Por fim, ele o fez, e eu os afastei, observando-o flexionar a mão ao seu lado depois de fazer isso.

E então subi na carruagem, deixando Mazin para trás.

VINTE E QUATRO

ANTES

A JANELA DO QUARTO RANGEU, DEPOIS SE FECHOU COM UM baque. Sentei, o coração quase saindo pela boca, os dedos procurando sob o travesseiro a mordida de minha lâmina. Uma silhueta estava rígida sob o luar brilhante. Um grito se alojou em minha garganta, medo me prendendo no seu torno até eu puxar a adaga.

Mas algo me impediu de lançá-la. Havia uma familiaridade nos ombros largos, levemente caídos para dentro, a determinação do perfil, um cacho de cabelo conhecido que se erguia em uma direção estranha.

— Maz?

O medo se esvaiu de mim com a certeza de que era ele, e não um saqueador, que tinha invadido nossa casa. Soltei um suspiro de alívio.

Só que a raiva logo o substituiu.

— O que está fazendo? Quase atirei a adaga em você! Não me pegue de surpresa no meio da noite assim, eu poderia ter te matado.

Ele então deu um passo à frente, e avistei seus traços com clareza — o cabelo como se tivesse passado por um vendaval, sombras escuras delineando os olhos e um indício de barba por fazer no maxilar. As roupas estavam desalinhadas — o que nunca acontecia — e, no lugar da vestimenta preta e dourada que significava que ele pertencia ao imperador, Mazin usava um kurta de bronze simples com calças largas e a cimitarra embainhada. Lama cobria suas pernas, e ele parecia ter atravessado areia movediça para chegar até ali.

Curvei os lábios.

— Você está horrível.

Ele deu uma risada surpreendida, como se não esperasse rir naquela noite. Depois foi até a cama, afundando o colchão com seu peso. Eu me movi para lhe dar espaço.

Meus batimentos aceleraram por um motivo completamente diferente do medo. Maz nunca tinha estado no meu quarto no meio da madrugada, e minha mente traiçoeira estava tendo vários pensamentos traiçoeiros.

Como é a sensação de sua pele sob meus dedos?

Ele ainda teria cheiro de pinho e tempestade nas montanhas deitado ao meu lado?

Meu nome soaria da mesma forma se ele o sussurrasse em meu ouvido?

Que suspiros daria se eu passasse as mãos por seu cabelo?

Expirei e curvei os dedos na colcha espessa da cama. Depois me forcei a espantar esses pensamentos da cabeça.

Àquela distância, ele estava ainda pior, os olhos avermelhados, um hematoma se formando no queixo que eu não tinha notado antes. Normalmente, Maz estava impecável, jaqueta nova, cabelo penteado, o rosto tão limpo que os elementos externos pareciam não ousar tocá-lo.

Mas havia algo diferente além da aparência. Ele carregava um ar de tristeza que pesava o quarto todo. Estreitei os olhos para o hematoma.

A raiva surgiu tensa e abrupta no meu peito.

— O que aconteceu? Quem fez isso com você? — Minha voz era uma faca áspera cortando o silêncio, mas pareceu libertá-lo.

— Como sabe que alguma coisa aconteceu?

Seus olhos escuros encontraram os meus, e a lua iluminou os pedacinhos de dourado salpicados na íris.

— Você está horrível e apareceu no meu quarto no meio da noite, o que significa que saiu durante o entardecer e cavalgou pelo vale no escuro — expliquei e inclinei a cabeça, olhando para o hematoma de novo. — Você não faria isso se alguma coisa não tivesse acontecido. Algo ruim.

Ele soltou um suspiro, mas pude ver que não foi de alívio. Estava se preparando. Depois virou para mim, e, daquela vez, o brilho do luar capturou o branco de seus olhos, fazendo a escuridão neles se destacar.

Por um minuto, ele não pareceu meu Maz, e, sim, alguém mais sombrio, mais selvagem. Alguém capaz de fazer coisas indescritíveis.

Meu Maz.

Esse pensamento me abalou. Desde quando eu tinha começado a pensar nele como *meu* Maz?

— Dani.

Ele soprou meu nome e ergueu a mão até meu rosto. Segurei a respiração enquanto os dedos calejados das suas mãos pousavam em minha bochecha. Algo estava preso no meu peito, um pássaro selvagem lutando para sair. Um falcão voando de uma grande altura, dando um mergulho vertiginoso em direção à sua presa.

— Me conte alguma coisa verdadeira — pediu ele. Sua voz saiu áspera, um arranhão profundo como se tivesse engolido areia.

— O quê? — Balancei a cabeça, desencostando brevemente de sua mão.

— Me conte algo verdadeiro, algo real. — Ele me fitou com sinceridade, quase desesperado, os lábios pressionados com força e um músculo tensionado no maxilar. — Preciso disso.

Ele afastou a mão, mas eu ainda sentia o calor dele na pele.

— Maz, o que está acontecendo? Não está sendo você mesmo.

Ele tocou a testa na minha, e meu coração martelou entre nós, tão intensamente que fiquei surpresa por Maz não o avistar batendo contra o tecido do kurta.

— Vahid matou minha mãe.

Arfei, o ar zunindo entre meus dentes. Se meus dedos ainda não estivessem agarrando a colcha com força, eu teria estendido a mão e lhe dado o contato humano pelo qual ele parecia ansiar.

Mas não éramos assim um com o outro. Eu não sabia se ele sequer queria isso.

Mas agora estava no meu quarto, na minha cama. Olhando para mim como se desejasse.

Tudo estava colidindo em minha mente, em meu coração, em meus pulmões. Não era como se eu não soubesse o que queria, mas admitir poderia custar mais do que eu estava disposta a abrir mão.

— Maz, sinto muito.

— Não finja estar surpresa — declarou ele com humor amargo na voz. — Você sempre odiou o imperador.

Voltei o olhar depressa para o dele.

— Não estou surpresa por ele ter envolvimento com a morte dela. Ele incendiou vilas inteiras enquanto tomava o poder. Você nunca soube como seus pais morreram, e Vahid nunca faz nada sem um propósito. Ele não é altruísta, e você sabe disso.

— Sempre achei que ele fosse verdadeiro comigo. Sempre achei que sabia o que eu era para ele. O imperador queria lealdade, sim, mas achei que seria *recíproco*. Era uma transação que eu achava justa. Não percebi que estava pendendo mais para o lado dele desde o começo.

Mordisquei o lábio inferior, os olhos indo outra vez para o hematoma em seu queixo.

— Como você descobriu?

O que ele fez com você?

— Ele me contou — respondeu Mazin, apertando a boca em uma linha reta. — Depois que voltei do norte, sem conseguir acabar com a rebelião lá, o babaca presunçoso apareceu e me contou. Disse que mentiu para mim todos esses anos. Que ele a tinha matado enquanto ela tentava correr de volta para nós. E que eu era um fracasso, igualzinho a minha mãe. — Ele esfregou a lateral do maxilar onde estava o hematoma, e notei sangue pisado no canto dos seus lábios também. — Ele me bateu, depois me desafiou a devolver o golpe — continuou Mazin, com uma risada amarga. — Se eu tivesse feito isso, ele teria me eviscerado. Já o vi queimar pessoas de dentro para fora. O imperador sempre adorou ter todo o poder e usá-lo contra aqueles que não tinham nenhum.

Fechei os olhos, acalmando a raiva crescente. Eu não costumava proferir o tipo de palavras reconfortantes que os outros usavam e nunca consegui dizer a coisa certa para encorajar alguém. Eu não era afetuosa, meiga ou gentil.

Então falei a única coisa que fazia sentido para mim.

— Se o imperador estivesse aqui, eu cortaria a garganta dele. — Minha voz saiu baixa e áspera no breu do quarto.

— É estranho, mas isso faz eu me sentir significativamente melhor. — Mazin riu um pouco, passando a mão no cabelo e olhando para o teto.

Segui o caminho dos seus dedos e mordisquei o lábio.

— Deveria, sou muito boa com a adaga — falei, com um tom mais leve do que antes, combinando com a risada, dando-lhe um pouco de alívio temporário.

— E eu não sei? — brincou Mazin, mas ainda havia sombras à espreita nos seus olhos que eu queria desesperadamente espantar.

Me conte algo verdadeiro.

Eu me aproximei dele, com o coração na boca, a voz baixa e tranquila.

— Na primeira vez que te vi, quis torcer seu pescoço.

Maz me encarou, e então soltou uma risada incrédula.

— Sei que você tem dificuldade em ser sensível, mas acho que tem hora e lugar para falar sobre isso. — Ele inclinou a cabeça. — E eu também quis torcer seu pescoço.

Engoli o pânico e continuei falando.

— Acho que você é um espadachim quase tão bom quanto eu. — Minha voz saiu como chai quente, dispersando o frio que tinha se arrastado para o quarto quando Mazin falou da morte da mãe.

O começo de uma compreensão cruzou seu rosto enquanto ele percebia o que eu estava fazendo.

— Dani...

Continuei, ofegante, como se estivesse correndo, para Maz não impedir que as palavras saíssem. Se me parasse, eu nunca mais diria nada daquilo.

— Tem vezes, quando lutamos, que encaro tanto seus braços que fico distraída.

Meu rosto estava tão quente que fiquei surpresa pelo quarto não se iluminar. Mas falei.

Contei alguma coisa verdadeira.

Talvez verdadeira até demais.

Maz emitiu um som sufocado incoerente, mas continuei. Eu podia fazer isso. Podia continuar. Não era mais só por ele, era por mim também. O que seria minha vida se eu não fosse honesta com as pessoas de que mais gostava?

Me conte alguma coisa verdadeira.

Não podia parar agora.

— As outras garotas da vila têm ciúmes porque passo muitas horas com você. Por bastante tempo, não consegui entender o motivo. — Minhas palavras ficaram mais baixas.

Contorci as mãos nas dobras do kurta, mantendo os olhos fixos nos dele. Senti uma agitação desconhecida, a sensação de pular de um penhasco. Meu medo estava contido naqueles olhos escuros assombrados me encarando de volta, nas palavras que saltavam da minha boca com tanta rapidez que eu mal conseguia contê-las.

— Só que, conforme passamos mais tempo juntos, eu entendi — continuei. — Porque você tem mais honra no dedo do pé do que o imperador tem no corpo inteiro. Porque os outros gravitam em torno de você, eles *gostam* de você. Você é corajoso, forte, e *bom*. Você falou pra eu te contar alguma coisa verdadeira, mas a única mentira que eu poderia um dia dizer é o quanto você é importante para mim. Porque me assusta demais admitir isso.

Maz prendeu a respiração. Ele abriu a boca, mas nenhum som saiu. Parecia tão pasmo quanto eu me sentia.

Porém as palavras estavam entre nós agora, e eu não poderia retirá-las. Por mais desconfortável que eu tivesse me sentido ao verbalizar meus sentimentos, havia sido mais incômodo escondê-los, como uma máscara de aço me puxando lentamente para baixo.

— O imperador mentiu para você, e sinto muito — falei, sincera, e me aproximei dele. — Mas você construiu uma vida para você e sua irmã, e não pode se arrepender disso. Não precisa seguir Vahid para sempre. Não tem que seguir as ordens dele pelo resto da vida.

Maz estendeu o braço e fez o que eu não havia ousado. Segurou minha bochecha de novo, o polegar traçando meu lábio inferior. Arfei bruscamente, a surpresa me pegando desprevenida. Seu dedo passou muito levemente por minha boca, e mesmo assim pareceu que ele estava pintando minha pele com fogo selvagem.

Ele se aproximou, tão perto que seus lábios ficaram a centímetros do meu. Ficamos assim por um instante, um retrato congelado, mas a escuridão me tornou ousada. Eliminei a distância entre nós, pressionando os lábios nos dele, apanhando seu suspiro com os meus.

Algo no meu peito inflamou.

Eu o havia surpreendido, pude ver, mas não por muito tempo. Um segundo depois, ele me beijou de volta, e estávamos encontrando um ao outro com o mesmo fervor, testando e explorando o novo terreno. Maz deslizou as mãos para minha nuca, infiltrando os dedos por meu cabelo e inclinando meu rosto para trás. Abri mais a boca, e nossas línguas se encostaram num frenesi quente e desordenado.

Fiquei tonta com aquilo, com ele. Suspirei contra sua boca, e seus dentes se arrastaram pelo meu lábio inferior. Segurei a gola da sua túnica, puxando-o para mais perto de mim, como se quisesse consumi-lo.

Era novo e, ainda assim, não era. Caminhamos para aquele lugar por tanto tempo que parecia uma progressão natural. Ele me beijar, minhas mãos no seu peito, seus dedos no meu cabelo.

Por fim, ele se afastou de mim, soltando um longo suspiro. Eu o observei, esperando para ver quem havíamos nos tornado — se ele ainda era Maz, e eu ainda era Dani, e se nós existíamos como sempre.

Enfim, ele falou.

— Você acha que sou tão bom quanto você com a espada?

Dei um soco forte no seu ombro, e ele caiu na cama, rindo.

— É a *única* coisa que você tem a dizer? — Fiz uma careta para ele, mas não consegui esconder o sorriso. Tínhamos nos beijado. Eu ainda sentia o gosto dele nos lábios. E ríamos juntos como se nada tivesse mudado. Sendo que tudo estava diferente. — Acho que falei *quase* tão bom.

Ele balançou a cabeça e sorriu para mim.

— Não, você disse com certeza que eu *era* tão bom quanto.

— Você falou pra eu te contar algo verdadeiro, e já disse várias coisas. — Cruzei os braços. — *Fizemos* várias coisas.

— Só uma coisa — respondeu ele, a voz gentil. Aquela dor ainda estava lá, eu podia ver por trás de seus olhos. Só que as sombras pareciam menos profundas. E, mesmo que eu não o tivesse beijado para lhe dar esse alívio, estava contente por ter feito isso. — Meus braços te distraem? Eu devia lutar mais vezes sem camisa contra você, talvez ganhasse mais.

Revirei os olhos.

— Maz, ainda tenho uma adaga e não tenho medo de usá-la.

Ele se inclinou para mim, o rosto agora sério. Eu senti seu cheiro, a frescura de uma floresta montanhosa de manhã, o conforto de uma colcha grossa à espera de uma tempestade passar. Aquilo parecia certo. Fosse lá o que havia entre nós, fosse lá o que tivéssemos cultivado com o treino, o trabalho em equipe, a rivalidade feroz, e agora o beijo, parecia certo.

— Gosto de você também, Dani — declarou ele. Sua voz estava solene, com uma delicadeza que eu nunca ouvira antes. Meu coração parecia estar pegando fogo, como se fosse iluminar o quarto todo.

— E, que fique registrado — acrescentou, com o humor retornando —, acho que não me comparo nem um pouco a você com uma espada.

Dei um pequeno sorriso, ainda distraída com o que ele tinha confessado, com aquele beijo e com o que isso significava para nós no momento.

Ele engoliu em seco, o pomo de adão se movendo.

— E obrigado por me fazer sentir alguma coisa além de uma raiva devoradora. Porque minhas únicas duas opções eram matar o imperador ou vir direto pra cá.

E ele tinha me escolhido.

Com poucas palavras, ele tinha me contado muito.

Escolheu a mim no lugar da vingança, apesar do tumulto de emoções que devia estar sentindo por causa da morte da mãe. Apesar de saber que o homem que o criou havia feito uma coisa absolutamente desprezível; Maz não buscou ira, e, sim, consolo.

— Foi por isso que você cavalgou pelo deserto frio na escuridão? — perguntei, olhando de novo para as roupas enlameadas, a manga rasgada.

Ele fez que sim, depois esticou a mão para segurar a minha.

— Eu sabia que, se chegasse aqui, se pudesse te ver, não faria nada imprudente. Que a gente conversaria sobre as coisas e minhas ações não colocariam Anam em perigo. Se eu atacasse Vahid, ele não destruiria a mim, seria a ela. Ele sabe que pode usar minha irmã para me controlar. Então, vim pra cá. — Um sorriso triste apareceu nos seus lábios. — Porque eu sabia que você falaria para eu me acalmar.

Eu o observei, calor surgindo dentro de mim.

— Não imaginava que eu simplesmente diria pra você arrancar o coração do imperador?

Ele riu, e o som alegrou meu coração mais ainda.

— Sim, mas você também me ancora. Quando luta, você nunca age com imprudência. É sempre calculista, sempre precisa. Como se soubesse que movimento vou fazer antes que eu faça. Quero ser assim. Quando eu for atrás de Vahid, quero que esteja tudo planejado.

Ele encarou a janela do quarto, e segui seu olhar.

Daquele lado da casa, as tochas da cidade brilhavam ao longe. Era possível quase avistar o contorno da cidade, o palácio imponente no topo da colina. O lugar onde o imperador exercia todo o seu controle.

Acenei com a cabeça, compreendendo.

— Você quer justiça pela sua mãe.

— Quero retaliação. — Ele desviou o olhar da janela. — Quero saber que minha mãe não morreu em vão e deixar claro que seu filho se importa com o que aconteceu com ela.

Ele agarrou a beirada da cama com tanta força que seus dedos tremeram, e eu soube que, se o imperador estivesse ali naquele momento, Mazin não conseguiria se conter.

E eu o ajudaria.

O miado de um gato assustou a nós dois quando Jalebi saltou na cama e começou a esfregar seu corpo preto em Maz. Ele riu enquanto coçava a parte de trás de suas orelhas, e seu ronronar quase sacudiu a cama toda. Fiquei feliz com a interrupção, porque me deu a chance de organizar os pensamentos, me estabilizar na tempestade que aquela noite tinha se tornado.

— Traidora — acusei, apontando com a cabeça para Jalebi. — Ela provavelmente quer dormir perto de você. — Senti o rosto corar com as palavras, sem perceber suas implicações até que pairassem sobre nós.

Será que eu queria dormir ao lado dele também?

Só que Maz não reagiu a elas; no lugar disso, coçou a barriga da gata, depois afastou suas patas quando ela tentou atacá-lo. Ele sorriu, então fechou os olhos como se estivesse bloqueando todo o resto. Notei como estava cansado, as olheiras como crateras em seu rosto.

— Eu provavelmente deveria dormir um pouco. Cavalguei toda a distância até aqui com raiva e não pensei no quanto ficaria exausto. — Ele se mexeu e levantou. — Vou para a sala deitar no divã.

— Dorme aqui — deixei escapar, grata por ele não conseguir ver o quanto meu rosto estava ficando vermelho no escuro.

Mas eu o beijara, dissera que admirava seus músculos e que gostava dele. Não havia mais nada de que eu pudesse ter vergonha.

Maz hesitou, movendo os olhos pelo quarto como se procurasse um lugar seguro para pousar.

— Tem certeza?

— Claro. Você vai descansar mais aqui do que na sala. Meu pai acorda com o sol para abrir a loja.

Mordisquei o lábio inferior, sem estar completamente certa do que estava sugerindo. Só sabia que não queria que ele saísse.

Tínhamos compartilhado algo monumental, e eu não podia voltar a dormir sozinha sabendo que ele estava no outro cômodo, fitando o teto, assim como eu.

Maz olhou para a cama e depois para a porta.

— Está tudo bem. Para de deixar isso estranho — falei com uma risada na voz, mesmo que meu próprio pulso estivesse saltando na pele.

Ele me observava com o mesmo olhar selvagem de antes, e eu o senti no fundo do meu âmago. Dei as costas, não ousando mais encarar a intensidade de seu olhar. Em vez disso, me movi desajeitadamente para o outro lado da cama, perto da parede, a fim de lhe dar espaço para deitar.

A cama afundou com seu peso, e prendi o ar por tanto tempo que meus pulmões queimaram. Ele ajustou o corpo sob a colcha e deitou a cabeça no travesseiro ao meu lado.

Fiquei completamente paralisada.

Eu estava nervosa até para respirar, então expirei em lufadas superficiais. Uma risada tocou meu cabelo depois de Maz se acomodar nas minhas costas.

Eu me irritei e virei a cabeça para fitá-lo.

— O quê?

— É igual dormir ao lado de uma tábua de madeira.

Raiva contaminou meu sangue, e fiz uma cara feia.

— Me desculpe — rebati, cruzando os braços sobre o peito. — Mas nunca dormi ao lado de um garoto antes. — Eu me arrastei para o mais perto que podia da ponta da cama a fim de lhe dar mais espaço, longe de mim. — Vou ficar aqui.

— Não, não faça isso — pediu Mazin.

Ele pigarreou, e senti seu calor atrás de mim, aproximando-se.

Cada terminação nervosa do meu corpo ganhou vida com o conhecimento de que ele estava pressionado contra minhas costas, deitado ao meu lado, a parte posterior das minhas pernas encostadas nas dele, seu peito sólido como uma rocha atrás de mim, minhas nádegas encaixadas no topo de suas coxas. Quando achei que não conseguiria mais aguentar o silêncio constrangedor, ele serpenteou o braço em minha cintura e se achegou para ainda mais perto. Exalei pesadamente.

— Algum problema? — perguntou Mazin. Sua voz foi hesitante e brusca, e, se isso fosse possível, me encantei ainda mais com ele.

Sorri sozinha, o coração mais leve enquanto colocava a mão sobre a dele.

— Não.

— Você pode relaxar agora — murmurou em meu cabelo, soando sonolento. — Eu é que deveria estar preocupado, já que você dorme com uma adaga debaixo do travesseiro todas as noites.

Os músculos no meu corpo se afrouxaram quando deixei de lado a incerteza, mesmo que meu coração ainda martelasse forte nos ouvidos. Agora que ele estava do meu lado, parecia natural. Como se tivéssemos feito aquilo a vida toda.

— Pelo menos estou preparada se alguém invadir meu quarto no meio da noite como um saqueador do deserto — rebati.

Sua risada ressoou em mim, e fechei os olhos, sentindo as vibrações ondularem através do meu corpo.

— Saqueador do deserto? Parece bem galante.

Uma risada me escapou, que cessou abruptamente quando seu polegar começou a traçar a parte inferior do meu braço. Minha barriga se revirou. Mas era um toque lento, contido, que parecia tranquilizador e não instigante. Relaxei de novo recostada nele, e o silêncio se estendeu longo e com facilidade entre nós. Sua respiração era estável quando ele baixou a mão e a pousou delicadamente na minha cintura. Meus olhos estavam ficando pesados, mas eu queria permanecer acordada mais um pouquinho para saborear aquela sensação, para vivenciar seus braços ao meu redor pela primeira vez.

Eu estava certa de que ele estava dormindo até Maz falar.

— Obrigado, Dani.

Vinte e Cinco

— Me conte tudo. — Pulei em Noor assim que a carruagem partiu, tentando tirar da mente o pensamento de Mazin pressionando minha mão em seus lábios.

— Bem, enquanto você fazia cara de apaixonada para Mazin, eu estava reunindo algumas informações úteis. A segurança do palácio é ridícula. Consegui chegar à cozinha e fofocar com as cozinheiras.

Recostei no assento quando atingimos uma elevação na estrada de terra, a nuvem de poeira no nosso rastro fazendo Noor tossir e esfregar os olhos.

— O que ouviu?

Não esperei que ela se recuperasse. Estava ansiosa para voltar ao plano. De volta à realidade e ao ódio por Mazin. Eu me sentia deslizando de volta para velhos hábitos e me amaldiçoei pelo controle que ele parecia ter sobre mim.

— Tem um grupo de rebeldes na cidade — respondeu Noor, ainda esfregando a terra dos olhos — lutando contra o imperador Vahid e o chamando de usurpador. Eles já causaram problemas consideráveis por Basral, mas, pelo que parece, Vahid tem tentado esmagá-los com uma repressão violenta em todos os protestos.

— Por isso a exibição horrível de hoje. Anam mencionou algo parecido. Um protesto recente, que se transformou em um banho de sangue. E Mazin estava lá.

Noor assentiu.

— Sim, Mazin estava lá. Os rebeldes querem derrubar Vahid e o controle que ele tem sobre o zoraat no império. Dizem que o trono não é o lugar dele, que ele só o ganhou de um djinn.

— Não é um argumento muito original — comentei, olhando para fora do tanga, para as ruas vermelhas e douradas da cidade ao redor.

A brisa da velocidade do veículo açoitava meu cabelo enquanto eu observava o povo se virar para nós com curiosidade. A maioria das pessoas mantinha a cabeça baixa com medo, andando a passos rápidos pelas ruas quando o barulho da carruagem as alcançava. Claro que fariam isso; se ousassem protestar contra qualquer coisa, o imperador os queimaria vivos.

Vahid havia prometido liberdade, escolha, uma saída da pobreza. Porém, o poder djinn o tinha corrompido.

— O próprio Vahid conta a história de ter sido presenteado com zoraat por um djinn. Ele só age como se tivesse sido escolhido para governar por causa disso, e não que foi tão contaminado pela magia dos ocultos que quis controlar tudo.

Flexionei os dedos, pensando na última dose de zoraat que eu havia tomado naquela manhã. Pensei no tentáculo preto de poder espiralando por meu dedo como uma cobra sob a pele. Eu ainda nem tinha certeza de que ela era real, mas, se não tomasse cuidado, a ganância de Vahid poderia me infectar. Eu precisava me lembrar de que, em meio àquilo tudo, não podia me permitir ser capturada pelo poder djinn também.

— Pelo menos eu e você concordamos com a causa dos rebeldes — argumentou Noor e virou para fitar a cidade também.

O vento esvoaçou a ponta dos seus cachos curtos, e ela pareceu muito mais nova sob o sol da tarde. Algo tinha mudado nela, algo que eu não conseguia identificar. Noor aparentava estar um pouquinho mais focada depois de deixar o palácio, e me perguntei se estar na casa de Vahid a fizera pensar em Souma.

— Acho que tem uma oportunidade aí — continuou.

— Está falando de trabalhar junto deles? Os rebeldes? — Eu me recostei no assento felpudo e cruzei os braços sobre o peito.

Era uma boa ideia. As sementes do antagonismo já estavam ali, nós só tínhamos que regá-las.

— Ou pelo menos ajudar a causa. Querem a mesma coisa que nós, ver esse império de mentiras cair. — Ela hesitou e me olhou.

Notei seu nervosismo.

— O que foi?

— A gente também pode usar o zoraat de... outras formas. Formas que Vahid não preveria.

Olhei para as ruas por onde passávamos. Uma mãe estava de joelhos segurando a filha que parecia doente. Ela gemia de angústia, gritando por socorro. As pessoas passavam por ela sem fazer nada, deixando que se virasse sozinha. Gesticulei para o condutor do tanga parar e lhe entreguei uma sacola de moedas para dar à mulher.

O imperador tinha os recursos e o poder para ajudar o povo, mas havia escolhido não fazer isso. No fim, seriam suas próprias ações que o derrubariam, não as nossas.

Eu fiquei hesitante em usar zoraat; a sensação do poder transbordando na ponta dos meus dedos era bem mais sedutora do que eu tinha imaginado. Não precisava de seu poder completo para conseguir vingança.

Só que talvez aquilo tivesse menos a ver com a minha vingança. Talvez tivesse mais a ver com dar a Basral — e ao império — algo diferente no que acreditar. E talvez estivesse na hora de agilizar as coisas.

— Me diga como — pedi a Noor, observando a mulher chorosa agarrar a bolsa de moedas com um alívio histérico enquanto corria com a filha para visitar um curandeiro.

— Quando eu trabalhava com Souma, havia misturas que criávamos para ajudar as plantações, para trazer chuvas, transbordar a terra argilosa com crescimento. O imperador usa tudo para ajudar as próprias plantações, para controlar a quantidade de comida que é produzida e os preços desses recursos. Mas eu também posso fazer o oposto.

Mordisquei o lábio.

— Atacar as plantações, quer dizer?

— Isso. As plantações, o gado. Criar uma praga que vai pegá-los desprevenidos.

— Vão achar que ele está amaldiçoado — murmurei, refletindo sobre tudo. — E mais pessoas irão se revoltar. — Brinquei com uma franja pendurada na barra da minha manga. — Mas o povo vai passar fome. Vai morrer.

— Não se a gente tiver nossas próprias reservas de comida. Podemos comprar terras na fronteira da cidade.

— É um bom plano.

Ela sorriu.

— Não diga que não sou útil só porque não sei lutar.

— Eu nunca falei que você não era útil porque não sabe empunhar uma espada, só que você não era *tão* útil — corrigi. — E, além disso, a beleza de um plano desse é que podemos derrubar Vahid sem parecermos suspeitas até seu império estar ruindo ao seu redor.

— Podemos corroer seu governo sem nem chegar perto dele — concordou Noor.

Lambi os lábios, sentindo o gosto do resto das pétalas de rosa do chá gelado do palácio. Imaginei brevemente se a boca de Mazin estava com o mesmo gosto persistente. Eu meneei a cabeça, impedindo meus pensamentos de caírem ainda mais na armadilha dele.

Não queria usar ainda mais zoraat, mas, se eu podia minar o governo do imperador usando magia, então valia a pena.

Meu corpo reagiu com uma alegria sombria à ideia de consumir o poder djinn novamente.

Era como uma coceira no fundo do crânio, uma necessidade constante que tinha começado a se escorrer para fora através de uma rachadura que se formava. Porém, se eu tomasse mais, não seria porque desejava, seria para colocar nosso plano em prática. Quando tudo aquilo terminasse, eu pararia.

Uma voz inquietante sussurrou no fundo dos meus pensamentos, aquela mesma voz que tinha falado comigo quando toquei o zoraat pela primeira vez.

Vingança.

A palavra dançou na brisa.

Mais.

Eu me aproximei dela com um suspiro suave.

Aquela voz sabia o que eu desejava e tinha sentido o gosto da expectativa na minha língua. Era selvagem e problemático escutá-la, e também parecia que eu estava prestes a mergulhar de um penhasco em direção à escuridão.

A sensação de usar zoraat me assustava e, fosse o que fosse aquela voz, fosse o que fosse que as sementes estivessem fazendo comigo toda vez que eu as consumia, eu não queria pensar nisso. Atrás desse medo, havia algo mais sombrio, mais perigoso.

Desejo.

E me puxava como uma necessidade que me consumia, tamborilando pelas minhas veias toda vez que eu respirava.

— Prepare a mistura de zoraat para derrubar Vahid — pedi a Noor, e virei para encará-la. Ela estava com a mesma expressão que eu sentia em meu coração. Não era propriamente felicidade, e sim algo um pouco mais próximo de satisfação. — Me dê alguma coisa que estraçalhará essa cidade.

— Para o que estou olhando exatamente?
— Só espere.
— Ela?

Apontei para a bela mulher na frente do prédio da escola, a construção caiada se destacando no bairro nobre no norte da cidade. Estávamos bem longe da sujeira e do odor dos barracões que fermentavam de descontentamento com o aumento do preço das comidas e do controle de Vahid sobre a magia dos curandeiros.

Ali, o ar tinha um cheiro doce, e tanto as crianças quanto os cachorros vira-latas eram bem alimentados.

A mulher que eu indicara esperava do lado de fora da escola, o cabelo envolvido por um dupatta esmeralda e usando um kurta branco simples. Um sino alto tocou, e as crianças começaram a esvaziar o prédio, correndo para o parquinho mais próximo e se espalhando em todas as direções.

— Ela — falou Noor, ofegante.

Segui seu olhar até uma menina, de no máximo 6 anos, com um uniforme imaculado, segurando a bolsa de livros na frente do corpo como um escudo.

A mulher de dupatta verde pegou sua mão e, juntas, elas se afastaram da escola e desceram uma rua nobre perto do palácio.

Noor cruzou os braços e acenou com a cabeça.

— Aquela garota é quem Casildo mais valoriza.

— Casildo tem uma filha. — Suspirei com a informação. — Uma que não mora com ele.

— Uma filha com a amante. Ele a mantém escondida. O que aprendi seguindo-o nos últimos dias foi que ele tem mais inimigos do que apenas você. Traiu outros em Basral. Entregou pessoas por violar regras que ele mesmo dribla.

— Ou seja, mantém a filha em segredo para o caso de irem atrás dele.

— Mas nós já estamos aqui.

Encarei a forma da garota se afastando, as pernas gorduchas ainda pequenas para seu corpo.

— Sim, estamos.

Noor começou a preparar as misturas de que precisávamos para prejudicar as plantações do imperador na penteadeira ao lado da cama, moendo sementes de diferentes cores com uma destreza que demonstrava que ela fazia aquilo havia muito tempo. Ela precisava misturar o zoraat no meu quarto porque o cômodo era proibido para os criados. Não podíamos arriscar que alguém visse a valiosa magia djinn do imperador, considerando que seu uso era restrito. Fitei as pilhas ocres, sabendo que em breve eu as consumiria, e um novo poder de zoraat estaria mais uma vez na ponta dos meus dedos. Tentei acalmar a excitação que meu corpo sentiu com a ideia.

Toda vez que eu o ingeria, sentia a mesma dor ardente, mas também uma onda aguda de alívio. No fim das contas, a necessidade por mais estava latejando no fundo da minha boca.

Eu conhecia essa sensação. Baba a tinha explicado para mim quando fomos a Basral, e eu vira homens se afogando em garrafas de bebida escura, ou crianças arrastando a mãe para um curandeiro depois de ela ter se drogado até cair no esquecimento.

Se eu não tomasse cuidado, o zoraat me consumiria também. E, enquanto eu tivesse a vingança, sabia que a necessidade sempre venceria.

— Você não vai machucar ela, vai?

A voz cautelosa de Noor partiu meus pensamentos. Ela não me olhou, continuou a esmagar as sementes vibrantes e a separar o pó em pequenas pilhas.

Girei a adaga na mesa, observando a luz cintilante contra a lâmina. Eu não precisava perguntar de quem ela estava falando. Minha mente não tinha parado de rodar desde que vi a filha de Casildo — duas covinhas enormes, ainda confiando em tudo e todos.

— Vamos fazer com ele o que fez comigo. — Ergui a adaga e a joguei em um ponto bem desgastado na parede perto da porta. — Mas não se preocupe. Vou dar uma escolha a Casildo.

— Isso não respondeu bem a minha pergunta.

— Ele a mantém escondida por um motivo, o que significa que está com medo. — Roí as unhas, a única coisa no corpo que me era familiar. — Deve estar com medo de alguém fazer com ele o que fez com meu pai. O que fez comigo. — Ergui o olhar para Noor. — As pessoas mais assustadas são as que assustam. E, não, não tenho planos de machucar a criança.

— Bem, no momento não podemos derrubá-lo, já que ele tem mais guardas do que o palácio.

— Sabe quantas vezes tentei escapar da prisão? — perguntei a ela, a mente voltando para aqueles dias e para cada rota que eu havia tentado seguir antes de Noor brotar do chão.

Noor balançou a cabeça.

— Pelo menos dez. Mas, em cada uma, eu aprendia que nada é impenetrável. Você só precisa da oportunidade certa.

— E qual é?

Peguei uma nova adaga, mirando na porta de novo.

— Vamos criar uma.

Visitei um velho amigo do meu pai no sul de Basral, outro ferreiro que ele visitava quando fornecia armas ao imperador. Eu sabia que o homem tinha uma reserva de espadas que não mostrava a ninguém, espadas pelas quais meu pai ficava encantado — ele não as vendia para ninguém e quase ninguém sabia da existência delas. Só que, assim que invoquei o nome do meu pai, ele destrancou o depósito e tirou a cimitarra mais bonita que já vi.

— Dizem que essa é a cimitarra que Naveed usou pra matar o azi — sussurrou ele, me encorajando a examinar a lâmina.

Sufoquei um choramingo enquanto a segurava e encarava.

— Obrigada — respondi num murmúrio apressado.

— É a você que eu deveria agradecer. O ferreiro de que falou que me deu isso para guardar. Venho esperando que alguém a reivindique desde então. — Ele hesitou. — Não acreditei no que falaram dele. Ele se importava com a filha. Não cometeria traição.

Suspirei, o peito apertado.

Ele me deu a cimitarra com uma bênção.

Espalhamos a história de que Sanaya Khara tinha encontrado a própria espada mística de Naveed.

Eu sabia que Casildo não conseguiria resistir a isso, não considerando que a fonte no meio do seu pátio retratava a famosa batalha de Naveed. Seu preço e valor superavam qualquer uma da coleção de Casildo. Não demorou muito para Noor espiar um dos soldados de Casildo farejando em torno da casa.

Ele não a compraria de mim, eu sabia disso. Casildo sabia que eu não a venderia para ele de qualquer forma, não se eu fosse uma colecionadora. Mas, acima de tudo, ele tinha adquirido as espadas do meu pai por meio do roubo. Por que com aquela seria diferente?

— Diga aos guardas para tirarem a noite de folga no festival — falei para Noor, na mesma noite em que ela me contou que estávamos sendo vigiadas pelos homens de Casildo. Era o momento perfeito, bem antes do dia Ijal, um festival para comemorar a colheita em Basral. — E garanta que Casildo saiba disso. Sahiba Khara é tão generosa que deu folga a todos os empregados.

Naquela noite, a espada sumiu.

Noor acariciou a caixa vazia onde a cimitarra estava.

— Óbvio que ele pegou.

— Casildo acredita que está acima de qualquer suspeita, que tem o imperador no bolso.

— Felizmente, tem alguém de quem podemos nos aproveitar.

A segunda pessoa na minha lista, e uma maneira de ganhar a confiança de um dos meus traidores enquanto destruía o outro.

— Darbaran — disse Noor, arfando. — Ele agora é chefe da guarda da cidade.

— Os trombadinhas sabem de toda a fofoca da cidade. Yashem me contou que Darbaran perdeu uma boa grana para Casildo.

— Rancor. — Noor cruzou os braços. — Ele vai querer quitar a dívida.

Assenti, a boca firme.

— Entre em contato os guardas da cidade hoje à noite. Quero que uma acusação de roubo seja feita contra Casildo imediatamente. Então vamos ver onde está sua lealdade. Com a família? Ou com ele mesmo?

Vinte e seis

A noite estava escura, a lua encoberta por nuvens férteis à espreita no céu, prontas para irromperem em chuvas de monções.

Guardas se alinhavam nas ruas, e uma multidão tinha começado a se formar do lado de fora da casa de Casildo, espectadores curiosos se aproximando para ver do que se tratava o alvoroço.

Esperei do lado de fora por Noor e meu outro traidor, Darbaran.

Na última vez que o vira, ele tinha me prendido por traição e me arrastado pelos cabelos até a masmorra do palácio.

Apertei mais a mão no punho da espada ao espiar seu rosto marcado de cicatrizes e o sorriso presunçoso.

Ele exibia a mesma expressão de quando me trancafiara.

Só que era o próximo.

Então, enquanto eu relembrava o papel que ele tinha exercido na minha prisão, seria só uma questão de tempo até que ele caísse também.

Por fim, Noor saiu da casa acompanhando um Casildo ofendido.

— Como ousa? — esbravejou, marchando para fora. — Vou pedir sua cabeça quando o imperador souber disso!

Ele encarou Darbaran. Depois os olhos pousaram em mim.

Puxei o capuz para cima, garantindo que meu rosto estivesse coberto. Casildo saberia que era eu — teria que saber. Mas eu queria que a fofoca da cidade sobre o envolvimento de Sanaya fosse limitada.

Darbaran ergueu uma sacola e a jogou na rua aos meus pés. Minha cimitarra surgiu.

Não me dei ao trabalho de abaixar o capuz para avaliar a lâmina no chão. Eu sabia que era a que ele tinha roubado.

— Essa espada foi encontrada na casa de sahib Casildo. De acordo com a lei de Basral, roubar é proibido.

Os olhos de Casildo pareciam que iam saltar da cabeça.

— Isso é um absurdo! Eu nem sei de onde isso veio.

— Qual é a punição para roubo em Basral? — perguntei, a voz ressoando.

Casildo estava com o rosto vermelho, mesmo no breu da praça. Sussurros ecoaram ao redor.

— Os campos de trabalho — cuspiu Darbaran com alegria.

Talvez fosse porque Darbaran adorava usar seu poder para causar sofrimento ou porque sua dívida com Casildo acabava de ser eliminada, mas estava claro que ele se alegrava com aquilo.

Casildo ficou pálido com a menção dos árduos campos de trabalho que Vahid tinha implementado no norte.

— Você roubou de mim — declarei, com clareza, dando um passo à frente, ainda encobrindo o rosto. — E ninguém viola a lei em Basral. — Lambi os lábios, me preparando para o show. — Mas há uma exceção na lei.

Os guardas se moveram para prendê-lo.

— Espera! — gritou ele, com desespero transbordando na voz. — Que exceção?

Senti um sorriso feroz se espalhar por meu rosto.

— É permitido — pronunciei as palavras lentamente, apreciando-as — que um membro da família tome seu lugar, se quiser.

Casildo me olhou boquiaberto.

— Mas eu não tenho família.

— Isso não é verdade, é? — Minha voz saiu falsamente suave.

Eu me aproximei. Um franzido enrugou a testa de Casildo quando ele semicerrou os olhos para mim.

— Você tem uma filha. Ela pode tomar seu lugar. A lei vai aceitar o sangue dela em vez do seu. — Minhas palavras mal passavam de um sussurro.

Casildo cambaleou e segurou o peito. Eu quis rir da ironia — naquela cidade, mandavam crianças para trabalhar nos campos todos os dias: órfãos, trombadinhas e trapaceiros. Mas a filha de um mercador rico? Isso era inédito. Era chocante.

Quando fui presa, ninguém dissera uma palavra.

Só meu pai.

Que Casildo fizesse com a própria filha o que fizera comigo.

— É a lei — repeti. — Você pode ter outra pessoa cumprindo sua pena. A escolha é sua, você ou a criança.

Pude ver sua mente maquinando quando ele estreitou os olhos. Ele não ter reprovado a ideia de imediato me inundou de triunfo.

Para reforçar meu argumento, Noor apareceu com a filha dele, tirada da cama no norte da cidade — a garota de rosto doce e cabelo escuro que agarrava a bonequinha no peito. Ela não podia ser uma mártir melhor. A mulher que a tinha buscado na escola estava ali também, sendo contida pelos soldados de Darbaran enquanto chorava e se lançava na direção da garota. Casildo parecia que poderia vomitar. Ele arrastou o olhar entre mim e a garotinha.

— Tá — cuspiu, sem olhar para a filha. — Leve-a, então.

Soltei um suspiro lento. Murmúrios soaram por toda a volta.

Ele tinha feito.

Tinha mesmo escolhido a si mesmo. No fim, não salvaria nem a própria filha.

A mulher com o dupatta esmeralda soltou um grito baixo.

— Baba? — A voz da filha estava suplicante e gentil.

Noor me lançou um olhar, mas não o retribuí. Cerrei os punhos com força e desejei que o aço em meu coração permanecesse para a parte seguinte.

Se eu olhasse para aquela garotinha com muita atenção, se recordasse do meu próprio trauma ao ser presa, ao me sentir tão sozinha que poderia ser partida em duas, não conseguiria fazer o que precisava ser feito.

A garota tinha acabado de ver alguém que amava traí-la e abrir mão dela em nome da própria ganância. Era melhor que aprendesse essa lição agora.

— Um covarde é sempre um covarde — murmurei mais para mim mesma, mas Casildo me ouviu.

Ele ergueu o olhar abruptamente e semicerrou os olhos. Sorri, mostrando os dentes.

— O que você disse?

— Você deixaria sua própria filha ir para os campos de trabalho pelo seu crime? Sentenciar uma criança à prisão? — Daquela vez, minha voz se transportou até a multidão. As pessoas tinham se amontoado na praça ao nosso redor.

— É melhor do que a criança não ter pai? — gaguejou ele. — Posso tirá-la depois que falar com o imperador.

— Você não tem honra? — gritou alguém.

Casildo olhou ao redor, arregalando os olhos. Ele finalmente pareceu notar o tumulto que havia se aglomerado em volta. A multidão raivosa, motivado pelos protestos, agora nos pressionava.

Zombarias e gritos preencheram a praça.

A multidão tinha se virado contra Casildo.

— Esperem — disse ele fracamente para a horda furiosa. — Calma, eu não quis...

— Achei que você era um pilar dessa cidade, sahib? Agora você rouba e sugere que uma criança receba sua punição? — gritei as palavras para a praça, incitando a multidão e elevando o frenesi ao auge.

— Você disse... você disse... — gaguejou ele, levando a mão ao coração, parecendo menos um homem poderoso e mais um garotinho assustado.

Me ajoelhei diante dele, ignorando os gritos da aglomeração de pessoas. Noor e os guardas já estavam controlando a situação, e apenas Casildo podia ouvir minhas palavras.

— É isso que você gosta de fazer com as pessoas, não é?

Ele me fitou, de olhos arregalados, mas minha pergunta atravessou o medo.

— O quê?

— Você me ouviu. Acabei de fazer o mesmo que você faz. Tirei tudo de você: sua reputação, sua família. Foi isso que fez com meu pai, não foi? Usou a confiança, o amor dele pela filha, e o destruiu.

Casildo me olhou completamente no rosto.

— Seu pai? Sanaya, nunca conheci seu pai.

— Você é esperto demais pra tamanha tolice, Casildo. Meu pai confiou em você. E, em vez de ajudá-lo, você avisou o imperador e o fez ser morto.

Compreensão iluminou seus olhos.

— Dania? — sussurrou, a voz quase inaudível. Ele empalideceu enquanto os olhos vagavam por mim e balançou a cabeça. — Você não pode ser ela. Não parece em nada com Dania.

Sorri para ele, mas não disse nada. Uma expressão de horror recaiu sobre seu rosto.

— Tirei tudo de você, assim como fez comigo. — Levantei e observei a multidão crescente, depois me virei de volta para ele. — Falando nisso, não tem nenhuma exceção na lei. Você mesmo deve servir no campo. Mas agora, pelo menos, todo mundo sabe que tipo de pessoa você é. — Por fim, gritei para a multidão: — Casildo será preso, não a garota.

O povo celebrou, e Casildo desmoronou no chão, chorando com as mãos no rosto. Noor gesticulou para os guardas o levarem. Segurei levemente o braço de Darbaran, e ele me deu um sorriso escorregadio. Eu ficava enjoada só de estar perto dele.

— Coloque-o no transporte hoje à noite. Quanto mais rápido fizer isso, mais rico será.

Darbaran assentiu, os olhos se iluminando.

Assisti enquanto o traidor do meu pai era levado pela noite, suplicando por misericórdia. Sua filha estava na extremidade da multidão, nos braços da mãe, a cabeça enterrada em seu peito. Com o grito do pai, ela ergueu a cabeça. Por um segundo, nossos olhos se encontraram, os dela, em um verde pálido e ardente, e os meus, escuros de vingança.

Será que ela também iria atrás de mim quando fosse mais velha?

Noor parou ao meu lado.

— O que quer que eu faça?

Afastei os olhos da garotinha.

— Garanta que ela receba tudo. — Virei a cabeça para ela e para a mãe. — Cada moeda da fortuna de Casildo. Não lhe deve faltar nada.

Noor assentiu e começou a se afastar, mas a parei com um gesto.

— Tirando as espadas. — Minha voz saiu baixa. — Eu as quero de volta.

Vinte e Sete

A mistura de zoraat que Noor preparou desceu queimando pela garganta como a sequência de vômito — afiado, ácido, revestindo a língua com uma película amarga. Engasguei. Noor estava ao meu lado com uma expressão rígida.

— Não achei que eu precisaria de outra dose tão rápido.

— Não esqueça que, para manter a forma de outro ser humano, o zoraat precisa ser constante. Para todo o resto, em geral, você só precisa tomar o necessário para o trabalho em questão, assim como um curandeiro djinn pode tomar o que é preciso para curar uma doença específica. Mas transfiguração é um poder bem forte. Ele requer magia forte.

Desmoronei na cama, o cobertor bordado se embolando sob meu corpo prostrado.

— E para as colheitas? — murmurei.

— Estou trabalhando nisso. A mistura deve ficar pronta em breve, só tenho que ajustar algumas coisas. Mas não vai ser tão ruim. Essa aí muda a própria essência do seu corpo, pele, cabelo, olhos, voz. Tudo que torna você, *você*. Para usar esse poder djinn em especial, é preciso dor e exposição ao zoraat.

Pressionei as mãos na parede, tremendo com a força do veneno correndo pelas veias. Olhei para elas, chocada ao avistar as veias negras cobrindo minha pele de novo, daquela vez se espalhando da ponta dos dedos até os pulsos.

Assustada, sentei e abri bem as mãos na minha frente, mas a pele estava novamente marrom e imaculada. Pisquei. Minhas mãos eram as mesmas e ainda completamente minhas.

Eu sabia que o zoraat não era veneno — não era assim que todo mundo naquele império se referia a ele.

Magia.

Era assim que o chamavam. Manejar o poder dos djinns era um privilégio. Mas essa sensação não passava. Toda vez que eu engolia outra colherada de zoraat, meu corpo recuava e ao mesmo tempo implorava por mais. Era como comer uma brasa que queimava de dentro para fora, quando se está com tanto frio que faria qualquer coisa para se aquecer. Eu era feita de barro e os djinn de fogo; consumir o poder deles era transformar o corpo humano em outra coisa. Algo oculto.

Arfei e me curvei. Aquela dose estava me tirando o fôlego.

— Não foi tão ruim assim antes. — As palavras saíram como se estivessem sendo arrancadas da minha boca com um gancho afiado.

— Você já tinha um pouco no sistema, então devia ser levemente mais fácil. — A voz de Noor estava prática. — Só que nunca transfigurei alguém por tanto tempo.

De modo surpreendente, sua honestidade direta me acalmou mais do que sua simpatia.

— Parece que meu sangue inflamou. — Tossi e minha boca ficou com um gosto levemente metálico.

— Quer dizer que está funcionando.

Ergui as sobrancelhas.

— Ou me matando.

Ela inclinou a cabeça.

— Isso também.

Dei uma risada que fez meu corpo tremer de dor. Grunhi e apertei a barriga.

— Não me faça rir.

Algo frio foi pressionado em minha cabeça e Noor emitiu um resmungo suave.

Caí no chão quando minha visão escureceu.

— Você dormiu por um tempo. — A voz de Noor atravessou a bruma no meu cérebro.

Tossi e me sentei.

Eu estava de cara na cama, sangue seco incrustado no nariz, e meu crânio parecia que tinha sido partido ao meio. Ergui os dedos para sentir o rosto — checando a ponte do nariz, o ângulo das maçãs do rosto. Suspirei de alívio, embora ainda fosse desconcertante estar em outro corpo.

Olhei para minhas mãos, ainda minhas, ainda com cicatrizes e ainda a coisa que me grudava à realidade naquilo tudo. Eu as examinei à procura de algum vestígio das linhas negras que tinham rastejado como aranhas mais cedo. Nada.

Noor estava sentada numa cadeira do lado da cama, fazendo ajustes no zoraat.

— Por quanto tempo fiquei apagada?

— A maior parte da tarde.

— Quantas vezes preciso fazer isso? — Eu não conseguiria lidar com algo assim todo dia.

No entanto, aquela parte sombria e selvagem, que se regozijava com a magia inundando meu organismo e com o poder nas mãos, ganhou vida.

E era o que mais me assustava.

Ela enrugou o rosto.

— Foi uma dose forte. Deve durar mais tempo. — Ela examinou meu rosto. — Podemos adiar um pouquinho. Eu só não queria que você acabasse numa situação em que começasse a mudar de volta para seu rosto real sem aviso. Não quero que isso aconteça com você enquanto estiver no palácio.

Mordi o lábio, me retraindo com a dor do pequeno movimento.

— Não. — Fiz careta. — Não queremos isso.

Imaginei qual seria a expressão de Mazin se eu de repente me transformasse em Dania diante de seus olhos.

Ele me empalaria no lugar. Curvei as mãos como se estivesse segurando uma adaga imaginária. Eu adoraria que tentasse.

Noor soltou uma risada baixa.

— Nem quero saber no que você está pensando agora com essa cara.

— Estou pensando que vou ter que acelerar meu plano de vingança para não ter que consumir muito mais disso.

Para que veias negras como aranhas não apareçam em meus braços e eu não ouça mais vozes sussurrando sobre vingança.

Isso seria legal também.

Sentei na cama quando Noor levou para mim um copo fresco de chai e o colocou na mesinha de cabeceira.

— Falei para os empregados que você tinha ficado doente — murmurou Noor.

— Não está errada.

Noor mordiscou o lábio inferior.

— A quantidade de zoraat que precisa consumir pra transfiguração é difícil, e eu nunca lidei com as repercussões dele. Estou vendo o quanto você está sofrendo, e não temos que fazer isso. Podemos fazer alguma coisa diferente para conseguir nossa vingança, ou podemos parar o plano totalmente. A gente pode simplesmente vender as sementes, ou...

— Ou?

— Ou destruí-las. — Ela levantou e começou a andar de um lado para o outro no quarto. — Pensei em fazer isso enquanto trabalhava para Souma. Simplesmente botar fogo na plantação toda e deixar os poderes voltarem para os djinns, a quem eles pertencem.

Algo dentro de mim se retorceu com a ideia de todo aquele poder ser incendiado.

Era a última coisa que eu queria. O zoraat estava me dando a chance de fazer aqueles que me prejudicaram pagarem.

Eu não abriria mão dessa oportunidade. E Noor não deveria abrir também.

— É isso que você realmente quer? Deixar Vahid se safar do que fez?

Noor passou a mão pelos cachos curtos.

— Não. Não é o que quero. Mas isso está te destruindo. Mais do que achei que iria. De que adianta a vingança se a gente morrer no processo? Para quem ela serviria? Seu pai não ia querer que você morresse vingando-o. E Souma não ia querer que eu seguisse por esse caminho.

Dei um gole no chai, o chá quente e leitoso abrandando minha garganta devastada.

— Souma não está aqui — falei, baixo, a voz fraca. — Nem meu pai. E nós duas sabemos o motivo. — Daquela vez, levantei, as pernas mais firmes do que previ. — Se não fizermos nada, a morte deles terá sido em vão.

Noor se sentou com um baque no divã.

— Eu poderia matá-los — respondeu, baixo. — Aí você não precisa fazer isso.

Bufei.

— Noor, você não queria nem que eu matasse Thohfsa. Não consegue matar ninguém. — Sentei ao seu lado. — Por que não quer que eu faça isso?

Ela me fitou.

— Você é a primeira amiga que tive desde Souma. Não tenho mais ninguém. E, ainda assim, estou te ajudando a se destruir. Que tipo de amiga isso me torna?

— Uma amiga que entende exatamente como é perder tudo. — Minha voz ficou um pouco alta demais, mas eu não conseguia controlar. Ou não queria. Podia sentir os olhos queimando. A raiva estava fria e sombria no fundo da minha boca. — Ser presa por um crime que não cometeu. Perder a pessoa de que mais gostava no mundo. Você sabe *exatamente* como é.

Noor limpou uma lágrima da bochecha.

— E o que vai fazer quando acabar e não tiver mais a vingança? — perguntou, feroz, as palavras sendo arrancadas dela. — O que qualquer uma de nós fará?

Desviei o olhar.

— Vamos estar livres. — As palavras pareceram ocas, como se eu estivesse tentando ser convincente, e não verdadeira.

A verdade era que nada mais importaria se eu não conseguisse vingança.

A verdade era que eu me destruiria mil vezes para conseguir retaliação por meu pai.

— Livres? — Ela riu sozinha, um som amargo, antes de fitar a janela aberta que emoldurava o palácio de Vahid como um alvo. — Vamos estar livres? Ou em pedaços?

Balancei a cabeça, aquela raiva obscura e sombria surgindo mais uma vez, como se estivesse começando a tomar conta de mim.

Palavras deixaram minha boca, palavras essas que não consegui controlar, que pareciam de outra pessoa.

— Se não quer estar aqui, pode ir embora. — Apontei para a porta. Noor levantou, as mãos plantadas na cintura.

— Estou tentando te salvar. Estou tentando salvar a nós duas.

— Não preciso ser salva — respondi, com uma voz que não era a minha. Não era nem de Sanaya. Era sombria, profunda e raivosa. — Só preciso de uma coisa. E está claro que você não gostava tanto assim de Souma se está disposta a abrir mão disso agora.

Noor arfou, como se eu a tivesse esfaqueado.

Pisquei e a raiva derreteu, substituída pela vergonha diante do rosto abatido de Noor.

— Como ousa? — proferiu, a voz baixa e veemente.

Levantei e estendi as mãos, com a culpa marcando meu tom.

— Noor, me desculpe, sei como se importava com Souma. Não quis dizer isso. Eu... eu... não sei o que deu em mim.

Eu sabia que não poderia explicar. Não conseguiria racionalizar o que estava ouvindo, vendo, sentindo. Esfreguei as unhas no cabelo. Eu precisava assumir a responsabilidade por aquilo, mas senti um pouquinho como se estivesse perdendo a cabeça.

Noor semicerrou os olhos com uma raiva fervente que nunca vi.

— Você não sabe de nada da minha relação com Souma. Você perdeu seu pai, sim. Mas eu nunca tive um de verdade, não até finalmente encontrar Souma. Ele me ensinou a me defender, como fazer uma coisa que ninguém mais conseguia fazer. Você fala de vingança como se fosse uma coitada, mas foi amada a vida toda. Eu não era nada. Abandonada. Esquecida. Ele foi o único que me deu uma chance. — Ela pressionou os braços nas laterais do corpo. Baixei o olhar para suas mãos, que tremiam. Noor seguiu meu olhar e as cerrou para acalmar os movimentos, fechando a cara para mim. — E você ainda tem sua avó. Ainda tem alguém que te ama. Eu não tenho nada nem ninguém. Vahid tirou a única pessoa que um dia se importou um pouco comigo, e você diz que eu não me importo? Que não quero vingança? — Ela desviou o olhar, de volta para a janela aberta, de volta para o palácio.

— Eu me importo com o que acontece com você, Dani, porque sei como é perder tudo. Se você gastar tudo que tem atrás disso, pode não gostar do que vai sobrar.

— Qual sua solução, então? Simplesmente desistir? — Joguei as mãos para o alto. — Não posso fazer isso.

Minhas palavras estavam contornadas de desespero, pelo pânico no peito com a ideia de não perseguir mais aquilo.

Com a ideia de não consumir mais zoraat.

— Não posso deixar que escapem impunes, não depois do que fizeram. — Esfreguei a nuca, ainda dolorida por causa da última dose, e agora também zunindo por causa das palavras de Noor. — E você tem a mim. Estamos juntas nisso, você e eu. Não desista agora, não quando estamos tão perto.

Os ombros de Noor afundaram. Pela primeira vez em muito tempo, eu realmente a olhei. Sombras circulavam seus olhos, e ela estava muito pálida. Não estava consumindo zoraat, mas aquilo também a estava afetando.

Noor se sentou na ponta da cama, abatida.

— Também não quero desistir. — Sua voz estava mais comedida. — Não quero que Vahid se safe de nada disso. Mas não quero me perder no processo. — Ela inspirou fundo, para se firmar. — E não quero te perder. Estou aqui para te ajudar, para tudo que você precisar. Te devo pelo menos isso depois de ter voltado por mim na prisão.

— Você não me deve nada. — Balancei a cabeça. — Ajudamos uma à outra a escapar daquele lugar. Estamos as duas aqui porque temos o mesmo objetivo. E, mais do que isso, queremos que a outra seja bem-sucedida. — Encontrei seu olhar, torcendo para apagar as palavras anteriores. — Quero te ajudar a ter vingança pelo que ele fez com Souma, tanto quanto quero vingança por meu pai.

— Quero fazer isso, Dani. Mas tenho o direito de tentar te impedir se acho que isso está te matando.

Assenti.

— Não vou tomar mais zoraat do que preciso. Vamos terminar isso. Pelo meu pai, e pelo seu. E, depois que tudo acabar, vamos para o mais longe possível daqui. Vamos embora do império.

Noor suspirou, a luta se esvaindo dela.

— Bem, não temos que ir *tão* longe.

Ri, aliviada pela tensão ter se dissipado, aliviada pelas minhas palavras horríveis não terem afastado Noor de vez. Só que o sentimento que tiver quando as pronunciei ficou comigo. Era como se a pessoa que havia dito aquelas coisas horríveis para Noor não fosse nem um pouco eu.

— Então — a voz de Noor me trouxe de volta, e fiquei grata pela distração —, quem é o próximo?

Vinte e Oito

D ARBARAN ESTAVA SENTADO SOZINHO NA CAFETERIA, tomando café em um bule dourado de dallah, que devia ter custado o equivalente a seu salário anual de quando era guarda. Agora que era rico e comandava a segurança de Basral, ele esvaziava os cofres da cidade com sua corrupção.

— Já sabemos muito bem sua fraqueza. — Noor estava sentada na minha frente, fingindo ler um livro enquanto eu bebericava o chá.

— E com certeza não é café.

Ela sorriu, com os olhos no livro.

Ambição.

A coisa mais fácil de ser atacada. Porém era mais do que isso. Darbaran se aproveitava dos fracos, tirando vantagem de mulheres e garotos, e abusando de sua posição para se sentir poderoso. Em vez disso, eu queria que ele se sentisse desamparado.

— Lambemos bastante a mão dele quando tirou Casildo da cidade antes de o imperador ficar sabendo. Dizem que ele faz qualquer coisa repugnante por dinheiro. A guarda da cidade de Basral é tão corrupta que tudo que você precisa é ouro. E achei que Mazin controlava a cidade. Acontece que, na verdade, é Darbaran.

Noor inclinou a cabeça.

— Pelo que coletei, Mazin tenta combater a corrupção. Só que Darbaran tem se saído muito bem desde a sua prisão.

— Ele solidificou sua lealdade me incriminando por assassinato.
— Recordei seu rosto traiçoeiro quando me arrastara e o sorriso presunçoso enquanto guardava no bolso o frasco de vidro com veneno que estava junto do corpo do chefe morto que eu supostamente tinha matado. — Fui eu quem fez sua fortuna.

— Apropriado, então, ser você a pessoa que vai tomá-la.

Noor sorriu na direção dele e deu uma mordida no doce de água de rosas polvilhado com pistache.

Ergui a xícara até os lábios, saboreando as últimas gotas de chai no fundo do copo. Esse tinha amêndoas moídas e um sabor doce e terroso.

— A própria ganância dele será sua ruína. — Coloquei o copo na mesa e flexionei a mão. — Vamos fazer um show para nosso querido capitão.

O banquete era o mais extravagante ao qual eu já tinha comparecido, e não consegui acreditar que eu era a anfitriã. Naquela noite, acrescentaria outro tijolo na tumba de Darbaran.

— Sanaya, sua casa é incrível.

Estendi os braços para Anam quando ela passou pelas portas duplas. Seus saltos estalaram no mármore da frente, o kameez reluzindo ao luar. Minha garganta apertou quando avistei quem vinha atrás dela, cruzando as portas, com seu casaco escuro imaculado, o bordado dourado brilhando.

— Um prazer ver você, Mazin.

— Eu não poderia deixar minha irmã comparecer a essas festividades sozinha.

Seu olhar passou pela entrada, depois pousou em mim. Eu sabia o que ele via: meu cabelo marrom-avermelhado brilhoso penteado perfeitamente, um shalwar kameez marrom destacando meu tom de pele, kajal preto delineando meus olhos e braceletes com pedras preciosas adornando meus pulsos. Eu parecia uma noiva, que era exatamente o que eu queria que Mazin pensasse quando me visse.

Sua noiva. Uma garota com quem ele poderia se casar, por quem poderia se apaixonar.

Uma garota que devoraria seu coração.

Ele inclinou a cabeça.

— Obrigado por nos convidar esta noite. — Seus olhos vagaram por mim, tocando os ombros, os pulsos, os quadris. — Você está magnífica. — Sua voz saiu baixa, mas confiante, não autodepreciativa como teria sido quando o conheci.

Era como se dissesse esse tipo de coisa para as garotas o tempo todo. Mais uma vez, fiquei abalada pelo quanto ele tinha mudado, pelo quanto tinha se tornado imponente.

Dei um sorrisinho e abaixei os cílios. Estava feliz em exercer o papel de boba afetada se era isso que ele precisava para impulsionar seu ego.

— Há cisnes negros no seu lago, Sanaya? — Anam nos interrompeu com um grito e apontou para o pátio, onde um vislumbre da enorme fonte do lado de fora podia ser visto.

— Sim, nós os adquirimos semana passada. Vá dar uma olhada você mesma. Eu os adoro, mas arrancam os dedos se chegar perto demais.

— Eu levo você, sahiba. — Noor fez uma pequena reverência a Anam e a guiou até o exterior.

O que me deu a oportunidade de ficar sozinha com Mazin.

— Decerto ficará ocupada recebendo seus outros convidados — falou ele, tranquilamente, embora não tirasse os olhos de mim.

— De forma alguma — respondi, deixando a voz afobada, como se eu não conseguisse respirar perto dele. Não era difícil, com meu coração martelando. — Tem bastante diversão pela casa para entretê-los. Eu estava muito ansiosa para conhecer mais pessoas da corte do imperador, e pensei: que jeito melhor de fazer isso do que dando minha própria festa? — Dei uma risadinha.

— Você com certeza já causou uma boa impressão na cidade — comentou, andando ao meu lado enquanto nos movíamos pela casa.

Parávamos de vez em quando para assistir aos cuspidores de fogo ou aos artistas de rua que Noor havia recrutado para a noite.

— Basral tem sido boa para mim — respondi simplesmente, gesticulando para a multidão de gente que nos cercava.

— Tenho certeza de que, se nos aventurássemos até sua casa nas montanhas, receberíamos a mesma recepção?

Parei, porque as palavras não haviam sido uma declaração, e sim uma pergunta. E fui confrontada mais uma vez com a sensação de que estava sendo interrogada.

Então ele ainda não confiava em mim.

Ri, um som rico e grave. Ele me encarou, algo lampejando na sua expressão que substituía a máscara calma e confiante que costumava usar. Só que descobrir no que Maz estava pensando era como tentar segurar água na ponta dos dedos.

E então ele sorriu de volta, uma covinha rara surgindo na bochecha, aquela que eu tentava fazer aparecer quando brincava com ele durante o treino.

— Nunca ouvi você rir assim — disse ele, a voz profunda e calma.
— O que falei foi engraçado? — Ele inclinou a cabeça.

— Foi, na verdade. Se você fosse até minha casa nas montanhas, provavelmente encontraria uma luta. Mas, depois que se provasse com a espada, com certeza receberia uma boa recepção.

— Você tem interesse por espadas e derrotou os atacantes da minha irmã. Falou comigo no palácio de como sua mãe te ensinou a lutar. Parece que você seria uma oponente habilidosa, mesmo não passando essa impressão.

Senti uma pontada de raiva, que tentei abrandar. Porém, mesmo que Sanaya fosse assim, Dania não era o tipo de garota que guardava sua ira.

— Uma garota não pode saber lutar e se vestir bem? — perguntei, erguendo uma sobrancelha, dizendo a mim mesma que eu deveria ser agradável e submissa, o completo oposto.

Ele abriu a boca e aparentou estar temporariamente sem fala.

— Nem um pouco — apressou-se a dizer, pela primeira vez abandonando o tom autoconfiante. — É só que isso me surpreende.

— Por quê? — perguntei, áspera, e alguns convidados olharam para nós.

Eu lhes dei um sorriso tenso e continuei andando com Mazin.

— Por quê? — indagou ele, categoricamente.

— Por que é uma surpresa? Você ensinou sua irmã a lutar. Presumo que já viu outras... garotas lutarem? Não somos diferentes de vocês. Colocar uma roupa bonita não significa que não podemos cortar sua garganta.

Estremeci, minhas palavras chegando um pouco perto demais do que Dania diria. Só que todo o resto em mim estava tão diferente — da cor do olho à curva do maxilar. Não havia como ele suspeitar de mim com base em uma frase.

Então ele sorriu, e o Mazin tranquilo voltou. Senti uma pontada de decepção. Eu o queria inquieto, queria seu verdadeiro eu quando falasse comigo, não aquele homem inabalável com sombras nos olhos e sorrisos falsos.

— Já vi outras mulheres lutarem, sim. Lutei ao lado de uma das melhores espadachins por muitos anos. Mas não a quis ofender. Só quis dizer que acho seu interesse por isso revigorante.

Fui pega desprevenida pela menção à melhor espadachim.

Estava falando de mim? Devia estar. Eu o olhei de rabo de olho, mas ele ainda me observava com a mesma máscara calma.

— Recebi um pouco de treinamento com espada — falei com uma risada. — Mas não sou nenhuma especialista. Prefiro admirá-las, colecioná-las, sim, mas não sou a melhor as empunhando.

— Não sei se acredito nisso. Vamos ter que lutar em algum momento.

Engoli em seco, os dedos queimando para pegar o punho da minha adaga, amarrada na coxa, e engatar em um combate com ele ali mesmo. Mas, se um dia lutássemos, ele saberia exatamente quem eu era.

E, se entrasse em um duelo de espadas comigo, não sairia vivo. E eu o queria vivo para o que ia fazer com ele.

Eu me inclinei no balaústre em que se via a entrada abaixo. Tínhamos chegado ao andar de cima e podíamos observar todo mundo que entrava na casa daquele ângulo. Olhei para baixo, vigiando quais convidados chegavam e esperando que uma pessoa em particular desse as caras.

— Temo que eu não duraria muito com uma espada pesada. Só fico feliz em colecioná-las, de verdade.

— É uma pena o que aconteceu com a coleção de espadas de Casildo. Foi roubada logo depois que ele foi preso. Fui até a casa e tinha desaparecido completamente. — A voz de Mazin estava áspera. — Tinha algumas espadas naquela coleção que tentei comprar dele. Gostaria de ter ficado com elas.

Semicerrei os olhos, imaginando se ele estava falando das espadas do meu pai. Tive que morder a língua para me impedir de lhe dizer que nunca as teria.

Não enquanto eu fosse viva. Mazin não merecia ter nada criado pelo meu pai.

— Fiquei de coração partido — falei, deixando a voz rachar um pouco. — Espadas tão bonitas, perdidas. — Não mencionei que a coleção inteira estava atualmente segura no porão daquela casa. — Não consigo acreditar no que ouvi sobre Casildo depois que foi preso. Roubo, extorsão, suborno dos oficiais da cidade. Ainda bem que ele está nos campos de trabalho, onde pertence. Parece que não sei julgar muito bem quem é digno de confiança ou não. — Esfreguei a nuca, aparentando decepção.

— Não seja tão dura consigo mesma. Casildo enganou muita gente. — Ele desviou o olhar.

— Ele parecia ser muito bem-visto. Foi onde você e eu nos conhecemos, afinal. Eu certamente não esperava que um homem respeitado pelo imperador fosse tão desonesto.

— Às vezes, são aqueles em que mais confiamos que nos traem — declarou ele baixo, ainda sem me olhar.

Estagnei com as palavras, quase um eco exato das que Noor me disse quando estávamos juntas na prisão. Pressionei as mãos no balaústre para que parassem de tremer. Ou para me impedir de estrangulá-lo.

— O que você sabe de traição? — Tentei suavizar a voz, mas ela ainda saiu ceifada e forçada, uma acusação em vez de dúvida. Como se eu dissesse que ele não poderia compreender o que era ser enganado.

Então Mazin me fitou, com uma pergunta nos olhos. Ele abriu a boca para dizer algo, mas uma comoção perto da porta fez com que virássemos a cabeça para olhar a entrada.

Uma risada alta cortou a barulheira da festa, e o tom cruel dela, junto aos gritos ruidosos, me avisaram exatamente de quem era.

Darbaran.

O convidado pelo qual eu esperava.

— O que ele está fazendo aqui? — Mazin enrijeceu, seu olhar perfurando Darbaran, que estava perto da porta com amigos que trouxera com ele.

— O capitão? — falei, tentando esconder o humor atrás da inocência falsa.

Mazin sempre havia odiado Darbaran, e com razão. O inseto ameaçava as mulheres do palácio. Só que Sanaya não sabia disso.

Que Mazin fosse meu salvador se eu precisasse.

— Ele me ajudou há pouco tempo e estou muito grata pela segurança adicional que forneceu depois que minha casa foi roubada. — Sorri para Maz enquanto ele continuava encarando Darbaran com veneno nos olhos. — Você não gosta dele?

Mazin voltou seu olhar para o meu, o rosto suavizando de novo.

— Darbaran ficava no palácio. Era capitão da guarda real. Não é... minha pessoa preferida. — Ele me examinou, como se estivesse decidindo o quanto deveria confiar em mim.

Nem um pouco, quase respondi. Em vez disso, arregalei os olhos para ele, torcendo para transmitir ingenuidade.

Ele umedeceu os lábios, e meus olhos foram direto para sua boca.

— Posso falar em sigilo?

— Perdão? — Eu levantei o olhar. — Ah, claro. — Pigarrei. — Você sabe algo de Darbaran que não sei? Depois de Casildo, estou aterrorizada sobre em quem confiar.

— Você não pode contar com Darbaran — declarou, franco, apertando a boca. — Não posso dizer muito mais, só que, por favor, não confie sua segurança a ele.

Mazin parecia tão preocupado que quase ri. Darbaran não conseguiria me machucar, mesmo que estivesse rodeado por mil guardas da cidade.

Eu me aproximei de Mazin.

— E a quem eu deveria confiá-la, então? A você? — pronunciei a palavra suavemente, e ela pairou entre nós como uma âncora.

Por um instante, nos encaramos. Eu não conseguia dizer se tinha levado o assunto longe demais. Mas então Mazin chegou mais perto até ficarmos a centímetros de distância.

— Se quiser.

Exalei, o coração batendo como se eu estivesse em batalha.

Ele tinha desejado uma luta de espadas, e aquilo não era diferente, mas, em vez de talwars, as armas que usávamos eram as palavras. Nossos corpos. Era uma batalha de intimidade, de dar o golpe certo, testar o oponente. Se você se apressasse, se desse um passo com o pé errado, poderia perder tudo. Mas eu era muito boa em guerras.

Umedeci os lábios.

— E o que *você* quer?

Ele soltou uma risada baixa que foi direto para meu cerne.

— Queria que ficasse segura — respondeu ele, baixo. — Afinal, você salvou minha irmã.

— E essa é a única razão? — Ergui uma sobrancelha. — Porque salvei sua irmã?

Seus olhos escureceram, e pude sentir o calor de seu corpo como se estivesse me atraindo para ele; eu, uma mariposa, ele, a chama quente. Mazin flexionou as mãos, e encarei seus dedos compridos, mãos que eu conhecia tão bem quanto as minhas.

— Estou preocupado com sua segurança, Sanaya.

— E nada mais? — perguntei, ofegante, pressionando o máximo que pude.

Nunca tinha flertado, e estava começando a pensar que talvez fosse boa nisso. Tirando o fato de que eu, no momento, sentia vontade de me abanar, fervendo dentro do vestido elaborado, com tantas miçangas que eu queria arrancá-lo da pele.

— Você gostaria que tivesse mais? — rebateu ele, um sorriso exibido nos lábios, mas com um calor sombrio nos olhos.

Ah, isso. É exatamente isso que eu quero.

Tentei ignorar o quanto minha língua estava áspera ou o martelar barulhento do coração. Soltei uma respiração calmante. Eu não podia deixar que ele tivesse a vantagem ali, não de novo. Eu que estava no controle daquilo.

Andei até uma alcova próxima, e Maz me seguiu, caminhando atrás de mim como se eu o guiasse com uma corda.

— Você me intriga, Mazin. — Minha voz saiu baixa, e ele se inclinou para ouvir. Curvei os lábios lentamente e entrei mais no abrigo da alcova. — Você protege ferozmente sua irmã, é leal ao imperador e está preocupado com minha segurança. — Ergui uma sobrancelha. — E mesmo assim é arredio, se mantém distante. Não consigo te ler como desejaria.

Pressionei as mãos nas laterais do meu corpo para acalmar o tremor dos meus nervos, prontos para entregar a coisa toda. Uma parte minha desejava que eu fosse mais sofisticada com os homens, que tivesse mais experiência em manipular e seduzir.

Mas Mazin era a única pessoa com quem eu já estivera, e era difícil manter as emoções sob controle. Eu tinha que fingir intimidade, sendo que meu corpo estava acostumado à coisa real com ele.

— E como você gostaria de me ler?

Ele estava mais perto, o peito quase tocando o meu. Estávamos parcialmente ocultos por uma cortina, e senti o subir e descer da sua respiração.

— Eu leria você como um romance. De cabo a rabo, desvendando tudo sobre você.

Ele inclinou a cabeça.

— Sem pressa, só me pegando quando sentisse vontade?

Ri pelo nariz.

— É assim que lê romances, Mazin? Que desanimador. Não, quis dizer com um frenesi violento, sob a luz da vela, devorando cada página para as confinar na memória, e depois eu voltaria para o início e recomeçaria tudo de novo.

Seus olhos se acenderam, reluzindo cintilantes, aquelas manchas de ouro no marrom profundo ganhando vida como brasas. Ele se aproximou ainda mais, e minhas costas atingiram a parede. Coloquei um sorriso modesto no rosto, desafiando-o a insistir. Eu queria tudo. Eu o queria ali naquele momento, achando que me tinha.

— Ah. — Ele mordiscou o lábio inferior, os olhos vagando por meu rosto. — Talvez eu só esteja lendo as coisas erradas. Eu deveria lhe dizer como a leria?

Estremeci, abraçando o peito como se meus braços pudessem proteger meu coração. Eu tinha esquecido como era quando ele focava em mim com aqueles olhos escuros.

Mazin pareceu interpretar meu silêncio como consentimento e continuou.

— Eu leria você como uma escritura, uma oração. E toda a adoração que sentisse, eu a amontoaria aos seus pés. — Suas palavras saíram baixas, como se estivesse mesmo rezando ou recitando um cântico dos djinns, palavras para sussurrar magia e poder.

Arfei, a tensão entre nós condensada. O que me fez recordar de coisas familiares demais: seus braços ao meu redor, os lábios enterrados na curva do meu pescoço, as mãos em minhas coxas.

Fitei seus olhos em chamas, assumindo o controle do momento.

— Só nos meus pés?

Ele se moveu com tanta rapidez que quase não captei o movimento — mais rápido do que qualquer confronto que já havíamos tido.

Sua boca se inclinou sobre a minha, quente e urgente, seu corpo me cobrindo como uma figueira-de-bengala em uma ventania.

E quase chorei.

Era tudo que eu lembrava. Tudo que era real entre nós. O que me fez querer chorar pela garota que eu fora, perdidamente apaixonada, imprudente e confiante demais.

Eu o beijei de volta.

Beijei-o mesmo que isso incendiasse minha pele, mesmo que causasse uma tempestade vertiginosa dentro de mim, colidindo entre minha cabeça e meu coração, meu corpo suspirando de alívio ao ser tocado por ele de novo, mas a cabeça reconhecendo-o por quem era: o menino que tinha me dado tudo e depois reduzido meu mundo a cinzas.

Agarrei seu sherwani escuro, a cabeça rodando. Eu não sabia se era para puxá-lo para mais perto ou esfaqueá-lo com a adaga.

Eu não faria isso. Ainda não. Não até incendiá-lo por dentro, como ele fizera comigo. Até não restar nada dele, exceto aquele desejo. Até ele implorar por mim como um homem moribundo no deserto, e eu fosse a miragem que poderia salvá-lo.

Mas que, no fim, decidiria deixá-lo para morrer de fome.

Vinte e Nove

— Eu não queria interromper você e Mazin devorando a cara um do outro na alcova, mas temos um problema.

Fiz cara feia para Noor e cruzei os braços.

Mazin e eu tínhamos saltado para longe um do outro assim que o pigarro de Noor nos alcançou. Murmurei uma desculpa e deixei que ela me arrastasse até meu quarto. Eu nem consegui olhar para Maz, não depois de quase ter me perdido naquele beijo com ele. Toquei os lábios como se conseguisse sentir seu gosto novamente.

Mas, enquanto Noor falava, um único pensamento esclarecedor cruzou minha mente e se recusou a sair.

Ele acha que você é outra pessoa.

O jeito que me beijou, me abraçou, me inspirou, ele não estava fazendo aquilo comigo. Estava fazendo com Sanaya.

Se havia algo que pudesse extinguir meus antigos sentimentos por ele, era isso.

Ele claramente nunca tivera os mesmos sentimentos por mim, do contrário, não conseguiria beijar outra pessoa daquele jeito. Eu, sem dúvidas, não conseguiria.

Você quer matá-lo, relembrei a mim mesma.

Meu coração parecia estar se fragmentando ao meio, o que não fazia sentido nenhum, porque achara que Maz já o tivesse arrancado.

Enterrei o rosto nas mãos e grunhi. Era hora de seguir em frente com os outros planos, de mudar o foco para outra pessoa. As palavras anteriores de Noor se infiltraram na minha mente.

— Como assim, problema? — perguntei entre as mãos.

— Darbaran não está mordendo a isca.

Ergui a cabeça. Darbaran era a última pessoa sobre a qual eu queria discutir no momento.

— Então melhore a oferta — respondi com exasperação.

— Como? Já fiz ofertas sutis com ouro, joias. Mais dinheiro do que ele poderia sonhar. Já ofereci tudo.

Olhei ao redor do quarto, os olhos pousando no chão, lembrando do que estava escondido sob ele.

— Nem tudo. — Eu me recostei na poltrona de tecido brocado. — Se ganância o motiva, então precisamos tirar vantagem dessa fraqueza.

Noor se empertigou, depois gesticulou para a porta.

— Fique à vontade.

Endireitei os ombros, determinação enrijecendo a coluna. Uma coisa daria certo naquela noite. Se eu não consegui tirar vantagem de Mazin, sem dúvida conseguiria contra uma serpente como Darbaran.

Darbaran deu um longo gole na garrafa em sua mão, depois caiu na risada, cuspindo o líquido escuro no lago próximo. Seus amigos saltavam ao redor da fonte, fazendo sons agudos para os cisnes.

Eu queria deixá-los à mercê dos animais e observar enquanto bicavam seus olhos. Em vez disso, emplastrei um sorriso divertido no rosto e andei até eles. Darbaran devia achar que aquele era seu plano, afinal de contas.

— Obrigada por comparecer à minha festa.

Havia outros três homens com ele, dois vestidos com kurtas marrons sinalizando que eram guardas da cidade, e o terceiro com o mesmo kurta escuro que Darbaran. Todos lançaram olhares que me deixaram enojada.

— E por trazer seus... amigos encantadores.

Ele me fitou com malícia, mas, até então, essa era a expressão usual de Darbaran para garotas que passavam por ele. Eu tinha batido com o salto no pé dele mais de uma vez ao visitar o palácio com meu pai.

— O prazer é todo meu, sahiba. — Ele serpenteou o olhar por meu corpo, mas forcei o rosto a permanecer impassível, como se não quisesse rasgar seu pescoço.

Ele era apenas alguns anos mais velho do que eu, com um rosto de fuinha — pequeno, nariz arrebitado, olhos redondos e um ar permanente de quem não tomava banho havia um tempo. Apesar da recém--fortuna, não aparentava estar mais polido do que era antes da minha prisão; ainda passava a impressão deplorável de um criminoso de rua, mas com roupas elegantes.

— Me diga — falou ele, movendo-se para meu lado. — Como uma mulher dos povos do norte ficou tão rica?

Ele fitou os braceletes no meu pulso e seus olhos brilharam.

Eu me irritei com as palavras, estava claro no seu tom que ele achava as pessoas dos povos nortenhos inferiores. Pensei na minha bela mãe e nas suas histórias de infância enquanto trançava meu cabelo ao lado da lareira.

— Bem. — Mantive a voz leve, embora conseguisse ouvir a raiva firme nas palavras. — *Existem* muitos recursos no norte e bastante riqueza. — Rangi os dentes. — Mas não é por isso que minha família é rica... — Olhei por cima do ombro de maneira exagerada antes de me aproximar dele, diminuindo a voz até um cochicho. Ele baixou a cabeça para ouvir minhas palavras. — Ah, saab, eu não deveria dizer. — Olhei para o outro lado e esperei até que seus amigos tivessem se aproximado mais dos cisnes do outro lado do lago. — Não quero que ninguém tenha uma impressão errada. Sabe? Não é exatamente... *legal*.

Seus olhos se arregalaram de interesse.

— Mas, sahiba, você pode confiar em mim. Nunca contaria a ninguém. — Sua voz era viscosa e bajuladora, e senti a empolgação que ele tentava esconder.

Dei um sorriso de alívio e segurei o colar de filigrana de ouro no peito. Seus olhos seguiram minhas mãos e assumiram um brilho especulativo, calculando quanto custava.

— É bom saber disso. Você tem sido tão prestativo, ainda mais lidando com Casildo.

— Faço o que posso com os bandidos da cidade. — Ele cuspiu no chão e passou a língua pelos dentes.

— E fico *muito* grata. — Pisei na sua saliva no chão. — Mas, na verdade, preciso de mais ajuda. Eu gostaria de transportar um... certo *produto* sem ser detectado. Um produto *ilegal*.

Ele afiou os olhos para mim, ferozes de ansiedade.

— Posso ajudar com isso, sahiba.

Eu me afastei e balancei a cabeça.

— Não, não. Eu não deveria envolver você. — Mordi o lábio. — Seria extremamente lucrativo, mas não posso pedir para fazer algo que pode arriscar seu cargo.

— Não me importo com um pouco de risco de vez em quando — respondeu, ganancioso, depois pareceu se recompor. — Quer dizer, não se estarei ajudando uma pessoa nova na nossa cidade.

Sorri, mostrando os dentes.

Ele baixou mais a cabeça, como se fôssemos confidentes. Cebola crua e suor rançoso entraram por minhas narinas, e pus uma mão no nariz para bloquear o odor.

— Como posso ajudar, sahiba?

— Não é algo que eu deveria compartilhar aqui.

Vaguei o olhar ao redor. O jardim estava bastante vazio no momento, com as pessoas deixando o calor do exterior em prol da casa fresca.

Depois de se cansarem das brincadeiras, os cisnes agora estavam perseguindo os amigos de Darbaran. Os empregados tinham se espalhado pela grama a fim de tentar encurralar os pássaros, em vão.

— Eu tomei posse de uma quantidade significativa de um recurso *controlado*... — Deixei a voz sumir deliberadamente. — Um ao qual só o *imperador* costuma ter acesso. E preciso de um modo de vendê-lo, rápido. Eu tinha um comprador, mas essa opção não está mais disponível.

Juntei as mãos numa tentativa de parecer sincera e ansiosa.

Darbaran me encarou, a boca levemente aberta, e dava para ver as engrenagens de seu pequeno cérebro girando.

— Você quer dizer... — Ele nem conseguia formar as palavras.

— Isso — respondi, ofegante, com a mão no peito. — É exatamente o que quero dizer.

Uma luz estranha iluminou seus olhos.

— Quanto você tem? — Ele sussurrou a pergunta, como se não tivesse certeza se ainda conseguia falar.

Mordi os lábios, prolongando o suspense.

— Uma quantidade considerável. — Parei. — Com certeza mais do que consigo mover sozinha.

— Sabe o que isso significa? — Sua voz se ergueu de empolgação. — O imperador eliminou totalmente qualquer vazamento em sua produção. Vai valer mais do que podemos imaginar.

Ele olhava para longe, ambição marcando sua voz como um xarope de rosas, já contando o dinheiro que ganharia com a venda de zoraat.

Eu o fitei com uma expressão esperançosa.

— Você pode me ajudar, então?

Seu olhar ficou dissimulado, um sorriso sombrio delineando o canto de sua boca.

— Sahiba, seria uma honra. — Ele pôs uma palma no peito. — Mas representaria um grande risco pessoal para mim. Vai ser caro, ainda mais para ser tão discreto.

— Claro. Não importa o preço, eu pago.

Aquelas palavras o deixaram quase vibrando.

— Eu também vou ter que receber uma porcentagem dos lucros. Sem dúvida, você entende — declarou, tranquilamente.

Arregalei os olhos.

— Claro, capitão. Eu insisto, com certeza.

— Então estamos de acordo.

Darbaran estendeu a mão. Por um instante, pensei em ignorá-la, para não ter que o tocar.

Recordei de quando estava sendo presa e ele tinha colocado as mãos por meu corpo inteiro, me arrastando pelos corredores do palácio depois que Maz virara as costas. Pensei na expressão no rosto de Darbaran enquanto me agarrava, com mais aspereza do que precisava, e em como tinha me jogado na cela da masmorra antes de eu ser levada para a prisão.

Bile subiu por minha garganta quando ele pegou meus dedos e deu um aperto de mão úmido, pegajoso e rápido.

— Vou pedir que minha empregada, Noor, entre em contato com você sobre os próximos passos. — Eu me afastei, resistindo à necessidade de limpar a mão na lateral do vestido. — Devo ter uma remessa pronta pra você em breve, se conseguir arranjar um comprador?

— Ah, vou ter muitos interessados, sahiba — respondeu, a voz borbulhando de alegria.

Voltei para a casa, mas um movimento perto da figueira-de-bengala chamou minha atenção.

Alguém se esvaiu nas sombras assim que me virei, não antes que eu avistasse um pequeno indício de um sherwani preto e dourado.

TRINTA

ANTES

— Eu falei para me deixar em paz. Não tenho nada para falar com você. — A voz de Anam atravessou a calmaria do palácio, e parei com a veemência das palavras.

Eu não tinha ideia de com quem ela estava falando, mas sabia que não seria alguém de quem eu iria gostar.

— O que você vai fazer? — respondeu a voz com escárnio. — Contar para seu irmão?

Sentada na poltrona luxuosa da varanda, escondida atrás da porta, eu franzi a testa. Tentei identificar a voz do homem. Era nasal, como um lamento, e fora do tom, se é que dá para a fala de alguém ser fora do tom.

— Claro que não — revidou Anam. — Sei cuidar de mim mesma.

Sorri, orgulho enchendo meu peito quando ela se manteve firme. Mas eu não deixaria que lidasse com aquele homem sozinha.

Dei a volta na porta e avistei um jovem de rosto anguloso agarrando o pulso de Anam. Ele usava o mesmo sherwani escuro que os guardas do palácio, mas tinha uma faixa dourada pendurada em um ombro. Tentei lembrar o que a faixa significava, mas meus pensamentos estavam cobertos por um lampejo de raiva por ele segurá-la.

— Você perdeu a adaga que dei pra você, Anam? — perguntei, alto, os dedos pairando sobre a talwar embainhada em meu quadril.

Os dois se sobressaltaram, e o jovem se virou para mim.

Anam usou a distração para puxar o braço do seu aperto. Uma marca vermelha dos dedos dele estava acentuada em sua pele. Estreitei os olhos e dei um passo à frente.

— Então? — Inclinei a cabeça.

Anam me encarou, parecendo lembrar que eu tinha feito uma pergunta.

— Eu... não. Não perdi. — Ela se apressou até mim.

— Então por que esse homem ainda tem olhos? — Virei o olhar para ele e sorri.

Anam soltou uma risada brusca, mas o homem de rosto de fuinha me fitou.

— Quem é você? — Ele curvou os lábios e me fitou de cima a baixo, os olhos parando no kameez liso, depois na minha mão apoiada sobre a lâmina no quadril. — Essa conversa não lhe interessa. E como teve permissão pra entrar no palácio com uma espada?

— Sou filha do mestre de artilharia do imperador. — Cruzei os braços. — Quem é *você*?

— Este é Darbaran, o novo capitão da guarda do palácio. — Anam se aproximou mais de mim. Não passou despercebido o modo sofrido com que ela passou os braços em torno de si mesma, o bordado de padrão delicado no kameez sendo repuxado.

Eu o fitei de cima a baixo, assimilando o menino que tentava obrigar Anam a fazer algo que ela não queria.

— *Essa fuinha?*

— Dani! — Anam cobriu a risada com a mão.

O fuinha ficou vermelho-vivo.

— Se continuar falando comigo assim, vou te prender — cuspiu e colocou a mão na espada.

— Você não vai ter chance de desembainhar a cimitarra antes de eu decepar sua mão.

Dei as costas para ele.

Nunca dê as costas para um agressor. Ouvi a voz de Baba, mas a ignorei.

O som de metal sendo tirado da bainha enviou um fluxo de empolgação pela minha coluna. Se Darbaran atacasse, logo se arrependeria.

— Darbaran, acho que não deveria fazer isso — suplicou Anam.

— Tudo bem, Anam, talvez devêssemos deixá-lo tentar.

— Quem você acha que é? — cuspiu ele.

Olhei por cima do ombro.

— Já te disse quem eu sou. Se não sabe, é problema seu. — Puxei a talwar da bainha. — Não vai ser preciso muito esforço pra te cortar.

— Faça isso, e o imperador vai pedir sua cabeça.

Dei de ombros.

— Eu dou minha cabeça feliz por uma boa causa. E te tirar do mundo seria um benefício fantástico para todos.

— Darbaran, só vá — falou Anam, a voz baixa. Depois colocou a mão no meu braço. — Deixe ele. Não vale a pena.

Os olhos redondos de Darbaran deslizaram para ela e depois de volta para mim, e, por um instante, simplesmente nos encaramos com aço nas mãos.

— Vou embora — falou, por fim, guardando a cimitarra. — Mas não porque você se safou de ser punida. E sim porque tenho outros deveres. Não pense que vou me esquecer disso.

Revirei os olhos.

— Eu, por outro lado, esqueci de você até antes de ir embora.

Dei um sorriso doce, me divertindo com o jeito que seu rosto ficou salpicado de vermelho antes de ele marchar pela porta do jardim do terraço e desaparecer.

— Você não devia ter zombado assim dele — comentou Anam baixinho. Um feixe de luz do sol iluminou seu cabelo por trás, fazendo uma pitada fraca de vermelho se destacar. Mazin tinha o mesmo tom no cabelo, e às vezes eu me pegava encarando a infinidade de tons no pôr do sol. — Ele realmente tem influência no palácio.

— Por quê? — Franzi a testa, pensando que ele não poderia ser muito mais velho do que Maz. — É jovem demais pra ser capitão da guarda. O que aconteceu com Hassan?

— Hassan foi demitido, Darbaran tomou seu lugar. Ele é filho de uma amiga do imperador, uma diretora de prisão. Acho que o imperador gosta de ter as pessoas no bolso para não ter que questionar a lealdade delas. — A voz de Anam era um sussurro, e ela mordeu o lábio como se não conseguisse acreditar que tinha mesmo dito aquelas palavras.

Eu certamente não conseguia acreditar.

— Nossa, Anam, isso é o mais perto de traição que já vi você chegar.

Lancei um sorriso para ela, sabendo que conhecia bem minha opinião sobre o imperador. Desde que Maz havia confessado para mim o que Vahid fez, minha ira por ele só tinha aumentado.

Eu nunca tinha falado com Anam sobre aquilo e não fazia ideia se ela sabia que o imperador Vahid havia matado sua mãe. Presumi que Maz lhe contaria com o tempo.

Voltei para a poltrona no terraço e me sentei. Anam se acomodou ao meu lado, e eu encarei a marca em seu braço que se tornaria um hematoma no dia seguinte. Um que talvez precisasse explicar ao irmão.

Ela serviu um pouco de chá de hibisco para nós e depois deu um longo gole.

— Mas, falando sério, cadê a adaga que te dei? Você não deveria ter que aguentar garotos como ele.

Ela sorriu, e alívio disparou por mim depois de avistar seu medo quando Darbaran estava com as mãos nela.

— Não a coloquei hoje. — Ela baixou o olhar para a roupa prata, a blusa clara e flutuante com pequenos espelhos bordados num padrão floral. A calça lisa tinha fios com miçangas azul-escuro num padrão similar. — Não combinava com a roupa.

Eu a olhei feio.

— Uma faca combina com *qualquer* roupa.

— Você só diz isso porque claramente escolhe as roupas de acordo com suas lâminas. A maioria das pessoas faz o contrário.

— Não escolho, não — bufei, olhando para o kameez de cor ferrugem que meu pai insistiu que eu vestisse para o palácio.

Se eu pudesse me safar e usar no palácio meu simples kurta de treinamento, usaria. Especialmente porque Maz e eu quase sempre acabávamos lutando no campo de treinamento com os amigos dele. A talwar que trouxe era uma das mais bonitas do Baba, com esmeraldas cintilantes no cabo. Contrastava perfeitamente com o vermelho escuro da minha roupa.

Franzi a testa.

— Hum. Acho que combino mesmo.

— Você sempre combina! — Anam se jogou no divã.

— O que foi aquilo? — Deixei a voz séria. Não queria assustar Anam se ela não estivesse pronta para falar da coisa que estava acontecendo entre ela e Darbaran. — Darbaran sempre fala com você assim?

— Ah, aquilo não foi nada. Darbaran queria que eu me juntasse a ele na galeria. Mas falei que ia te encontrar para o almoço.

Eu a observei e inclinei a cabeça. Havia uma familiaridade no modo com que lidavam um com o outro.

— Não foi a primeira vez que ele tentou te forçar a fazer algo que você não queria.

— Não, e na próxima vez vou ter a adaga comigo. — Ela assentiu, um sorrisinho nos lábios. — Não se preocupe tanto.

— Eu deveria mencionar isso para o seu irmão?

Ela enrijeceu.

— Claro que não. Ele só vai ficar mais impossível e protetor do que já é. Nesse ritmo, não vou poder sair do quarto.

— Aprenda a se defender e vai provar que não precisa de nenhuma proteção — argumentei. — Maz não é do tipo de enjaular.

— Não é, mas ele acredita no mesmo que você. Que eu deveria aprender a lutar. Mas não sou como vocês dois, não tenho interesse em luta.

— Sim, mas você tem interesse em ficar viva?

Dei um gole no chá, Anam pegou um dos biscoitos salpicados de pistache caramelizado e deu uma mordida grande.

— Por que deveria, se você está por perto? — respondeu, de boca cheia.

— Se ele fizer mais alguma coisa, me fale — declarei, firme. — Não gosto dele.

— Prometo que vou te contar. — Ela fitou o jardim, evitando meus olhos. — Só não conte ao meu irmão o que aconteceu hoje.

— Me contar o quê?

Maz entrou no terraço usando o mesmo sherwani preto que Darbaran, só que mais viçoso, mais refinado. Como se dobras e poeiras não ousassem atingi-lo.

— Sobre ela retomar seu treinamento — respondi tranquilamente, encontrando o olhar suplicante de Anam. Não fiz contato visual com Maz, porque ele conseguiria ver que eu estava mentindo. — Ela está ficando relaxada.

Mazin suspirou.

— Ela não me escuta mais. — Ele olhou Anam com uma expressão rígida. — Talvez a gente nem sempre tenha a proteção do palácio, sabe.

Ela deu um suspiro alto.

— Você se preocupa demais. Ninguém pode nos tocar atrás destas paredes.

— Aposto que o rei também pensava assim — falei, dando um gole no chá.

— Sim, mas ele não tinha o poder dos djinns.

Ergui o copo para ela.

— Verdade.

Anam cruzou os braços e olhou feio para o irmão.

— Por que você está tão preocupado, afinal?

— Não podemos presumir que vamos ter isso para sempre, Anam.

Ele estendeu as mãos, gesticulando para o palácio. Eu sabia que vinham de uma vila pequena, e Maz me contou da pobreza na qual crescera. Anam era um bebê quando o imperador os acolhera, então não se lembrava.

— Não pode presumir que sempre vai ter proteção.

Seus olhos pareciam assombrados. Flexionei a mão, quase a levando até o punho da espada de novo. Fiquei com vontade de esfaquear alguém, imaginando o que ele passara quando os pais morreram, sabendo que era o único que poderia cuidar da irmã, percebendo que não tinha nenhuma escolha a não ser depender de Vahid.

Maz vivia como se, a qualquer momento, sua segurança pudesse ser tirada.

— Concordo com seu irmão que você deveria voltar a treinar, mas discordo numa coisa. — Eu me aproximei de Anam.

Maz inclinou a cabeça na minha direção.

— No quê? — Sua voz saiu irritada, mas fiquei feliz por ter substituído a amargura.

Ergui o copo e pisquei para Anam.

— Você pode presumir que eu sempre vou estar aqui para te proteger.

Trinta e um

— Ele caiu?

A voz de Noor atravessou o pânico que tinha recaído sobre mim desde que saí do jardim. Outra pessoa estivera lá com Darbaran e eu, e não queria verbalizar quem eu suspeitava que fosse.

Será que Mazin estava nos observando? E o quanto tinha ouvido?

Nós nos despedimos do nosso convidado final, e virei para Noor.

— Eu dei a ele exatamente o que queria. Uma chance de ficar mais rico do que jamais achou possível. O que acha que ele fez?

Noor esfregou a nuca.

— Você contou a verdade a ele, então? Arriscado.

— Essa empreitada toda é arriscada. Mas a assumimos sabendo disso.

Eu me joguei no divã cheio de almofadas em tons de pedras preciosas e massageei a têmpora. Estava tudo saindo de acordo com o plano, só que, se Maz tinha entreouvido alguma coisa que eu falara para Darbaran, teríamos que lidar com ele.

Noor sentou ao meu lado e me deu um olhar aguçado.

— Quer conversar?

— Conversar sobre o quê?

Escovei um grão de poeira invisível na bainha da blusa, determinada a evitar o assunto Mazin pelo máximo de tempo que conseguisse.

Noor bufou.

— Boa tentativa, mas você com certeza vai me dar os detalhes agora.

Coloquei as mãos nos olhos e grunhi. Uma almofada me atingiu na cabeça.

— Ai! — Eu me sentei.

— Para de ser dramática, isso não machucou. Você o beijou. — Foi uma acusação. Uma que ela tinha todo o direito de fazer.

Eu o tinha beijado, era parte do plano beijá-lo.

Mas Noor e eu sabíamos que não era parte do plano beijá-lo *daquele* jeito. Não com suas mãos emaranhadas no meu cabelo, meus braços no seu pescoço, pressionados um no outro como se estivéssemos prestes a entrar em combustão.

Ele acha que você é outra pessoa.

E essa era a pior parte. Eu não podia esperar que meus sentimentos por ele desaparecessem do nada, tinham sido parte de mim por anos. Era natural assumirem a dianteira quando estávamos juntos. Mas eu torcia para que conseguisse canalizar isso, controlar. Só que, quando ele me beijara, não estava beijando Dania. Estava beijando Sanaya e sentindo todas aquelas coisas por ela.

Eu tinha esquecido disso.

— Não diga em voz alta, torna tudo mais real. — Fiz uma careta contra a almofada.

— Eu, sem dúvidas, não estava esperando ter que separar vocês dois. Mas... — Ela parou como se considerasse. — Era *isso* que você queria — argumentou Noor. — Não era?

Suspirei fundo.

— Achei que sim. Mas está sendo mais difícil do que pensei.

Cerrei as mãos em punho por instinto. Era muito mais fácil segurar uma adaga, se minhas armas fossem sangue e lâminas, e não meus lábios, coxas e pele.

Era mais simples esfaquear alguém no peito do que perder meu coração.

Noor cruzou os braços.

— Você quer dizer que não consegue seduzir friamente seu ex-namorado que te traiu sem que os antigos sentimentos deem as caras?

— Pode ficar séria uma vez? — Mordisquei o lábio. — Tenho dificuldade com a ideia de que ele deseja outra pessoa.

— Porque, quando ele está beijando você, acha que está com outra pessoa?

— Isso.

Noor pigarreou e se recostou na parede.

— Quer que eu seja séria?

Assenti.

— Então aqui vai eu, sendo séria. Você ainda o ama. — Ela apontou o dedo para mim, e encarei sua mão estendida.

As palavras afundaram dentro de mim. Eu tinha evitado admitir isso, mas percebia a verdade, bem fundo na alma.

E, ainda assim, a negação conteve minhas palavras.

— Você mesma disse... ele me traiu, me prendeu, me deixou pra ser torturada e apodrecer na prisão. — Parei amargamente, passando as mãos no rosto. — Como ainda posso amar alguém assim? Eu teria que ser muito tola.

— Não é tão fácil assim ligar e desligar as emoções, Dania.

— Foi fácil para ele!

Fiquei de pé, o coração retumbando nos ouvidos, e quis abafar Noor e sua sensatez.

— Mas você não é Mazin. Não é como ele. — Noor andou até mim. Ela colocou as mãos nos meus ombros e me fez parar de perambular. Ficamos parada por um minuto, enraizadas no chão. — Você não é um monstro sem coração.

— Não sou? — Ri, um som amargo, o arranhão áspero de uma espada na pedra. — Vou me tornar um. — Minhas palavras saíram baixas. Um sussurro suave as seguiu, como um eco, mas foi uma voz completamente diferente da minha.

Sim.

— Você ouviu isso? — Olhei por cima do ombro para o corredor vazio.

— Ouvi o quê? — Ela franziu a testa, olhando para a mesma direção antes de se voltar para mim. Balançou a cabeça. — Gosto da irmã de Mazin. Você vai destruí-la também?

Desviei o olhar do corredor escuro de volta para Noor. Aquela voz se infiltrou na minha pele com o pavor, a mesma que eu tinha ouvido na caverna de Souma. Só que Noor nunca escutava nada.

Talvez eu estivesse mesmo perdendo a cabeça. Noor me encarou com expectativa, e percebi que esperava uma resposta para sua pergunta.

— Maz não se importou com a minha família quando os tirou de mim.

— A garota é inocente.

— Eu também era — sibilei. O rosto quente de emoção. — Eu não deveria ter que me justificar pra você. Você, mais do que ninguém, deveria entender.

Noor engoliu em seco, e deu para ver seu maxilar contraindo. Semicerrei os olhos.

— Fala logo, sei que quer.

— Não dá pra simplesmente extinguir os sentimentos, Dania. Você não é assim. Você vai acabar se machucando mais do que imagina.

Ri.

— Você acha que ligo para o que vai acontecer comigo depois disso? — Senti algo obscuro e sombrio adentrar em meu peito, como se meu ódio estivesse me dominando, e não era eu falando, era a vingança. — Sou uma ferramenta da vingança agora — proferi. — Existo para destruir aqueles que vieram atrás de mim e da minha família.

Eu sentia meus dedos formigando, uma sensação semelhante à que tinha sentido antes de erguer a espada pela primeira vez em um combate. Era isso que essa sensação deveria ser: sede de batalha.

Por que mais meu sangue pareceria estar em chamas? Por que mais eu iria querer gritar até ficar rouca?

Se Noor achava que eu não conseguia desligar minhas emoções, tudo bem. Mas eu podia transformá-las em outra coisa. Em algo em que fosse bom.

Noor se afastou de mim, com choque em sua expressão.

— Dania, seus olhos...

— O quê? — Toquei o rosto, confusa.

— Eu... nada, deve ter sido a luz. Achei que tinha visto... deixa pra lá. Mas você não está falando sério... pode começar uma vida nova depois que isso acabar.

Me afastei dela, com a raiva batendo no peito agora direcionada para Noor.

— Uma vida nova não valeria de nada se eles ainda estivessem vivos. Se eu soubesse que escaparam impunes.

— Dani, você já viu Mazin? Ele não parece que escapou impune.

Isso me surpreendeu.

— Como assim?

— Ele parece bem pra você? — Ela esfregou o queixo. — Eu não sei como ele era antes, mas *agora*? Agora ele parece *atormentado*.

Eu havia notado a mudança, mas não tinha ponderado sobre aquilo. Se era culpa que o corroía por dentro, então pelo menos ele tinha alguma espécie de consciência. O que não justificava o que tinha feito.

— Os olhos dele estão sombrios — continuou ela, jogando os braços para cima, e começou a andar de um lado para o outro também. — Ele não vai a lugar nenhum ou faz qualquer coisa. Seu mundo inteiro é comandar Basral, comandar os soldados do imperador, ajudar a governar o império com punho de ferro. Ele não sonha. É exigente. É obsessivo, focado e claramente saltou da merda de um penhasco depois que você foi embora. Ele se arrepende do que fez com você.

— Espero que se arrependa. E vai se arrepender muito mais antes disso terminar. Vou tirar o último pedaço de felicidade que ele tem.

Noor me avaliou.

— Então está determinada a seguir com isso?

— Dei motivo para você pensar o contrário?

Ela umedeceu os lábios, pensando.

— Não sei. Algo... alguma coisa no seu jeito com Mazin esta noite. — Ela desviou o olhar para a janela, em direção ao palácio. — Me fez pensar que poderia estar mudando de ideia.

Meu queixo caiu sem querer.

— Você mudou de ideia? — As palavras caíram no quarto como pedra.

Ela me fitou de volta, os olhos marrom-avermelhados cintilando.

— Não mudei. Mas estou preocupada com você.

Tentei controlar a raiva martelando no peito. Porque eu não estava brava com Noor, eu estava completamente furiosa comigo mesma.

Noor não estava errada.

Não que eu estivesse a ponto de mudar de ideia, mas eu me sentia amolecendo com Mazin. Quando ele me tocava, eu não conseguia manter os sentimentos separados do ódio. Era como se eu o estivesse perdoando pelo que fez.

Fechei os punhos com tanta força que as unhas machucaram as palmas.

Ele nunca vai ser perdoado.

Cruzei os braços.

— Não estou mudando de ideia. E não tem nada com o que se preocupar.

Noor assentiu, embora seus olhos ainda estivessem assombrados.

— As próprias ações de Mazin causaram isso — continuei. — Não as minhas. O destino da irmã vai estar nas mãos *dele*. Elas já estão ensanguentadas.

Noor anuiu.

— E Darbaran?

Bufei. Eu nem tinha pensado em Darbaran durante aquela conversa.

— Ele vai se afundar tanto nisso que nem vai saber o que o atingiu até estar na prisão.

— Um lugar apropriado para ele — respondeu ela.

— Quem sabe até o coloquem na minha antiga cela.

Noor sorriu.

— Vamos torcer. — Ela caminhou até a janela e colocou as mãos no parapeito. — Vou começar os planos com Darbaran. Enquanto isso, temos outra coisa para se preocupar. Mais do que Mazin. Mais do que Darbaran. — Ela me fitou por cima do ombro. — Tem alguém que está confortável demais nisso tudo.

Inclinei a cabeça.

— Vahid. — Eu não tinha esquecido de que Noor estava ali por vingança também. — Não por muito tempo. — Balancei a cabeça. — Vamos incendiar o império dele.

Noor assentiu, tensa.

—Já terminei de preparar a mistura de zoraat. O imperador não vai conseguir usar a própria reserva de zoraat para combater essa praga. Agora só precisamos decidir quando.

Foi uma mudança brusca de assunto, mas nós duas precisávamos disso. Estava tarde, a luz inicial do amanhecer deslizava sobre a casa e se infiltrava lentamente pelas janelas.

— E a terra que compramos?

— Está pronta também.

— Não quero que o povo desta cidade sofra se não for necessário. Quero que vejam que a praga só tem relação com Vahid. Todas as nossas plantações vão ser mais do que suficientes para alimentar a todos. Só que vamos segurar por enquanto.

— O que vai fazer enquanto isso?

Suspirei, alinhando todas as peças do plano na cabeça.

— Eu tenho um compromisso com alguns ladrões.

Trinta e dois

— Quantos você consegue?

Estalei os dedos, encontrando conforto familiar ao pressionar as mãos. Porque, naquele momento, eu estava sobre uma água de esgoto morna, ratos correndo por meus pés, com um rosto que não era meu, perguntando a uma criança se ela conseguiria reunir outros trombadinhas para seguir minhas ordens.

— Quantos precisar, sahiba.

Yashem cutucava os dentes como se mal estivesse prestando atenção no que eu dizia, mas eu sabia que absorvia cada palavra. Os olhos verdes estavam pálidos na escuridão, e seu rosto estava surpreendentemente limpo, visto que, nas últimas vezes que o vira, estava com as bochechas riscadas de terra e tinha hematomas projetados com habilidade para parecer mais patético. Agora ele aparentava ser um jovem arrumado, não o mesmo moleque de rua maltrapilho.

Examinei o beco, para garantir que ele estava sozinho. Se Mazin tinha ouvido o que falei para Darbaran no jardim, poderia estar monitorando meus movimentos até mesmo naquele momento, mas aquela era uma mensagem que precisava ser dada por mim.

— Tenho ladrões nos quatro quadrantes e olhos e ouvidos em cada um dos povos do estado. Não tem nada que a gente não consiga fornecer: informação, persuasão, *qualquer coisa*.

Ele pronunciou a parte final com um brilho nos olhos, parecendo saber que eu tinha ido até ali com algo fora do normal. Mas ele não sabia o quão longe eu estava preparada para ir.

— E o Falcão? — perguntei, deixando o apelido de Mazin rolar pela língua. — Você ainda tem medo dele?

Ele inclinou a cabeça, pensativo.

— Eu seria um tolo se não tivesse, sahiba. Ele paga tão bem quanto pune, então tem sempre alguns dispostos a trabalhar com ele. Mas você tem uma coisa que ele não tem.

— Mais dinheiro?

O sorriso do menino foi um clarão no escuro.

— Se tivesse a ver com dinheiro, sahiba, você teria sido pega há muito tempo. O Falcão está disposto a pagar uma quantia significativa por informações sobre quem pegou sua irmã.

Bufei.

— Se você me entregasse, teria que se entregar. — Só que alguma coisa nas suas palavras despertou minha curiosidade. — O que mais eu tenho?

— Você não trabalha com o imperador. Vahid fez esta cidade passar fome por causa da ganância, e tem muita gente que quer ver seu governo cair.

— Bem, posso ajudar com isso — declarei com a fala arrastada, a voz estável, apesar da escuridão se abrindo dentro de mim.

Com Casildo tinha sido um pouco fácil demais, como um teste para o restante. Porém, naquele momento, eu estava tomando o caminho da destruição de um império. E, se não funcionasse, poderia arruinar todas aquelas pessoas comigo: Noor, os trombadinhas, os moradores de uma cidade dispostos a se revoltar contra o imperador pela liberdade, sem saber que fariam isso para ajudar na minha vingança.

— Preciso da cidade toda. — As palavras caíram na calmaria do beco, tomando o resto do espaço entre nós.

Yashem arregalou os olhos. Eu me senti estranhamente satisfeita com sua surpresa, ver alguém tão calejado quanto o jovem ladrão atordoado.

— Consegui sua atenção. — Eu me recostei na parede atrás de mim, absorvendo a pitada de medo em seus olhos. — Você consegue? — Meu tom indicava que eu não acreditava que ele conseguiria, mas foi a arrogância que o fez aceitar o trabalho, para começo de conversa. Eu precisava que estivesse de acordo com os próximos passos também.

Yashem abriu a boca para falar, e depois a fechou, semicerrando os olhos.

— Do que isso se trata?

Engoli em seco, o nó na garganta estava se tornando impossível de ignorar.

— Isso importa? Só preciso saber se consegue. Se é capaz de controlar a cidade.

— Quer saber se *você* pode controlar a cidade, não é isso? Se *você* pode comandar o povo, manipular eles com um sussurro no ouvido e uma moeda no bolso, no lugar daqueles que possuem o poder dos djinns.

Rangi os dentes.

— Isso.

Ele brincou com a bainha do kurta. Esperei, observando-o.

— Vai custar caro.

— Posso pagar — falei na hora, depois me puni por responder rápido demais.

Ele ergueu as sobrancelhas.

— Você pode pagar o bastante para a cidade toda? — rebateu, bufando. — O suficiente para pagar cada larápio daqui até o palácio? O necessário para incitar uma revolta?

Cruzei os braços, sem me importar que o ouro de Souma pudesse sumir no fim daquilo, mas qual uso eu teria para o dinheiro a não ser vingar meu pai?

— É exatamente o que consigo fazer.

Ele mordiscou o lábio por um instante, depois balançou a cabeça.

— Vai ser preciso mais do que sugestão. Você vai precisar de um motivo para instigar a multidão. Alguma coisa para incendiá-los, para começo de conversa.

— Vamos ter isso. Só preciso de você para ajudar a espalhar o mal-estar, falar com as tias fofoqueiras de Basral sobre o governo amaldiçoado de Vahid e se infiltrar na mente do povo.

— Podemos fazer qualquer coisa, sahiba, se o dinheiro for bom.

Assenti, com uma sensação de calmaria tomando conta de mim.

— Então aguarde meu sinal.

Noor estava na beira de um campo exuberante sob a luz do amanhecer, o cabelo cobre cacheado num contraste agudo com os campos amarelos atrás dela.

— Quanto tempo temos?

— Não tem muitas guardas em torno das plantações da cidade, eles se concentram em vigiar o cultivo de zoraat. Aqui, só olham pra garantir que ninguém está roubando os fazendeiros do imperador. Temos um tempinho até o próximo turno chegar.

— Então é melhor começarmos.

Noor puxou um frasco do bolso. Daquela vez, a mistura era verde-escura em vez do vermelho queimado que eu vinha consumindo para mudar de corpo. Meu estômago se revirou com a expectativa de outra dose, e a vontade insana de arrancá-la de suas mãos quase me dominou. Mas tentei respirar pelo nariz para me controlar.

— Se estiver com receio da dor, essa não é tão potente quanto a que você tem tomado — avisou Noor, interpretando errado a minha expressão.

Eu não estava preocupada com a dor, e sim com a incapacidade de não me tornar uma escravizada do zoraat.

— Não importa, tem de ser feito. — Mordi o lábio inferior tão forte que senti o gosto de sangue. — Não é muito para tomar dessa vez.

— É uma mistura mais básica do que a que você está tomando. Afinal, a gente só precisa dela para uma tarefa, e não para transfigurar um corpo inteiro, então a magia é menos complexa. Você não deve sentir nada.

Abri o frasco e tomei a fórmula de uma vez, a ardência familiar picando a garganta. Mas Noor estava certa, não houve a mesma dor perfurante a acompanhando. Dessa vez, foi apenas uma vibração de energia para sinalizar que o poder djinn tinha tomado conta. Houve uma explosão de poder em meu sangue, e encarei o campo diante de mim.

Noor começou a explicar, gesticulando para os campos distantes.

— Quase sempre, quando mexemos com magia das plantações, temos um manipulador...

— Sei o que preciso fazer. — A resposta tamborilava por mim, sussurrando no ouvido, me dizendo quais eram os passos seguintes sem qualquer conhecimento prévio.

Os raios da manhã brilharam mais quando o sol surgiu, e Noor ficou em silêncio, esperando.

Quando eu tinha transfigurado meu rosto, concentrei-me em impulsionar o poder djinn para ali, reformando os ossos, a pele e a cartilagem como barro sob os dedos. Foi o que Noor me ensinara, era isso que era necessário para transformar um corpo em outra pessoa.

Mas com a terra era diferente. O barro macio sob minhas mãos era como uma força de vida mais profunda, pulsante. Algo mais antigo e forte do que eu mesma.

Estendi o poder djinn para a terra, como se estivesse acendendo um fogo de baixo para cima, libertando seu cerne derretido para a superfície. Minhas mãos estavam quentes, e havia uma sensação de puxão debaixo da minha pele enquanto eu despejava a magia djinn no chão. Houve um som rouco, como se a terra tivesse tremido. Senti o sistema de raízes vibrante das plantas, saudáveis e dóceis diante da nutrição da magia djinn. Elas falavam comigo como se me reconhecessem, meu poder descendo para além da superfície e as dominando.

Tarde demais, perceberam que eu não estava ali para fornecer nutrição.

As raízes gritaram com a energia que eu bombeava para o solo, e senti a ponta delas começar a minguar e queimar com meu massacre.

—Já estou vendo a diferença. — A voz baixa de Noor atravessou minha conexão. Ergui o olhar e avistei as plantas já pálidas, a vida incendiada.

Um buraco se formou dentro de mim, a certeza de que logo o campo todo seria transformando em cinzas.

A culpa continuou enquanto tentáculos de descoloração começaram a se espalhar para os outros campos próximos, o verde perdendo a cor como alguém sangrando depois de ser esfaqueado. O arquejo de Noor ecoou pelo campo agora pálido.

Segui seu olhar e observei enquanto a praga viajava para mais longe, para os campos mais adiante. Como se eu tivesse envenenado a terra inteira.

Uma gota de suor se formou em minha têmpora, e pressionei as mãos na lateral do corpo para estabilizar seus tremores.

Eu tinha causado aquilo. Tinha tomado uma fonte de alimento de uma cidade inteira e feito tudo aquilo para fomentar uma revolta contra o imperador.

Minha boca tinha gosto de cinzas.

— Eles vão culpar Vahid por essa praga. Precisam culpar. Plantações inteiras não morrem do dia pra noite.

Noor arfou.

— Vão dizer que os djinn não o favorecem mais, que está amaldiçoado.

Olhei para os campos, agora um deserto de plantas secas.

— Estou contando com isso. — Minha voz saiu baixa, uma promessa.

— O que estão fazendo? — Uma voz rouca nos atravessou, e nós duas giramos com o som.

Um guarda grande vinha na nossa direção, o uniforme gasto mas limpo, a testa enrugada de preocupação.

Noor avançou e curvou a cabeça em deferência.

— Saab, viemos só dar uma caminhada e nos perdemos um pouco.

Eu também fiz uma reverência, movendo-me para a lateral dele, com a mão no punho da espada ao meu lado.

O guarda franziu a testa, passando o olhar por nossas capas pretas e rostos serenos. Eu sabia o que ele estava vendo: estávamos com roupas elegantes demais para sermos ladras e tínhamos modos educados demais para sermos vândalas.

Ele esfregou a nuca, semicerrando os olhos para nós.

— Vou ter que relatar isso...

Acertei a lateral da sua cabeça com o cabo da espada tão forte, que ele caiu na terra igual pedra.

Noor colocou as mãos na cintura enquanto observava o guarda prostrado no chão.

— Estou impressionada, você não tentou matá-lo.

— Por que sujar as mãos de sangue se podemos fazê-lo parecer um bêbado?

Vasculhei a bolsa pendurada em seu cinto e tirei um recipiente de cerveja. Eu o encharquei com ela, jogando no chão ao lado.

Cruzei os braços e fitei o guarda.

— Vou espalhar a notícia de que os campos do imperador ficaram inférteis. E depois o pânico virá.

Noor me fitou com uma expressão sombria.

Ela não parecia uma mulher que estava se vingando, estava mais para uma que tinha perdido tudo e tentava desesperadamente perseverar. Mas, até aí, talvez eu também estivesse.

Eu não sabia como cada uma de nós ficaria quando aquilo tudo acabasse.

Feliz? Satisfeita?

Eu não conseguia nem sequer imaginar sentir alguma dessas coisas no momento, não com o buraco negro no peito, onde ficava meu coração.

E a única coisa que me mantinha seguindo era aquele impulso, a necessidade física nas entranhas que não podia deixá-los em paz, que não conseguia deixar que se safassem do que fizeram.

— Noor, vamos botar fogo nesta cidade.

TRINTA E TRÊS

DARBARAN ESTAVA ENCOBERTO PELA ESCURIDÃO, ESPErando na enorme beira do rio que se curvava ao redor de Basral. Ele estava sozinho, sem nenhum outro guarda da cidade.

Eu não deveria ficar surpresa, mas uma parte minha estava. Ele caíra perfeitamente na minha armadilha, como uma pedra maciça jogada no lago. Poderia ter tentado me entregar — Noor e eu tínhamos um plano de emergência para isso —, mas estava ali para satisfazer sua ganância, a única coisa a que não conseguia resistir.

— Vejo que é um homem de palavra, capitão. — Deixei a voz se infiltrar na noite, um chiado apressado, atraindo-o mais.

— Claro. Você tem os bens? — Ele passou a língua nos dentes, e exibiu um sorriso desconcertante.

Noor jogou a sacola de estopa com zoraat aos seus pés. O topo dela abriu e revelou pequenas sementes de djinns, cintilando como pedras multicoloridas sob a luz da tocha. Ele se abaixou e pegou a sacola, com os dedos trêmulos.

Darbaran deu uma risada que pareceu um sussurro suave.

— Isso, isso — falou, quase sozinho. Ele umedeceu os lábios, depois nos fitou. — Vou conseguir uma boa nota por elas, sahiba. Só espere e verá. — Seus olhos reluziam tanto quanto as sementes nas suas mãos.

— Não sei o que faria sem você, capitão. — Deixei a voz ofegante. — Se eu conseguir mais, consegue vender também?

Ele tentou abrandar a surpresa, mas falhou. Uma sombria sensação nauseante se formou no meu peito.

— Claro — respondeu, um pouco rápido demais. Darbaran pressionou a sacola de zoraat contra o peito. — Mas como vai pegar mais?

Dei uma risadinha.

— Não posso entregar todos os meus segredos, posso, capitão?

Ele pareceu levemente irritado.

Descobriria muito em breve onde eu as tinha conseguido.

— Para quem você vai vender? — perguntou Noor, sondando com delicadeza.

— Conheço alguns nobres que vão pagar uma quantia considerável pelo acesso a esse tipo de poder. — Ele deu um tapinha na sacola. — Mas não se preocupe com isso. — Ele voltou o olhar para mim. — Quando você piscar, já terá sido vendido. — Sua risada cruel atravessou o ar noturno. — Já tenho compradores fazendo fila.

Dei um sorriso que pareceu selvagem. *Com certeza tem.*

— Então você é meu salvador, capitão.

Baixei o olhar, me tornando menor. Que Darbaran pensasse que me controlava. Seria ele a apodrecer na prisão em breve.

Esperei até que ele tivesse colocado o zoraat no alforje e partisse. Alívio me preencheu quando ele desapareceu na rua escura de pedras com a magia djinn ilegal presa ao cavalo.

Agora. Agora ele saberia o significado do que tinha feito comigo. *Vingança.*

Dei um passo surpreso à frente, estreitando os olhos para a rua escura. Eu a tinha escutado de novo, a voz sussurrada. A voz que ficava nas partes quietas do meu cérebro quando tudo estava silencioso, que parecia retumbar sob a ponta dos meus dedos quando eu tomava o chá da manhã ou a dose diária de zoraat. Fechei as mãos em punhos involuntariamente, a escuridão familiar se infiltrando na minha pele mais uma vez.

— Você ouviu isso? — Semicerrei os olhos para o beco, depois girei para Noor. — Aquela voz?

Noor apertou os olhos na direção para a qual eu estivera olhando e parou do meu lado.

— Não, não ouvi voz nenhuma. Eu deveria checar?

Fiz que não.

— Não, não. Acho que só estou ouvindo coisas.

Noor examinou meu rosto com atenção.

— Seus olhos estão... diferentes. Talvez eu devesse ajustar a dose. — Ela pegou meu queixo e inclinou minha cabeça para a luz da tocha.

Eu me afastei.

— Estou bem. Só quero me concentrar nos planos.

Noor parecia estar para dizer algo, mas repensou.

— Sabe o que fazer? — Tentei mudar de assunto, mas não conseguia parar de olhar a rua de onde a voz tinha saído.

— Já está em andamento — respondeu. — Mas devo dizer que foi mais fácil lidar com ele do que com Casildo.

— Falei que ele só precisava do incentivo certo. Ganância o move. Ele quer ser rico. Só que, mais do que isso, quer ter poder sobre os mais fracos.

Suspirei, afastando a voz inquietante da mente e pensando no quanto seria prazeroso quando Darbaran fosse enfim jogado na mesma prisão que eu.

— É uma pena que ele não vá ter poder nenhum no lugar para onde vai.

Mexi o chai, sentada no divã à espera de Noor. Quando a porta se abriu, me virei e prendi a respiração.

— Está feito?

— Sim. — Ela assentiu. — Pegaram Darbaran hoje de manhã. Com o zoraat roubado há alguns dias de um dos curandeiros do imperador.

Fechei os olhos e suspirei lentamente. Risquei outro nome da lista mental.

Só mais dois.

Mais dois e eu poderia acabar com isso. Um latejar se acomodou nos meus ombros, como se mais um fardo tivesse sido tirado deles, deixando apenas a dor da marca para trás.

Mais dois nomes e eu poderia abrir as barragens do meu coração e me permitir ficar de luto por Baba. Pela vida que eu deveria ter tido.

Eu a fitei.

— Sabe o que pretendem fazer com ele?

Noor deu de ombros.

— Enviar para a mesma prisão que a gente... Você ouviu isso? — Noor virou a cabeça abruptamente para a porta do pátio aberto que dava acesso ao jardim.

Enrijeci, colocando a mão na adaga.

Um baque soou do lado de fora, seguido de um grito que foi na hora silenciado. Deslizei a katar para fora da bainha antes de levantar, o martelar do meu coração ecoando pela casa silenciosa.

— Quantos guardas temos lá fora? — sibilei para Noor.

Ela se aproximou de mim, de olhos arregalados, a mão agarrando o kameez no peito.

— Pelo menos quatro.

— Não é o suficiente — murmurei.

O zoraat estava seguro; pelo menos, não seria qualquer invasor que poderia entrar e encontrá-lo. Mas, se alguém quisesse nos roubar, precisaria se esforçar para superar a segurança daquele lugar. E depois cairia nas minhas mãos.

Andei até a porta aberta, entrei lentamente no pátio com o máximo de silêncio que consegui, os passos descalços como um sussurro pelo piso de chão.

Mas não fui rápida o bastante.

Uma lâmina beijou meu pescoço, com uma firmeza surpreendente considerando a mão que a segurava.

Virei a cabeça quando senti o mau hálito de Darbaran, e ele saiu da escuridão. Seu rosto contorcido estava iluminado pelas tochas clareando o cômodo.

Noor soltou um grito estrangulado, mas ergui a mão. Eu ainda estava com a adaga na outra, e não tinha certeza da habilidade de Darbaran com uma espada. Se ele tinha me pegado de surpresa, então conseguia se mover com a mesma rapidez que eu, e não quis arriscar usar a adaga com sua espada pressionada no meu pulso saltitante.

— Piranha. — Seu fedor me encontrou, o odor pungente de esgoto e suor, com um toque metálico e familiar no fundo.

Afastei o pânico e foquei no cheiro metálico. Examinei seu corpo no escuro, tentando encontrar a origem.

Ali.

Uma mancha vermelha escura se espalhava por seu abdômen como tinta derramada. Ele estava machucado. Era profundo.

Sorri.

— Darbaran — falei arrastado, minha voz como mel com pétalas de rosa. — Eu não esperava que voltasse tão cedo. Já vendeu o produto?

— O produto que você *roubou*, quer dizer — grunhiu ele, o corpo todo reverberando de raiva. — E depois me incriminou por furto e denunciou aos soldados do imperador. — Ele tossiu, um som úmido e abafado. — Que bom que eu conhecia algumas pessoas para subornar.

Inclinei a cabeça.

— Você não conhecia as pessoas certas se saiu com uma ferida dessas. — Olhei sugestivamente para sua barriga. — É grave. — Minha voz perdeu o charme falso, tornando-se como eu estava por dentro: fria e feroz.

Ele riu, os dentes manchados de sangue, mas ficou sério logo em seguida.

— Por quê? — rosnou, dando um passo em direção à luz, pressionando com mais força a cimitarra na curva suave do meu pescoço.

Na minha visão periférica, Noor se moveu, se aproximando mais de nós, mas balancei a cabeça de forma quase imperceptível. Darbaran poderia cortar minha garganta em um instante, e então ela teria que se defender sozinha. E Noor não era boa com uma arma.

Precisávamos fazer aquilo do meu jeito.

Ergui uma sobrancelha.

— Por que o quê?

Ele pressionou mais, e minha carne cedeu sob a picada afiada da lâmina. Soltei um sibilo de dor quando um fio de calor se acumulou em meu peito.

— Você sabe muito bem do que estou falando. — Ele aumentou a voz, e ouvi o desespero em suas palavras. Estava encurralado, uma fuinha na armadilha, e eu, o chacal. — Por que você armou para mim? Foi organizado demais. Específico demais. Você não estava tentando ganhar dinheiro, estava atrás de mim especificamente. Por quê? — Seus olhos redondos estavam avermelhados, selvagens e totalmente focados em mim. Ele se aproximou. — O que eu fiz pra você? Fale antes que eu derrame seu sangue em todo o seu lindo piso.

Sua cimitarra já estava manchada de vermelho, e meu pescoço ardia como prova. Movi os olhos para o pátio, onde o corpo prostrado de um guarda assassinado estava. Então tinha sido aquele o barulho que ouvimos mais cedo. Retornei o olhar para Darbaran.

Eu compensaria a família do guarda, mas ainda assim uma vida tinha sido tirada.

Uma vida que não teria partido se não fosse por mim.

Eu estava cansada de gente como Darbaran, que achava que podia fazer o que quisesse: matar, usar e aprisionar quem desejasse, enquanto enriquecia no processo. A escuridão se ergueu dentro de mim mais uma vez, a raiva aumentando até os cantos da minha visão escurecerem, e uma besta no meu peito tomar conta.

Não um falcão, nem um chacal, mas sim um halmasti, o lobo gigante que caçava nas encostas das montanhas. A raiva me deixou confiante, e de repente quis que Darbaran *soubesse* que era eu, não aquela máscara bonita e envernizada. E, sim, a verdadeira eu, a garota que ele tinha condenado a uma vida na prisão, à tortura e até à morte, tudo por dinheiro.

Busquei o fio de magia djinn que tinha me transformado. Eu o senti e o puxei *de volta*.

Meu nariz, meus olhos, os ossos das maçãs do rosto — tirei tudo que era Sanaya até restar *meu* rosto.

Até que eu me sentisse na minha própria pele de novo.

Dania, filha do ferreiro assassinado.

Dania, abandonada pelo melhor amigo.

Dania, de frente para um dos seus traidores.

— Quer saber *por quê?* — Cuspi a pergunta com minha própria voz daquela vez, profunda e segura.

Darbaran recuou, os olhos arregalados e a boca aberta. Ele cambaleou, tirando a espada do meu pescoço e segurando a lâmina em choque.

— *Você.*

— Eu. — Continuei andando para a frente, e ele tropeçou, caindo de costas e me encarando. — Vou te falar por quê. — Minha voz estava suave, o assobio de uma lâmina atravessando o ar da noite. — Porque você tinha uma escolha. Escolheu me trair, vender uma garota por dinheiro, incriminá-la por algumas moedas. Então, eu escolhi isso.

Ergui a adaga cintilante sob a luz da tocha do jardim, onde os guardas que eu tinha contratado estavam mortos no chão. Raiva irrompeu dentro de mim. Mas havia algo mais ali também, selvagem, elementar.

O poder de saber que aquela raiva era justa.

Uma história de mulheres e garotas sendo maltratadas por homens que nunca sofreram qualquer consequência.

Agora eu seria a consequência.

— Escolhi a vingança. Escolhi a morte. E, no fim, é isso que você escolheu também.

Darbaran atacou, balançando a espada no ar, mas desviei dos golpes com facilidade. Ele cambaleou, com o sangue pingando sem parar pela perna e caindo no piso de parquete. Girou, correndo em minha direção de novo.

— Sabia que deviam ter te executado quando tiveram a chance, mas aquele menino idiota queria você viva.

Arfei de repente, mas não tive tempo para processar o comentário.

Darbaran investiu contra mim, a imprudência o deixando imprevisível. Sua espada me errou por centímetros. Golpeei sua lâmina com a beira da minha adaga, mas não consegui chegar perto o suficiente com a lâmina para acertar um golpe de verdade, porque ele a balançava violentamente.

Precisava da minha espada.

Eu me movi em direção ao quarto atrás de mim, espiando a talwar pendurada na parede sobre o divã. Mergulhei para a porta, mas Darbaran me parou com a espada erguida acima da cabeça.

Ele ondulava, como se um vento forte pudesse derrubá-lo.

Darbaran soltou um uivo, avançando. Mas, antes que pudesse atacar, caiu de cara no caminho de pedras diante de mim. Arfei enquanto ele ficava prostrado no chão, grunhindo.

Noor estava ao seu lado, com uma panela de preparar lentilhas na mão.

Darbaran ficou de pé com dificuldade, deu um grunhido e girou para ela, a espada apontada na direção de Noor agora. Um rugido soou em meus ouvidos, abafando tudo, até eu só conseguir ouvir o som fraco de gritos.

E percebi que o som saía de mim.

Eu estava atrasada. Chegaria lá tarde demais.

Noor morreria.

— Não!

Darbaran avançou em Noor com a cimitarra, e pânico tomou seu rosto quando ela perdeu o equilíbrio.

Corri a toda velocidade até eles, empurrando Noor para fora do caminho ao mesmo tempo que a espada de Darbaran se dirigia a ela. Uma dor ardente acendeu meu corpo quando a cimitarra perfurou meu abdômen.

Baixei o olhar para o punho de filigrana dourada da cimitarra alojada na minha barriga e percebi que aquela também era uma espada feita pelo meu pai. Ergui a cabeça, ficando cara a cara com Darbaran e cada centímetro de seu sorriso triunfante.

Dor espremeu meu coração — não só a dor da lâmina curvada perfurando meu corpo, mas também a negação da justiça, a vingança inacabada se empilhando em meu peito e tornando a pressão forte demais de suportar.

Não. Cerrei os dentes e encarei seu rosto presunçoso e nojento.

Não, seria necessário mais do que isso para me vencer.

Apertei os dedos com força na adaga katar do meu pai, e a mordida do padrão de cobra no punho formou uma marca na minha mão calejada. O rosto de Darbaran estava muito perto do meu, tão perto que pude enxergar os fios amarelos no branco dos seus olhos, os poros salpicados do nariz. Perto o suficiente para poder assistir à vitória no seu rosto se transformar em agonia atordoante quando cortei seu pescoço com a adaga.

Seu queixo caiu, e ele tentou se mexer.

Uma. Duas vezes. Formando palavras sem som.

Mas eu tinha o bastante para nós dois.

— Esse final estava destinado para você — sussurrei para ele, e o corpo sem vida caindo no chão.

Caí de joelhos junto, depois tombei de lado, segurando o punho da espada do meu pai, a lâmina que tinha me matado.

Talvez aquele final estivesse destinado para mim também.

TRINTA E QUATRO

— VOCÊ AINDA NÃO PODE MORRER. — A voz desesperada de Noor se infiltrou na escuridão. — Você não pode me largar no meio dessa merda toda e esperar que eu cave uma saída. Hoje não — murmurou ela, mas senti o medo nas palavras.

Medo que eu não deveria conseguir reconhecer. Não estando morta.

— Você não está morta. Ainda não.

Eu devia ter dito as palavras em voz alta, só que, quando tentei responder, um grunhido áspero irrompeu no lugar.

A voz de Noor ecoou ao meu redor mais uma vez, mas minhas entranhas estavam se retorcendo, queimando, um rio de lava correndo por mim no lugar do sangue.

Uivei e arqueei as costas, a dor pior do que a espada alojada no meu corpo perfurando o intestino.

— Preparei a melhor mistura zoraat de cura que conheço. Se não funcionar, você é oficialmente teimosa demais para escutar qualquer pessoa.

— Isso é ridículo, vindo de você. — Tossi as palavras, a voz úmida, a língua com um gosto metálico.

De repente, o rosto de Noor ficou claro, seus traços afiados, o olhar preocupado inundando minha visão. Pisquei algumas vezes e fiz uma careta.

Ela soltou um arquejo assustado e levou as mãos ao rosto.

— Funcionou!

Tossi e me sentei. Noor me ajudou, pressionando a mão na minha barriga como se tentasse sentir algo. Tardiamente, percebi que não havia nada ali.

A cimitarra de Darbaran tinha sumido.

Por que não estava ali?

Calor escorreu pela minha barriga, a sensação da magia djinn sendo usada *em* mim, em vez de usada por mim.

Fixei o olhar no dela.

— Você consumiu zoraat? Mas e o seu juramento?

Noor apertou os lábios, as mãos tremendo na minha barriga.

— Eu não poderia deixar você simplesmente morrer no pátio, poderia? — Não deixei de notar a falha em sua voz.

Eu a fitei, com um contentamento desconhecido preenchendo meu peito.

— Sim — falei, rouca. — Você poderia.

Ela fez que não.

— Bem, não deixei. E você deveria agradecer.

Examinei a área que pouco tempo antes era um buraco aberto. Agora a pele estava imaculada, nem uma cicatriz para contar história.

— Sumiu completamente — falei, a voz cheia de espanto.

Eu tinha visto a magia djinn mudar os ossos do meu rosto, a pele do meu corpo, mas aquilo parecia ainda maior. Cutuquei o abdômen.

— Não sinto mais dor.

— Olha, não posso prometer que você não vai ter cólicas mensais, mas pelo menos não vai mais morrer de ferida aberta.

Eu me apoiei nos cotovelos, sentindo que havia envelhecido centenas de anos.

— Nem todo o poder djinn do mundo consegue dar um fim nas cólicas?

Noor sorriu, mas o sorriso se esvaiu tão rápido quanto apareceu.

— Achei que estava morta — declarou, por fim, sentando-se sobre os calcanhares.

— *Eu* achei que estava morta. E achei que você estava prestes a morrer também. Não deveria ter se metido. Eu estava cuidando dele.

Ela revirou os olhos.

— Claro que estava. Darbaran estava a dois segundos de esfaquear você *e* eu. Pelo menos ele só pegou uma de nós.

— De nada. — Fitei seu corpo sem vida no pátio, rodeado por uma poça escura de sangue. — Quanto tempo fiquei apagada?

— Não muito, alguns minutos. Chequei os guardas também. Ele matou dois, os outros dois estavam apenas nocauteados.

Suspirei, uma dor familiar perfurando meu coração com as vidas acrescentadas à minha consciência.

— Darbaran nunca deveria ter entrado.

— Vamos dobrar a segurança. — Noor refletiu por um instante. — E vou jogar o corpo dele nos campos fora da cidade.

Bufei.

— É o que ele merece. — Levantei, as pernas tão trêmulas que Noor precisou me sustentar.

— Você mostrou seu rosto a ele. — Suas palavras saíram baixas.

Levei as mãos até o rosto, tocando os traços, a pele e o cabelo que eu não sentia havia semanas. Era bom estar no meu próprio corpo de novo.

— Eu queria que ele visse a responsável por sua ruína.

Noor mordeu o lábio.

Estreitei os olhos.

— Que foi?

— Você ouviu o que ele disse sobre querer que você fosse executada? Mas "aquele menino" impediu que isso acontecesse? Acha que ele estava falando de Mazin?

— Provavelmente — respondi, resignada. — Não sei mesmo o que ele quis dizer. — Dei de ombros. — Mazin deveria querer que eu sofresse o máximo possível.

Eu me recostei e fitei o céu, repleto de estrelas. Lembrei de outras estrelas, em outras noites, e de que a pessoa com quem eu as admirava tinha sido ele. Talvez Mazin não tivesse coragem de me matar depois de tudo que compartilhamos. Talvez ele me quisesse presa, mas não morta.

Eu me sacudi. Nada de bom resultaria de pensar dessa forma. Meu pai ainda estava morto. E Mazin não tinha dado um pio para me defender quando fui presa.

Era a mesma coisa de ter me matado.

Noor parecia querer dizer mais alguma coisa.

— Que foi?

— Ou... — Ela ergueu as mãos com a minha expressão. — Escute. Ou ele estava salvando sua vida.

Virei para fitar a janela norte, com o palácio iluminado em ouro. Eu sentia como se estivesse sendo puxada para duas direções opostas: a vingança sombria e raivosa pronta para botar fogo em Basral e a parte de mim que se sentiu viva e livre quando Mazin me beijou de novo.

Mas qual parte ganharia?

E qual eu queria que ganhasse?

TRINTA E CINCO

Se achei que a festa na nossa casa tinha sido opulenta, a do imperador a envergonhava. Havia artistas de rua se dobrando em caixas pequenas, tigres em coleiras douradas e animadores de zoraat que desafiavam os limites da imaginação.

Suponho que, quando se tem a chave do poder djinn, você pode imaginar qualquer coisa.

— Acabei de ver uma mulher se transformar em cobra e depois comer um homem que ela tinha acabado de transformar num rato branco e barrigudo. Quem é que ia *querer* ver isso? Quase vomitei. — Noor estremeceu.

Olhei ao redor com repulsa.

— O imperador e seus amigos, aparentemente.

Noor observou o cômodo com uma careta, como se pudesse conjurar o imperador com os olhos.

— Vahid só deve aparecer mais tarde — comentei em voz baixa. — Sempre teve mesmo um talento para o drama. As poucas vezes que o vi, ele estava com meu pai, olhando espadas. Eu não compreendia por que ele queria ter espadas, para começo de conversa, se tinha poder djinn. Ele tinha dito ao meu pai que gostava da sensação, de segurar algo que não tinha sido forjado pela magia, e, sim, pelas mãos humanas.

— Nunca vi os efeitos de tanto zoraat em um lugar só. — Noor passou os olhos pela multidão.

— O imperador controla o uso dele, mas gosta de exibir. Gosta que todo mundo conheça o poder ao qual somente *ele* tem acesso.

Noor passou as mãos pelo cabelo curto.

— E foi por isso que matou meu pai.

Pus uma mão em seu braço.

— Só fique calma. Ele não sabe quem você é e não pode te machucar.

Nós duas ficamos paralisadas e horrorizadas quando um homem que tinha acabado de consumir uma dose de zoraat amarelo-vibrante se partiu ao meio e depois se fundiu outra vez.

— Ah, ele pode, sim, me machucar. — A voz de Noor saiu baixa e amarga enquanto assistia àquilo também. Suor se formou na borda de sua sobrancelha, e ela se remexeu, nervosa. Parecia aterrorizada.

Peguei seu pulso e a arrastei para longe dos artistas.

— Não foque nisso. — Passei os olhos pela multidão, verificando se Mazin não estava por perto.

— Você me dizer para não focar nisso tudo é a mesma coisa que dizer para ignorar o sol num dia quente. Está por toda parte. — Ela acenou para as apresentações grotescas.

Suspirei. Ela estava certa. Mas eu precisava de sua mente clara naquele momento para o que precisávamos fazer a seguir.

— Vahid usa isso para mostrar seu poder. Para impor controle. Mas temos uma coisa que ele não tem.

— E o que é?

Toquei a adaga guardada numa bainha opulenta na cintura, como se a arma fosse mais para decoração do que para assassinato, bela, não perigosa. Exatamente como eu queria que parecesse.

— Eu. — Noor revirou os olhos e riu. Continuei: — Dê uma volta. Vê se escuta alguma coisa dos rebeldes ou das plantações que destruímos. Precisamos conseguir planejar os próximos passos.

Ela assentiu e depois sumiu na multidão, com propósito substituindo o medo que havia em seu rosto.

Eu a observei sumir antes de abaixar o olhar para as mãos e me sobressaltar. Tentáculos pretos curvos se espalhavam das palmas até a parte interna do pulso. E, daquela vez, eu não os estava imaginando. Estavam ali, gravados na pele como manchas de tinta preta. Pressionei os dedos nas bochechas, apalpando para garantir que o rosto de Sanaya ainda estava ali, que a magia djinn não tinha, por algum motivo, se dissipado.

O que estava acontecendo comigo?

Procurei Noor na multidão, mas ela já tinha desaparecido.

Ela poderia não estar mais com medo, mas ele agora estava trancado em meu coração, ameaçando irromper e arruinar a todas nós.

Andei entre as pessoas, subindo para o segundo andar a fim de me afastar dos artistas e ir para um lugar mais quieto. Eu precisava colocar a cabeça no lugar antes do imperador chegar. Um par de luvas pretas estava jogado em um balaústre, esquecidas por um artista de zoraat, e eu as vesti para cobrir as veias escuras. Fui até uma alcova escondida por uma cortina brocada, onde eu poderia refletir sobre o que estava acontecendo comigo.

Só que uma mão agarrou meu braço e me puxou para trás.

Girei, desembainhando a adaga mais rápido do que minha respiração. Um arquejo agudo parou a lâmina.

— Achei que você só gostasse de colecionar lâminas. Parece que você também sabe, *sim*, como usá-las.

Meu estômago se revirou quando me deparei com os olhos escuros e ilegíveis de Mazin. Nós nos encaramos por um instante, a tensão entre nós espessa, a adaga ainda pressionada em sua pele. Até ele curvar um canto da boca. Meus ombros relaxaram, e abaixei o braço, embainhando a adaga.

— Conheço algumas formas de me proteger — falei, forçando um sorriso na voz.

— Você acha que precisa de proteção no banquete do imperador? — Sua boca ainda estava inclinada com diversão, e seus olhos se desviaram de mim. Ele gesticulou para os guardas perto de pilastras próximas, rodeando cada centímetro do palácio. Por sorte, eles não tinham me visto puxar uma adaga para o vice do imperador, só que Mazin não parecia muito incomodado com isso. — Por mais zoraat que haja aqui, mesmo assim o imperador não vai arriscar que uma única semente saia de sua propriedade.

— Só porque ele protege sua magia não quer dizer que vá proteger as pessoas — declarei descaradamente, percebendo tarde demais como pareceu: quase uma traição.

Mas Mazin não parecia chocado. Em vez disso, me observava — seus olhos varreram meu corpo e voltaram para meu rosto mais uma vez.

— Isso é verdade.

Ergui o queixo em surpresa, mas, se Mazin notou, não deixou transparecer. Ele se inclinou sobre o parapeito, observando a multidão abaixo, os braços apoiados na madeira.

Mordi o lábio.

— Eu não esperava que concordasse.

Ele inclinou a cabeça.

— Como não concordaria? — Deu um sorriso fraco, mas que não chegou aos olhos. — Vejo quanto valor o imperador dá à sua magia. O quanto ele é obcecado pelo cultivo dela. — Ele torceu os lábios. — E piorou no último ano.

Arrepios surgiram em mim com o quanto ele estava sendo honesto comigo.

— Piorou? — respondi, ofegante, sem querer interromper aquele assunto.

— Ele se tornou escravo de sua necessidade de magia — explicou Mazin, amargo. Parecia que diria mais, só que repensou. Depois seus olhos suavizaram. — Mas não quero conversar sobre ele com você hoje.

Eu quero.

Precisava que a conversa continuasse concentrada em Vahid. Se eu conseguisse fazer Mazin falar mais, talvez ele revelasse outros segredos do imperador.

— Estamos aqui sob seu comando, não estamos? Parece adequado conversar sobre ele.

— Mesmo se estivermos insultando alguém em sua própria casa?

Ergui uma sobrancelha.

— É dele?

Mazin deu um arquejo e senti uma pontada de alegria no peito.

Até eu sabia que isso era ir longe demais. Eu tinha simplesmente proclamado que Vahid era um usurpador.

— É a casa dele se quiser continuar com sua cabeça.
— Eu sempre subestimei minha cabeça.
— Mas é tão bonita.

Eu o olhei de canto, o coração dando pulos. Só que, mais uma vez, precisava me lembrar de que ele não estava falando de mim, mas de outra garota.

— Está flertando comigo usando decapitação?

Seus olhos se iluminaram.

— Não consigo pensar em mais ninguém que pudesse sequer considerar isso como um flerte.

— E, no entanto, depois do nosso beijo, não consigo pensar em nada mais.

Não tínhamos nos visto desde então, e assumi o risco de mencionar isso. Flexionei os dedos, me impedindo de estender o braço e tocar meus lábios, me impedindo de recordar dos dele contra os meus.

Não nos meus, nos de Sanaya.

Ele se enrijeceu, uma expressão de inquietude lampejou por seu rosto.

Será que eu tinha exagerado?

— Penso nisso também — admitiu, como se não quisesse.

Sorri por dentro. Se ele estava pensando em Sanaya, era um passo para mais perto do seu coração. E eu o queria, muito. Eu queria senti-lo batendo na minha mão, sentir seu amor, suas emoções, confiança, antes de esmagá-los sob a bota.

— E mesmo assim aqui estamos, próximos um do outro, falando de execução, quando podíamos estar fazendo o que nós dois realmente queremos.

Seu queixo caiu, e ele soltou uma risada surpresa, um som rouco e profundo que retumbou por seu peito.

Fechei os olhos e, por um segundo, voltei para o que éramos, no campo de treinamento, sua risada ecoando pelas montanhas, aquecendo o fundo da minha barriga como fogo.

— Você nunca para de me surpreender, Sanaya.

— Pelo menos nunca sou entediante.

— Não. Isso nunca. — Ele deu outra risada e depois me fitou de novo. — Tenho algo pra te mostrar. Vem comigo?

Ele estendeu a mão e a encarei, os calos tão familiares quanto os meus, os dedos compridos, perfeitos para segurarem o punho de uma espada ou para se entrelaçaram aos meus.

Coloquei a mão enluvada na sua, e ele a apertou, como se já fôssemos amantes, como se estivesse me levando para um ponto de encontro clandestino, como se eu não fosse enganá-lo, da mesmo forma que ele me enganara.

Trinta e seis

ANTES

—Dani, posso te mostrar uma coisa?

Fitei o rosto sério de Maz, depois a mão estendida, e fiz uma careta.

— Isso é uma estratégia para me pegar depois que te dei uma surra no campo de treinamento?

Ele riu, e o som foi mais profundo do que eu lembrava.

— Juro que aceito minhas derrotas de forma justa.

— Que bom, porque você tem muitas. — Um sorriso triste curvou meus lábios.

— Seu pai vai ficar por quanto tempo com o imperador?

— Horas. O imperador gosta de examinar cada aspecto da espada. Não sei por quê, não é como se Vahid ainda as usasse.

— Talvez ele queira garantir que consegue lutar mesmo se não tiver acesso ao poder dos djinns?

— Bem, então ele precisa de aulas de esgrima além de ter lâminas chiques — rebati. Depois o fitei. — O que você quer me mostrar?

Ele esfregou a nuca, de repente parecendo acanhado.

— Está no meu quarto.

Pisquei.

— É uma desculpa para me levar ao seu quarto?

— O quê? Não.

Ele ficou de um tom profundo de ameixa, o rubor se rastejando até o pescoço. Eu estava rindo, mas, com sua reação, a graça passou.

Do nada, minha zombaria amigável deixou minha pele quente. Passei as mãos pela gola do kurta, como se pudesse limpar a sensação desconfortável de que eu tinha chegado perto de uma verdade que não queria admitir.

Tínhamos nos beijado.

Pegamos no sono com seus braços em volta de mim, sua respiração no meu pescoço. Tinha vezes que eu achava que havia imaginado a coisa toda. Mas então ele me fitava com olhos escuros, ou nossos dedos se esbarravam, e se tornava real de novo.

— O que é, então? — Eu me escutei perguntar.

— É mais fácil mostrar pra você.

Em todas as vezes que eu visitara o palácio e praticara com ele no campo de treinamento, Maz nunca havia me levado para seu quarto. Já tinha ido para a sala de jantar, para o salão particular onde sentávamos com sua irmã, mas nunca para o quarto.

Não que ir ao seu quarto fosse estranho antes, mas agora eu não conseguia evitar sentir o calor de seu corpo enquanto ele andava na minha frente guiando o caminho, não conseguia ignorar a empolgação no peito enquanto subíamos os degraus de pedra.

Ele abriu a porta de um cômodo grande, maior do que eu tinha presumido, com uma sala frontal conectada a um quarto e uma varanda de frente para a cidade.

Dei um assobio longo quando observei o ambiente luxuoso. Com certeza superava meu quartinho.

— O imperador quis garantir que seus filhos adotivos estavam sendo bem cuidados — comentou ele, um pouco envergonhado. — O quarto da Anam fica no fim do corredor.

Andei até a varanda e inspecionei a cidade abaixo. Ela se estendia como uma tempestade de areia inflamada, espessa e impetuosa em alguns lugares, espalhada e suja nas margens.

— Pelo menos você tem uma boa vista — respondi, positiva.

Mazin deu uma risada enquanto sentava na beirada da cama, revirando as gavetas ao lado dela, procurando alguma coisa.

— Você odeia a cidade.

— Verdade. — Mordi o lábio inferior, ponderando as próximas palavras. — Você também — declarei, baixo.

Ele ergueu a cabeça rapidamente, com a expressão cautelosa.

— Nunca te falei isso.

Dei de ombros.

— Não precisava. Sempre pareceu muito confinado aqui, como se sua jaqueta estivesse muito apertada e você não conseguisse respirar. Você era assim quando o conheci. Só que, na nossa vila, fica mais relaxado. Parece que tira o pé do saco quando chega e coloca de novo quando está com o imperador.

Ele inclinou a cabeça.

— Não sei dizer se você está me elogiando ou não.

Ri pelo nariz.

— Nem eu.

Fui até o divã e me joguei nas almofadas felpudas.

— É diferente na vila. — Sua voz saiu baixa, e alguma coisa me fez erguer o olhar e pensar duas vezes antes de me cobrir com o humor irritadiço que me servia como arma sempre que as emoções estavam perto demais da superfície. — Não tem a sensação de que todo mundo está te observando, esperando para ver que erro vai cometer. E ninguém parece se importar com linguagens sanguíneas, em como minha verdadeira ascendência vai se revelar no final. — Ele suspirou e caminhou até a sacada. Eu o observei, traçando a linha dos seus ombros com os olhos, enquanto afundavam de alívio ao se livrar do que quer que fosse o que ele estivesse carregando. — Quando estou na vila, quando a gente treina, quando estou com você... sinto que só sou avaliado pela minha habilidade com a espada.

— Você é — respondi, simplesmente. — É a única coisa que importa.

Ele me fitou. O cabelo escuro estava contornado contra o laranja escuro do céu, e seus olhos estavam tristes.

— Maz? — Eu me sentei. — Qual é o problema?

— Foi como falei. Você não liga para quem era minha família, eu não tenho que reprimir algo em mim que não posso mudar nunca. Com você, sinto que posso ser eu mesmo.

Algo no meu peito rachou com o som da sua voz.

— Por que você parece tão triste com isso?

Ele deu uma risada tensa.

— Porque acabei de perceber que sua vila é o lugar onde me sinto mais livre. No restante do tempo fico aqui, e preso nesta gaiola. — Ele gesticulou para os aposentos exagerados.

— Mas é uma gaiola bem dourada.
— Sim, é.

Peguei um punhado de pistaches numa tigela próxima e os joguei na boca, sem saber como responder. O que era nossa amizade agora que tínhamos nos beijado, confessado os sentimentos e abraçado um ao outro no escuro? Se ele ficava livre comigo, o que eu sentia de verdade quando estava com ele?

Eu sentia o mesmo quando lutava com qualquer outra pessoa?
Não.

Disso eu tinha certeza. Com ele, quando dançávamos na areia aberta, as espadas cintilando sob o sol, era como um raio no deserto vazio. Quando nossas lâminas se encontravam, era um suspiro de alívio.

Ele parecia ser meu par.

Engasguei com o pistache diante dessa revelação, tossindo seco na almofada do sofá. Maz virou alarmado e começou a bater nas minhas costas.

— Dani? Você está bem?
— Estou bem — respondi, engasgada, afastando-o com as mãos.

Eu me endireitei quando ele ofereceu um chá gelado de hibisco e eu o bebi avidamente.

Você nunca foi covarde, Dania.

Só que, no momento, eu me sentia uma. Ele tinha me dado algo real, e eu simplesmente comi algumas nozes em resposta.

Ergui a cabeça, perdendo o fôlego com a forma como ele, de repente, parecia estar mais perto. Maz se inclinou sobre mim, os olhos sombreados. Calor subiu por meu pescoço, mas não desviei o olhar do dele.

Você nunca foi covarde.

— Eu sinto o mesmo, falando nisso — soltei, as palavras engasgadas.
— O quê? Você também sente que está em uma gaiola dourada?
— Ele deu uma risada leve, sem olhar nos meus olhos, e reconheci o que estava fazendo.

Me dando uma saída.

Não tínhamos conversado sobre nossos sentimentos desde aquela noite, que agora parecia quase um sonho. Só que ele estava ao meu lado havia anos, e, quando ia embora, eu ansiava por ele. Quando ouvia o som das batidas dos cascos de seu alazão no caminho da vila, meu coração se alegrava.

Eu não permitiria que sua confissão fosse a única daquele dia.

— Também sinto que posso ser eu mesma com você — respondi, baixinho. — Me sinto livre.

Seu arquejo suave ecoou pelo silêncio entre nós.

E então, porque eu queria provar que a voz na minha cabeça estava errada, porque eu queria superar o pedaço incômodo de medo que me mandou duvidar, parar ou fazer qualquer coisa menos o que eu ia fazer, eu me inclinei para a frente e pressionei os lábios nos seus pela segunda vez.

Houve um segundo de tempo entre meus lábios encontrarem os dele e os seus responderem aos meus; e, nesse espaço, todo o medo que eu tinha no coração me consumiu. E se ele tinha se arrependido do que tínhamos feito? E se, em plena luz fria do dia, não estivesse mais interessado?

Mas então ele me beijou de volta.

Um falcão levantou voo em meu peito, o poder de suas asas batendo para fora da minha pele e forçando meu corpo todo a se elevar.

Ele segurou meu queixo, os calos ásperos no meu rosto me fizeram me aproximar mais, devorá-lo com mais voracidade, até nós consumirmos um ao outro.

Eu me recostei no sofá, e ele caiu comigo, se apoiando nos cotovelos.

Desabotoei os botões dourados delineando seu sherwani e tirei o casaco de seus ombros largos. Ele tirou a túnica.

Eu já o tinha visto sem camisa, sobretudo depois do treinamento, quando se lavava na água da bacia ao lado do campo. Sempre desviava o olhar, sem querer ser pega encarando, sem querer que ninguém notasse o rubor subindo por meu rosto. Só que, no momento, eu não tinha motivos para não encarar.

— Você está me deixando nervoso. É assim que sua cara fica quando vai me esfaquear. — Ele deu uma risadinha.

— Sabe que nunca gostei de fazer nada pela metade.

— Sim. É atordoante ter você colocando todo esse foco em *mim*.

Inspirei fundo.

— Indesejado? — perguntei, hesitante.

— Nunca. — Uma palavra, dita com tanta veemência que me tirou o fôlego.

— Eu... — Eu não sabia como ter aquela conversa, mas havia algo que eu tinha que contar a ele, então umedeci os lábios e recomecei. — Às vezes tenho cólicas fortes — soltei. — Quando chega minha menstruação.

Ele me encarou.

— Está tendo agora? — indagou, confusão contornando sua voz com minha mudança abrupta de assunto.

— Não, não estou... — Balancei a cabeça e respirei fundo. — Não estou me explicando bem. Tia Afra me deu chá pakaal para aliviá-las. Eu o bebo com frequência. — Engoli em seco. — Ele... muitas vezes é usado para prevenir gravidez.

— Ah. — Um rubor subiu por seu pescoço quando ele compreendeu.

— Sim. Agora dá licença que vou me jogar da sacada.

Ele riu e me espremeu no divã quando tentei levantar.

— Não, não faça isso. Pelo menos não antes de eu ter feito isso com você.

Bati nele, mas a mão permaneceu em seu peito. Nós dois fitamos meus dedos hesitantes na sua pele. Eu os desci, sentindo as cicatrizes pequenas espalhadas por seu corpo, muitas provenientes das nossas lutas.

— Eu marquei você — falei, com espanto na voz enquanto passava os dedos até seu umbigo. Ele arfou, e eu parei minha mão, meus dedos se curvando.

E então Maz abriu um sorriso lento e deliberado, e eu senti que estava prestes a entrar em combustão.

— Devo contar quais são as minhas favoritas?

Ele pegou minha mão, sem sequer esperar que eu respondesse, como se eu fosse capaz de encontrar minha voz de qualquer forma. Eu sentia que estava à beira de uma tempestade, ciente de que o caminho a seguir era perigoso, mas desejando sentir a chuva fria no rosto. Maz colocou minha palma na lateral da sua barriga tensa, e senti a pele elevada ali, como um gancho.

— Esta. — Suas palavras saíram baixas. — Lembra?

Tentei sorrir, mas estava se tornando cada vez mais difícil manter o humor leve com a intensidade sombria dos seus olhos.

Eu nem sei como esquecer.

— Claro. Eu tinha acabado de começar a treinar com cimitarras.

— Eu achei que tinha te vencido na hora, já que usei a minha muito mais rápido, só que você girou a espada no último instante, me acertando de lado.

— Estava fora de mim — soltei. — Eu ouvi você chorando de dor nos meus pesadelos durante semanas. Como essa pode ser sua favorita? A terra ficou vermelha com seu sangue, achei que tinha finalmente conseguido te matar.

Senti seus lábios se erguerem como se estivessem na minha própria pele.

— É por causa do que aconteceu depois. Você me costurou, se repreendendo o tempo todo, administrando a sálvia com um toque muito gentil, que eu não sabia que você era capaz. — Dei um tapa em seu braço, e ele se aproximou até seus lábios ficarem a centímetros dos meus. — Foi o máximo que a gente se tocou fora do treinamento, e eu soube naquela hora que nunca conseguiria tirar você da minha pele. Você me marcou, só que de vários jeitos. Não conseguia parar de pensar em você, na sensação das suas mãos. O sorriso de desculpas enquanto passava a sálvia, o jeito que seus olhos escureceram enquanto você se concentrava na costura.

— Você está dizendo que gostou quando te esfaqueei. — Minha risada saiu um pouco ofegante, a tentativa de humor presa no peito. — Só eu para encontrar um garoto com tanta sede de sangue quanto eu.

Ele levou minha mão até sua bochecha, e senti uma cicatriz comprida e enrugada ali, sob a barba fraca ao longo do maxilar.

— Essa aqui? — perguntou, a voz tão ofegante quanto a minha.

Engoli em seco.

— A primeira vez que você ganhou de mim numa luta aberta. Com certeza é sua favorita.

Ele soltou uma risada que retumbou por ele, me deixando completamente consciente de que estava sem camisa sobre mim.

— Não porque ganhei aquele combate, mas por causa do que aconteceu depois. Lembra?

Recordei quando aquilo aconteceu no ano anterior. Tinha sido no palácio. Meu pai fora encarregado de equipar a guarda real com novas armas e estava sendo convocado mais do que o habitual. Encontrei com Maz no campo de treinamento, o chão limpo com grama verde e não terra batida, as lâminas tão polidas que eu ansiava por sujá-las de sangue. Lutamos, e Mazin tinha usado meu próprio movimento contra mim: deslizou a espada pela borda da minha e depois a jogou para trás, e eu perdi o impulso. Mas não antes de cortar seu rosto com a espada larga, estragando sua vitória só um pouquinho com uma ferida feita por mim. Lembrei o que fizemos depois do combate e do gosto açucarado de kulfi na língua, o sorvete polvilhado de amêndoas — um doce raro que nunca tivemos na vila. Só que, mais importante, relembrei a sensação da risada vibrando por mim e de jogar o palito de kulfi no rosto de Mazin depois que ele mencionou a vitória contra mim pela milésima de vez.

— Depois — falei, enquanto processava a lembrança. — Comemos kulfi na grama, e você me contou da sua mãe. — Sorri, recordando de Anam correndo, grata por finalmente estarmos lhe dando atenção. — Depois jogamos lattoo com sua irmã até o topo do pião quebrar.

Ele assentiu.

— Seu pai se juntou a nós e jantamos no palácio.

Assenti, pensando no pequeno cômodo para o qual tínhamos ido, não uma sala enorme de jantar do palácio, mas sim um espaço aquecido e aconchegante usado pelos empregados. Maz tinha me contado que ele e Anam geralmente comiam sozinhos no palácio.

— O melhor ensopado de cordeiro que já provei.

— Foi o dia perfeito.

Concordei com a cabeça. Ele ergueu minha mão até o meio da sua palma.

— Essa aqui? — murmurou contra meu pulso.

Suspirei, o coração martelando com tanta força que era tudo que eu conseguia ouvir. Uma cicatriz em forma de aranha estava no interior da sua mão como um entalhe.

— Nossa primeira luta — falei devagar para acalmar meu pulso acelerado.

— Às vezes esfrego o meio da palma quando sinto saudade de você.

Fechei os olhos por um instante.

Depois peguei sua mão, colocando seus dedos sobre as juntas da minha mão direita.

— Essa cicatriz é da talwar que meu pai te deu. Antes de você ir para o norte com o imperador.

Ele deu um sorriso lento.

— Você ficou com tanta raiva por eu ter conseguido colocar as mãos em você.

Ergui uma sobrancelha.

— Jurei que nunca colocaria de novo.

Ele pôs as mãos no meu rosto.

— E agora?

— Fico contente em voltar atrás.

Sua respiração mudou, presa no peito, e senti o som profundo reverberar por mim. Seus lábios apanharam os meus novamente, e depois ele me ajudou a despir o kurta claro, nós dois tirando o restante da roupa até sobrar apenas nossas peles e as marcas do nosso passado entre nós. Tínhamos ajudado um ao outro a curá-las naquele momento, mas era mais do que as cicatrizes externas. Erámos duas pessoas solitárias que tinham encontrado consolo uma na outra. Eu sabia o objetivo de Maz ao repassar todos os momentos que tivemos juntos. Tínhamos nos entrelaçado, éramos parte um do outro, e, com ele, eu me sentia em casa.

Acariciei suas costas enquanto ele se movia em mim, sentindo as outras cicatrizes delineadas ali, muitas das partes feias da sua vida, as que eu sabia que ele não queria recordar.

— Devo te marcar de novo? — perguntei, a coxa ao redor do seu quadril, os lábios nos dele. — Devo te fazer meu? — sussurrei, sentindo o gosto do sal na sua pele.

Ele riu na minha boca.

— Você já fez isso.

Eu me arqueei para ele, a sensação de nós dois como poeira estelar pelo céu noturno limpo, e juntos mapeamos nossa viagem de volta para casa.

— Então, realmente era só uma desculpa, não era? — perguntei, com as palavras à beira da risada. Mazin se apoiou nos antebraços, o cabelo encantadoramente bagunçado, com uma expressão questionadora estampada em seu rosto. Sorri para ele. — Você me pediu pra vir ao seu quarto para me mostrar algo?

A compreensão suavizou seu rosto, e ele saltou da cama, sem se incomodar em esconder a nudez enquanto ia até um guarda-roupa grande de madeira no fim do quarto.

— Você podia pelo menos vestir alguma coisa — grunhi, um rubro de calor subindo rapidamente pelas bochechas com o vislumbre breve de seu corpo nu.

Sentei e me envolvi às pressas com meu kurta, que estava jogado.

— Mas isso teria me atrasado — disse, revirando o armário.

Ele retornou com um olhar triunfante no rosto, e tentei olhar para qualquer lugar, menos em sua direção.

— Coloca uma roupa! — gritei, tampando os olhos.

Ele soltou uma risada.

— Como você é tão sensível? Já viu meu corpo milhares de vezes.

— Não assim — resmunguei. — E não logo depois da gente... não assim.

— Tá bom. Vou me vestir. Mas pegue isso primeiro.

Tirei a caixa de sua mão sem olhar para ele. Ele deu uma risada gostosa e vestiu uma túnica comprida marfim que tinha descartado no chão mais cedo.

— Pronto, pare de corar e abra. É a prova de que não te arrastei para o meu quarto pra me aproveitar de você.

Ergui uma sobrancelha.

— Acho que vai descobrir que *eu* me aproveitei de *você* — respondi, cruzando os braços.

Ele se inclinou e me beijou.

— Se aproveitou mesmo. Agora abra.

Desdobrei o papel prensado envolvido na caixinha. Flores silvestres onduladas cobriam o exterior. Ergui a tampa de madeira. Debaixo, havia uma adagazinha de ouro, um pingente com uma lâmina de verdade, que não era maior do que meu mindinho. A adaga tinha a cabeça de um halmasti e a borda curvada, igualzinha a uma que meu pai havia feito.

— Como você...?

— Tem um joalheiro no norte que elabora com maestria pingentes personalizados, como nunca vi. Ele faz trabalhos para o imperador, então não ficaria surpreso se ele lhe fornecesse zoraat. Ele transforma ouro e aço em obras de arte. Perguntei se podia criar isso, e ele o fez.

— É perfeito — declarei, com um nó cheio de emoção na garganta.

— Finalmente achei uma joia que você vai usar. — Ele me deu um sorriso de lado. — E é claro que é uma adaga. — Então ficou sério. — Você vai usá-lo, não vai?

Passei o polegar na cicatriz nas juntas da minha mão e fitei seus olhos escuros.

— Nunca vou tirar.

TRINTA E SETE

MAZIN ME LEVOU ATÉ SEU QUARTO. EU DEVERIA TER ficado alegre com a reviravolta. Aquele seria mais um momento que eu usaria contra ele, mais um modo de ter minha vingança.

Mas tudo que eu sentia era a agitação nauseante do estômago, e a apreensão crescente a cada passo. Eu queria que ele sofresse, mas não sabia se eu estava pronta para aquilo.

Ainda não.

Chegamos ao quarto que eu conhecia muito bem, embora ele não tivesse nenhuma ideia de que eu já havia estado ali. As lamparinas estavam acesas e lançavam um brilho suave pelo cômodo escuro. Não consegui evitar recordar a última vez que estivera ali, e pensar em como as coisas eram diferentes. Na época em que podíamos contar segredos um ao outro, confessar qualquer arrependimento sem medo de julgamento.

Na época em que eu o amava.

E agora eu estava diferente.

Só que ele estava diferente também, mesmo que fosse eu com um rosto novo. Lancei um olhar furtivo na sua direção e espiei as manchas escuras sob seus olhos, como se ele não dormisse havia um ano. Seu rosto estava magro, o que, frustrantemente, o deixava mais bonito. Parecia que um pouco da sua juventude inocente o tinha abandonado, e, no seu lugar, havia frieza e astúcia. Um assassino.

Eu compreendia isso, pois era uma também.

Nós éramos o que ele tinha feito de nós.

— Você tem algo para me mostrar? — perguntei, como se nós dois não estivéssemos ali por um motivo completamente diferente.

Minha respiração estava presa no peito, a pressão era insuportável. Apertei as mãos nas coxas para acalmar os tremores.

Eu precisava de distância. Precisava de tempo para me recompor antes de seguir por aquela estrada sombria.

— Sim — respondeu, a voz honesta.

Ele foi até a mesa, uma de mogno escuro que substituía o gabinete que antes ficava ali. Passei o olhar pelo quarto e encontrei outras coisas que estavam diferentes: o quarto parecia mais escuro, como se o vazio de seus olhos tivesse se infiltrado no tecido, nas paredes, e criado um quarto de sombras. Não havia mais cor nem vida. Antes, ele tinha uma pintura de uma flor de jasmim na parede que sua irmã havia pintado, mas aquele quadro também foi removido, deixando apenas um contorno fraco onde ele estivera. Mazin caminhou até mim, porém um movimento do outro lado do quarto chamou minha atenção.

Uma pequena sombra preta se aproximou saindo da escuridão. Dei um salto para trás, ajustando a visão, tentando descobrir o que estava vendo. Será que Mazin estava consumindo zoraat também? Ele tinha dado vida às sombras? Esbarrei em Maz atrás de mim com um grito, e ele pressionou uma mão firme em meu ombro.

— O que...

A criatura saiu do breu, na minha direção, e, por trás do choque e do pavor, algo se registrou no fundo da minha mente.

Um gato pulou nos meus braços, um gato que já tinha sido meu.

E, se antes eu sentia que não conseguia respirar, agora eu estava me afogando. Apertei a bola de pelos escuros contra o peito, os olhos ardendo.

Eu não podia chorar. Não agora. Mordi o lábio com tanta violência que arranquei sangue para afastar as lágrimas.

Lutei para achar uma resposta.

— Eu não estava esperando um gato no seu quarto... — disse sem jeito.

— Jalebi costuma evitar estranhos. Me desculpe por te assustar. — Ele pronunciou as últimas palavras com uma fraca pontada de diversão, como se fosse impossível sentir medo da gata grudada em mim.

Ele se moveu para tirar a gata dos meus braços, mas me afastei dele, abraçando ainda mais Jalebi.

— Não, tudo bem. Só fiquei surpresa. — Acariciei sua cabeça com delicadeza. — Ela é adorável.

Enterrei o nariz em seu pescoço peludo e fechei os olhos ao ouvir seu ronronado. Eu tinha me esquecido do quanto sentia sua falta, e percebi também o tamanho da saudade que eu ainda sentia da minha vida antiga.

Ele inclinou a cabeça.

— Não deixe minha irmã escutar você dizer isso. Jalebi tende a atacar qualquer um que chega perto dela. É um pouco selvagem.

Enrijeci com seu tom zombeteiro.

— Então, por que a tem?

Ele parou, um leve sorriso no rosto.

— Ela era de alguém que conheci, e quis garantir que tivesse um lar.

Não consegui evitar que a careta cruzasse meu rosto.

Ela teria um lar de verdade se você não tivesse me prendido, seu babaca egoísta.

— Bem atencioso da sua parte — comentei entredentes. Eu devia estar parecendo tão feroz quanto Jalebi.

Ele esfregou a nuca, de repente tímido.

— Enfim, é isso que eu queria mostrar.

Ele me entregou uma caixa e coloquei Jalebi na cama. Ela miou em protesto, mas voltei minha atenção para a arca de madeira complexa. Era bem parecida com a que ele havia me dado em seu quarto antes, exceto que esta caixa era maior e estava desembrulhada.

— Um presente? — perguntei, cautelosa.

Recordei do último, algo que pensei que guardaria para sempre. Em vez disso, era um lembrete de sua traição, e sua mordida fria ainda repousava em meu peito.

— Mais ou menos. Eu o achei quando estava no sul, cuidando da revolta lá semana passada. — Ele deu um sorriso acanhado. — Me lembrou você. — Sua voz saiu baixa, como se não ousasse pronunciar as palavras.

Inexplicavelmente, calor surgiu dentro de mim, e meu peito pareceu que ia explodir.

Eu queria cortar meu coração traiçoeiro fora e o jogar no carpete. Não era comigo que ele estava falando, mas com Sanaya. Não era em mim que tinha pensado, mas na criatura que eu havia criado. E, ainda assim, meu rosto corou com a atenção, meu pulso batia violentamente. Era como se meu coração não conseguisse se reconciliar com minha cabeça e fosse ele quem controlava todas as minhas emoções. Tentei cortá-lo, como se pudesse parar o fluxo de sangue para o órgão alojado no meu peito, o motivo de todas as minhas fraquezas. Só que, ainda assim, meus dedos tremeram quando abri a caixa.

No interior, uma adaga cintilava, osso de camelo liso moldado em uma cabeça de cobra, uma lâmina curva elegante com uma bainha de filigrana de prata.

Uma adaga. Mazin tinha dado à garota que usava joias uma lâmina, assim como tinha dado um colar a uma espadachim. Pelo menos era consistente em suas incoerências.

— Não sei o que dizer. — Minha voz estava presa. — É linda.

Linda era uma palavra inadequada demais. O osso de camelo estava tão polido que brilhava, a cobra tão detalhada que eu quase podia sentir suas escamas sob os dedos.

— Eu sabia que ia gostar.

Ele me observava com olhos escuros, a expressão fechada. Cerrei a caixa com um baque que ecoou entre nós. Engoli em seco, uma sensação desconfortável que eu não conseguia definir bem. Não podia ser culpa, não se ele tinha feito tanta coisa contra mim. Não se merecia o que eu ia fazer com ele.

— Amei — forcei, sabendo que deveria dizer algo em resposta.

Era uma mentira, e a ouvi nas palavras. Porque, bem ali, eu odiei aquela lâmina com cada parte do meu corpo. Odiei que me fazia pensar nele como humano, que comprava algo atencioso para alguém em quem ele estava pensando. E, mais importante, eu não sabia se queria beijá-lo por me dá-la ou curvar os dedos no punho e cravá-la em seu peito.

Mazin se aproximou, sua presença obscura como uma sombra, o alívio de um abrigo em um dia calorento. Soltei a caixa e pressionei as palmas enluvadas nas coxas, com os pensamentos um turbilhão de confusão.

Por um instante, fechei os olhos para fazer tudo parar, e saboreei o silêncio repentino.

E, nele, ouvi a voz de novo.

Vingança.

Minhas mãos queimaram onde as manchas serpenteantes estavam. Daquela vez, a voz foi um sussurro suave. Soou suspeitamente familiar, embora eu não conseguisse identificar bem. E, já que ninguém mais a ouvia além de mim, cheguei à conclusão de que saía da minha cabeça.

Mas era muito difícil recordar que eu estava ali por vingança quando Mazin me rodeava com todas as lembranças que haviam me feito amá-lo.

Abri os olhos, e Mazin voltou à vista.

Eu precisava confiar no meu instinto. Era a única coisa que tinha me ajudado a passar por cada batalha, cada luta.

Eu me inclinei para ele, saboreando a familiaridade entre nós. No seu quarto, cercada por ele, cercada por *mim*.

Depois suas mãos, os calos em meus ombros, então no meu maxilar.

Ele me beijou, os lábios encontrando os meus como uma pergunta, uma que respondi prontamente. Afastei a perturbação que senti e pensei somente *nele*. No jeito que fazia eu me sentir, nos sons no fundo de sua garganta quando se pressionava em mim. Eu o beijei de volta com tudo que tinha, e de repente não era o suficiente, e voamos juntos, espiralando por uma montanha de raiva, paixão e desejo tão feroz que eu mal conseguia respirar.

Mas então a agitação nauseante no fundo do meu ser cresceu, aquela tortura aumentando e se aprofundando, mais sombria, como um abismo pronto para me engolir inteira. O mesmo pensamento ficava repassando na minha mente.

Ele acha que você é outra pessoa.
Ele acha que você é outra pessoa.

Meu estômago se agitou. Senti o gosto de cinzas na boca. Eu me afastei dele com todas as forças que tinha, praticamente o jogando contra a parede.

Nossas respirações ofegantes preencheram o silêncio do quarto. Seus olhos escuros estavam selvagens enquanto me absorviam, os lábios vermelhos do nosso beijo.

— Não posso — falei, desesperada, sem me importar com sua reação.

Eu não podia tomar aquele caminho, independentemente de qual era minha vingança. Cada parte do meu sangue se rebelou contra o que eu estava fazendo, contra quem eu estava me tornando.

Se eu o levasse até ali, Mazin não estaria realmente dizendo sim. Não teria concordado em ficar *comigo*, e sim com Sanaya.

— Não posso — repeti, tocando os lábios inchados, deixando as palavras pairarem no ar.

Depois corri do quarto, sem me incomodar em esperar por uma resposta, sem pegar a adaga que ele tinha acabado de me dar, desesperada para fugir daquele destino que eu tinha construído para mim mesma.

TRINTA E OITO

Corri pelos corredores do palácio, me segurando o máximo que pude até achar um cômodo vazio para me esconder, longe dos artistas e da multidão. Fiquei no escuro, com as costas apoiadas na porta, minha respiração ofegante o único som além da folia abafada.

E então desmoronei.

Finalmente permiti que as lágrimas caíssem.

Por meu pai.

Pelo amor que tinha no coração por Mazin.

Mas, acima de tudo, por mim, porque, embora tivesse fugido da prisão, parecia que eu ainda estava lá.

Soluços sacudiram meu corpo enquanto eu me curvava, com o rosto encostado no chão, e chorava por tudo que nunca mais teria de volta. Eu me abracei sentindo o mármore frio na pele, desejando, não pela primeira vez, que pudesse voltar no tempo para quando as escolhas pareciam fáceis e cada passo não fosse uma traição a mim ou a minha família.

Com o tempo, meus soluços pararam, e pressionei as palmas das mãos nos olhos, limpando as lágrimas.

Sentei lentamente. Era aquilo o que eu me permitiria fazer.

Essa pequena dose de emoção, antes de vestir a armadura mais uma vez e sair para o campo de batalha. Enfiei os dedos no cabelo e massageei meu couro cabeludo para suavizar a dor ali, desejando ter um pouco do óleo de mostarda aquecido da tia Afra para me acalmar.

O imperador não tinha chegado às festividades ainda, e eu não podia ficar escondida naquele quarto. Eu não despedaçaria. Não agora. Força de vontade era a única coisa me mantendo firme para levar aquilo até o fim.

Levantei e perambulei pelo cômodo escuro, secando o rosto e deixando a emoção sair de mim para ser substituída por uma lâmina de aço. De algum jeito, consegui abrir a porta de novo, voltar para o bando de gente rindo e gritando com o poder djinn em exibição. Mas seu poder de verdade — mais do que simplesmente truques de artistas de rua — também estava sendo exibido, só que eles não percebiam.

Ele poderia ser transformado em uma arma viva. Poderia reconstruir a pele que usava, reformar seus ossos.

Era possível conquistar impérios com ele.

Procurei Noor pelo espaço, mas não avistei seu cabelo avermelhado. Depois de alguns instantes, a multidão de gente começou a silenciar, e os artistas pararam de ingerir o zoraat. O barulho logo se tornou um sussurro, e as pessoas pararam, à espera.

O imperador estava vindo.

Eu tinha apenas algumas lembranças do imperador, de quando meu pai tinha me levado ao palácio. Vahid escolher me usar como seu fantoche político mostrava que ele havia me notado mais do que eu sequer imaginara. Ou talvez Mazin que tenha feito a sugestão.

Do nível superior do palácio, a multidão se separou. O imperador passou por ela como se tivesse nascido para isso.

Só que não tinha. Vahid tinha começado como um fazendeiro humilde antes de fazer uma barganha com um djinn que o ajudou a tomar um império.

Ninguém podia duvidar da magnificência da sua vestimenta — sherwani dourado, botões feito de diamantes, sapatos esmeraldas curvados para cima bordados com prata e pérolas, e uma tiara com brasão de rubis e uma joia no topo feita com o bem mais precioso de todos: magia djinn.

Se você ignorasse a roupa, Vahid era um homem simples e mediano. Ainda assim, sob o cabelo grisalho, a pele pálida com uma aparência amarelada e uma estatura baixa e modesta, estavam os olhos pretos cintilantes de um usurpador.

Eram sempre os olhos que me deixavam mais alerta.

Eram os olhos de alguém que tinha sido devorado pela ânsia por poder.

Ele se moveu entre as pessoas e falou algumas palavras com alguns dos membros da corte, os puxa-sacos que tinham lambido seus pés quando ele chegou à capital. Ele estava cada vez mais próximo, e apertei mais a adaga, enfiada no bolso do kameez.

Eu poderia acabar com aquilo agora. Minha lâmina podia perfurar seu coração, esfaquear seu casaco brocado e sangrar o zoraat em suas veias.

Isso terminaria.

A multidão se partiu ao meu redor com sua aproximação, e eu tinha presumido que Vahid passaria direto por mim, mas ele parou, seu olhar inquisitivo sustentando o meu. Depois seus olhos deslizaram sobre minha cabeça, pousando em alguém atrás de mim.

Mazin.

Eu não queria encará-lo. Não depois do jeito que eu tinha acabado de reagir, do que quase tinha feito. Eu me endureci para fitar seus olhos, dando um suspiro profundo e enrijecendo os ombros. E então virei a cabeça.

E fiquei cara a cara com Thohfsa.

TRINTA E NOVE

—NÃO ESPERAVA QUE JÁ ESTIVESSE AQUI, DIRETORA.

A voz do imperador retumbou atrás de mim, só que mal distingui suas palavras, nem a resposta dela. Diante de mim estava Thohfsa, a mulher que eu tinha esfaqueado tranquilamente na barriga com uma espada enferrujada. Que tinha torturado e aterrorizado tanto a mim quanto a Noor.

Noor.

Um golpe de pânico disparou por mim ao compreender que eu tinha um disfarce, um rosto novo entalhado pelo poder djinn, mas Noor não.

E Thohfsa sabia exatamente quem ela era.

Tentei não reagir, não mudar nem um pouco a expressão ao ver Thohfsa perto o suficiente para tocá-la. Mas isso não teria importado, porque ela mal me olhou. Encarava o imperador com um brilho desequilibrado nos olhos, como se fosse uma hiena e o imperador, um açougueiro com um balde de cortes frescos. Eu reconhecia uma devota quando via uma.

Vahid tinha dado poder a Thohfsa, algo que ela nunca tinha tido antes, e ela se embebedara com ele.

Varri os olhos por seu corpo, tentando encontrar alguma evidência de como ela poderia estar em pé na minha frente. Seu cabelo preto estava besuntado para trás, e a expressão de escárnio que ela em geral usava tinha sido substituída por um sorriso angelical.

Parecia estar com uma saúde excelente, o que não deveria ser humanamente possível.

Porque não era humanamente possível.

Minha mente voltou para o dia em que eu e Noor escapamos. Thohfsa havia levado um curandeiro djinn para a prisão naquele dia para que pudesse curar Noor. A diretora podia ter se curado assim também — se meu golpe na barriga não a tivesse matado, então teria tempo de convocar o curandeiro antes de a hemorragia se tornar fatal.

Curvei os dedos nas palmas, observando seu sorriso seboso enquanto conversava com o imperador, recordando a última vez que tinha me surrado e os vergões que eu tinha por causa do couro de seu cinto.

Eu simplesmente teria que matá-la outra vez.

— Há um motivo para você estar me encarando, sahiba? — A voz anasalada cortou meus pensamentos. Ela tinha virado o olhar desequilibrado para mim.

— Achei que a gente se conhecia — respondi, calma, o rosto ainda em uma máscara enquanto me relembrava que ela não tinha ideia de quem eu era. — Mas estou vendo que me enganei.

Ela inclinou a cabeça, com um olhar astuto.

— Tem certeza?

Arfei de pânico. Não era possível ela saber. O imperador parou atrás de mim e pigarreou.

— Tenho uma atualização para o senhor sobre a situação que conversamos — declarou Thohfsa para o imperador, sem tirar os olhos de mim.

Ele semicerrou os olhos.

— Aqui não.

Ela assentiu, tensa. Então o imperador retornou o olhar para mim, estreitando os olhos brilhantes. Senti algo rastejar por minha pele com sua atenção. Aquele homem tinha orquestrado a ruína da minha família, e não se importava com quem matava ou destruía, contanto que ajudasse em seu objetivo de obter mais poder.

— Quem é você?

Abri a boca para responder, mas Thohfsa se adiantou.

— Essa é Sanaya dos povos nortenhos.

Eu me assustei, o coração saltando pela boca. Mas ela sorriu e continuou:

— Ela veio bajular o senhor em nome do pai. Também soube que resgatou sua filha adotiva de um bando de bandidos de rua.

A diretora riu, um som estridente que perfurou minha pele como um chicote. Como ela sabia de tudo isso? Vinha perguntando de mim pelo palácio? Cerrei os punhos para evitar que tremessem.

— Ah, sim — respondeu o imperador, com a voz agradável. — Mazin mencionou algo sobre você. — Ele meneou a cabeça em minha direção, deslizando os olhos por mim sem realmente me ver. — Agradeço por ajudar alguém da minha casa.

Alguém da casa dele. Não seu filho. Não sua filha. Se Anam morresse, será que ele sequer perceberia? Algo sombrio se formou dentro de mim. Aquele homem não se importava com ninguém além de si mesmo.

Nem comigo. Nem com meu pai. Nem com aqueles que tinha criado como filhos.

Vingança.

A voz serpenteou dentro de mim, ao meu redor, ecoando nos ouvidos. Eu conseguiria. Naquele mesmo instante, podia pegar a adaga e, com um rápido movimento de pulso, cortar a parte carnuda do seu pescoço antes que ele pudesse usar qualquer poder djinn.

— Foi um prazer, excelência. — Eu me ouvi dizer com os dentes cerrados enquanto fazia uma reverência.

Aquele não era o momento. Eu não me importava com o que aconteceria comigo depois que estivesse feito, mas ainda precisava cuidar de Mazin, e não tinha ideia de onde Noor estava.

E ver Thohfsa e o imperador juntos tinha abalado minha confiança. Eu queria conversar com ele, me aproximar, mas não desse jeito. Assim parecia que a diretora estava dando as ordens, controlando a situação, por um motivo que eu ainda não tinha total certeza. Só que o imperador não tinha ciência da minha agitação e se afastou, conversando com outras pessoas da corte e caudilhos que tinham vindo lhe prestar homenagens.

Lancei o olhar ao redor procurando por Noor na multidão.

— Procurando sua pequena ajudante?

Meu coração congelou com a voz anasalada.

Sua pequena ajudante.

Thohfsa sabia.

Ela sabia quem eu era, quem eu *era de verdade*. Enrijeci, atenta, a memória muscular reconhecendo o perigo e a batalha.

Mesmo que estivéssemos nos encarando com ódio num espaço abarrotado de gente e de folia, não estávamos mais fingindo. Estávamos em combate.

Pressionei a mão na lâmina sob meu kameez, sem deixar que ela tivesse mais vantagem. Ela tinha nos aterrorizado na prisão e usado o poder para tentar me dominar. Só que no momento estávamos em pé de igualdade.

— Se não estivéssemos no meio de um salão cheio, eu te estriparia de novo. — Minha voz saiu baixa e muito tranquila, mas eu soube que Thohfsa ouvira pelo aperto em seus lábios e a dilatação em suas narinas.

— Nem está tentando negar, pelo visto — falou, ofegante, curvando os lábios.

— Para quê? Parece que você já sabe de tudo — respondi, perigosamente suave.

— Veremos que segredos você revelará quando o imperador estiver te interrogando. — Suas palavras não foram veementes, não tinham nenhuma convicção.

Um blefe.

— Você já teria contado a ele. Teve muitas oportunidades. — Passei os olhos por seu rosto teimoso quando percebi algo. — Não, você quer alguma coisa de mim.

Naquele momento, também soube por que não tinha avistado Noor ainda.

Raiva preencheu minhas veias, quente e devoradora. Avancei sobre Thohfsa, tão perto que ela não poderia dispensar a sinceridade em cada palavra que eu estava prestes a dizer.

— Onde está Noor? — grunhi, desembainhado a adaga, sem me importar com quem notasse o vislumbre da lâmina na multidão. — Se você não a soltar, vou fazer com que deseje que tivesse morrido na primeira vez que te matei.

Thohfsa era uma ditadora brutal na prisão que governava, só que, no corpo a corpo comigo, não podia me vencer, e ela sabia. Seus olhos se arregalaram, mas se manteve firme.

— Ela deveria ter escondido o rosto também, sabe? Imagine minha surpresa quando vi a vermezinha perambulando com toda a calma do mundo no meio do palácio do imperador. Soube, então, que vocês duas tinham encontrado o tesouro de Souma. — Sua voz falhou, mas ela continuou, tornando-se mais confiante enquanto a minha convicção diminuía. — E você vai me entregá-lo. Tudo. — Ela sorriu como um tubarão depois de sentir o gosto de sangue. — Se não o fizer, sua amiga não vai ficar viva por muito mais tempo. E vou revelar tudo para o imperador, que te fará pagar.

Suspirei, tentando acalmar o pânico efervescente, desejando que Thohfsa não tivesse poder sobre mim mais uma vez.

— Você pode fazer isso mesmo assim — falei com um desinteresse fingido, esfriando o tom anterior.

Ela não iria saber quanto poder eu realmente tinha. Nem o tamanho da minha dívida com Noor.

— Mas você não quer dividir o tesouro de Souma com Vahid, quer? — Inclinei a cabeça, examinando-a. Depois de tudo, as ações de Thohfsa ainda eram ditadas pela ambição, pela ganância por poder.

— O imperador não vai dividir. Ele vai tomar tudo e me deixar com uma ninharia. — Ela cuspiu no chão. — Mas não se engane: entrego você e Noor a ele num piscar de olhos se não me der o zoraat.

Emiti um grunhido profundo, vindo da garganta. Meus planos bem estruturados estavam escapando entre meus dedos.

— Vou te dar o zoraat — declarei, finalmente, observando sua expressão se tornar alegre. — Só me fale onde Noor está.

— Não sou idiota. Vou entregá-la a você depois que o tesouro estiver em minhas mãos.

Balancei a cabeça, a adaga ainda nos meus dedos curvados. Mas eu não podia matá-la agora, porque talvez nunca soubesse o que tinha feito com Noor.

— Não vou te entregar nada até saber que ela está bem e em segurança.

— Tudo bem. Me encontre na ponta do bazar perto da figueira-de-bengala amanhã ao pôr do sol. Vou estar com sua amiga, e você vai estar com meu poder.

Dei um aceno de cabeça tenso e esperei até que ela desse meia-volta e fosse embora, tentando não imaginar todas as formas em que tinha falhado com Noor e torcendo para que ela já não estivesse morta antes de eu montar um plano para tirar nós duas daquela situação.

QUARENTA

Voltei para nossa casa em Basral e peguei as melhores armas do meu pai. Eu tinha todo tipo de espada, uma infinidade de adagas e uma besta. Eu tinha zoraat e ouro, o que me possibilitava contratar quantos mercenários quisesse para derrubar a diretora. Mas tudo seria em vão se Noor já estivesse morta e Thohfsa tivesse contado alguma coisa ao imperador.

Ela era gananciosa, assim como Casildo e Darbaran. Eu podia usar essa fraqueza contra ela. Mas não arriscaria manter a magia djinn se significasse a morte de Noor. E eu não poderia deixá-la morrer.

Soltei o ar entre os dentes cerrados, tentando formar um plano que permitiria que Noor e eu saíssemos dessa com vida e ainda capazes de derrubar Thohfsa, Vahid e Mazin. A necessidade de vingança ainda ardendo em minhas veias.

Só que, se Noor estivesse viva, independentemente da vingança que fermentava em meu sangue, eu poderia garantir que continuasse respirando.

Tínhamos feito aquilo juntas. Tínhamos fugido, elaborado planos e ficado de luto por nossos pais juntas. E agora eu tinha que descobrir um jeito de recuperá-la.

Deitei no chão do quarto, as pedras frias contra minha bochecha.

Se eu desistisse de tudo que tinha em troca de Noor, então quem eu seria?

A garota que não lutou pela memória do pai, que deixou impunes as pessoas que o mataram e o traíram? Se eu desistisse do zoraat em troca da segurança de Noor, estaria abrindo mão da retaliação pelo meu pai. Se eu ignorasse Thohfsa e seguisse com a vingança, então minha única amiga no mundo morreria.

O buraco em meu estômago parecia infinito, como uma ferida aberta que nunca se curava.

Se eu a deixasse, como seria diferente de Mazin? Casildo? Darbaran?

Raiva fria me afogou, e minha visão escureceu como uma tocha bruxuleante. Eu podia até senti-la na boca.

Tirei as luvas que revestiam minhas mãos e examinei as manchas pretas. Tinham se espalhado, brotando do centro da minha palma e da ponta dos dedos e se estendendo até os pulsos. Era como uma tatuagem estranha — como se eu tivesse mergulhado a pele em tinta preta e deixado as gotas serpentearem pelos braços. O que significava? Eu estava tomando zoraat em excesso? Ele estava me infectando como um veneno?

Eu nem tinha mais como perguntar para Noor.

Só que, a cada momento, ficava mais difícil conter a fúria e a sede de sangue.

Fechei os olhos e senti um poder familiar correr por mim — dessa vez não tinha nada a ver com magia djinn ou zoraat, e sim com meu próprio poder, aquele que tinha me levado até ali, que tinha voltado por Noor na enfermaria e nos tirado daquela prisão.

Troquei meu shalwar kameez pesado por uma túnica preta lisa e calça legging, e amarrei o cabelo para trás. Eu tinha uma chance de conseguir Noor de volta e iria aproveitá-la.

Eu conseguiria fazer isso e ainda vencer.

Mesmo sem nenhuma magia.

Mas eu resgataria Noor *e* manteria o poder que tínhamos tomado.

Com um novo ímpeto, empacotei as armas de que precisava e me preparei para partir. Só que, quando passei pelo espelho grande do quarto, parei.

Algo me deteve, algo um pouco estranho em meu reflexo. Toquei meu rosto, as bochechas, o nariz.

Parecia *eu*.

Percebi com um choque que aquela noite era quando eu deveria tomar outra dose de zoraat e que o poder já deveria estar se esvaindo, num ritmo mais veloz do que antes.

Corri para a bolsa com sementes djinn, escondida sob duas pedras no chão. Eu a puxei e a abri.

As sementes multicoloridas brilharam para mim sob o luar, com quantidades diferentes, texturas distintas e completamente desconhecidas para mim.

Noor não tinha me ensinado a preparar a mistura, e eu não confiava no meu próprio conhecimento. Poderia funcionar muito bem ou me queimar de dentro para fora.

Sentei sobre os calcanhares e bati os punhos no chão.

Depois berrei com a voz rouca para a noite.

Não poderia terminar assim. Eu teria que enfrentar Thohfsa e seus guardas apenas com a espada.

Minha espada e meu rosto verdadeiro.

E se eu falhasse?

Por fim, ergui um frasco, uma única dose da quantidade e cor certas do que tinha visto Noor usar com mais frequência. Era vermelho-escuro, pó fino, como areia. Se eu engolisse tudo, com certeza ganharia poder o suficiente para transformar minha aparência e libertar Noor.

Ou morreria.

Minhas mãos tremiam, o frasco de vidro estava na ponta dos meus lábios. Mas será que eu precisava desse poder?

Só que, antes que eu pudesse engolir o resto do zoraat, um baque pesado soou no pátio, o barulho como de um corpo caindo, seguido de vidro se quebrando.

Fiquei de pé. Noor tinha triplicado o número de guardas desde o ataque de Darbaran, então deveria ser impossível passar pela segurança.

Será que era Thohfsa voltando atrás no acordo e vindo me pegar de surpresa em casa?

Talvez tivesse contado ao imperador quem eu realmente era e Vahid mandara cercar a casa com seus soldados.

Peguei a talwar na cama e caminhei pelo corredor, em direção ao jardim. A casa estava sinistramente quieta. Parei na entrada do corredor, espiando uma empregada perto do divã, encarando o lado de fora, um copo de vidro quebrado aos seus pés.

— Vira?

Ela não se mexeu. Pensamentos se agitaram dentro do meu cérebro, gritando para mim, tentando dar sentido ao que eu estava vendo. Me aproximei dela, com a espada no ar, e olhei seu rosto.

Estava congelado.

Seu rosto era uma máscara de choque, olhos arregalados, focados no jardim exterior, o efeito de uma estátua macabra, desconcertante, de pé na sala principal.

Acenei a mão na sua frente, mas ela nem piscou.

Apertei mais os dedos em torno do punho da lâmina. Minha respiração estava áspera e alta no silêncio da casa. O ar estava frio quando saí. Havia um guarda no canto do jardim, também imóvel, olhos fixos em mim, como se não conseguisse desviar.

Medo se rastejou pela minha espinha, e senti a sensação pesada da presença de alguém antes de vê-lo.

Um hálito suave pousou na minha nuca.

Girei, com a espada erguida. Mas ela congelou nas minhas mãos. Tentei mover a lâmina, mas meus braços estavam presos no ar.

Havia uma figura de pé com uma capa tão comprida que tocava as pedras no chão. Olhos escuros brilhavam debaixo do capuz, me observando com fome.

— Quem é você? — perguntei, ofegante, aterrorizada com a possibilidade de minhas palavras estarem tão congeladas quanto a talwar na minha mão.

— Você sabe quem eu sou.

Fechei os olhos, sem querer verbalizar o que eu suspeitava.

Porque dizer em voz alta significava que aquilo tinha se tornado algo muito além do meu controle. Que eu não só tinha que lidar com meu próprio mundo, mas também com outro.

Um oculto.

Houve um instante silencioso tão longo que uma vida inteira pareceu se estender entre nós. E então falei uma única palavra, aquela que eu tinha ficado com medo de pronunciar:

— Djinn.

QUARENTA E UM

O DJINN DIANTE DE MIM SORRIU, OS DENTES RETOS E BRANCOS, como pequenos fragmentos de diamantes num rosto sem idade.

Ele parecia humano como eu, só que mais velho. Ou mais novo. Eu não sabia dizer bem. E me fitava como se me conhecesse, o que achei ser um problema bem maior.

Eu não queria que um djinn me conhecesse.

— Você é diferente da última humana com quem barganhei. Ela tinha uma vingança obscura na alma que não podia ser contida. Mas Vahid tinha a mesma fome que você.

Sua voz perene disparou por mim, fria e impessoal. Então seu controle sobre meu corpo diminuiu, e meus membros congelados abrandaram até a espada cair. As palavras estavam presas na minha boca como ghee fria, mas superei meu medo. Noor ainda estava presa, e eu não tinha muito tempo para ajudá-la.

— Você é o djinn que deu poder a Vahid?

Ele sorriu de novo, como se estivesse satisfeito com a minha pergunta. Ou melhor, como se tivesse orgulho dela.

— Vahid era um simples fazendeiro na época, furioso com as injustiças dos reinos. — O djinn riu, embora seu rosto mal tenha se movido. — Ele tagarelou sobre como as crianças na vila dele morriam de fome e que faria o rei pagar por criar a miséria. Ele tinha tanto *ódio* dentro de si. — Ele soava alegre. — Eu o alertei que, se quisesse meu poder, também teria que aceitar o preço. Eu o avisei, mas, veja, ele não escutou. — Os olhos do djinn estavam ávidos.

Arfei bruscamente, uma palavra queimando meu interior como ácido.

— O *preço?* — Minha voz saiu como um sussurro, e eu não sabia se estava com mais medo da pergunta ou da resposta.

O djinn se aproximou, os olhos brilhando.

— Com certeza você sente! Hein? A deterioração de si mesma. A escuridão a corroendo quanto mais você consome. Alguns levam anos para sentir isso. Mas humanos que usam tanto quanto você, que *sentem* o tanto que você sente, experimentam quase que imediatamente.

Minha mente se agitou. A voz que eu ouvia. Aqueles momentos de raiva profunda que me fizeram achar que eu estava enlouquecendo. Ela tinha quase me dominado quando estive com Mazin, me instigando a me vingar, só que minha própria consciência revidou. Segurei com força o punho da espada, os dedos instáveis, apesar de saber que a lâmina não serviria de nada contra a criatura diante de mim.

— Por que está aqui agora? — Desejei desesperadamente que minha voz não falhasse, e que eu conseguisse me manter firme, em vez de me afastar aos poucos dele como se minha pele quisesse ir embora mais do que eu.

Ele sorriu de novo, aquele olhar assombroso e intenso.

— Para oferecer a você a mesma barganha que ofereci a Vahid: um pedaço do meu poder. Uma parte de magia djinn que vai lhe dar sua vingança.

Arquejei, a respiração presa na garganta, o peito prestes a explodir.

Mas havia algo amargo no fundo da minha garganta, e revirei uma palavra na boca.

Barganha.

Aquilo não era um presente. Teria sempre um preço.

— Eu já tenho acesso ao seu poder, djinn. Não preciso barganhar por ele.

— Você tem acesso a um grão de areia comparado ao que posso te dar. Se quer salvar sua amiga, eu posso lhe dar tudo de que precisa para fazer isso.

Suspirei, sabendo que ele dizia a verdade. Eu não tinha nenhuma chance de salvar Noor com o poder que tinha no momento. Se ele me desse algo com que pudesse destruir Thohfsa, com que pudesse derrubar Vahid...

Mas e se essa magia fosse mais do que eu podia pagar?

— E em troca? — Eu me afastei mais um passo. — Qual o preço que eu pagaria por tanto poder?

Os olhos do djinn se iluminaram como se o fogo dentro dele tivesse sido atiçado.

— O preço seria o uso de seu corpo.

Recuei, tropeçando num degrau antes de me conter. Abri a boca para dizer algo, só que as palavras não saíram. Medo borbulhava dentro de mim, transformando minha pele em gelo, resfriando o suor na minha testa e deixando a pele pegajosa.

E mesmo assim... *mesmo assim*.

— Eu possuiria você, habitaria a sua pele e viveria completamente em seu reino — continuou.

— Você está no meu reino agora — apontei, gesticulando para o pátio ao redor, para o céu noturno iluminado de estrelas. — E você tem poder aqui. Meus empregados não se mexem. Meus guardas estão congelados. Você parou minha espada sem a tocar. O que mais pode querer?

— São truques — sibilou, dando um passo à frente. — Existem limites para o que posso fazer aqui. Mas em um corpo humano não teria. Eu poderia canalizar meu poder através de você, bem parecido com o precioso zoraat que você consome.

— E por que eu entregaria o uso do meu corpo a você se já tenho uma porção do seu poder?

— Porque eu posso lhe dar tudo que já quis. Tudo com o que suas partes mais obscuras sonham.

— O que você acha que eu quero? Não sou como Vahid. Não estou fazendo isso por poder.

— Não está? Você não quis poder para destruir seus inimigos? Treinou com uma espada até as mãos ficarem ensanguentadas. Construiu um muro ao seu redor para ser intocável. Mas, sim, você quer mais do que poder, admito isso. Você quer algo bem mais interessante. Retaliação. Vingança. O que entendo muito bem. Posso dar a você o poder de destruir um império. Eviscerar um homem e tirar dele tudo que ama. É isso que você anseia, não é?

Apertei os lábios. Eu queria vingança, mas não queria me tornar Vahid em troca dela. Só que Noor ainda estava capturada. Se eu não fizesse nada, ela morreria. Talvez eu aceitasse a morte se fosse apenas eu, mas Noor merecia viver, ser livre.

Um som no jardim fez eu virar a cabeça, passos suaves ecoando pelo pátio. Um dos guardas andou até mim, como se não tivesse sido uma estátua pelos últimos minutos. Ele se aproximou, e eu pisquei, vendo o homem com clareza pela primeira vez.

Da escuridão, saiu um homem que não era um dos guardas. Meu coração pulou pela boca, minha respiração falhou.

Era alguém completamente impossível.

— Nunca achei que te veria de novo. — Sua voz suave me atraiu, profunda e firme, aquela que sempre me acalmou quando eu precisava de orientação.

— Baba? — O termo foi arrancado de mim, arrastado como se eu não soubesse meu próprio idioma.

Girei de volta para o djinn ao meu lado, que observava com olhos iluminados pelo fogo.

— O que você fez?

— Truques de novo. — Ele deu de ombros, o gesto tão sobrenatural quanto sua presença. — Mas efetivos. Os humanos são extremamente suscetíveis ao passado. Ele dita tudo o que vocês fazem.

Forcei o ar pelas narinas, sentindo o punho da espada com tanta violência que achei que ela se partiria ao meio.

Conforme a ilusão se aproximava, senti até mesmo o cheiro do meu pai — fumaça fraca e chama, ferro terroso quente com um odor levemente acre de aço fundido. Lembranças me inundaram: sentada numa cadeira nos fundos da sua loja de ferreiro enquanto meu pai atiçava o fogo; o som da sua lâmina raspando o osso de camelo enquanto ele entalhava à noite; o orgulho que eu sentia dentro de mim quando ele ria de uma piada que eu tinha contado durante um prato quente de dal kachoris.

E agora o mesmo homem estava diante de mim, a barba grisalha brilhando sob a luz das tochas, as rugas profundas no rosto marrom que eu tinha mapeado como as constelações de estrelas acima de nós.

Só que meu pai estava morto.

Meu estômago parecia um peso de ferro, e fechei os olhos para bloquear a visão dele.

— Leve-o embora. — Forcei as palavras entre os dentes apertados. — Não quero mais vê-lo.

— Quer, sim — respondeu o djinn no meu ouvido, com um sussurro baixo e satisfeito, de repente tão perto que eu poderia tocá-lo. — Você quer tanto vê-lo que cortaria a própria língua. Posso sentir a vontade. A agonia. A raiva. Estou quase bêbado de tanto desejo. — Seu hálito frio passou por meu pescoço. — É por isso que estou aqui. — O djinn acenou para mim. — Por sua causa. Pela *brutalidade* da sua necessidade de vingança. Por tudo que perdeu e o que planeja fazer com isso.

— Tiraram ele de mim. Esse não é meu pai.

— Seu pai foi assassinado, você foi traída, e desde então tem apenas um propósito. Me conte, o que faria se tivesse poder ilimitado? Se pudesse fazer qualquer coisa que quisesse com as pessoas que roubaram sua vida? Você as faria pagar o preço?

Encarei os olhos escuros do meu pai, as rugas de risada nos cantos. Ele ergueu a boca e me deu o mesmo sorriso que sempre conheci. Aquele que me dava antes de bagunçar meu cabelo de forma carinhosa e me ensinar o jeito certo de segurar uma adaga.

Meu pai inclinou a cabeça.

— O que está procurando, beti?

Suspirei, buscando algo que o tornasse sobrenatural, desconhecido. Mas ele parecia tão real quanto a espada em minha mão.

— A resposta, Baba.

Meu pai se aproximou, a mão estendida para me tocar. Meus pulmões se contraíram no peito.

— Não — sussurrei, a voz embargada.

Suas mãos pararam no ar, uma pergunta em seu olhar. Quando minha mãe morreu, meu pai juntou os pedaços da nossa vida. Minha Nanu estava estilhaçada, inconsolável, e fui deixada com a perda dos dois. E meu pai era a única constante da minha vida, aquele me amava não importava o que acontecesse.

Descobrir sua morte fez meu coração rachar, a escuridão deslizar para dentro, endurecendo meu interior com mais ira do que achei que seria possível.

Se eu sentisse sua mão em meu ombro agora, desmoronaria.

E eu não podia me desfazer.

Não agora, não se não era só minha vingança que estava em jogo, mas também a vida de Noor. E se minha única amiga viva morresse por minha causa?

Meu corpo como preço era algo que eu pagaria mil vezes se soubesse que conseguiria meu pai de volta. Mas não fora isso que o djinn oferecera.

Ninguém podia trazer de volta os mortos, nem mesmo os djinns.

Mas se eu pudesse salvar alguém. Se eu pudesse salvar Noor. O que eu daria por isso? O que faria?

Ergui o olhar para o djinn, desviando-o do meu pai, por mais que fosse doloroso fazer isso.

Eu tinha a resposta, sempre tivera, só não sabia se tinha forças para levá-la até o fim.

— Eu aceito o preço — respondi, a voz causando uma vibração estranha pelo jardim, como uma ondulação num lago. Continuei falando antes que perdesse a coragem, antes que as pernas cedessem e eu caísse como uma pilha no chão. — Mas quero mais do que tenho.

Firmei meu aperto na espada, recordando as outras vidas que Vahid tinha arrancado, destruído, feito passar fome. Os manifestantes queimados na rua. Os pais de Mazin, assassinados na sua vila. Ele tinha sistematicamente destruído reinos com a própria ganância. Agora eu os tomaria de volta.

— Quero poder para libertar Noor e reduzir esse império a cinzas. Quero o imperador morto. E... — Parei, lembrando do par de olhos escuros que jurei nunca esquecer, o toque de alguém que achei que me amasse até saber a verdade. — Quero que Mazin assista. A tudo. Quero que saiba que fui eu quem tomou tudo, antes de matá-lo. Essa é minha barganha, djinn.

Soltei a espada no chão e estendi as mãos, examinando as linhas, as cicatrizes, os inchaços e as elevações que me tornavam quem eu era. Por cima dessas cicatrizes, as veias pretas como aranhas se arrastavam desde o centro das palmas até os braços, como óleo pegajoso escorrendo pela pele.

Só que minhas mãos ainda eram minhas. Cada corte e marca eram *meus*.

E eu estava prestes a entregá-las para um djinn.

Meu estômago era um buraco escuro me corroendo. Tudo em meu corpo se rebelava contra aquela decisão. Aquilo me daria o que eu queria, mas levaria embora tudo que me restava.

Fitei meu pai, mas não foi mais seu sorriso caloroso que avistei. Foi o do djinn, aqueles dentes gélidos cintilando, agora lâminas sob a luz do luar.

— *Feito*.

Quarenta e dois

Observei Thohfsa por trás da barraca do bazar fechado, com o luar delineando sua forma como um farol brilhante na noite.

Ela fora sozinha, sem qualquer sinal de Noor. Se tivesse ao menos a levado, eu poderia tê-la enfrentado com minha espada. Mas não podia arriscar Noor por aí, esperando ser morta se Thohfsa não voltasse para buscá-la.

— Onde ela está? — Deixei minha voz cortar a noite, como minha espada faria. — Cadê Noor?

A diretora ergueu a cabeça, retorcendo a boca em uma expressão familiar de escárnio.

— Ela está segura por enquanto. — Seu olhar percorreu meu rosto, sem a magia que tinha me disfarçado antes. — Eu tinha esquecido de como você era feia.

Revirei os olhos.

— Quero saber se Noor ainda está viva.

Thohfsa riu.

— A vermezinha ainda está viva, não tem valor para mim se estiver morta. — Depois ela ergueu a tocha no ar e deu um assobio baixo.

Uma luz foi acesa em um prédio na extremidade do bazar. Noor foi iluminada na janela, com uma faca pressionada no pescoço e um olhar de tristeza pintado no rosto.

Alívio me inundou por ela estar viva e ali.

Eu conseguiria lidar com isso.

— Solte ela — grunhi, avançando em Thohfsa.

A diretora ergueu a mão.

— Se você me machucar de alguma forma, a garganta dela será cortada. Você não vai ter tempo de salvá-la, nem com toda a magia djinn do mundo.

Você não sabe o quanto eu tenho.

Assenti tensa e abri a bolsa transversal, desdobrando a sacola de zoraat e olhando para as sementes uma última vez. Foram elas que deram o poder para me vingar de Darbaran, Casildo, Vahid e Mazin.

Mas eu não precisava mais daquilo.

Olhei para Noor na janela, a única amiga que me restava. Se eu não conseguisse salvá-la, tudo aquilo teria sido em vão. Peguei a sacola, ignorando o grito de protesto de Noor, e a joguei aos pés de Thohfsa.

— Pronto.

Ela se abaixou, pegando-a com um sorriso ganancioso.

— Isso é tudo?

— Cada semente que sobrou.

— Como sei que você não está mentindo?

Apontei para meu rosto despido.

— Eu andaria por aí assim se estivesse mentindo?

Thohfsa assentiu, depois deu outro assobio baixo. Daquela vez, o som metódico e insistente de botas marchando sobre as pedras preencheu o pátio.

Centenas delas.

Observei Thohfsa, completamente imóvel, memorizando sua expressão presunçosa.

— Você achou mesmo que eu não te entregaria? — Ela enfiou o zoraat na bolsa. — Achou mesmo que eu deixaria você sair livre?

Noor gritou na janela, e levantei a cabeça para ela. Não a tinham matado, não ainda.

Soldados me rodearam, mas eu mal desperdicei um olhar para eles, nem quando desembainharam as espadas.

— Thohfsa, você achou mesmo que eu, alguma vez, confiaria em você?

Ela semicerrou os olhos, mas, antes que pudesse se mover, invoquei o poder fervendo sob minhas veias.

O poder pelo qual tinha cedido minha vida, só para acessá-lo.

Houve um leve puxão, e depois um estalo quando ele fluiu por mim, mil agulhas ardentes esfaqueando minha pele e me enchendo de fogo djinn.

E então cada soldado ao meu redor virou a espada para o outro lado. Para Thohfsa.

Eu conseguia sentir suas vidas. Seu sangue.

O djinn tinha chamado isso de truques, mas era como mover modelos de barro dos soldados e forçá-los a seguir minhas ordens. Seus rostos eram máscaras plácidas, e os corpos eram meus para serem comandados.

— O que...?

Thohfsa vasculhou a sacola no quadril, buscando o zoraat, como se fosse ajudá-la agora. Só que a diretora nunca soubera o que fazer com o poder quando o tinha.

— Você negociou Noor por magia djinn, o que foi uma troca ruim para você.

Acenei com a mão e os soldados avançaram em sua direção. Ela tirou um punhado de sementes, enfiando-as na boca.

Os soldados continuaram avançando.

— A questão com o zoraat é que você precisa saber como usá-lo.

Em poucos instantes, ela começou a engasgar, e suas pernas se dobraram. Ela arranhou o pescoço, com os olhos esbugalhados, suor enxarcando seu rosto.

Uma fileira de guardas se separou conforme eu caminhava por eles. Eu me agachei perto de Thohfsa.

— Dessa vez, você *vai* morrer.

— Dania.

Noor estava na extremidade da praça, de olhos arregalados para a multidão de soldados me rodeando. Levantei, de frente para ela.

— O que você fez?

Quarenta e três

— O IMPERADOR VAI SABER QUE ESTAMOS AQUI. Thohfsa não teria trazido os soldados sem avisá-lo.

Noor abaixou ao lado de Thohfsa, que tinha parado de se debater e gemer e agora estava imóvel.

Morta.

Noor me olhou, com a boca fechada.

— O que você fez? — repetiu, a voz tão baixa que precisei me esticar para ouvi-la.

Seus olhos se moveram para os soldados, depois deslizaram de volta para meu rosto. Pela expressão dolorida, ela presumiu algo horrível.

E, ainda assim, era bem pior do que sua imaginação.

Fiquei irritada com a censura na sua voz.

— Fiz o que tinha que fazer para salvar você — rebati.

— Mentira — disparou para mim com ferocidade.

Eu a encarei.

— Você fez isso por si mesma. — Seus olhos lampejavam de mágoa, como se eu a tivesse destruído, e não salvado.

— Por que você se importa, então? — Joguei os braços no ar. — Pode ir pra onde quiser agora. Está livre.

Senti uma escuridão me corroer, raiva borbulhando até a superfície, a manifestação da frustração por Noor não estar nem um pouco grata por tudo que eu tinha feito. Havia uma raiva que eu não conseguia acalmar, um fluxo de emoção sombria ameaçando me dominar.

— Por que eu me importo? — Noor parecia incrédula. — Você é idiota? Acha que estou te ajudando há semanas porque não tinha mais nada pra fazer?

— Acho que você sente que me deve algo por eu ter voltado por você na prisão. Bem, não deve. Te liberto de qualquer obrigação que tenha sentido.

— Ah, você não acha que foi porque eu não tinha nada pra fazer, acha que foi por *obrigação*? — Seus olhos pegavam fogo, o corpo vibrava de ira.

— Por que está gritando comigo? Acabei de salvar sua vida.

Ela semicerrou os olhos.

— E agradeço. Mas não estou aqui com você por obrigação.

Engoli em seco, a garganta apertada.

— Por que, então?

Ela me fitou boquiaberta.

— Porque sou sua *amiga*, Dani.

Calor preencheu meu peito, contrariando a escuridão dentro de mim. Mas desviei do rosto suplicante de Noor e pensei, então, no sorriso de Baba, nas suas mãos sujas de fuligem. No fantasma criado pelo djinn que estivera na minha frente.

— Você esqueceu da sua própria vingança contra Vahid? — Minha voz falhou, e eu estava desesperada para me agarrar em algo, mesmo que fosse vingança.

— Nenhuma vingança vale isso!

— Vale o quê? Minha vida? O plano era esse o tempo todo. Eu sabia no que estava me metendo.

Noor soltou uma risada amarga.

— Não vale seja lá o que você tenha feito consigo mesma. O controle que você tem sobre esses soldados não é por causa do zoraat. Sei disso melhor do que ninguém. Seja lá o que fez para controlar corpos humanos, não vale a pena.

Fiquei em silêncio por um momento.

— Como sabe que não foi o zoraat que me deu esse poder?

Ela mordiscou o lábio, olhando de volta para os soldados na praça à espera do meu comando.

— Porque sei o que o zoraat pode fazer, trabalhei com ele por anos. O que você fez não é uma possibilidade. O que significa que deve ter tido ajuda. — Ela cruzou os braços. — Um djinn te visitou, não foi?

Suspirei.

— Sim. O mesmo que concedeu seu poder a Vahid.

Noor emitiu um som aflito antes de apertar os lábios.

— E o que ele quis de você em troca de todo esse poder?

— Nada que eu não estivesse disposta a dar — respondi, amarga. Depois soltei um suspiro lento. Não era Noor que merecia minha raiva. — Noor — comecei, estendendo as mãos e suavizando a voz. — Quando Thohfsa pegou você, não me sobrou nada. Dei tudo que tinha para acabar com isso, de uma vez por todas. Farei o que prometi fazer.

— A que custo? Você está sendo consumida por essa vingança. Ela não vai te dar o que você quer, seu pai nunca vai voltar. E ele também não iria querer que você seguisse por esse caminho.

Eu ri, um som áspero.

— Você não sabe de nada do que ele iria querer. Devo isso a ele. — Cerrei os punhos, sem qualquer tentativa de civilidade. — Não cometa o erro de achar que não vou passar por você para chegar até eles.

Noor ergueu as sobrancelhas, dando um assobio baixo.

— Está me ameaçando agora? Olha o que esse poder fez com você. Eu sei que qualquer um que te ama não ia querer que você se destruísse em uma busca por retaliação.

— Mas não são eles que escolhem, sou eu.

— E vou perguntar de novo: o que vai te custar?

Apertei os lábios e encarei Noor.

Ela suspirou e passou as mãos no cabelo.

— Não adianta discutir com você, e não temos muito tempo. Vou até sua avó, garantir que ela está segura. Se não me conta que barganha fez, pelo menos se lembre disso. — Ela deu um passo à frente, segurando meus pulsos com força. Fiquei tão assustada que quase revidei, sentindo o poder se erguer até o topo da minha pele rápido demais.

— Os djinns não podem ser donos do seu corpo ou da sua alma, não importam o que digam. Souma conversou comigo sobre os djinns várias vezes, acho que talvez ele tenha conhecido um. Você não precisa sacrificar tudo por vingança.

Seus olhos estavam suplicantes, como se revelar isso fosse de alguma forma me salvar. Mas ela não percebia que eu já tinha partido.

Cruzei os braços para esconder o tremor.

— Vou terminar o que preciso fazer, não importam as consequências.

Noor soltou um som frustrado antes de subir na sela do cavalo que eu tinha levado. Ela me olhou de volta.

— Não estou no clima de ouvir sermão de novo — alertei.

— Eu não ia fazer isso. Este é um aviso e um pequeno conselho. Os soldados do imperador vão chegar quando perceberem que Thohfsa não vai voltar. Vá até Vahid primeiro e o pegue em seu próprio jogo. E, Dani... — Ela balançou a cabeça, triste. — Não mude mais sua aparência. Deixe que vejam quem você é de verdade. Deixe Mazin escutar isso dos seus lábios.

Ela se distanciou alguns metros antes que eu a chamasse.

Nossos olhares se encontraram, os meus escuros, os dela, brilhantes. Recordei da primeira vez que ela irrompera do chão da minha cela, do dia em que me deu esperança de que eu poderia ser mais do que aquilo no que me transformaram.

— Obrigada.

Ela assentiu, com a boca apertada em uma linha fina. Depois cavalgou e sumiu de vista.

Agora eu estava sozinha.

Talvez de verdade pela primeira vez desde que retornara.

Andei até o palácio e ao futuro que tomaria com as mãos ensanguentadas.

Quarenta e Quatro

Minhas botas ecoavam pelas ruas de pedras enquanto eu caminhava até o palácio de arenito reluzente no centro da cidade. Bloqueios tinham sido montados para minar os protestos recentes, com pilhas de corpos queimados que ainda não tinham sido removidos. O palácio estava rodeado por um círculo de morte. Era aquilo que Vahid tinha feito quando seus súditos se rebelaram contra ele.

Era aquilo que eu tinha feito também.

Eu tinha instigado as chamas que queimaram os corpos. Tinha incitado o povo a destruir Vahid, e agora também era responsável por essas mortes.

Basral tinha começado a acordar, e as pessoas me fitavam, nervosas. Eu sabia o que viam: uma garota com morte nos olhos, calçada com botas pretas, uma espada presa nas costas e cabelo escuro solto. Eu retornava seus olhares até que desviassem, até não conseguirem mais encarar a coisa que viam em mim.

O palácio se aproximava e o poder ardente fluiu por mim. Quando cheguei ao pé dos degraus da entrada, um exército de soldados estava na frente.

Mas Vahid presumiu que estaria lidando com manifestantes, com o povo da cidade que poderia ser subjugado e queimado vivo pelo fogo zoraat.

Não estava contando com alguém mais poderoso do que ele.

Os soldados tinham consumido zoraat — dava para ver em seus sorrisos quando me aproximei, o jeito que reviraram as espadas nas mãos. Meus próprios dedos se flexionaram como se quisessem pegar a talwar presa nas costas. Mas eu não precisava dessa arma, não quando tinha o poder de um djinn no sangue.

Enfiei as mãos na terra — a mesma coisa que tinha feito quando destruí as plantações do imperador. Só que, desta vez, em vez de puxar o fio da vida, as raízes das plantações e das árvores, procurei a própria terra.

E a sacudi.

Um estalido soou. Soldados gritaram quando uma pilastra do palácio caiu.

Depois, a terra começou a tremer, ondulando pela cidade, estilhaçando vidros e rachando pedras. Uma linha de soldados avançou contra mim, as espadas transformadas em lâminas de fogo.

Passei rapidamente por eles, o fogo djinn se derramando das minhas mãos enquanto eles caíam no chão, pilhas de cinzas, assim como os corpos dos civis que tinham queimado nos arredores do palácio.

Euforia preencheu meu sangue.

Isso, *isso* valia o preço de tudo.

A capacidade de destruir Vahid dessa maneira.

Nuvens escuras se amontoaram acima, uma tempestade se formando, como se fosse contribuir com a minha violência com sua própria força.

Tirei a espada das costas e subi os degraus do palácio que ainda tremia com meu poder. As pessoas corriam aos gritos, e eu cortava qualquer soldado com quem me deparava com uma lâmina de luz incandescente. Meus passos estalavam pelo mármore conforme eu andava até a sala do trono com determinação.

Entrei no pátio central, aberto para o céu escuro acima e ocupado com o jardim bem cuidado de Vahid.

Uma fileira de plantas zoraat delineava o lugar, o imperador sempre relembrando aos convidados de onde seus poderes tinham vindo. Eu as incendiei, as chamas impulsionadas pelo meu sangue, a fumaça se erguendo até o céu escurecido.

Ouvi passos atrás de mim. Eu me preparei para cortar mais soldados, até mesmo o próprio Vahid.

Mas ainda não estava preparada para *ele*.

QUARENTA E CINCO

ANTES

Pisquei, tentando conciliar o corpo mutilado aos meus pés com o caudilho robusto que tinha estado bem vivo naquela manhã. Vivo e furioso, quando eu o havia ameaçado. Suas mãos estavam curvadas e pretas, as mesmas que mais cedo tinham desembainhado a espada e a apontado para mim. A boca estava aberta e congelada, um grito silencioso e agonizante passando por seus lábios manchados de preto pelo veneno djinn.

Veneno djinn.

Mas quem o teria envenenado?

Um frasco quebrado estava ao lado do corpo, mas não dava muitas pistas.

Eu tinha desejado matar o caudilho naquela manhã, é verdade. Falavam que ele tinha sido o homem responsável pela morte da minha mãe na revolta, e meu temperamento explosivo tinha me vencido quando o ameacei. Mas a morte que desejei para ele saía da ponta da minha lâmina, não por veneno.

Um barulho do lado de fora das portas ecoou pelo palácio.

Olhei ao redor, mas havia apenas eu e o caudilho morto. Maz tinha me pedido para encontrá-lo ali, só que não estava em lugar algum.

Outro som como trovão retumbou ao longe.

Eu precisava contar a alguém sobre o homem morto. Eu precisava encontrar Maz.

Como se eu o tivesse convocado, a porta se abriu e Maz entrou apressado por ela, o rosto tão sombrio quanto seu sherwani meia-noite. Suspirei, algo se soltando no meu peito. Maz saberia o que fazer.

Mas cerca de vinte guardas o seguiram.

— Maz — chamei, ofegante, o alívio correndo por mim.

O imperador ficaria furioso com aquilo. Um caudilho morto em seu palácio? Ele já estava tendo problemas para reprimir as rebeliões no norte, e teria mais um se suspeitassem que ele tinha acabado de matar um dos seus maiores oponentes sob o manto da hospitalidade.

— Eu estava indo te procurar — falei, apontando para o corpo aos meus pés. Com certeza não havia nenhum amor entre mim e o caudilho. — Eu o encontrei aqui. Está morto.

— Dani. — O rosto de Maz era uma máscara fria. — O que está fazendo aqui?

— Ela está na cena do crime! — Darbaran saltou para a frente, com a cimitarra desembainhada.

Por reflexo, segurei o punho da minha espada e me afastei.

— Viram? Ela se moveu para me atacar. O capitão dos guardas do palácio!

Seu rosto de fuinha estava comprimido em fúria, e eu quis dar um chute nele.

— Ah, cala a boca — disse enquanto revirava os olhos. — Está óbvio que não tenho nada a ver com isso.

Virei para Maz achando um pouco de graça, mas parei abruptamente quando ele não retribuiu o olhar. Em vez disso, seu rosto exibia a mesma expressão impassível.

Algo puxou no fundo da minha mente, e eu me senti como se tivessem me afastado de mim mesma, como se estivesse observando tudo o que acontecia de longe.

— Maz? — Eu me retraí com o som da minha voz: quase suplicante.

— Você só pode estar de brincadeira — zombou Darbaran. — Ela está em cima do cadáver dele. O imperador tem que ser informado. Ela assassinou um caudilho debaixo do teto dele!

— Ah, que conveniente para ele, já que esse caudilho lidera uma das maiores facções contrárias a ele — rebati.

Só que, assim que falei, soube que agi errado.

Eu nunca tinha tido problema em dizer exatamente o que estava na minha cabeça sem me importar com as consequências. Mas naquele momento reconheci que deveria ter mordido a língua.

Todos os vinte guardas desembainharam as espadas e as apontaram para mim.

Suor gotejou em minha testa. Minhas mãos ficaram úmidas. Eu as apertei mais no punho da espada, porque, se não fizesse isso, meu corpo inteiro poderia tremer. E não ia deixar que me perfurassem sem lutar.

Lentamente, me coloquei em uma posição de combate e ergui a lâmina.

Maz ainda estava ali, congelado.

— Maz. — Eu me forcei a chamá-lo com calma, sem gritar, mesmo que cada fibra do meu ser estivesse pronta para derrubar esse palácio aos gritos. — Faça *alguma coisa*.

Ele podia comandar os soldados. Podia impedi-los de avançar sobre mim.

Aquilo pareceu tirá-lo do transe em que estava, e ele também pegou sua espada.

Balancei a cabeça, confusa. Por que ele estava se armando?

Por que só não pediu para que eles se afastassem?

Seu rosto era de pedra; a única prova de que ainda me escutava era a pequena tensão no músculo da mandíbula.

Um horror crescente me inundou.

Ele não podia.

Maz não podia dizer a eles para me liberarem. Não com um caudilho importante dos povos nortenhos morto aos meus pés.

Ele andou até mim com a espada na mão, e percebi o que estava fazendo.

Ele teria que batalhar para sair dali comigo.

Teríamos que correr, depois descobrir quem tinha matado o caudilho. Eu não podia derrubar todos aqueles soldados. Porém, com Maz ao meu lado, podíamos dar um ao outro uma chance de luta. O benefício da morte do caudilho para o imperador não tinha passado batido por mim. E eu não estava disposta a ser seu bode expiatório.

Pelo menos teria Maz comigo.

Eu lhe dei um sorriso grato, mas ele não o devolveu. Em vez disso, me encarou com olhos inescrutáveis e permaneceu ao lado dos guardas.

— Dani... — Sua voz saiu suave e baixa.

— Está esperando o quê? — rosnou Darbaran, avançando. — Se não a prender, eu vou. — Ele me fitou de cima a baixo, semicerrando os olhos. — Se ela resistir, vou usar a força.

— Cortarei suas mãos nojentas fora se você encostar em mim.

— Você mesma não terá mais mãos depois disso, garota! — gritou ele de volta.

— Mazin! — gritei, tentando obter uma reação do seu rosto de pedra.

Eu queria que ele saísse daquilo, saltasse para a frente e pegasse na minha mão para nós dois escaparmos juntos.

Pegaríamos sua irmã, e então voltaríamos para a vila a fim de falar para meu pai e Nanu fazerem as malas.

E depois fugiríamos.

Fitei o olhar intenso de Mazin. Ele estava refletindo aquela coisa selvagem e sombria, a mesma da noite em que ele tinha ido ao meu quarto e me contado que Vahid havia matado sua mãe.

Se a gente fugir, continuaremos fugindo pelo resto de nossas vidas.

E de repente eu entendi.

Ele nunca iria comigo.

Não iria lutar ao meu lado.

Eu estava sozinha.

Meu estômago afundou. Minha boca ficou seca. Eu a movi, mas nenhum som saiu. Levei a mão aos lábios como se tocá-los fosse me relembrar como falar. Mas a única coisa que lembrei foi de Mazin me beijando naquela manhã. A pressão calorosa de sua boca quando sorriu contra minha pele.

Só que agora seus olhos estavam frios, estranhamente vazios, assumindo uma espécie de determinação sombria que eu nunca tinha visto nele. Agarrei a talwar como se fosse uma novata, olhando ao redor do cômodo com desespero. As janelas estavam longe demais para pular, e os guardas bloqueavam a única saída.

Eu não conseguiria. Não contra vinte guardas e Mazin. Não sem ele.

— Dani. — Sua voz saiu delicada, como se estivesse persuadindo um alazão selvagem do deserto, acalmando-o antes de lançar a corda em seu pescoço.

Esse não seria meu caso.

— Como se atreve? — rosnei para ele, apontando a espada na sua direção. Se não ia se juntar a mim, então eu faria aquilo sozinha.

O rosto de Mazin se fechou, e ele semicerrou os olhos para a lâmina. E então se virou para os guardas ao seu lado.

— Prendam-na.

Meus pulmões colapsaram, meu coração congelou no peito.

Ele finalmente tinha escolhido, e sua escolha tinha sido por Vahid.

Ele escolhera o homem que o havia criado, o mesmo que tinha matado sua mãe. E, de repente, o caudilho morto aos meus pés fez muito mais sentido. Minha presença ali não fora um acidente. Era tudo parte de um plano.

— Você fez isso — sibilei para Mazin.

Se eu não o conhecesse tão bem, não teria notado o vacilo que cruzou seu semblante quase de forma imperceptível. Um choque sombrio me atingiu com esse afastamento, com as suspeitas confirmadas. Mas seu rosto não delatou mais nada.

— Dani, não dificulte. Não lute, e você não vai se machucar.

— *Não lute?* — Ri, o som maníaco, pânico se derramando da minha boca.

Minha risada ecoou pelos tetos do palácio como o estalo nauseante de ossos.

— Você não me conhece mesmo, se diz isso. — Virei para os guardas. — Vão em frente, tentem me prender. Vejam o que acontece.

— Dani. — A voz de Mazin estava mais afiada agora, urgente e baixa. — Não faça isso.

— Nunca mais me diga o que fazer. — Ergui a espada sobre a cabeça, me preparando. — Você não significa nada para mim agora. E vai ser um prazer te cortar.

— Dani, pare. Você vai morrer. — Sua voz estava baixa, mas eu conhecia seu jogo agora.

— Vou morrer de qualquer maneira quando o imperador colocar as mãos em mim. — Dei um passo à frente. — É melhor morrer lutando.

Avancei para os guardas me flanqueando, torcendo para cortar caminho por eles e depois conseguir abrir um caminho para mim. Mas a inércia de Mazin acabou assim que me mexi. Ele girou ao meu redor, desembainhado a própria espada.

Prendi a respiração e estreitei os olhos.

— Você vai mesmo me enfrentar, Maz? Você vai perder.

Só que, antes que ele pudesse responder, Darbaran correu até mim e girei para enfrentá-lo. De canto de olho, vi Mazin ir para trás de mim.

Eu não podia lutar contra os dois.

Suspirei, me equilibrando antes da batalha. Era assim que eu morreria? Esfaqueada pelas costas pelo meu ex-namorado?

O lampejo da espada de Mazin refletiu na janela atrás de mim e me virei.

Eu ia garantir que ele me olhasse nos olhos quando me derrubasse.

Mas ele estava com a espada ao contrário, o punho apontado para mim. Franzi o rosto, dando um passo para trás, confusão lutando com a raiva pela sua traição. Até que percebi o que ele estava prestes a fazer.

Não.

Abri a boca para gritar, mas o som ficou preso na garganta. Ergui minha própria espada, mas era tarde demais.

Ele desceu o punho na minha cabeça.

Mergulhei na escuridão, as pernas cedendo quando caí como pedra no chão.

Quarenta e seis

—Saia do meu caminho.

— Dani...

Meu rosto era o meu de novo, e ele sabia quem eu era. Mas meu nome nos seus lábios trouxe de volta lembranças que eu desejava enterrar. O modo como sua voz se tornou grave no final, recordando a sensação de seus dedos no meu ombro quando ele sussurrava no meu ouvido.

— Você não tem direito de me chamar assim, não mais.

— Como devo te chamar então? Sanaya?

Ergui a cabeça. Ele sabia.

Ele deu um passo em minha direção, como se não me imaginasse machucando-o, como se eu não estivesse com a espada do meu pai morto na mão, pronta para cortar seu pescoço.

Levantei a espada bem no alto. Ele continuou andando, os passos metódicos e lentos, a própria espada guardada. Ele não fez nenhuma tentativa de desembainhá-la.

— Thohfsa te contou quem eu era?

— Você acha que eu não sabia que era você? — Suas palavras saíram suaves e baixas, mas as ouvi bem por todo o pátio.

Ele inclinou a cabeça, me examinando, vagando por meu rosto no momento sem disfarce, e eu me senti estranhamente vulnerável de novo. Raiva surgiu no peito, raiva de mim mesma por ele ainda ter o poder de me fazer sentir.

Dei um passo para trás, aquela raiva queimando no meu tom de voz.

— Não podia saber.

— Você não mudou as mãos — respondeu ele, a voz um pouco rouca. Ele ergueu o próprio punho direito e apontou para os nós dos dedos. — Lembro de cada cicatriz do seu corpo. Especialmente das que eu te dei. Senti a cicatriz na sua mão quando você veio ao palácio pela primeira vez.

Meu coração vacilou. Lembrei do jeito que ele tinha segurado minha mão naquele dia. O jeito lento que se curvara para beijá-la. Seus lábios tinham roçado a cicatriz.

— Você sabia e não disse nada? — Senti a pele fria. — Você sabia quem eu era. O tempo todo que a gente...

Pensei no beijo, em quando eu tinha ido ao seu quarto e no que quase fizemos. Em todas as vezes que tinha flertado com ele, quando eu tinha achado que estava manipulando a situação. Só que o tempo todo era ele que estava me manipulando.

Raiva fresca escorreu por mim, assim como o acesso quente de vergonha por ele ter me superado de novo, mesmo quando eu estive o mais vigilante possível.

— Eu queria ver qual era seu plano. E... me sentia culpado. Com o que tinha feito. — Ele desviou o olhar, apertando os lábios. — Queria saber até onde você ia levar isso. Eu teria parado antes que nós... Mas, no fim, foi você quem parou. — Ele deu um passo para mais perto. — Eu não sabia que tinha fugido. A diretora nunca contou a ninguém. Você fugiu de uma das prisões mais inóspitas do império. E então voltou direto para cá. Por quê?

— Sabe por quê — grunhi enquanto circundávamos um ao outro. — Você me traiu. Traiu meu pai. E agora ele está morto. — Avancei, a voz quase rachando com o peso da minha raiva. — Você roubou minha vida inteira de mim.

Sua expressão estava angustiada, mas rígida.

— Eu estava tentando te tirar de lá.

Apertei os lábios.

— Não acredito em você.

— Você não se perguntou por que não tinha sido executada? Seu pai teria sido poupado se não tivesse sido morto antes de eu conseguir interferir. Consegui te levar escondido para a prisão e salvar sua vida.

— Você me condenou ao sofrimento! — gritei, com a raiva obscura se infiltrando em mim.

As palavras sussurradas, a voz que agora eu reconhecia, a voz do djinn, dizendo a mesma palavra várias e várias vezes.

Vingança. Vingança. Vingança.

O rosto de Mazin estava abatido.

Continuei andando até ele, com a espada erguida.

— Você me condenou a ser torturada e atormentada. — Minhas palavras foram guturais e, a cada passo, seus olhos ficavam mais sombrios. — A me perguntar por que a pessoa que eu *amava* tinha me traído. Então, por que você tentaria salvar minha vida se já a tinha destruído? — As últimas palavras saíram num sussurro, raivoso e suave.

Os punhos de Mazin estavam cerrados, os nós dos dedos brancos.

— Porque foi a única coisa em que consegui pensar para salvar você. Eles teriam te matado.

— Não, você só queria que eu vivesse em agonia.

Ele balançou a cabeça, os olhos suplicantes.

— Eu também não queria isso.

— Então por quê? — Odiei o modo que minha voz rachou, odiei me importar com sua resposta. Odiei não conseguir simplesmente atravessá-lo com a espada sem pensar duas vezes. Mas eu precisava saber. Precisava de qualquer resposta que ele pudesse me dar. — Por quê?

Um músculo se tensionou em seu maxilar, e ele desviou o olhar, como se não conseguisse mais me encarar.

— Vahid matou minha mãe. Ele riu disso. Eu nunca deixaria que se safasse. Mas deu tudo errado. Em vez de mobilizar os povos nortenhos para derrubar o imperador, a morte do caudilho recaiu sobre você.

— Então você admite que a armou?

Ele fez que não, a boca em uma linha sombria.

— Não. Meu plano era trabalhar com o caudilho, tirar o trono do imperador e dominar suas forças. Mas o homem morreu antes de eu sequer ter a chance.

— Mentiroso! — cuspi. — Foi você que matou ele. Deixou o corpo queimado dele para que eu encontrasse!

— Por que eu faria isso?

— Porque, depois de tudo, você ainda escolheu o imperador. Se livrar do caudilho era conveniente. A morte dele poderia ter começado uma guerra civil se a culpa não recaísse sobre mim. Eu era a melhor opção.

— Dani, eu ia te tirar daquela prisão, juro. Mas primeiro...

— Primeiro você tinha que ver meu pai morrer e buscar a própria vingança? É isso? Mesmo que sua história seja verdade, mesmo que você não tenha planejado a coisa toda para me incriminar, ainda assim me deixou levar a culpa. Tudo para você poder ter sua vingança contra o imperador. Você me deve mais do que isso.

— Tem razão — respondeu, baixo.

Recuei.

— O quê?

— Eu te devo mais do que isso. Mas eu não teria conseguido lutar para sair do palácio com você. Eu tinha que pensar em Anam também. O que ele teria feito com a minha irmã se eu tivesse ido embora? Eu tinha que protegê-la.

Anam.

Senti gosto de ácido na boca quando ele falou aquilo. Eu queria que ele pronunciasse as palavras. Queria que admitisse que pensara em todo mundo menos em mim.

Um trovão ecoou pelos corredores do palácio, e fitei o céu aberto do pátio, as nuvens pesadas escurecendo nossas figuras, transformando nossas sombras em uma só.

Chuva respingou, gotas grossas martelavam no chão. Uma tempestade começou a cair, o lençol da chuva como um grito.

— Dani, a escolha que fiz... — Ele balançou a cabeça. — Foi a errada. Escolhi a vingança em vez de você. Eu a escolhi no lugar de tudo. — Suas palavras ralaram minha pele, um eco das minhas. Mas eu as afastei como a chuva martelando em meus ombros. — Deixe que eu prove para você agora. Me diga o que você quer, Dani.

— O que eu quero? — Ergui a espada diante do rosto, a chuva batendo contra a lâmina. — Quero a porra da minha gata de volta.

Avancei nele, com a espada apontada para seu coração. Minhas mãos estavam escorregadias, a visão embaçada, só que, quando se tratava de Mazin, eu enxergava com clareza. Eu via tudo. Não seria ele a tirar tudo de mim outra vez.

Por fim, ele desembainhou a própria espada, porém ergueu a cimitarra em defesa em vez de ataque, afastando minha lâmina. Mas eu o conhecia.

Conhecia seu corpo, os músculos do braço, quanto tempo até ele cansar, seus tiques e hábitos.

Eu sabia como vencê-lo.

Continuei atacando. De novo, de novo, de novo. Arqueei a espada sobre a cabeça, encontrando a sua na chuva intermitente.

— Não quero lutar contra você.

— Você não tem escolha.

Ele defendeu cada golpe que direcionei contra ele, mas nunca avançou. Seu rosto era uma máscara de angústia, só que reconheci a determinação no maxilar cerrado, o pequeno vinco na testa.

Ele estava se controlando, e eu queria que se soltasse. Queria que queimasse de ódio tanto quanto eu, que lutasse com vontade, lutasse como se eu tivesse alguma importância — por menor que fosse — para ele.

— Você já tinha feito planos contra mim quando ficamos juntos em seu quarto?

Seus olhos faiscaram sombrios enquanto eu cortava sua quietude.

— E quando a gente falou da sua mãe? Você sabia, na época, que me abandonaria para Vahid, assim como ela?

Ele golpeou minha espada, mas sua lâmina vacilou. A minha deslizou pela dele e cortou seu braço. Ele se retraiu, mas desviou do meu próximo ataque, girando e erguendo a cimitarra para bater contra minha espada.

— Quando abri meu coração para você? Você soube ali que ia esmagá-lo, não soube?

Mergulhei, deslizando a espada para a lateral e acertando-o no meio com a lâmina antes de ele recuar. Maz grunhiu, indo para trás, com a chuva batendo contra ele.

Ele se apoiou nos antebraços e pulou de pé antes que eu pudesse correr em sua direção.

Daquela vez, ele atacou.

Fiquei satisfeita quando sua espada atingiu a minha, com a raiva que vi se infiltrando na escuridão de seus olhos.

— Não! — gritou, e a chuva amplificou o som. — Nada disso foi planejado. Nada disso era o que eu queria. — Sua voz estava rouca, a fachada de pedra finalmente rachando. — Eu queria que Vahid sofresse, não você. Mas você foi pega no meio disso tudo.

— E meu pai?

Girei, acertando o punho da espada no seu queixo. Sua cabeça foi lançada para trás, e ele cambaleou. Prossegui com a lâmina mirada em seu peito.

Mas ele desviou no último minuto, e eu o atingi só com a ponta, um corte no peito onde o coração estaria.

Se tivesse um.

— O que você achou que aconteceria quando eu fosse presa? Você sabia que meu pai iria atrás de mim.

Dor se misturou aos seus traços, fazendo algo se partir em meu peito.

— Achei que teria mais tempo.

Eu ri, o som amargo sendo engolido pela chuva.

— Você tinha tudo planejado, só falhou em avisar todo mundo sobre esses planos.

— Minha vingança deveria ter sido rápida, fácil.

— Não foi.

— Para nenhum de nós — concordou.

— Como é que é? Você quer que eu tenha pena de você? Você que vive no seu palácio de ouro, que segue as ordens de um homem que matou sua mãe para proteger uma irmã que provavelmente estaria bem melhor longe daqui? O que você sabe sobre traição? O que você sabe sobre tudo o que eu passei?

Mazin afastou minha espada com a sua, a pura força bruta de seus braços superando os meus. Eu nunca o venceria desse jeito, mas eu era mais rápida, mais esperta — minhas táticas sempre incluíam avaliar a fraqueza de um homem e usá-la para minha vantagem. Ele golpeou o ar diante do meu rosto, mais numa tentativa de me afastar dele. Só que saltei para trás, arqueando a lâmina.

— Você acha que não entendo? — Sua voz foi gutural, o rosto perto do meu enquanto nossas espadas se pressionavam numa luta silenciosa. — Você acha que também não lamentei a morte do seu pai? Eu o amava como se fosse meu.

— E mesmo assim sua lealdade sugere o contrário.

— Eu achei que poderia destruir Vahid! — gritou Mazin, e afastou minha espada. Eu a abaixei. — Achei que poderia diminuir a influência do imperador no norte com a morte do caudilho e então finalmente tirar o trono dele.

Seus olhos estavam febris, a boca machucada.

Dei um sorriso sombrio.

— Então chegamos à verdade. Você quer o trono, e não para proteger sua irmã. Não por vingança. Isso nunca teve a ver com ninguém além de você.

— Eu queria vingança — grunhiu, as palavras reverberando por meu corpo como se eu mesma as tivesse dito. Pois eu as *tinha* dito. — Vingança pela minha mãe. E olha o que me custou. Me conte, o que sua vingança está te custando?

Ele jogou a espada no mármore branco, depois abriu os fechos dourados do sherwani. Ele tirou o tecido estampado do corpo, o kurta pálido por baixo já encharcado de chuva. O tecido tinha se moldado ao seu corpo como uma segunda pele, e eu podia ver as cicatrizes embaixo, podia praticamente sentir a elevação delas na ponta dos dedos.

O que sua vingança está te custando?

Ele caiu de joelhos no chão, me fitando como se esperasse por sua execução.

— Eu sou um fantasma de quem eu era por causa do que fiz a você. Do que fiz a seu pai. E Vahid ainda está sentado naquele trono dourado. Ainda governa o império depois de tudo o que fez. — Ele colocou uma mão úmida no peito. A chuva tinha diminuído para uma garoa insistente. — Você acha que não senti meu coração sendo devorado quando te levaram? Sabendo que estavam com você, sabendo que você estava presa e que eu não podia fazer nada?

Minha espada estava imóvel. Tentei forçar as mãos a se mover, a avançar e perfurar seu peito como ele tinha feito comigo ao me mandar para aquela prisão. Mas alguma coisa me parou. Ele estava de joelhos diante de mim revelando tudo, como se não houvesse nada entre nós além da verdade, da luta, dessa tristeza compartilhada.

Maz falara que não tinha me traído, mas, mesmo que fosse verdade, tinha me abandonado para conseguir vingança. Era algo melhor?

Ergui a espada com um berro que me dilacerou, a raiva, a mágoa e a dor ondulando por meu corpo como um rio selvagem.

Ainda assim, Maz não se moveu. Aqueles olhos escuros me observavam, como se ele estivesse perfeitamente de acordo com qualquer coisa que eu estivesse prestes a fazer — mesmo que fosse apunhalá-lo no coração.

Meus braços estavam doloridos e congelados, incapazes de se mover.

O que sua vingança está te custando?

Noor tinha dito algo similar, mas eu não havia escutado. Eu ainda sentia a tempestade de magia djinn incitando meu sangue, e sabia que não precisava lutar com uma espada contra Mazin para matá-lo. Eu podia sufocar a vida do seu corpo com um estalar de dedos. Aquela fúria escura me engoliu, ditando minha espada como se eu estivesse no topo de uma montanha e pronta para mergulhar no esquecimento. Eu estava em um lugar sem volta agora, a ira da magia djinn era tão intensa que tornava difícil enxergar direito, a sede de sangue me afogava.

— Dani, eu te amo.

Fechei os olhos, desejando que ele nunca tivesse dito essas palavras. Elas me chamavam de volta para mim mesma, para quem eu realmente era antes de tudo isso, antes da morte do meu pai, antes de tudo que eu conhecia e confiava ser arrancado de mim.

E tudo que eu tinha feito? Quem eu tinha me tornado para superá-lo?

Minha lâmina vacilou.

— Dani. — Ele pronunciou meu nome com delicadeza, tanta suavidade que eu mal conseguia ouvir na chuva. — Me desculpe.

Abaixei os braços.

A espada atingiu o piso de pedra com um estrondo. Meus joelhos foram em seguida, até eu estar no chão, a chuva caindo ao meu redor.

— Dania.

Sua voz perfurou meu peito, pois, por mais que eu tentasse fugir, ignorar, vingar, metade do meu coração ainda era seu. Mesmo que ele o tivesse partido, ainda era seu, e eu não conseguia parar de entregá-lo a ele.

Maz veio até mim, com as mãos abertas.

E eu as segurei.

QUARENTA E SETE

Suas mãos estavam quentes, apesar da chuva, e, mesmo que houvesse um turbilhão de emoções me percorrendo, ainda era bom tocá-lo. Seus dedos se entrelaçaram nos meus, e fechei os olhos com a sensação.

— Por que não consigo te matar? — Minhas palavras soaram desesperadas, selvagens, sem qualquer traço da brutalidade que eu tinha sentido. Embora eu ainda tivesse o poder dos djinns nas veias, ele parecia abafado de alguma forma.

— Pelo mesmo motivo que eu não conseguia dormir direito no último ano. Porque, quando sonho, é sempre com você. Quanto luto, é sua voz no fundo da minha mente. Fazemos parte um do outro. Dani, não posso pedir perdão pelo que fiz. Eu deveria ter lutado por você. Deveria ter te colocado acima da minha sede por vingança. — Ele engoliu em seco e fechou os olhos. — Achei que pudesse fazer mais para te ajudar. E, sim, queria tirar o poder de Vahid. Queria que ele soubesse como era se sentir impotente. Mas nunca deveria ter sacrificado você por essa chance.

Ele estava tão perto que eu quase sentia o gosto das gotas de chuva em seus lábios, mas ainda me sentia partida ao meio.

Quem eu era sem a vingança?

Eu devo ter dito as palavras em voz alta, porque um fogo se acendeu nos olhos de Mazin e ele me encarou, como se realmente estivesse vendo meu rosto pela primeira vez em um ano.

— Você é a Dania.

— Mas não sou. Não sei mais o que sou. Talvez nem seja humana. Curvei os dedos, canalizando aquele pulso de poder sob a pele.

Recordei o que tinha feito com todos aqueles soldados que ficaram no meu caminho sob as ordens do imperador. Os guardas da prisão que eu tinha derrubado. E de repente me senti... cansada.

O rosto de Noor, suplicando a mim, preencheu minha cabeça. E depois Anam, que ainda não fazia ideia de quem eu era de verdade, mas que havia confiado em mim mesmo enquanto eu usava outro rosto. E pensei na minha Nanu, ainda esperando na vila. Se eu parasse agora, talvez não tivesse destruído tudo.

Uma sensação ardente dominou minhas veias, como se a magia dentro de mim conhecesse a decisão com a qual eu lutava. Se eu abrisse mão do poder, o djinn ainda me reivindicaria?

Mesmo que eu tivesse me condenado ao fazer a barganha, sabia que estaria perdida se a deixasse queimar dentro de mim. Parecia com a mistura zoraat que eu consumia, só que amplificada em mil vezes. E a mesma fúria sombria ainda estava presente, espreitando sob a superfície, ameaçando transbordar.

Quando foi que eu deixei qualquer coisa assumir o controle de quem eu era?

Virei para Maz.

— Onde está Anam?

— Ela está segura, eu a mandei para longe por causa dos protestos crescentes em Basral. E eu não sabia o que você tinha planejado fazer.

— Eu nunca machucaria Anam — gaguejei, sabendo que era verdade quando eu ainda tinha controle de quem era, mas, com o poder djinn, como poderia mesmo saber? Eu ainda era eu?

— Fiquei com medo de você derrubar um por um para me atingir. — Ele terminou a frase com uma risada e um sorriso inquieto, como se não confiasse totalmente na trégua entre nós.

Eu também não confiava.

Suspirei.

— Quase derrubei.

Eu não sabia se perdoava Maz, mas não queria mais matá-lo, o que já era alguma coisa.

— Vahid espera que eu vá atrás dele — falei, lentamente, testando as palavras na língua. — E eu... — Engasguei com as próximas palavras, e fitei Mazin. Eu devia ter transmitido um pouco do pânico, porque ele arregalou os olhos. — Fiz uma barganha com um djinn — finalmente confessei.

Senti Maz arfar profundamente, o choque reverberando de sua pele. Eu não podia me conter agora, ou jamais conseguiria pronunciar as palavras.

— Barganhei com ele para usar seu poder e destruir você e Vahid. E ele espera que eu cumpra com o acordo.

Não consegui dizer o que eu me tornaria depois que o fizesse. Suspirei, devagar. Depois peguei minha talwar no chão e levantei, oferecendo a outra mão a Maz. Ele ergueu as sobrancelhas bem no alto. Abaixei o maxilar para esconder o sorriso, só que quase me desequilibrei quando ele pegou minha mão com a sua, também calejada. Eu o ajudei a ficar de pé e, por um instante, só nos encaramos.

— Então, o que vai fazer? — perguntou, baixo, os olhos descendo para meus lábios.

Engoli em seco, depois lhe dei um sorriso acanhado, me acomodando na sensação familiar e ainda assim nova entre nós.

— Bem, nunca fui uma mulher de fazer exatamente o que os homens esperam de mim.

QUARENTA E OITO

DEIXAMOS O PALÁCIO PARA TRÁS, COM A CIDADE DESAPA-
recendo em uma nuvem de poeira. Cada gota de sangue
encharcada de djinn do meu corpo se rebelou contra aquilo:
eu estava abandonando o imperador e a vingança.

Apesar disso, meu coração parecia livre.

Cavalgamos pelo vale no alazão de Mazin até minha vila, e tentei não pensar em como era bom ter seus braços ao meu redor de novo.

Eu ainda não tinha me livrado da necessidade de vingança, da culpa pela morte do meu pai e por não vingá-lo. Só que Noor tinha razão, Baba não iria querer que eu me destruísse por ela.

Embora eu talvez já tivesse me destruído.

O interior das minhas mãos estava cheio de veias negras serpenteantes que subiam pelos braços. O djinn havia me marcado, e eu não podia fugir da minha própria pele.

Tinha feito uma barganha, mas não cumpriria com minha parte.

E, quando o djinn viesse me buscar, precisaria estar pronta.

O céu rodopiava com uma tempestade escura que parecia tudo, menos natural. Raios estalavam acima de nossas cabeças, e a escuridão se abriu para derramar sua ira.

— Acho que não podemos ir muito mais além! — gritou Maz no meu ouvido, por cima do barulho dos cascos martelando e dos gritos da chuva.

Ele virou na estrada de terra batida e se apressou para um pomar de damasco rodeado por um conjunto de casas e um caravançarai de muralha branca.

Chegamos na pousada encharcados até os ossos.

Chuvas torrenciais martelavam a vilazinha, apesar de sua posição protegida no vale. As árvores de damasco oscilavam sob o poder do vento, frutas verdes voando dos galhos. Um rebanho de cabras estava sendo recolhido e levado para um abrigo próximo, e os habitantes da vila corriam para se proteger por todos os lados. Ninguém viajaria naquela tempestade, nem mesmo o imperador.

Uma mulher mais velha nos encontrou na porta do caravançarai com dois copos de chai quente nas mãos. Engoli o líquido na hora, apreciando o chá escaldante descendo pela garganta.

Maz tinha saído para colocar Rakhna no estábulo, e esperei por ele na entrada.

— Os djinns estão com raiva.

Girei.

— O quê?

A mulher apontou para o céu escurecido acima.

— Os djinns. Só eles podem produzir uma tempestade assim. Por que será que estão tão furiosos?

Um trovão crepitou acima de nós, como se quisesse confirmar o seu argumento. A mulher estava envolvida num dupatta vermelho com bordas puídas e um bordado com uma flor de jasmim curvada, seus olhos eram de um marrom quente e rico no rosto enrugado. Eu tinha parado naquela vila algumas vezes com meu pai a caminho de Basral, mas nunca tínhamos ido até aquele caravançarai.

— Talvez alguém os tenha ofendido — falei, escondendo as mãos manchadas nas dobras do kurta molhado.

Talvez alguém tenha dado para trás em uma barganha.

Só que aquela tempestade não se parecia com o djinn que tinha barganhado comigo. Quando o conheci, ele parecera sem emoção, confiante. Aquela tempestade era de raiva amarga.

Ela caía enfurecida contra a vilazinha minúscula até córregos de água correrem pelas ruas e pelas bordas do caravançarai. Eles tinham proteção contra inundação — chuvas pesadas costumavam devastar cidades do vale como aquela. Mas, se a chuva continuasse na mesma intensidade, haveria problemas.

— Você precisa de um quarto?

— Perdão? — Ergui a cabeça, fitando seus olhos gentis.

— Você e seu companheiro. Só tem mais um quarto sobrando. E, pelo jeito como as coisas andam, talvez você vá querer ficar com ele, porque seremos inundados de viajantes indo para Basral.

Eu a encarei. Pensamos em esperar ali até a tempestade passar, mas uma oportunidade de me secar e trocar a roupa encharcada que eu vestia seria bem-vinda.

— Sim. Vamos aceitar — respondi, sem me permitir pensar no que isso significava.

— Claro. Vou pedir a Attaf que traga um pouco de mutton nihari de carneiro que temos na lareira. É bom e vai aquecer vocês.

— Você tem outro kurta? — perguntei, grudada nas roupas encharcadas. — Ou alguma coisa para me secar?

— Ele vai trazer algumas coisas para você e seu amigo. — A mulher se aproximou de mim. — Também vou mandar um pouco de chá pakaal — avisou, com a voz baixa. — Caso você precise.

Senti o rosto ficar quente e vermelho com a menção do chá de ervas usado para evitar a gravidez, mas ela foi embora antes que eu pudesse responder.

A mulher ergueu o olhar quando Maz passou pela porta, com água pingando dos ombros. Ele vestiu o sherwani de novo quando fugimos do palácio, e os olhos mognos da mulher se arregalaram quando ela o viu.

— Sahib. — Ela baixou a cabeça. — Me perdoe, não percebi que o homem do imperador estava aqui, eu teria pedido a um empregado para levar seu cavalo.

— Não tem problema — respondeu Mazin, calmamente.

Eu me dei conta do quanto ele parecia mais velho desde que voltei. Só fiquei fora um ano, e mesmo assim seus ombros preenchiam a entrada com uma presença que ele não possuía antes de eu ser presa. Ou talvez eu nunca tivesse notado.

— Arranjei um quarto para nós — comentei, apressada.

Mazin piscou.

— Para nos aquecer — expliquei, com o rosto corando. — E para tirar essas roupas.

Apontei para o kurta molhado.

Mazin desceu o olhar por mim, e depois o ergueu com a mesma rapidez.

— Quer dizer, para vestir roupas secas.

Meu rosto estava tão quente que quis me jogar na tempestade furiosa e nunca mais sair.

— Claro — respondeu ele, pigarreando.

A mulher atrás de nós abafou uma risada. Fiquei ainda mais constrangida, se é que era possível, porque tinha esquecido que ela ainda estava ali. Eu nem quis falar do chá contraceptivo que ela tinha me oferecido.

— O quarto de vocês é lá em cima, à esquerda, sahib. — Ela entregou a chave a Mazin. — Sua comida e roupas extras vão chegar em breve. — Ela assentiu para nós, depois correu para a cozinha.

Seguimos pelas escadas em silêncio, passando por viajantes na sala de jantar assistindo à tempestade pela janela com espanto no rosto.

Nuvens escuras se alastravam sobre Basral, rodopiando num frenesi de violência. Estávamos seguros ali dentro por ora, mas quanto tempo levaria até que o imperador viesse atrás de nós? Quanto tempo até o djinn me perseguir?

Continuei subindo os degraus, entrando no quarto vago lentamente, com um nó no estômago quando Mazin fechou a porta. A lareira estava acesa, e eu me aproximei dela, esfregando a pele congelada para tirar a dormência. Virei e parei ao ver a cama no meio do cômodo.

O silêncio se estendeu entre nós, denso em expectativa.

Uma batida soou na porta, o que nos assustou. Um homenzinho, provavelmente Attaf, trazia uma bandeja bem grande de comida em uma mão, e roupas secas e toalhas na outra.

— Roupas simples, sahib, mas estão secas e quentes. — Attaf entrou apressado, colocando a bandeja na mesinha perto da lareira e as roupas na beirada da cama. — E Badeea prepara o melhor nihari fora de Basral. Vocês não vão sentir frio depois disso.

— Obrigado — respondeu Mazin, fechando a porta. Depois ele se virou para mim. — Posso sair e te dar o quarto. De qualquer forma, não seria um problema ficar lá embaixo. Posso monitorar a tempestade e estar pronto quando chegar a hora de partir.

— Maz, já dividimos um quarto antes — zombei. — Na verdade, já dividimos muito mais do que isso. — Ergui uma sobrancelha, não havia motivo para contornar o óbvio no momento. — E você está ensopado. Pelo menos se troque e coma alguma coisa. Ninguém vai viajar, e parece que a tempestade vai durar a noite toda. Você com certeza não pode ficar sentado lá *a noite inteira*.

Ele soltou um suspiro profundo e ainda parecia inseguro.

— O que foi? Você acha que vou te matar enquanto dorme?

Maz me fitou, um sorriso irônico no canto da boca.

— A ideia passou pela minha mente.

— Fique à vontade, sente-se na sala de jantar se está com medo.

A covinha apareceu de novo, e perdi o fôlego.

— Nunca disse que estava com medo de você, Dani. Talvez eu *queira* que você tente me matar.

— Não sei se você está flertando ao me pedir para te matar ou não.

O sorriso se esvaiu de seus lábios. Ele andou até a lareira, de costas para mim, seu sherwani já começando a secar no calor do quarto. Eu não estava mais com frio, não tanto quanto antes, mas meu kurta de algodão ainda estava encharcado na minha pele.

— Quando você foi presa — disse ele de repente —, quando convenci Vahid a te jogar na prisão, achei que fosse o lugar mais seguro para você enquanto eu tentava encontrar uma saída. Eu sabia que você queria que eu lutasse, mas eu não podia deixar Anam. Tinha falado a minha mãe que a protegeria. Jurado. — Sua voz se partiu, e ele passou a mão no cabelo.

— Eu entendo — respondi, me aproximando por trás dele. — Mais do que imagina. — Pensei em Noor, quem eu só conhecia havia pouco tempo, mas com quem eu havia forjado uma ligação tão forte que era inimaginável abandoná-la. E Anam e Maz tinham apenas um ao outro. Eu compreendia, mas magoava mais do que eu queria. — Ainda torci para que você lutasse comigo. Que lutasse *por* mim. E fiquei devastada quando não lutou. Por que não me contou sobre seus planos para derrubar Vahid?

Ele virou para mim, os olhos afiados.

— Dani, já vi Vahid torturar pessoas com zoraat para obter informações delas. Não quis te colocar nessa posição. Achei que, se eu conseguisse mobilizar o norte contra Vahid, então a gente teria uma oportunidade de mudança real. Mas aí o caudilho morreu, eles te prenderam e mataram seu pai... todos os meus planos desmoronaram.

E a única coisa em que conseguia pensar era sobreviver, manter Anam segura e libertar você. Só que a diretora da prisão fez com que libertar você fosse quase impossível. Tentei de tudo, todos os métodos de suborno, todas as formas possíveis que encontrei. Fiz os preparativos para você fugir, até que...

Eu estava assustada demais para perguntar qualquer coisa, com medo de falar, porque, por mais que eu desejasse ouvir sua história, parecia como colocar sal num corte de faca que ainda estava aberto. Eu queria saber, e não queria. Queria enterrar minha vingança e minha raiva, mas elas ainda eram parte de mim, tatuadas em minhas mãos para todos verem.

Só que eu *precisava* ouvir o que ele tinha a dizer.

Por mim, por nós. Precisava ver se eu podia fechar esse buraco no peito, ver se nós estávamos acabados.

Ou se ele ainda era meu, e eu ainda era dele.

Dani, eu te amo.

— Até? — instiguei.

— Até você surgir, parecendo ser outra pessoa, perguntando das espadas do seu pai. Só que o jeito que você falava, seus gestos, até o modo que mordia o lábio... era *você*. Parecia impossível. Até onde eu sabia, você ainda estava na prisão, ainda trancada longe enquanto eu enlouquecia. Quando falei com Sanaya e senti...

Ele parou, fitando as chamas. Elas dançavam na superfície do seu rosto, nas maçãs elevadas e firmes, nos olhos profundos impenetráveis. Uma cicatriz que eu não reconheci se ondulava sobre uma sobrancelha, o que me lembrou de que ele tinha vivido uma vida enquanto estive presa. Também havia recebido cicatrizes das quais eu não sabia.

Ele passou as mãos pelo cabelo de novo.

— Eu achei que estava ficando louco — sussurrou. — Toda vez que a gente conversava, parecia que eu tinha finalmente surtado. Eu estava te imaginando em outra pessoa... Achei que fosse minha mente tentando lidar com o que eu tinha feito. Chegamos a ouvir que você tinha sido vista na sua vila, e mandei soldados para investigar. Escrevi para a prisão, exigindo ver você, mas a diretora não concordou. Ela não falou nada sobre sua fuga. Agora sei que ela não deveria querer que o imperador soubesse que duas prisioneiras muito importantes tinham fugido da sua prisão supostamente impenetrável. Ele ergueu a cabeça, se aproximando de mim, e meu coração martelou no peito. — Mas aí toquei suas mãos. E soube. Senti as cicatrizes que havia lhe dado, senti as lembranças do que vivemos juntos.

Ele deu outro passo e ficou a centímetros de distância, e o calor do seu corpo parecia o próprio fogo. Flexionei os dedos, querendo tocá-lo, mas os mantive ao meu lado. Depois de tudo, será que eu poderia cair nessa novamente? Ou talvez já tivesse caído, e só não queria escalar de volta.

— Maz...

— Você achou que eu não a reconheceria? Eu a reconheceria com qualquer rosto. Qualquer pele. Qualquer cabelo. Mil djinns poderiam disfarçar você de mim e eu ainda conseguiria te encontrar só pelo som da sua respiração.

Expirei, e o espaço entre nós era tão pequeno que ele provavelmente conseguiria sentir o suspiro no meu rosto.

— Me diga que nunca vai me perdoar, e eu vou embora. Diga que me odeia, e eu não te incomodo mais.

Meu corpo flutuou até ele, minha pele sabendo a resposta antes de eu falar em voz alta.

— Porque, a não ser que me diga isso, meu coração idiota ainda torce, sonha e imagina. Não posso consertar o que fiz, não posso mudar. Mas posso implorar. Posso prometer que, em todas as coisas, de todos as formas, eu pertenço a você. E nunca vou deixar que sinta que não lutei por você de novo.

Sua voz era como as chamas crepitando, a batida do meu coração, o ar em meus pulmões. Ela abafou a magia sombria no meu sangue, os sussurros dos djinns, e os pensamentos desconfiados na minha cabeça.

— Não — respondi, as palavras claras e seguras. — Não posso te dizer essas coisas. Não posso porque não seriam verdadeiras. E prometemos ser verdadeiros um com o outro, não foi?

Ele fechou os olhos, abrindo os punhos. Coloquei as mãos em suas bochechas, e qualquer barreira que havia entre nós desmoronou ao meu toque. E então ele me segurou, me pressionando contra si, com a boca em meus lábios, em meu pescoço, os dedos em meu cabelo. Eu o beijei de volta — era impossível para mim não beijá-lo, sentia que morreria se não o fizesse.

Despi o casaco de seus ombros, e meu próprio kurta molhado se juntou ao dele no chão. Cambaleamos até a cama, seus lábios em minha pele, as mãos em minha cintura e coxas. Estávamos em frenesi juntos, a tempestade lá fora combinava com aquela que havia entre nós, exceto que, em vez de fúria e ira, havia cada memória que compartilhávamos, cada toque leve e olhar acalorado. Era uma vida inteira de paixão, rivalidade, dor e esperança.

E éramos nós: cada parte bagunçada, apreensiva e febril, juntos como sempre estivemos. Eram minhas mãos marcadas nas dele, sua língua no meu pulso, minhas pernas em volta de sua cintura. Era quem nós éramos, e quem nos tornamos, e eu sabia que ele estava certo.

Ele sempre me reconheceria, sempre me veria.

Assim como eu sempre o veria.

— A tempestade está diminuindo.

Fitei a janela enquanto Maz traçava círculos lentos no meu quadril com os dedos.

— A gente devia partir logo, então. — Sua voz estava macia, e eu soube que ele queria ficar tanto quanto eu. Mas nós tínhamos pessoas contando conosco, e não podíamos decepcioná-las. — Vahid vai chegar em breve.

A menção de seu nome extinguiu o calor aconchegante do nosso quarto e me levou de volta à realidade.

Infelizmente, isso também cutucou a magia sob minha pele, como se o poder djinn nas minhas veias soubesse exatamente o que o nome de Vahid significava.

Vestimos apressados as roupas quentes que Attaf nos entregou, e Maz correu para selar o cavalo.

Eu me juntei a ele na frente do caravançarai, então Maz colocou as mãos na minha cintura e me ergueu no alazão, mas fez uma pausa.

Baixei o olhar, sua inércia me deixando alerta.

— O que foi?

— Nada. — Ele balançou a cabeça. — Aconteça o que acontecer, qualquer coisa que o imperador faça contra nós, quero lembrar deste momento, da forma como você está agora.

Ele subiu atrás de mim na sela, os braços fortes e seguros enquanto nos guiava de volta para o vale até a minha vilazinha na montanha. Esperança era um pássaro alçando voo em meu peito, e parecia que poderíamos superar tudo, contanto que estivéssemos juntos.

Eu só queria saber o que estava por vir.

Quando chegamos à vila, Maz acelerou o cavalo até chegarmos à casinha em que Nanu estava. Noor já deveria estar ali, mas não vi nenhum sinal dela nem de seu cavalo.

Apreensão tomou conta de mim. A vila estava muito parada, muito quieta. Era a mesma sensação de quando havíamos descoberto a morte do meu pai.

Desmontei e corri para a casa de Nanu.

Estava vazia, as cinzas da lareira frias, um copo de chai intocado na mesa de madeira de mangueira.

— Onde estão? — sussurrei, a voz embargada.

Maz estava atrás de mim, e sua presença estável era um bálsamo para meu pânico crescente. Será que pensei algum dia que ter Mazin ao meu lado seria um alívio novamente? Mas agora parecia que eu podia respirar de novo. Eu me recostei nele e senti sua surpresa com o toque inesperado antes de suas mãos subirem e ele segurar meus braços.

— Vamos achá-las — murmurou no meu cabelo.

— Noor e Nanu são as únicas pessoas que me restaram.

— Vamos encontrá-las — repetiu ele, varrendo os olhos pela cabana. — Mas não estão aqui.

Saímos da casa, os raios iniciais do amanhecer se infiltravam pelas ruas vazias. Um som ecoou na praça, vidro sendo quebrado, um grunhido abafado.

Mazin e eu tocamos nossas espadas ao mesmo tempo.

Eu sabia de que direção tinha vindo.

— A oficina. — Olhei para Mazin.

A casa do meu pai.

Na última vez em que tinha estado lá, soube de sua morte. Eu tinha amaldiçoado o homem agora ao meu lado e prometido que me vingaria.

Só que tudo que eu desejava agora era encontrar as pessoas de que gostava e tirá-las dessa situação com vida.

Corremos para minha antiga casa, lado a lado, como uma velha dança da qual conhecíamos os passos.

Eu conhecia Maz, conhecia seus movimentos, sua respiração. Senti o fardo nos meus ombros se aliviar agora que estávamos do mesmo lado de novo. Paramos na beira da vila, observando à distância a loja e a casinha conectada a ela.

Lancei um olhar para Maz quando ele se agachou ao lado de uma parede de pedra, com a cimitarra na mão, olhos escuros focados na oficina. Ele moveu o olhar em minha direção e paralisou, as sombras dançando nos ângulos do seu rosto.

Aquela sensação de expectativa invadiu meu estômago quando ele virou aqueles olhos intensos para mim, algo que não parecia alívio, calmaria ou conforto, e, sim, como mergulhar em um mar escuro. Algo que nunca achei que ele me faria sentir de novo.

— O que foi? — Sua voz estava mais baixa, mais rouca do que antes, e me perguntei se trabalhar comigo novamente o tinha feito perceber essas mesmas sensações.

— É bom — falei, meu modo abrupto de soltar verdades desconfortáveis pegando nós dois de surpresa de novo. — Ter você ao meu lado de novo.

Seus olhos escureceram, e ele se aproximou, perto o suficiente para eu ouvir suas palavras baixas.

— Me desculpe por um dia ter feito você pensar que eu não estava.

Inspirei, abalada com a ferocidade silenciosa em sua voz.

Nós nos arrastamos para mais perto do pequeno prédio de pedra ao redor da loja, mas nenhum outro som saiu de lá. Eu finalmente empurrei a porta, a espada na mão pronta para enfrentar qualquer coisa que encontrasse ali.

Só que cada cômodo estava vazio, da mesma forma que antes.

Todos os bens do meu pai tinham sumido, a casa ainda estava saqueada.

Até eu chegar no último cômodo: o quarto dos meus pais.

Ali havia uma figura sentada na cama, sozinha, fechada em si mesma, quase resignada.

— Nanu?

Ela se assustou e me fitou, os olhos claros um pouquinho mais brilhantes do que de costume, sua pele escura enrugada estava da cor de brasas queimadas. Mas algo parecia... errado.

— Dania. — Sua voz saiu melancólica, não como uma pergunta exatamente, e sim como uma constatação. Como se estivesse esperando por mim.

Corri para ela, envolvendo seu corpo pequeno nos braços. Ela estava fria e não devolveu o abraço.

— Nanu, você está bem? Achamos que alguma coisa tinha acontecido com você... a casa em que você estava...

— Estou bem. De verdade — respondeu de uma forma meio desconectada, como se falasse comigo de uma longa distância.

Franzi o rosto, meus olhos vagando por ela.

— O que está fazendo aqui sozinha, Nanu? Cadê Noor? Ela devia te encontrar.

Será que Noor tinha chegado à vila?

Com a menção do nome de Noor, os olhos de fogo pálidos da minha avó lampejaram.

— Dania, sua amiga não é confiável.

Suas palavras foram um sibilo, um tom selvagem desconhecido, e me afastei dela, uma agitação me preenchendo.

— Como assim? — Passei os olhos pelo quarto, como se Noor estivesse escondida em algum lugar.

— Noor veio aqui, sim. Mas ela traiu você, minha neta.

Tinha algo errado, e balancei a cabeça em confusão.

Eu já tinha sido traída antes, mas a certeza no meu coração era diferente de tudo: Noor não faria isso.

— Nanu, do que está falando?

Um grito abafado soou de algum lugar por perto, e percebi que Maz não tinha se juntado a nós no quarto. Dei um passo para a porta, mas Nanu estendeu a mão e agarrou meu pulso com tanta força que soltei um arquejo de surpresa. Sua força me pegou desprevenida, e puxei a mão, mas ela não a soltou.

— Não vá — pediu, a voz rouca.

Vasculhei o quarto, tentando entender a inquietação fluindo por mim.

— Nanu, me solte.

— Sua amiga abandonou você — repetiu naquela voz distante. — Deixou você por Vahid.

Algo cintilou no canto do quarto, algo sombrio e suave. Foquei o olhar ali, e então as avistei, como pérolas ovais das quais eu parecia não ser capaz de escapar.

Sementes djinns.

Havia uma sacola de zoraat na mesa de cabeceira. A mesma sacola que eu tinha dado a Noor antes de ela partir. O ar ficou preso na minha garganta, e girei para minha avó.

— Nanu, onde conseguiu aquilo?

Ela olhou para trás, e libertei meu braço. Tudo em mim me dizia para desembainhar a espada.

Mas eu conseguiria? Poderia puxar uma arma contra minha própria avó? Algo se fragmentou no meu peito quando pousei a mão livre na minha adaga.

Só que eu não conseguia afastar a sensação, aquela agitação nas entranhas indicando que havia algo errado.

Retornei o olhar para as sementes. Por que o zoraat estava ali?

E, se estava ali, era completamente possível que a mulher diante de mim não fosse minha avó.

— Você não é minha Nanu, é?

Ela me deu um olhar curioso, parecendo confusa com a pergunta. Procurei em seu corpo por qualquer coisa que pudesse identificá-la, aquele único pedaço de evidência física que uma pessoa precisava para manter antes de se transfigurar.

Mas não havia nada. Ela era exatamente a mesma, os olhos, as mãos enrugadas, cada mecha prateada do cabelo. Até o cheiro era o mesmo — um perfume amadeirado montanhês com toques de flor de açafrão. Sua pele parecia papel, os olhos brilhantes — ainda era minha avó.

— Por que eu precisaria fingir ser outra pessoa? Isso não te deu sua vingança, não é mesmo, garota? — Sua voz não foi cruel, e, sim, factual, como se só estivesse curiosa.

Abri a boca, mas as palavras morreram na minha língua. Confusão lutava com o medo e as profundezas de algo mais vibrando em mim.

Vingança. Vingança. Vingança, sussurrou ele.

Mas, daquela vez, as palavras não foram para mim.

— Vi seu Mazin chegar a cavalo na cidade com você — continuou.
— Não foi ele quem começou tudo isso, mandando você para a prisão?

Franzi a testa, frustrada com a mudança brusca de assunto.

— O que aconteceu com Noor? — repeti.

E cadê Mazin? Olhei para o corredor, torcendo para vê-lo. Eu ainda tinha o poder do djinn pulsando na ponta dos dedos, mas, quanto menos o usasse, melhor. E com certeza não queria usar contra Nanu. Encarei as sementes na mesa de cabeceira de novo.

Se minha avó tinha consumido alguma quantidade, não havia como saber o que poderia fazer.

E para que ela precisaria de poder djinn?

— Noor é fraca — disse ela. — Fico surpresa com você por se rodear de gente como ela. Como Mazin. Gente que fica ao seu lado apenas para sugar sua força. Você é uma guerreira, como sua mãe. Não precisa se rodear de fracos, como sua mãe fez com seu pai.

Perdi o fôlego com suas palavras, com o significado delas. Minha pele pareceu incandescente quando algo se ergueu dentro de mim. Algo maior que o poder djinn, algo que mudou minha visão de mundo completamente.

Eu sabia que minha avó e meu pai não se davam muito bem, mas não tinha percebido o tamanho da aversão dela. Eu me afastei, esbarrando na porta atrás de mim. Nanu nunca tinha falado assim dos meus pais, nunca.

Uma lembrança fugaz cutucou minha mente, de antes de minha mãe morrer. Uma lembrança de Nanu como uma mulher completamente diferente. Não aquela pessoa silenciosa e tensamente fechada. E então, na noite em que minha mãe foi morta, me lembrei disso. O jeito que ela uivou e arrancou o cabelo. O jeito que gritou e me empurrou para longe.

Como meu pai tentou acalmá-la, mesmo que ele também tivesse acabado de perder a esposa. Só que ela não quis falar com ninguém, então se mudou da casa e foi morar sozinha na vila. Desde a morte da minha mãe, Nanu ficou distante, como se uma parte sua tivesse morrido também.

Mas o modo como seus olhos brilhavam dava a entender que algo nela estava vivo no momento.

Como se houvesse uma víbora sob sua pele.

Tentáculos frios de medo desceram pela minha espinha quando ela avançou sobre mim, os olhos pálidos enormes e redondos.

— Baba não era fraco — declarei, lentamente, tentando entender o que estava acontecendo. — Ele era a pessoa mais forte que eu conhecia.

— Então você não conheceu sua mãe o suficiente. Ela poderia ter governado os povos nortenhos. Em vez disso, escolheu seu pai e veio para cá. — Ela cuspiu no chão. — E acabou morrendo.

— Mama foi morta por um membro do povo do norte, Nanu. Não foi culpa do Baba.

— Ele a deixou ir para lá, desprotegida. Ele irritou o caudilho que a matou, se recusando a moldar uma espada para ele. A morte dela estava tanto nas mãos dele quanto nas do homem que cortou sua garganta.

Minha mente girou ao assimilar que Nanu tinha se sentido assim a vida toda. E eu nunca tinha percebido até aquele momento. Mas agora via tudo.

Era como se o céu estivesse desabando, e eu não tivesse mais espaço para respirar. Meu peito estava apertado, prestes a entrar em combustão com a pressão, os olhos queimando, embora não houvesse nenhuma lágrima.

— O caudilho — falei, as palavras mal saindo da boca. — O caudilho nortenho que me acusaram de matar. Foi você, não foi?

A confirmação estava entalhada por todo o seu rosto. Ela apertou a boca, inflou as narinas. Parecia culpada, mas também... orgulhosa?

O líder nortenho tinha sido morto, e, durante todo aquele tempo, eu tinha pensado que tivesse sido Vahid tentando reprimir a rebelião.

Mas fora minha avó, se vingando e me condenando àquele caminho desamparado.

Cambaleei para trás, a boca parecia estar cheia de poeira, minhas mãos tatuadas de djinn tremiam. Minha própria avó tinha sido o motivo da minha prisão.

— Ele era o líder que matou sua mãe — confirmou, estendendo as mãos para mim. — Eu sabia que ele estava vindo para Basral, pela primeira vez em anos depois de ter matado minha menina. Nunca senti tanta necessidade de retaliação. Ele roubou minha vida. E, quando achei que explodiria com toda a injustiça, um djinn veio até mim. Barganhei por uma pequena quantidade de poder, só o bastante para fazer o que precisava ser feito e destruir o homem que matou minha filha. — Seus olhos cintilaram, e suor cobria seu lábio superior como se ela estivesse doente, a pele cinza e cerosa.

Eu não conseguia me mover, não conseguia falar. Encarava minha avó, percebendo que nunca a conhecera de verdade. Ela tinha feito uma barganha com um djinn, tinha negociado poder para buscar vingança.

Éramos mais parecidas do que eu pensava.

— Eu o vi se contorcer enquanto suas entranhas queimavam — murmurou, a voz tão suave quanto uma carícia. — Enquanto sua pele borbulhava e seu sangue fervia dentro dele. Não foi o bastante. Não foi dor o suficiente para o que ele roubou. Mas, ainda assim, eu conheci a satisfação. Conheci a força. Mais do que tinha conhecido em anos.

Ela me fitou, e aqueles olhos verde-claros — os olhos da minha mãe — me perfuraram, me devorando com sua vingança.

O caudilho merecia morrer. Eu não a culpava por sua vingança. Eu teria feito o mesmo, pensei com amargura.

Tinha feito o mesmo.

— Eu sabia que você iria para aquela sala — continuou ela, e meus pulmões congelaram. — Escutei seus planos. — Ela fechou os olhos. — Havia mais uma pessoa que merecia punição pela morte de sua mãe. E eu sabia que, se você fosse presa, ele tentaria te ajudar.

Uma dor aguda se estilhaçou dentro de mim, mas ela continuou falando, inconsciente da agonia que causava.

— Encorajei seu pai a tentar te salvar. Não foi difícil. Ele seguiu para o palácio, com a cimitarra no ar, e fez por você o que nunca tinha feito pela minha filha. — Sua voz saiu baixa e áspera, o ódio se derramando como chá amargo. — Ele amava você mais do que a ela. É por isso que não foi com ela para o norte. É por isso que ela está morta. Ela merecia mais do que ele. Merecia mais do que vocês dois.

Nossos olhos se encontraram, e fiquei abalada com a escuridão nos dela.

— Nanu. *Você* matou Baba. — Rolei as palavras na língua como veneno, a boca dormente. Eu ainda não queria acreditar. — Você me fez ser presa. Fui agredida, torturada. Fiquei presa por um *ano*.

— Mas sobreviveu. — Nanu juntou as mãos, os olhos assumindo um brilho ousado. Ela se aproximou com firmeza, e me perguntei se tinha consumido o zoraat. — Achei que seria executada. Contei com isso. E então eu teria completado minha barganha: eu precisava abrir mão de alguma coisa. Você, pelo caudilho. Você, pelo seu pai. Mas você sobreviveu. — Ela me observou com uma intensidade aterrorizante. — Porque você é *forte* — continuou. — Você é como eu e sua mãe. Você foi forjada nos fogos do ódio também, renovada por sua vingança. Eu a observei quando voltou, era alguém que poderia botar fogo nesse mundo, que podia fazê-lo ser seu. Eu ia te matar naquela hora, mas, no fim, não consegui. Não quando você me lembrava tanto ela. Você poderia destruir Vahid, esmagar qualquer um que ficasse no seu caminho. Você tinha vingança na alma, *assim como eu*.

Ela estendeu a mão enrugada para mim, como se eu fosse pegá-la e colocá-la no meu peito, como se eu não quisesse mover minha adaga e decepar cada um de seus dedos por matar meu pai, por desejar que eu morresse, por abrir mão de todos nós quando minha mãe foi morta.

— Eu soube, então, que você era digna dela. Uma filha que podia transformar o mundo em cinzas com o poder dos djinns.

Ela tentou me tocar de novo, e algo em mim se rebelou.

— Você matou Baba. Me condenou à morte. Destruiu sua família por uma filha que a teria odiado por suas ações. Mama *amava* Baba. E me amava. E você destruiu as coisas que ela mais amava em sua memória. — Suspirei, os olhos ardendo. Abaixei a espada. — *Não* sou como você. Não vou mais jogar minha vida toda fora em um caminho que não leva a nada além de morte e cinzas. Não é isso que Amma desejaria para nenhuma de nós.

Minha avó baixou as mãos, e seu rosto assumiu um olhar sombrio.

— Então parece que vou ter uma chance de completar minha barganha, no final das contas.

A porta atrás de mim se moveu, o brilho de uma cimitarra lampejando por ela.

— Dani. — Os olhos de Mazin se moveram entre mim e minha vó. — Encontrei Noor. Ela está bem. Foi imobilizada e amarrada, mas não consegui libertá-la. Acho que é magia djinn.

Voltei os olhos para minha avó.

— Então você consumiu mesmo as sementes.

Ela bufou.

— Você acha que eu desperdiçaria todo aquele poder? Você teve tudo na ponta dos dedos. Achei que fosse mais esperta. — Ela encarou Mazin. — Mas escolheu alguém fraco para ficar ao seu lado também.

— Ele não é fraco — falei, com a voz baixa. — Fraqueza é destruir sua única família por vingança, matar quem te amava para seu próprio benefício. — Baixei a espada e dei um passo à frente. — Mas você não tem que fazer isso, Nanu. Ainda pode vir conosco. — Deslizei a espada na bainha. — Vamos destruir as sementes, fazer isso para que ninguém possa usá-las novamente.

Engoli um nó na garganta, pensando em tudo que ela tinha feito com meu pai, comigo, com Maz. Tantas vidas destruídas por vingança.

Mas o ciclo acabaria ali.

— Eu te perdoo, Nanu. Perdoo o que fez.

Minha avó me observou por um longo momento, os olhos brilhantes.

— Me perdoa? Não tem nada para perdoar. Eu lhe dei a chance de ser forte, de forjar o próprio destino, e agora você a jogou fora. — Ela enfiou a mão no shalwar escuro e tirou um punhado de sementes. — Mas eu não vou desperdiçar. Vou roubá-la para mim.

Ela enfiou uma palma cheia na boca, as sementes escuras cintilando como pequenos besouros, escurecendo sua gengiva, boca e língua.

Me lancei para a frente e segurei seu pulso.

— Nanu, pare! Você não tem ideia do que essa quantidade vai fazer com você.

Eu já tinha visto Noor ser muito cuidadosa, moendo as sementes em silêncio, medindo cada porção meticulosamente. Já tinha visto Thohfsa cair e morrer por comer demais.

Quando a magia djinn estava no sangue, a pessoa se sentia invencível.

Senti o puxão dela agora com o poder nas veias, e lutei para controlá-la. Tentei imobilizar seus braços, mas era tarde demais. Ela as tinha engolido, e seus olhos estavam iluminados pelo zoraat. Ela rugiu de dor, agarrando o pescoço, os olhos arregalados. Depois voltou o olhar selvagem e feroz para Mazin e para mim.

Encarei Maz, nossos olhares se encontrando, tudo o que eu queria dizer a ele estava contido naquele único olhar. Medo. Saudade.

Amor.

Então abri a boca e lhe disse uma última palavra.

— Corre.

QUARENTA E NOVE

Maz não questionou ou hesitou. Ele disparou pela porta e gritou por Noor.

— Nanu, você não quer fazer isso.

— Você não me deixou nenhuma escolha. Não fique no meu caminho.

— Não vou machucar você.

Eu sentia o poder djinn correndo pelas veias, atiçando meus sentidos. Uma chama quente de magia estava pronta para irromper de mim e consumir tudo, a casa, minha avó, eu mesma.

Só que eu não queria mais seguir por esse caminho.

Não queria matar Nanu, apesar do que ela tinha feito. Isso não acabaria com aquele ciclo de ódio, de vingança.

— Você não poderia me machucar mesmo que tentasse.

— Tenho mais poder que você — respondi, com cuidado, erguendo a palma e deixando que ela visse a escuridão tingindo minha palma e a chama ardente dentro dela. — Não quero usá-lo.

Seus olhos ardiam.

— Então você fez uma barganha também.

Ela deu um sorriso, esticado demais, como pele repuxada sobre um esqueleto. Tinha se tornado uma coisa diferente de um ser humano, como se o djinn a tivesse possuído e tirado sua humanidade, deixando-a com a carcaça de um corpo alimentado pela raiva.

Ela avançou sobre mim, só que, daquela vez, me mantive firme.

Era aquilo que eu teria me tornado?

Era aquele o futuro que me aguardava?

Uma mulher deplorável e definhada pela necessidade de vingança?

Não. Não mais. Era preciso escolher se tornar aquilo, abandonar toda a alegria em favor da destruição.

Aquela não seria eu.

Ela deu outro passo à frente, e ergui as palmas de novo. Uma agitação passou por seus olhos. E então um tipo completamente diferente de olhar.

Seu rosto se enrugou de agonia, e ela soltou um uivo baixo.

Me aproximei dela, hesitante.

— Nanu?

— Não me chame assim — rebateu, afastando-se da minha mão estendida. Ela se curvou em si mesma. — Você não é minha neta — grasnou.

Depois ergueu as mãos, os olhos verde-claros se transformando em preto. Minha respiração ficou presa na garganta quando tentáculos de escuridão jorraram da ponta se seus dedos, lustrosos, como se ela tivesse derramado um frasco de tinta no ar. Eles me rodearam, como uma víbora se apertando em volta da presa, pronta para sufocar sua vida.

Eu podia ter erguido as mãos em defesa, usado o poder djinn retumbando no meu pulso e incendiado a escuridão.

Mas não o fiz. Queria ver até onde ela iria.

— Você poderia ter me amado — sussurrei. — Todos esses anos, você se conteve e eu nunca soube que era por causa da sua dor por minha mãe. Mas você podia ter se aberto para me amar.

— Como você se abriu depois que seu pai morreu? Você voltou pela mesma coisa. Vingança.

As veias pretas serpenteantes se aproximaram, um eco das que se arrastavam pelas minhas próprias mãos. Elas me fecharam, o ar ao meu redor ficou frio, depois insuportável.

Convoquei a magia djinn emprestada que queimava sob minha pele, à espera para explodir. Ela se envolveu ao redor da escuridão, amontoando-se como uma colmeia de abelhas. Uma coluna de fogo explodiu de mim e envolveu o saco de zoraat ao lado da cama, que pegou fogo como um sopro de vegetação desértica.

E então caminhei entre as chamas, em direção à minha avó.

Ela arregalou os olhos, o rosto empalidecendo.

— Como fez isso? Quanto você teve que consumir?

— Eu não consumi nada. O próprio djinn me deu isso.

— Djinns não *dão* nada. Você negociou algo considerável por uma prova daquele poder. — Ela inclinou a cabeça, os olhos pretos perspicazes. — Talvez sua vida? — Ela fitou meu rosto com cuidado, e percebi que vinha fazendo isso comigo havia anos, me medindo, avaliando. — Você acha que sou perigosa, sendo que barganhou por muito mais? Você *é* como eu.

— Não sou nada parecida com você — respondi, irritada. — Sou capaz de mudar. E, mesmo que eu tenha feito algo de que me arrependo, posso me redimir. Posso consertar as coisas.

Queria acreditar nisso.

Tinha que acreditar nisso.

Porque não havia como completar a barganha que fiz. Não depois de ver aonde ela me levaria.

— Não é tarde demais, Nanu. — Estendi a mão para ela de novo. — Você não precisa fazer isso.

Ela balançou a cabeça, os olhos ainda selvagens, mas tristes.

— Fique com seu perdão. Não quero ser perdoada. Fiz justiça por minha filha. Dei...

Ela se interrompeu, e um som sufocante cortou suas palavras. Levou as mãos ao pescoço, agarrando a pele com força.

— Nanu? O que houve?

Ela se curvou e gritou, mais tentáculos pretos se espalharam de suas mãos, preenchendo o quarto.

— Eu... não consigo... não consigo — falou, arfando, e me ajoelhei ao lado de sua figura contorcida.

Ela gritou de novo, e vi que sua língua tinha encolhido dentro da boca, os dentes escurecidos.

— As sementes.

Ela tinha comido demais, e não nas quantidades certas. Deve ter engolido uma proporção diferente de Thohfsa, dando-lhe poder temporariamente antes de envenená-la.

Engoli em seco, com a garganta apertada, os olhos ardendo com as lágrimas não derramadas. Nanu tinha matado meu pai. Me traído, feito com que eu fosse presa. Ela merecia minha gentileza? Minha empatia?

Suspirei, colocando as mãos sobre ela. Eu não destruiria minha alma por vingança, independentemente do que ela merecia.

— Vou tentar ajudar você.

Fechei os olhos e puxei o poder que me ligava ao djinn. Até o momento, ele tinha se curvado à minha vontade quando eu o invocava. Algo sussurrou dentro de mim, sombrio e profundo. Eu poderia salvá-la, sabia que sim.

Pressionei a mão na sua boca enquanto ela convulsionava com a mancha do veneno dentro de si. Concentrei-me em livrar seu corpo da toxina. Ela gritou, mas a mantive firme, impedindo-a de se contorcer com um braço em volta de seu torso.

— Estou tentando te ajudar, Nanu.

Mas, quanto mais eu a inundava com o poder, mais eu percebia que precisava de... mais.

O zoraat não estava respondendo do que jeito que achei que iria, estava resistindo a mim.

Eu precisaria de mais poder, mais força, talvez tudo que tinha.

Nanu parou de se debater ao mesmo tempo que meus braços ficaram frouxos. Eu a soltei, e ela ficou de joelhos.

— Me ajude — implorou, com medo na voz. — Tire isso de mim.

Umedeci os lábios, tentando lhe dizer as palavras certas. Que eu queria tentar, mas que isso exigiria tudo de mim.

— Não posso.

— O quê?

— É demais. Não posso salvar você sem me destruir.

Ela tossiu, um líquido preto jorrando de sua garganta no tapete de tamareira.

— Você não vai nem tentar pelo último membro que sobrou de sua família? — Ela agarrou a barriga. — Me ajude! — gritou.

Hesitei.

— Não te devo isso — declarei, por fim. — Eu não devo tudo de mim a você. Não depois do que fez. Talvez nunca mais. E, se você me amasse, nunca pediria isso.

Ela tossiu de uma forma aterrorizante.

— Achei que você não estivesse mais dedicada à vingança. Está me punindo pela morte do seu pai.

Ajoelhei ao seu lado, abaixando a voz, quase imperceptível.

— Isso não é vingança. É causa e consequência.

— Dania. — Sua voz foi suplicante, um choramingo alto que partiu meu coração.

Só que havia outra pessoa habitando meu coração também, e Baba estaria aqui comigo se não fosse por ela. Noor e Mazin ainda estavam vivos. Eu ainda estava viva. No fim das contas, minha lealdade estava com eles e comigo mesma.

— Não posso te ajudar, Nanu. Não às custas de mim mesma.

Ela se encolheu, gritando de novo quando as unhas começaram a ficar pretas. Dor, culpa e tristeza me atravessaram, mas dei as costas para ela.

Saí do quarto; os gritos da minha avó foram a última coisa que ouvi antes de finalmente fechar a porta da casa de Baba.

CINQUENTA

— VOCÊ ESTÁ BEM?
A voz firme de Maz me chamou enquanto eu tentava não pensar em minha avó morta com o zoraat que tinha consumido. Tentei não pensar em mim a abandonando, nas escolhas que nós duas havíamos feito para chegar até aqui.

Morte por vingança.

Aquela seria eu?

Noor e Maz esperavam nas imediações da vila, com o cavalo de Mazin selado e uma mula de carga aguardando atrás dele. Noor estava sentada na terra, as mãos e os tornozelos atados magicamente, mas o lenço que estava em sua boca agora estava frouxo e pendia no pescoço. Suspirei de alívio ao vê-la ilesa; os olhos redondos encontraram os meus, e ela assentiu. O tesouro de Souma estava jogado nas costas da mula, e restava uma única sacola de zoraat.

— Não — respondi a Mazin. — Não estou.

Semicerrei os olhos para o zoraat.

Passei por ele e arranquei o saco de sementes da lateral da mula.

— E não vou ficar até essas coisas estarem destruídas. Todas elas.

Joguei a sacola no chão, ofegante, com mil vozes ecoando em meu cérebro.

Essas sementes eram a morte.

Da minha avó. Do Baba. De todos os manifestantes da cidade lutando para sobreviver. O poder dentro das minhas veias se rebelou contra o que eu estava prestes a fazer, mas o ignorei. Em vez disso, concentrei a energia dentro de mim em uma única lança de chama pura e a mirei na bolsa. Num instante, ela acendeu, uma labareda tão ardente que se tornou azul-vivo e depois vermelho-fogo. Acabou rápido, a sacola de zoraat transformada em cinzas.

O chão onde estivera ficou marcado de preto.

— Parece uma reação um pouquinho exagerada — disse Noor. Ela ergueu as mãos no ar. — Se importa de tirar essas amarras feitas por djinns se vai sair por aí queimando coisas?

Fiz o mesmo com a corda, amarrando suas mãos, concentrando o poder nelas até pulverizá-las em uma pequena chama e se desintegrarem.

Depois de Noor se libertar, ela levantou, olhando para mim e Mazin.

— A última vez que te vi estava tentando matá-lo. Agora o que vocês são? Amigos? — Ela cruzou os braços. — Ou algo mais?

— Mudei de ideia sobre o assassinato — respondi, com as mãos na cintura, ignorando deliberadamente a outra pergunta que me fez.

— Mudou? — Mazin ergueu uma sobrancelha. — Que alívio. Achei que poderia levantar essa espada contra mim de novo.

Ele sorriu, e retribuí o gesto.

Aquela sensação vibrou no meu peito, familiar e, ao mesmo tempo, nova. Eu não conhecia esse Mazin, mas ele ainda incendiava meu corpo como nenhuma outra magia.

— Acho que eu gostava mais quando vocês dois queriam se matar — grunhiu Noor.

Eu a olhei de cara feia.

— Anotado.

— Sua avó? — perguntou Mazin, e não encontrei seu olhar.

Senti o pesar de sua morte, mesmo que ela tenha sido responsável por tudo. Era uma colisão de emoções estranhas: luto disputando com ira. Eu compreendia por que ela tinha feito aquilo, o que talvez tenha sido o que mais me assustou. Ela ter amado tanto a minha mãe que isso superou todas as outras relações e a impediu de ver o que ainda lhe restava.

Os olhos de Noor estavam semicerrados de preocupação.

— Ela consumiu zoraat demais — expliquei. — Não aguentou. Tentei... expurgar dela, mas teria exigido tudo de mim. E isso não era algo que eu estava disposta a dar.

Noor baixou o olhar para o chão, como se outra lembrança a afligisse. Olhei para Maz, cujos olhos escuros estavam deprimidos. Estávamos todos sendo assombrados pela morte, e era hora de finalmente expulsar esses demônios.

Mas me permiti um momento, um pequeno instante de luto.

Eu me abracei e fechei os olhos, pensando na minha mãe, no meu pai, na minha avó. Em todas as pessoas que agora tinham partido.

Os passos de Mazin se aproximaram, até ele jogar um braço sobre meu ombro e me puxar para seu peito. Pressionei o rosto no seu sherwani e inspirei — limões, madeira e manhã. Todas as coisas que me faziam pensar nele, e que eu tinha desejado expelir da memória, agora eram no que eu me apoiava desemparada. Ele colocou as mãos no meu cabelo solto e pressionou os lábios no topo da minha cabeça, enquanto eu soluçava em sua camisa.

Minha avó podia ter feito suas escolhas, mas os sons de agonia que emitiu enquanto eu me afastava ficariam comigo por um longo tempo.

Esperei alguns instantes antes de me afastar dele e limpar as lágrimas do rosto com as costas da mão.

— Obrigada — falei, baixo, percebendo o quanto era difícil pronunciar as palavras.

— Sempre — respondeu ele, me observando com aqueles olhos cravados em mim.

A voz de Noor atravessou meus pensamentos e me puxou de volta para o presente.

— O plano é pegar a irmã de Mazin e dar o fora desse império maldito antes de Vahid finalmente vir atrás de nós. Temos bastante dinheiro para construir uma vida em outro lugar e ficar longe de toda essa gente obcecada por djinns. — Ela se recostou numa tamareira baixa atrás dela.

Brinquei com a manga do kurta, remoendo as palavras antes que elas saíssem de mim. Não podíamos partir assim.

— Tenho um plano diferente.

O queixo de Noor caiu.

— Dania, a gente segue seus planos desde que nos conhecemos. Tudo o que conseguimos foi um exército de pessoas tentando nos matar. Por favor, me diz que você tem uma sugestão que não seja voltar para a toca do demônio. Todo mundo sabe que você gosta disso.

Suspirei.

— Precisamos voltar para a cidade.

Noor cobriu os olhos.

— Sabia.

Ergui as mãos.

— Noor, você sabe tão bem quanto qualquer um o que as sementes podem fazer. Precisamos nos livrar delas. De *todas*.

Desespero se infiltrou na minha voz. Se havia alguma coisa que eu pudesse fazer para consertar toda essa bagunça, seria isso. Eu não deixaria que mais vidas fossem destruídas.

Noor se sentou.

— Você quer ir atrás dos campos de djinn do imperador.

Maz se aproximou de mim, o olhar escuro determinado.

— Concordo com Dania.

Noor emitiu um som que era metade risada, metade choro.

— Claro que concorda! Você é tão insensato quanto ela! E não pensem que esqueci que vocês dois querem se vingar de Vahid. — Ela fitou o céu. — Ele tirou a mesma coisa de mim, e quero retaliação também. Mas voltar para lá é loucura. Vingança não deu a nenhum de nós o que realmente queríamos, então por que não deixamos isso para trás?

Balancei a cabeça.

— Noor, não tem a ver com vingança. Trata-se de garantir que esse poder não caia nas mãos de alguém que vá usá-lo para destruição. Tem a ver com quebrar o ciclo.

Noor encarou Maz, as sobrancelhas erguidas.

— Tem a ver um pouco com vingança, sim — admitiu ele.

Noor se curvou, enterrando a cabeça nas mãos.

— Odeio vocês dois.

Montei no cavalo de Mazin, e ele subiu atrás de mim. Noor ergueu o olhar, o rosto infeliz, mas com determinação no maxilar empinado. Eu conhecia esse olhar, já o tinha visto antes de fugirmos da prisão, quando ela concordou em vir comigo.

— Você sabe que é a coisa certa a se fazer — gritei para ela.

— Eu sei — respondeu, triste. — E, por incrível que pareça, acho que Souma concordaria com você. — Ela massageou o ombro.

— Noor, você não tem que vir conosco. Você tem a fortuna de Souma. Você mesma disse, pode ir para qualquer lugar, ser qualquer pessoa.

— E perder a festa? Eu vou com você. Mas não estou feliz por me fazer andar na mula.

Ela se levantou, e o rosto ficou sério. Olhou de relance para o tesouro, a última peça de Souma amarrada à mula em que ela estava prestes a subir, e eu soube que estava pensando no pai.

— Quero destruir todo zoraat que existe e derrubar Vahid com isso.

— Quem é que está atrás de vingança agora?

Ela subiu no lombo da mula e tirou o cabelo do rosto.

— Aprendi com você.

CINQUENTA E UM

V OLTAMOS PARA A CIDADE SOB A COBERTURA DA NOITE. Patrulhas de guardas percorriam a estrada, parando todo mundo que estava indo e voltando de Basral, mas Mazin e eu conhecíamos aquele caminho. Fizemos um zigue-zague pelo deserto congelado, mergulhando sob dunas de areais cobertas de neve e nos esgueirando pelos pomares de manga na parte exuberante do vale, evitando a estrada mais usada ao longo do lago.

Noor nos guiou até os campos de zoraat, o lugar onde tinha morado com Souma. Guardas e soldados estavam espalhados por toda a cidade, reprimindo as rebeliões em todos os cantos. Os soldados vigiando os campos de zoraat do imperador não estavam preparados para se proteger da magia djinn que fluía através de mim, então dilacerei suas proteções com facilidade.

Finalmente, chegamos à margem dos campos, a plantação de zoraat que se estendia por quilômetros. Estávamos no lado norte de Basral, e, quando terminei de incapacitar todos os guardas, sabíamos que Vahid e seu exército estariam vindo atrás de nós. Não havia como ele nos deixar tomar todo o seu poder sem lutar.

Mas já era tarde demais.

Coloquei a talwar no chão e enfiei as mãos na terra, buscando as raízes do zoraat. Quando as encontrei, o fogo djinn disparou de meus dedos para o subsolo, devorando-as de dentro para fora, acendendo um brilho poderoso pelo céu enquanto o fogo djinn engolia os quilômetros de plantações.

O calor das chamas nos empurrou para as laterais dos campos, e ficamos assistindo às plantas de zoraat queimarem. Seu bem mais valioso, responsável por tantas mortes. Fumaça se elevou no ar, um farol. O céu noturno engoliu a pira escura e oscilante. Noor pegou um pouco do meu fogo djinn e acendeu algumas tochas flamejantes para cuidar das plantas remanescentes. Ela andou de campo em campo, incendiando as plantas com o fogo djinn sobrenatural.

Estrondos de cascos de cavalo se aproximaram, o exército de Vahid chegando.

— O que vocês fizeram? — Um grito angustiado ecoou pelos campos.

Girei e avistei a única figura que eu ainda não tinha confrontado com minha vingança.

E o único homem que uniu nós três no mesmo objetivo.

O clarão das chamas iluminou o rosto do imperador Vahid, tingido como uma máscara macabra de ira.

Atrás dele, estava o exército, aguardando seu comando, com os olhos vidrados pelo consumo de zoraat.

— Meus campos... — Ele ergueu os punhos fechados, e fiquei assustada com os fios pretos que também se espalhavam por seus braços. Seus olhos flamejantes vasculharam os campos, pousando em nós três. — *Você*. — Ele apontou em minha direção, os olhos escuros de ódio. — Eu deveria ter te executado.

— Vahid. — Maz ficou ao meu lado, e sua presença tranquila fez com que eu me sentisse mais forte do que pensei que era possível.

Ele acenou com a cabeça para mim, reafirmando que estava ao meu lado, mesmo diante da fúria do imperador.

Mas era com a minha fúria que o imperador teria que lidar agora.

— Queimamos seus campos — falei, de braços cruzados. — E destruímos o estoque de zoraat de Souma. Você não vai mais ter o poder djinn para controlar este império nem para matar qualquer um que se levante contra você. Sem ele, você não é nada.

Ele deu um passo à frente, mas parecia estranho comparado com a última vez que o vi no banquete. Estava encolhido, murcho, instável. Sua pele aparentava ser muito mais velha, e amarelada, como se uma doença o tivesse dominado. Seus lábios estavam preto-acinzentados, as bochechas possuíam um espaço oco que eu só tinha visto em moribundos.

Ele se parecia com minha avó.

— O poder djinn está te matando. Olhe para você.

— Olhe para você mesma — zombou Vahid. — Olhe para suas próprias mãos. Sinto o cheiro em você. Em breve saberá o que ele fará com você.

— Tiramos tudo de você — interrompeu Maz, com raiva. — Não vai controlar a cidade agora, não com os tumultos e as rebeliões. Nem terá controle sobre os reinos. O norte já começou a se mobilizar contra você de novo. Você perdeu, Vahid.

O rosto de Vahid ficou arroxeado.

— Eu te acolhi. Salvei você e sua irmã de suas existências patéticas. Te dei poder. Em troca, deveria ter me adorado, não me traído.

— Me desculpe não ter nenhum respeito pelo homem que assassinou minha mãe — rebateu Mazin.

— Eu te tornei quem você é, garoto.

— Não — respondeu Maz, apontando o queixo para mim. — Foi ela que fez isso.

Calor me inundou, e não teve nada a ver com o poder djinn. A fé de Maz em mim fez com que eu me sentisse mais forte do que se tivesse o poder de cem djinns.

Olhei de relance para Noor, e o imperador seguiu meu olhar, dando um grito áspero ao ver o que ela estava fazendo. Noor se afastou para o último campo com o fogo djinn. O imperador cambaleou para longe de nós e ergueu as mãos, pretendendo impedir Noor de queimar o que restava da plantação.

Levantei as minhas próprias mãos e senti o poder que ele havia sentido em mim subir à superfície. Era intoxicante, e entendi por que Vahid tinha caído em seu feitiço. Você poderia deixar de lado as consequências de um poder assim quando ele era capaz de te fazer se sentir como o dono do mundo.

Mas eu já tinha visto o que a vingança tinha feito com Nanu, com Maz, comigo mesma.

E não deixaria que mais vidas fossem destruídas por ela.

— Pare. — Senti o fogo djinn subir em meu sangue. Ele convocava o de Vahid, e senti um puxão em resposta.

Segurei aquele fio de poder em Vahid. E então o puxei.

O imperador cambaleou e deixou os braços caírem. Ele desviou de Noor e me fitou boquiaberto.

— O que você...

— Eu também recebi um presente, de alguém que você talvez ache terrivelmente familiar.

O rosto dele ficou branco igual papel contra o céu noturno.

— Não — sussurrou, a voz tão fraca que achei que o som pudesse ser o vento. — O que prometeu a ele em troca?

Inclinei a cabeça, imaginando o que *Vahid* tinha prometido para ter uma expressão de medo tão grande no rosto.

— Algo que estou preparada para dar, se for preciso.

Se.

Havia um *se* na barganha que fiz? Talvez não. Mas não significava que eu não fosse tentar. Cerrei as mãos de novo. Existia apenas uma coisa que eu poderia fazer.

Buscando a borda do poder do imperador de novo, entrelacei minha própria magia à dele. Dessa vez, ao contrário de uma cutucada gentil, tateei a essência de tudo.

E depois a arranquei de seu corpo.

Vahid gritou e desabou no campo prostrado de joelhos.

Maz colocou a mão no meu braço.

— Dani, o que você...

— Eu sei o que estou fazendo — respondi, baixo. — Confie em mim.

Maz suspirou, e então se aproximou, sua presença me equilibrando.

— Sempre.

Então estendi o poder até os exércitos de Vahid na extremidade do campo, arrancando o zoraat do corpo deles também, extraindo-o de seu sangue. Era o que eu tinha tentado fazer com minha avó, mas ela tinha consumido muito, e já era tarde demais.

Só que agora eu conhecia a sensação dos tentáculos negros espiralando dentro das veias de outra pessoa. Sabia o que precisava fazer para eliminá-los. Desemaranhei a magia djinn, como se estivesse desmanchando uma costura complexa tecida nas veias, até não sobrar mais nada nos exércitos dele.

Até que não lhe restasse mais nada.

Pelo canto do olho, avistei Noor incendiar o último campo e correr até nós. Mazin desembainhou a espada quando Vahid ficou de pé aos tropeços e cambaleou em minha direção.

Mas, ao fazer isso, o ar ficou mais espesso e lento.

A espada de Maz parou no ar.

Noor congelou no meio do campo.

Vahid parou e se empertigou todo, olhando através de mim, o rosto inundado de pavor.

Virei, sabendo, mesmo sem olhar, quem estava atrás de mim. A pele cerosa, a fileira de dentes pequenos e brilhantes. Olhos cheios de fogo sem fumaça.

O djinn tinha vindo cobrar seu preço.

Cinquenta e dois

Ele estava tão perto que eu via cada linha fina de sua pele, como se estivesse usando a máscara de uma pessoa sobre o rosto. Seus olhos brilhavam com uma raiva violenta, e usei todas as minhas forças para não dar um passo para trás.

Aquela criatura não me veria com medo, ainda que eu estivesse aterrorizada.

— Chegou a hora de pagar o preço.

O djinn curvou os dedos, e o tecido preto de sua capa ondulou com o movimento. Ele umedeceu os lábios, e pude ver que esperava por algo havia bastante tempo.

— Minha vingança não está completa. — Apontei para Vahid, que não se mexia, apesar de não estar congelado.

— Mate-o, então. — O djinn curvou os lábios. — De qualquer forma, ele já não tem mais utilidade.

— Tínhamos uma barganha, djinn — gritou Vahid, desesperado.

Os olhos do djinn brilharam ainda mais.

— E eu cumpri minha parte. Você já me deu o que eu preciso, mas essa garota me oferece algo mais.

— Darei o que ela tem, então. — Vahid gesticulou para mim. — Me dê o poder que deu a ela. Não é justo. — Sua voz saiu como o choramingo carente de um menininho.

— Você acha que quero seu corpo agora? Você está velho e doente. Já excedeu seu uso. — O djinn virou os olhos para mim. — Termine sua vingança, vim reivindicar o que é meu.

Só que, por trás da expectativa, senti uma urgência que parecia não combinar com o que eu sabia sobre o djinn. Senti que ele desejava que eu matasse Vahid *agora* por um motivo. Queria que eu cumprisse a barganha porque havia uma chance de que eu não o fizesse.

Não pudesse.

— Por que você veio agora?

Eu o fitei, notei o jeito como seus olhos se moveram de volta para o imperador. Algo o tinha feito aparecer naquele momento, algo o tinha alertado de alguma forma.

— Porque quero o que é meu — rosnou ele, aproximando-se.

— O que você disse do seu poder antes? Truques? — Acenei para Maz e Noor, ainda parados. — Pare de tentar me intimidar. Sei que não pode fazer nada.

— Não? — A voz do djinn se tornou perigosamente suave. — É meu poder que corre em suas veias, garota.

— E eu sou a única pessoa que pode te dar o que você quer. Você quer possuir o meu corpo para poder ter seus poderes completos no nosso mundo? Deve esperar até que a barganha seja concluída.

É meu poder que corre em suas veias.

Ele estava certo.

Mas e se não tivesse nenhum poder?

— Você se alimenta da minha vingança. Da dele. — Gesticulei para Vahid. — Mas não recebe nada se meu acordo não for cumprido. Se eu não completar a vingança.

— Mate-o! — gritou o djinn, apontando para Vahid. — É por causa dele que seu pai está morto! Por causa dele que você foi torturada e apodreceu na prisão. Se tirar a vida dele agora, vai conseguir tudo o que sempre quis.

— Não — respondi. — Se eu tirar a vida dele, *você* conseguirá tudo o que sempre quis. Mas eu ainda tenho seu poder, e chuto que só pode ser usado através de mim.

O djinn cerrou os lábios escuros, os olhos quase saltando da cabeça. E então adivinhei o que o havia trazido ali tão rápido, e por que estava tão irritado.

Se Vahid e eu não tivéssemos poder, então o djinn também não teria. E eu estava no processo de remover o poder do imperador e transformar todo o seu zoraat em cinzas.

Me virei para Vahid e ergui as mãos. Arranquei os fios de poder que restavam nele, o último pedaço do fogo que aquecia seu sangue. Ele gritou e caiu no chão ao mesmo tempo que o djinn avançou sobre mim.

Recuei, cambaleando para longe dele.

Eu abri mão do que mais desejei ao longo daquele ano, o acerto de contas que eu enfim tinha buscado reivindicar. O poder que corria por meu sangue teria me ajudado a conseguir isso.

Mas eu ainda tinha bastante do meu próprio poder.

Daquela vez, quando busquei a magia djinn no meu organismo, eu a puxei, condensando-a num pedaço de chama brilhante e concentrado.

E então a expulsei.

Expurguei a chama djinn de meu corpo, e ela não teve nenhum lugar para ir a não ser o próprio campo de plantações zoraat pegando fogo, incendiando o céu escuro como uma fogueira.

O horizonte explodiu em um fogo incandescente, o calor descendo em cascatas sobre nós.

O djinn atrás de mim berrou e envolveu as mãos no meu pescoço. Tombamos no chão enquanto os campos ardiam ao redor, as chamas cada vez mais brilhantes, Noor e Maz presos dentro delas, incapazes de se mexer.

Seu aperto me segurou como um torno de ferro enquanto eu tentava empurrá-lo. Ele estava me estrangulando, os dentes tão perto que achei que fosse rasgar minha garganta.

Olhei para Mazin e Noor, desesperada, ainda congelados pela mágica djinn, no caminho das chamas devorando os campos ao redor deles.

Eu tinha causado aquilo.

Minha sede de vingança tinha significado que as duas pessoas que acabaram sendo as mais importantes para mim morreriam.

Eu tinha feito a barganha com o djinn e ditado os resultados.

Era causa e consequência. Assim como minha avó. Assim como os planos que eu tinha iniciado para nos colocar aqui.

Mas eu não podia simplesmente ficar parada e permitir que aquilo acontecesse.

Procurei com as mãos por qualquer coisa, passando-as pelo chão em busca de alguma rocha ou arma. Às cegas, agarrei a única coisa que consegui: o pingente de adaga de Mazin pendurado em meu pescoço.

Eu o arranquei e apunhalei o olho do djinn.

Ele recuou com um berro, o icor preto escorrendo da ferida. Aquilo só me deu um alívio breve, mas foi o bastante para eu tomar ar, afastar a escuridão se espreitando nos cantos da minha visão, ameaçando me puxar para baixo.

— Você é minha — uivou o djinn.

Eu não tinha mais nada. Sem mágica djinn, sem espada, sem esperança.

Vencer a batalha não tem a ver com habilidade, Dania. Tem a ver com o coração.

As palavras de Baba perfuraram a névoa e deram foco aos meus pensamentos. Não se tratava de lutar, não mais. Tratava-se dos meus amigos, de amor, de perdão.

Empurrei o djinn de cima de mim e cambaleei para longe, olhando para Maz e Noor, prestes a serem consumidos.

— Solte-os! — gritei para o djinn. — Eles vão morrer!

Ele riu para mim como resposta, com o pingente de adaga ainda preso em um dos olhos.

— Acha que me importo com isso? Me dê o que eu quero, e eu os solto. Me dê seu corpo para que eu possa governar este reino e inundar este mundo com fogo.

— Bem, por mais que *isso* soe maravilhoso, eu não vou te dar nada.

Um movimento tremulou na minha visão periférica, mas fixei o olhar no djinn. Ele avançou de novo.

Não fiz esforço nenhum para me mover. Eu poderia correr até Maz, mas Noor ainda estaria perdida. A única esperança de salvar os dois era acabar com o controle do djinn sobre eles.

Só que, antes que o djinn conseguisse me alcançar, ele parou. Uma expressão contorcida de choque passou por seu semblante e então seu olhar desceu para o peito.

Nós dois baixamos os olhos e vimos a ponta da minha talwar perfurando seu peito, sangue preto lentamente se acumulando na ferida e começando a pingar do corpo.

De uma vez, o controle que o djinn parecia ter sobre o mundo cessou, o ar clareou.

O grito de Noor soou pelo campo enquanto eu via o imperador Vahid afundar minha espada nas costas do djinn.

CINQUENTA E TRÊS

— Dani. — A voz de Maz atravessou a névoa, e ele segurou meus ombros, me sacudindo com força. — Dani, temos que sair daqui.

Vahid empurrou o corpo do djinn para fora da espada, e sangue preto se derramou pela terra. O djinn estava sem vida, e, independentemente da forma que tivesse assumido neste reino, tinha desaparecido.

Meu colar caiu no chão, a pequena lâmina coberta de sangue escuro. Eu o peguei, fechando o pingente com força na mão.

Os olhos de Vahid estavam pretos e profundos, e não havia mais aquela faísca de fogo neles que existia antes. Em vez disso, ele parecia oco, vazio.

Maz o fitou e arfou.

O imperador nos observava.

— Vão em frente, façam o que querem fazer. — Ele estendeu os braços para a frente, as chamas se alastrando ao seu redor. Calor nos pressionava de todos os lados, o único caminho para a liberdade sendo devorado constantemente pelo fogo djinn selvagem. — Não tenho nada agora. Tomem a vingança de vocês.

Mazin apertou o punho da sua cimitarra com tanta vontade que os nós dos dedos fiaram brancos. Movi os olhos para minha lâmina ensanguentada no chão.

A pessoa diante de nós não era mais humana do que o djinn tinha sido. Era uma criatura arrasada, de joelhos no chão, bochechas esqueléticas, uma expressão que nenhuma vingança minha poderia um dia reproduzir.

Ele já estava destruído.

O poder em minhas veias também tinha sumido. Se havia sido por causa da morte do djinn no reino humano ou por causa das minhas ações tentando expeli-lo, eu não sabia. Mas eu sabia, sim, que não tinha a mesma ira ditando minhas ações.

— Vamos — falei para Maz, afastando-me do imperador.

— Calma — pediu Maz, fitando Vahid.

Olhei para Noor. Ela tinha escapado do fogo e estava gritando para nós do outro lado do campo. Ela olhou para Vahid também, os olhos ardendo tanto quanto as chamas engolindo a plantação, e eu sabia o que lhe custava dar as costas a ele. Estávamos todos buscando nossa própria vingança, e era hora de deixá-la para trás.

— Maz, se a gente não sair agora, vai ser tarde demais.

— Venha conosco — pediu Mazin, os olhos ainda fixos no imperador.

Mazin estendeu a mão. Soltei um suspiro chocado. Depois de tudo que Vahid tinha feito, eu não esperava que Maz lhe estendesse a mão.

O imperador ficou paralisado, tão pasmo quanto eu.

— Você não ouviu o que eu disse? — perguntou Vahid, curvando os lábios. Ele tremia, e lembrava um pássaro frágil, com força apenas para manter a cabeça erguida. — Falei para pegar sua vingança! Me mate!

Mazin estremeceu, mas não parecia conseguir desviar o olhar.

— Maz.

Puxei seu braço. As chamas estavam se aproximando agora.

Ele finalmente olhou em minha direção, aqueles olhos escuros se encontrando com os meus. Eu sabia o quanto lhe custava fazer isso, mas queria Mazin vivo.

Merecíamos isso.

Busquei pelas palavras depressa, ciente de que tínhamos um curto espaço de tempo para escapar. Se eu não o convencesse a partir comigo naquele momento, teria que golpeá-lo na cabeça e arrastá-lo pelo campo em chamas.

O que não me oporia em fazer.

— Você pode não querer mais vingança, mas não dê a ele mais nada de você. Se ele quer a morte, deixe que tenha. Não deixe que suas ações... — Pigarrei, pronunciando as palavras tanto para mim mesma quanto para Maz, pensando em como me senti com minha avó e as vidas que ela tinha arruinado. — Não deixe as ações dele destruírem sua vida. Você pode ter dado a ele perdão, mas não significa que lhe deve qualquer gentileza.

Os ombros de Mazin afundaram como se eu tivesse lhe dado permissão para se libertar. Depois ele pegou minha mão e caminhou pelas chamas, em direção ao caminho livre à frente.

―――

Noor estava parada e observava o fogo reduzir a cinzas o restante dos campos.

Ela estava assim desde que lhe contei que Vahid havia ficado e que Mazin e eu o deixamos para trás.

— O que você está procurando? — perguntei, me aproximando.

Ela não tirou os olhos dos campos enegrecidos.

— A prova de que ele está morto.

— Acho que não vai encontrar. — Balancei a cabeça. — Não com essas chamas.

— Não. Mas pelo menos eu veria o trabalho da vida de Souma destruído. Foi o zoraat que o matou, assim como Vahid. Os dois escravizados pelo poder de outra pessoa.

Seu olhar continuou fixo nas plantações fumegantes, e eu nunca a tinha visto tão arrasada e sozinha. Umedeci os lábios rachados, torcendo para não a ter perdido depois de tudo isso.

— Você conseguiu o que veio buscar?

Noor finalmente tirou o olhar da terra chamuscada.

— Você conseguiu?

Abri um sorriso irônico.

— Eu perguntei primeiro.

— Vim por vingança, mas estou saindo com algo muito mais vantajoso. Amizade. — Ela soltou uma risada e me deu um sorriso hesitante. — Como se sente?

Eu sabia o que queria dizer. Flexionei as mãos, agora sem as manchas pretas. Procurei o poder obscuro que costumava preencher minhas veias e, para meu alívio, nada reagiu. A única voz que respondia era a minha própria.

— Me sinto... normal. Como se nunca tivesse consumido zoraat. Ainda consigo erguer uma espada, que é tudo o que importa pra mim.

— E aqui? — Noor colocou a mão no peito. — Como se sente aqui?

Mordisquei o lábio inferior, erguendo os olhos para Mazin, que estava mais adiante. Ele encarava os campos também, mas, quando o fitei, olhou em minha direção.

— Me sinto crua, magoada, mas ainda viva. E isso tem que valer de alguma coisa.

— Sim — respondeu Noor, seguindo meu olhar até Mazin. — Vale. Você não tem que viver a mesma narrativa que sua avó.

— Posso escolher — falei, acreditando pela primeira vez que era verdade. Acreditando que eu tinha meu próprio poder, minha própria liberdade, a capacidade de criar meu destino e não ser contida pelo passado.

— E o que você escolhe?

Olhei para Maz de novo, e ele devolveu meu olhar, um sorriso levemente curioso tocou seus lábios.

Segurei o pingente, a lâmina que representava quem eu era. E olhei para Mazin, a pessoa com quem eu poderia criar um futuro, apesar de todas as perdas, dores e mágoas.

— Eu o escolho — respondi a Noor. — E escolho a mim mesma.

EPÍLOGO

A LUZ ESTAVA BOA PARA O TREINAMENTO. Raios solares se infiltravam pelas nuvens salpicadas de cinza, e uma brisa fresca soprava pelo campo, dando aos meus estudantes um alívio muito necessário do calor.

— Mais um exercício — gritei para o mar de aprendizes, o que causou um coro de grunhidos.

Uma xícara cutucou meu cotovelo e o aroma de menta e cardamomo flutuou até mim.

— Outro? Vão amaldiçoar seu nome até o fim do dia.

Peguei o chá que Mazin me oferecia com gratidão e inspirei.

— Pelo menos vão aprender como bloquear adequadamente. O que é mais do que posso dizer de Imran agora.

Mazin colocou o braço ao redor do meu peito e pressionou os lábios no meu cabelo. Fechei os olhos e me recostei nele, inalando-o também. Madeira. Limão. Manhã.

Esperança.

Depois abri um olho e gritei mais uma ordem.

— Yalina! Mantenha os braços para cima! Você quase se furou com sua própria cimitarra!

— Amo quando você berra ordens no meu ouvido enquanto estou te beijando — murmurou ele no meu cabelo.

Bufei.

— Você não tem reuniões do conselho em Basral para participar?

— Anam está lá. Ela sempre disse que não era de lutar, mas tem travado mais guerras nessas reuniões do conselho do que nós dois nos campos de batalha.

— Eu sempre soube que ela era uma guerreira. — Um sorriso curvou meus lábios quando a imaginei enfrentando os líderes dos outros reinos, criando seu próprio império.

Ficamos parados ali por um instante, observando os alunos passarem por outro exercício prático, cada um com uma espada feita pelo meu pai, cada um dando a elas o uso que ele desejava. A oficina do ferreiro da nossa vila estava viva de novo, com um novo propósito, assim como eu.

— Você tem uma visita.

Olhei para onde Maz apontou e avistei Noor apoiada na cerca, com um alazão selado ao seu lado, uma bolsa de viagem sobre o ombro. Meu peito se contraiu ao vê-la e enrijeci, me afastando de Maz aos poucos, apesar de seu protesto.

— Termina os exercícios para mim?

Maz assentiu, com preocupação estampando seu semblante enquanto me fitava. Ele entrou no pátio e gritou instruções.

Caminhei até Noor, encontrando-a no portão e saltando a cerca.

— Sua escola cresceu bastante — comentou ela, acenando com a cabeça para o campo de treino. — Está impressionante.

Segui a direção do seu olhar, observando meus estudantes com orgulho.

— Sempre soube que você faria alguma coisa incrível. — Ela pronunciou as palavras tão baixo que quase foram carregadas pelo vento.

— Não se sei é incrível. Não estou construindo um império nem nada. Mas eu amo isso.

— Você *está* construindo um império. Só por não ser feito de reinos e djinn não significa que não é poderoso. E não significa que você não é uma imperatriz governando tudo.

— Eu gosto bastante da ideia de ser uma imperatriz. — Meu sorriso se esvaiu quando olhei para sua bolsa de viagem e para o alazão. — E você? — ousei perguntar. — O que vai fazer?

Ela soltou um suspiro profundo e inclinou a cabeça para trás, sob o sol, os cachos selvagens e curtos soprados ao vento.

— É a pergunta que tenho me feito. Depois de ajudar Anam e Mazin a destruir os últimos resquícios de zoraat, não existe uma necessidade tão grande de uma botânica em Basral.

— Sempre precisamos de você aqui — respondi, baixinho.

Ela me deu um sorriso grato.

— E eu ficaria aqui com prazer, cultivando plantas da montanha pelo resto da vida, cuidando de todas as enfermidades dos seus futuros assassinos.

— Espadachins. Não assassinos — corrigi.

Ela ergueu uma sobrancelha.

— Claro. Eu me recuso a acreditar que não é uma escola secreta de assassinos. — Então ela soprou um cacho de cabelo do rosto e me olhou com seriedade. — Eu seria feliz aqui, Dania.

Suspirei.

— Mas não é o bastante.

Ela fez que não.

— Quero achar o povo de minha mãe. Tenho perguntas sem respostas e, antes de me acomodar e virar uma tia velha da aldeia, quero descobrir de onde vim. Quero conhecer minha família.

— Bem, você sempre terá uma família aqui. A qualquer hora que escolher voltar.

— Eu sei. E vou voltar.

Ficamos em um silêncio confortável até Noor se recostar na cerca e me olhar de cima a baixo antes de dar uma risadinha.

— Que foi? — Dei um soquinho no seu braço.

— Só estou pensando em como você está diferente da primeira vez que te vi. Suja, ensanguentada e se debatendo no chão da cela, me chamando de carniçal.

— Confie em mim, um banho fez *milagres* pela sua aparência também.

Dei um sorrisinho para ela, lembrando de quando nos conhecemos, e de toda a raiva e medo dentro de mim.

Mas também havia um desejo. Um sonho de que existia algo além das paredes das nossas celas, algo mais do que aquilo a que tínhamos sido condenadas. Noor me ajudou a enxergar isso.

— Cavar para o lado errado e acabar na sua cela foi a melhor coisa que já aconteceu comigo, sabia?

— Comigo também.

Meus olhos arderam com as coisas que não dissemos uma para a outra, mas nosso abraço de despedida falou todas as palavras de que precisávamos.

Maz foi até mim, bem depois que Noor foi embora a cavalo, e se apoiou na cerca.

— Noor partiu?

Suspirei, fitando-o. As sombras que assombravam seus olhos não tinham sumido por completo, mas estavam diminuindo. Sabia que os meus estavam do mesmo jeito. Raiva e luto tinham tomado muito de mim, mas também tinham doado bastante. Mazin ao meu lado, de túnica azul no sol da tarde, era um presente que eu nunca pensei que teria. A amizade de Noor era outro, e, embora meu coração não desejasse vê-la partir, eu sabia que ela precisava achar seu propósito, assim como eu tinha achado o meu.

— Sim, foi procurar o povo da mãe.

— Ela vai voltar. — Sua voz saiu tão segura que ansiei por acreditar naquilo.

— Tomara.

— Dani, acho que ninguém consegue ficar longe de você por muito tempo.

Ergui uma sobrancelha.

— Você só está falando sobre si mesmo.

— Deve ser verdade. Não duro mais de um dia em Basral antes de forçar Rakhna de volta para cá.

— Ou talvez você simplesmente goste da comida da tia Afra.

Ele deu uma risada, longa e gostosa, e meu coração saltou com o som, como fazia sempre que eu a ouvia. Estávamos arrasados, nos curando e perdidos, só que, aos poucos, encontrávamos o caminho de volta para como éramos um com o outro, com cada risada, palavra sussurrada e beijo suave.

Ele se inclinou, os olhos escurecendo sob meu olhar.

— Por que está me olhando assim?

— Como estou te olhando?

Ele curvou os lábios lentamente, e meu coração acelerou.

— Como se quisesse me beijar ou me esfaquear. Nunca sei com você, mas, por algum motivo, os dois são excitantes.

Ri, desembainhando a talwar ao mesmo tempo que ele puxou sua cimitarra.

— Devemos dar um show? — Acenei com a cabeça para os alunos. — E então você pode decidir se era o esfaqueamento ou o beijo que eu queria.

Ele sorriu, mas manteve os olhos em mim.

— Ou os dois? Se você me cortar, acho bom ter um beijo depois.

— Me siga, então.

Avancei sobre ele, mas parei quando seu rosto ficou sério.

— Dani, você sabe que eu te seguiria para qualquer lugar.

Apertei o punho da espada com força, morrendo de medo de perder aquele momento, porém com mais certeza do que nunca de como me sentia em relação a ele.

— Eu sei.

Nossas lâminas reluziram sob o sol da tarde, encontrando-se no ar como velhas amigas.

E, depois que acabamos e os estudantes foram para casa, restamos apenas eu e ele, curando as cicatrizes que não conseguíamos ver, sendo um para o outro o que mais precisávamos no escuro.

GLOSSÁRIO

Azi: dragão de três cabeças e seis olhos que carrega em si todos os pecados da humanidade.
Beti: filha em paquistanês.
Bhuta: espírito malicioso, demoníaco.
Carniçal: ser maligno que se alimenta de corpos humanos.
Dal kachori: bolinhos fritos recheados de lentilhas e condimentos.
Dallah: bule de metal com um longo bico, criado exclusivamente para fazer café árabe.
Djinn: espécie de gênio da mitologia do Sudeste Asiático, criaturas de grande poder, capazes de mudar de forma e que gostam de pregar peças e enganar.
Dupatta: espécie de lenço ou xale muito usado por mulheres do Sudeste Asiático, envolvendo o pescoço, a cabeça e/ou os ombros.
Haleem: ensopado típico do Sudeste Asiático, feito com cordeiro, lentilhas, trigo, manteiga ghee, arroz basmati e uma variedade de condimentos, incluindo canela.
Halmasti: grande criatura semelhante a um lobo, mas do tamanho de um cavalo e de penugem avermelhada, que tem o costume de aparecer no nascimento e na morte de alguém.
Jalebi: doce típico do Sudeste Asiático, feito de farinha de trigo frita embebida em xarope de açúcar.
Kajal: maquiagem para os olhos, semelhante a um lápis de olho, mas com uma pigmentação mais intensa, originária do Oriente Médio.

Katar: adaga construída para envolver o punho, com uma barra central onde segurar, e duas paralelas laterais para proteger a mão e os dedos. A base, que forma um H, e a lâmina são comumente encontradas com ornamentos decorativos.
Khopesh: espada cuja lâmina curva se parece com uma foice ou um machado.
Kirpans: tipo de adaga feita para ficar escondida.
Koftgari: técnica utilizada para decorar armas de ferro e aço de forma ornamentada, muitas vezes aplicando fios de prata e ouro nos desenhos.
Kulfi: sobremesa densa e cremosa servida congelada, parecida com sorvete.
Kurta: camiseta de mangas compridas e barra alongada e solta, como uma bata, comumente usada por homens e mulheres no Sudeste Asiático.
Lattoo: espécie de brinquedo que gira, como um pião.
Lehenga: saia longa, cujo comprimento vai até os calcanhares, e que compõe trajes tradicionais do Sudeste Asiático.
Matka: espécie de vaso ou pote de barro, feito para armazenar e resfriar água.
Mutton karahi: prato típico do Sudeste Asiático, feito de carne de cordeiro, cozida lentamente com tomates, gengibre, alho e pimenta verde, além de uma mistura especial de temperos chamada kadai masala.
Mutton nihari: carne de cordeiro lentamente cozida, servida com um ensopado.
Pakora: empanado crocante de vegetais, tais como cebola, couve-flor, repolho e milho.
Paratha: tipo de pão achatado, parecido com o pão sírio, originado no subcontinente indiano.
Roti: tipo de pão achatado, muito parecido com o pão sírio.
Saab: pronome de tratamento que significa mestre, senhor. O mesmo que "sahib".
Sahib: pronome de tratamento que significa mestre, senhor.
Sahiba: pronome de tratamento que significa dama, senhora.
Saif: espada com um único gume, cuja lâmina é comprida, com cerca de noventa centímetros, e o punho é curvado, como um ganho.

Shalwar kameez: conjunto de camisa (ou túnica) e calças alongadas e de caimento solto, folgado. Um traje casual, ideal para usar em eventos externos.

Sherwani: casaco de mangas compridas que vai até os joelhos e com botões que sobem até o pescoço, usado especialmente por homens do Sudeste Asiático.

Talwar: espada com um único gume, cuja lâmina é bastante longa e curva.

Tanga: carruagem de duas rodas puxada por cavalos.

Tikka: adorno de cabeça que sobrepõe a raiz do cabelo e pende sobre a testa, uma joia tradicional do Sudeste Asiático.

Agradecimentos

NUNCA ACHEI QUE CHEGARIA A ESTE MOMENTO, NO ATO DE escrever agradecimentos em meu próprio romance publicado, mas foi somente por causa destas pessoas que isso se tornou possível.

Primeiro, devo mencionar Mara Delgado Sánchez e tudo que devo a você pelo que fez para ajudar a dar vida a este livro. Sua fé na minha escrita e nesta história me fez continuar, e é o motivo pelo qual hoje eu posso viver o sonho de ser uma autora publicada.

Obrigada a todos na Wednesday Books que me ajudaram a transformar este livro em realidade, eu lhes agradeço do fundo do meu coração. Obrigada especialmente a Sara Goodman, Cassie Gutman, Meghan Harrington, Alexis Neuville e Brant Janeway.

À minha equipe da PanMacmillan no Reino Unido, obrigada pelo entusiasmo e apoio de vocês e por ficarem extremamente empolgados com minhas palavras.

O maior agradecimento do mundo às minhas agentes, Laura Rennert e Paige Terlip. Laura, você é tão entusiasmada e, possivelmente, o ser humano mais gentil que já conheci, sou muito grata por ter você ao meu lado. Paige, não consigo acreditar que tive sorte o suficiente de conseguir uma agente como você — alguém que combina perfeitamente comigo, sempre entende o que estou tentando fazer e é batalhadora dos pés à cabeça. Obrigada por tudo que já fez por mim. Não vejo a hora de um dia brindarmos com champagne num castelo em algum lugar da Escócia.

Existem tantas pessoas a quem preciso agradecer, que ajudaram a tornar este livro possível e que apoiaram minha carreira — sem vocês, eu nem estaria aqui.

À Cheryl Binnie, que mergulhou de cabeça neste livro e me deu os feedbacks mais perspicazes e fantásticos que já recebi. Você moldou esta história e a tornou o que é. Eu confio minhas palavras a você até o fim dos tempos e sou muito grata por tê-la conhecido em um pequeno retiro na Escócia.

À Adrienne Young — sua generosidade com seu tempo e conselhos não tem limites, e tudo o que faz pela comunidade da escrita me deixa perplexa. Você ajuda escritores como eu a acreditarem que são capazes de realizar isso e torná-lo realidade. Obrigada por tudo que você e sua comunidade Writing With the Soul já fizeram.

À minha comunidade Writing With the Soul, obrigada pelas palavras e comentários nos rascunhos iniciais deste livro e pelo apoio que deram ao meu romance. Um agradecimento especial ao Retiro Contadores de Histórias na Escócia e a Saltwater Farms, sobretudo a Erynne, Jamye, Morgan, Gretchen e Rachelle.

Kristin Dwyer, embora eu ainda não acredite que somos amigas, fico tão animada por ser sua amiga de mentirinha e enviar a você mensagens de textos e áudios exaltados de vez em quando enquanto você zomba de mim. Talvez seja realmente uma amizade verdadeira, agora que parei para pensar nisso.

À Naomi Louise Jenkins, nunca pensei que conhecer outra escritora no grupo de discussão do podcast *88 Cups of Tea* fosse levar a uma das amizades mais importantes da minha vida, mas sou muito grata por você e sua fé em mim como escritora.

Aos meus amigos jurídicos: Melanie Pituch, Samantha Boyce Bal, Delna Contractor, Jesse Bonner, Kay Turner, Maria-Rose Spronk Johnson e Elise Doherty. O apoio de vocês é muito importante para mim e, embora eu tenha quase certeza de que vocês não saibam do que estou falando metade do tempo, quando se trata de livros e mercado editorial, vocês ainda escutam e me apoiam durante todo o processo. Amo vocês.

Obrigada a Diane Meronyk, Maureen MacKenzie, Nikita Oliver-Lew, Ilana Davine e Paul Johnson, cuja amizade e apoio durante os anos têm sido um salva-vidas.

À minha parceira de negócios e esposa de trabalho, Holly McCord Lonseth, sou grata demais por ter seu apoio e por começarmos um negócio juntas que promove os sonhos e objetivos uma da outra. À minha assistente, Caleigh Hunt: garota, você sabe que eu não conseguiria ter feito nada disso sem você.

À Jena Colpitts — não tem mais ninguém com quem eu gostaria de trocar memes hilários sobre direito. Você deixa minha vida infinitamente melhor.

À Siobhan Keller, por ser uma das minhas grandes apoiadoras e incentivadoras, muito mais do que uma mãe amiga e talvez mais uma irmã — obrigada por basicamente tudo.

Obrigada ao Canada Council for the Arts, que generosamente me forneceu um auxílio para a criação deste livro.

Obrigada aos autores que, com generosidade, escreveram endossos, apoiaram e leram várias versões do meu livro, tirando tempo de suas agendas cheias para isso. Agradecimento especial a Judy I. Lin (sobretudo pelos nossos jantares, você é a melhor), Adalyn Grace, Stephanie Garber, Rachel Griffin, Ashley Woodlfolk (que dá OS MELHORES CONSELHOS) e Akshaya Raman.

Obrigada a Susan Dennard, cujas palavras sábias e conselhos me ajudaram a navegar nesta jornada sendo uma autora estreante.

Agradeço especialmente aos meus leitores sensíveis, Sidrah Rana e Aamna Qureshi — sem vocês, este livro não seria o que é, e sou muito grata por seu conhecimento e experiência.

Para minha equipe de 2019 do Pitch Wars Crew: The Writing Folk. Sinto que os conheço a vida toda e não consigo acreditar que a pura sorte nos uniu. Não sei o que faria sem vocês e o apoio, amor e amizade que me deram. Conversar com vocês todos os dias me tornou a escritora que sou, e sou a autora mais sortuda do mundo por ter vocês. Sami Ellis, Vaishnavi Patel, Elora Ditton, Kaitlyn Hill, Amanda Helander, Anita Kelly, Anna Sortino, Avione Lee, Briana Johnson, Briana Milano, Brighton Rose, Gigi Griffis, Hugh Blackthorne, Kat Hillis, A. Y. Chao, Lani Frank, Mara Shatat, Piper Vossy, Siana LaForest, Cate Baumer, LC Milburn, Chandra Fisher, Sarah Mughal Rana, Tanvi Berwah,

Molly Steen, Maiga Doocy, Ridley Adams, Kate Dylan, Victor Manibo, Angel Di Zhang, Katie Bohn e Sophia Mortensen — vocês são minha família de escritores. Muitos de vocês leram as primeiras páginas deste livro, e muitas outras versões, e eu amo vocês demais pela ajuda que me deram. Obrigada especialmente a LC Milburn e Chandra Fisher, pela quantidade de vezes que leram, literalmente, todos os rascunhos e me deram muito de seu tempo e conhecimento. Angel Di Zhang, nunca esquecerei seus comentários no rascunho inicial, onde você destacou uma piada e falou "Isso é engraçado demais". De verdade, vou levar esse elogio para o meu túmulo. Obrigada a Vaishnavi Patel, que sempre sabe quando enviar uma mensagem para me animar e cujo endosso eu quero entalhar na minha lápide, sendo sincera.

À Sami Ellis, acho que este livro não teria existido sem você. Você me ajudou a pegar uma sementezinha de ideia e transformá-la numa trama completa, e sinto que todo escritor está perdendo ao não ter você como uma parceira criativa. Obrigada especial à Lani Frank, responsável pelo título deste livro; sinceramente, fico arrepiada toda vez que o vejo.

À Sarah Mughal Rana, palavras não conseguem expressar o que você fez tanto pela minha escrita quanto pela minha vida. Você ajudou a moldar este livro, mas também apoiou e encorajou minha conexão com um legado e uma cultura que achei que nunca poderia ter. Aprendo muito com você todos os dias, e não tenho ideia do que faria sem você — sem dúvida este livro não estaria aqui. Obrigada, obrigada, obrigada.

Obrigada aos meus irmãos, Karlo e Richard, por todo amor e apoio.

Ao meu marido, Andrew Buchan: escrevi o primeiro rascunho deste livro durante a licença-maternidade, com um recém-nascido e uma criança pequena ao mesmo tempo. Não teria conseguido perseguir nenhum dos meus objetivos de escritora se não tivesse seu apoio. Por todos os dias que você levou as crianças para passear para que eu pudesse escrever, pelas vezes que reservou um quarto de hotel para mim quando estava com prazo apertado e pelo modo como acredita em mim e nos meus sonhos. Serei eternamente grata. Eu não poderia escrever livros se não tivesse você ao meu lado, e agradeço por você todo santo dia.

À minha mãe, que apareceu quando eu estava de licença-maternidade do meu primeiro bebê, me expulsou de casa e me forçou a fazer uma pausa para escrever — você me ensinou que meus sonhos valem a pena ser perseguidos e me deu o apoio necessário para chegar lá. Temos muita, muita sorte por ter você, a pessoa que me lembra sempre que produzir arte é poderoso, importante e digno.

    Aos meus filhos, Thomas e Zora. É por causa de vocês que eu escrevo, e torço para capturar nem que seja um pouquinho da imaginação que vocês dois têm. Vocês são minha razão de tudo, e os amo mais do que qualquer coisa.

MINHAS IMPRESSÕES

Início da leitura: ____ /___ /____

Término da leitura: ____ /___ /____

Citação (ou página) favorita:

Personagem favorito: _____

Nota: ✶ ✶ ✶ ✶ ✶ ♡

O que achei do livro?

Este livro, impresso em 2025 pela Vozes para a Editora Pitaya, deixou suas editoras com vontade de fazer aula de esgrima. O papel do miolo é avena 70g/m² e o da capa é cartão 250g/m².